勉传 3

风云际会

耳东水寿◎著

SPM 南方传媒 | 广东人民出版社
·广州·

图书在版编目（CIP）数据

勉传. 风云际会. 3 / 耳东水寿著. — 广州：广东人民出版社， 2022.8
ISBN 978-7-218-14438-2

Ⅰ. ①勉…　Ⅱ. ①耳…　Ⅲ. ①长篇小说—中国—当代　Ⅳ. ①I247.5

中国版本图书馆CIP数据核字（2020）第153555号

MIANZHUAN . FENGYUN JIHUI 3
勉传 . 风云际会3

耳东水寿　著

出 版 人：肖风华

策　　划：李冠亚　李　敏
责任编辑：李　敏　温玲玲
装帧设计：刘焕文
责任技编：吴彦斌　周星奎

出版发行：广东人民出版社
地　　址：广州市大沙头四马路10号（邮政编码：510199）
电　　话：（020）85716809（总编室）
传　　真：（020）83289585
网　　址：http://www.gdpph.com
印　　刷：广州市豪威彩色印务有限公司
开　　本：787毫米 × 1092毫米　1/16
印　　张：21.5
字　　数：276千
版　　次：2022年8月第1版
印　　次：2022年8月第1次印刷
定　　价：59.80元

如发现印装质量问题，影响阅读，请与出版社（020-85716849）联系调换。
售书热线：（020）87716172

目录

CONTENTS

第一章　意外之喜

转瞬之间，数不清的妖魄化成了蒸汽，而从头到尾都没有看到“百无求”是怎么出手的。不过他却不打算就这样算了，原地转了一圈之后，“百无求”突然对着不远处一个坑道的岔路口说道：“现在你可以说说，把我唤醒想要做什么？”

半晌之后，一个身穿麻衣、六十多岁的老头子哆哆嗦嗦地从坑道里面走了出来。老头子上下打量了一番面前的“百无求”之后，满脸不可思议，说道：“不可能……这里是忘诛石矿，这些妖魄不可能这样被你化掉……你做了什么？”

“是我在问你问题，不是你来问我。”“百无求”怪笑了一声之后，脸上出现了一丝狡黠，随后继续说道，“我不满意你的回答，既然这样，你就用生命来做召唤我出来的代价吧。”

说话的时候，“百无求”伸出自己的右手食指，远远地对着老头子点了一下。伴随着一阵闷响，老头子的脑袋突然爆裂，剩下没有脑袋的身体晃了几下之后便倒在了地上。

“真是无趣……”“百无求”打了个哈欠之后，回过身来看了吴勉、归不归这些人一眼。他呵呵地笑了一声，刚刚要说话的时候，被白发男人突然打断：“那么我们说点有趣的，比如说你叫什么？”

“我？叫什么？”“百无求”嬉笑着看了看吴勉之后，说道，“你不记得我的名字了吗？我叫作百无求……哈哈哈哈……”

大笑了一阵子，“百无求”伸了个懒腰，又接二连三地打了几个哈欠之后，继续说道：“我要回去再睡会儿，没有事情的话，不要打扰我睡觉。睡好之后我自己会醒。”说完，“百无求”已经走到了另外一个自己的身边，作势就要往他身上去靠。

所有人的眼睛都盯在两个百无求身上。这时，另外一条岔路当中传来窸窸窣窣的声音。随后，“猴子”自言自语的声音从里面传了出来：“那几个人进去也该出来了吧？早上右眼皮就一直跳，我这样一个揍过大方师的孙无病不会有什么事吧？右眼跳灾，不过刚才尿腿上算不算挡灾……你们出来了？怎么有两只妖……那个是什么？忘诛石的石精……拿来给我……”

说了半天之后，“猴子”才发现倒在地上的百无求的手上还紧紧攥着那根石棍。孙无病认出了石棍的来历，当下两只眼睛直放光，直接冲过来就要伸手去抓那根石棍，为了石精再给这个叫百无求的跪下也没有什么……

不过就在他冲过来的一刹那，“百无求”的眉头皱了起来，突然回身用手猛地扣住了孙无病的脑袋，随后用力将他摔在了地上。看到没人再来妨碍他，“百无求”这才从嘴里吐出了两个字：“聒噪……”

随后，“百无求”重新回到了另外一个自己的身边，再次准备靠过去。这个时候，吴勉用他那特有的方式笑了一声，正打算说点什么的时候，归不归突然咳嗽了一声。吴勉看过去的时候，“百无求”已经消失在了另外一个自己身上。

百无求迷迷糊糊地睁开了眼睛，看着除了孙无病师徒俩之外，所有人都在盯着自己。当下二愣子揉了揉眼睛，对凑过来的“亲生父亲”说道：“老家伙，你们看什么？没见过老子这么标致的妖是吧？你和他们说，他们这辈子没机会了，下辈子投个妖胎，弄不好也能赶得上老子的一半。对了，对面墙上贴着的影子呢？”

听到百无求叫他老家伙的时候，归不归便长出了口气，悬着的一颗心终于落了下去。看着自己傻儿子还是一脸迷迷糊糊的样子，老家伙不动声色地对着人参娃娃使了一个眼色。

小任叁心领神会，蹦蹦跳跳地凑了过去，看着百无求说道："大侄子，刚才那么大的事情你都忘了？那些影子铺天盖地地扑过来，咱们四个拼了命才把它们都杀光了。看见那个没脑袋的了吗？大侄子你一棍子把他的脑袋打爆了，你自己还吓了一跳，一屁股坐在地上了。不是吓得想不起来了吧？不信你问问你小爷叔，你爹骗你，你小爷叔可不会骗你吧？"

这个时候，百无求条件反射地转过头去，看了面无表情的吴勉一眼。白发男人"哼"了一声之后，对懵懵懂懂的二愣子说了一句："你刚才抡棍子的时候——差点打到我……"

吴勉这句话让楼主都目瞪口呆，这还是那个脾气古怪，看谁都不顺眼的吴勉吗？这瞎话张口就来，也算是难为了他。

这个时候，谢伦也将自己的师尊从地里挖了出来。刚才"百无求"那一下子太狠，直接将孙无病打得陷到了地下。将孙无病挖出来之后，谢伦在自己师尊的耳边低声将刚才这里发生的事情说了一遍。

孙无病听得直发愣，这个傻大个到底什么来路？自己之前只要到他身边就下跪，这个还不算，还有一个和他一模一样的双胞胎。这个他一见到就下跪，那个直接动手把他镶在地里。有这哥俩在，还有他孙无病的活路吗？那根棍子基本上也不用想了。可恨自己明明是一拳揍了大方师的，还没高兴几天，怎么就沦落到这个地步了。

就在吴勉走到归不归的身边，正要对这个老家伙说点什么的时候，就听见百无求突然"咦"了一声。随后他表情古怪地看着手里的石棍，呆愣了片刻之后，对归不归说道："老家伙，刚才你们谁动了老子这根棍子？怎么老子现在一握住这棍子，就好像身体里面有什么东西要蹦出来一样……"

“不要了！”归不归听到这里大惊失色地到了百无求的身边，一把从他手中将石棍夺了过去，直接扔到了孙无病和谢伦师徒的手中。这师徒俩都不敢相信自己的眼睛，这样的一根宝贝棍子他们爷俩说不要就不要了?

现在别说这一根棍子了，让归不归将他藏着的天材地宝都舍出去换百无求，老家伙也是没有丝毫犹豫的。幸福来得太快，孙无病师徒还有些不敢相信。只是过去擎着这根大棍，弄不好一会儿这个傻大个还会要回去的。打不过、骂不赢，他一靠近就要对着百无求磕头，哪里还有一点胜算?

不过归不归那里似乎也不想再要这根棍子了。老家伙心里明白，之前虽然是因为操控妖魄那人的哨声将另外一个百无求引了出来，但如果不是当时自己的傻儿子手里抓着忘诛石的石精，也不会那么轻易就能做到。

虽然肉疼，但归不归还是没有一点想要回石精的意思，最后坦白地对孙无病说道：“孙无病，这根石精便宜你就是了。不过咱们提前说好，这棍子是我们家财鼠带路才找到的，又得到我们这么多人的帮忙，最后是我老人家这大儿子亲手从地下抽出来的。现在棍子既然便宜你了，你们爷俩不能一点表示都没有吧？”

“归不归你就直接说，想要弄死谁吧？”孙无病欢天喜地地将棍子扛在自己的肩头。这石精太长，本来就不适合一般人使用，现在放在孙无病的手上，却好像为他定做的一般。

最后归不归在孙无病的耳边低声说了几句，孙无病犹豫了一下之后，点了点头，还是同意了这个老家伙的话。

石精算是这一趟的意外之喜了。当下众人准备向外面走去，这个时候，吴勉凑到归不归的面前，一字一句地说道：“你不打算对我说点什么吗？”

第二章　三个故事

“老人家我也打算说点什么，不过真的不知道要说什么啊。”归不归回头冲吴勉苦笑了一声之后，继续说道，“你想问什么我老人家知道。说实话，老人家我也想找个明白人问问。好好的一个傻儿子，怎么就一个变成俩了？不行，过几天要再去妖山，老妖王要是不说明白咱们就不走了……”

“老家伙你什么时候说过实话？”吴勉翻着眼皮看了一眼归不归，继续说道，“现在不说那以后也不要说了，儿子是你的，下次他出来搅得天下大乱的时候，千万别找我帮忙。”说完之后，吴勉也不再理会老家伙，径自向洞口走去。

“不是不说，是真的没有能说的，等等老人家我，那咱们就说点我老人家瞎猜的，可不一定就是那么回事……”想起刚才出现的“百无求”，归不归的心里便直冒凉气。刚才那个“百无求”身上感觉不到一丝妖气，什么都没做便“气化”了那么多妖魄，只用了一只手便将几乎无敌的“猴子”镶在了地里。这样的本事他只在徐福那个老家伙的身上见过。如果哪一天“百无求”睡醒了，再次从百无求的身体里面走出来，真和自己翻脸的话，没有吴勉帮忙，自己还真是死路一条。

想到这里，归不归便舍不得吴勉离开。老家伙一溜小跑到了白发男人的身后，看了一眼走在面前丝毫没有察觉的百无求，赔着笑脸说道：“其实吧，早年间老人家我也听过妖山上面发生的几件事情，不过都说得太玄乎，我老人家也不敢保证是真是假，不过或许能应在百无求这孩子的身上。说起来那几件事情发生的时间差不了几年……”

差不多在徐福和百无求二人出生的那几年前后，妖山上的妖物勾结外面的修士，要打开一条通往阴世的大门，联合下面的大阴司将妖王解决掉。不过这件事情走漏了风声。眼看就要开启阴世大门的时候，妖王带着手下群妖杀到。阵法通道中途变换，不知道打开了通往什么地方的大门，放出一个谁也说不清楚来历的大妖。

这只大妖不分敌我，见到人、妖就杀，引发妖山大乱。最后无奈之下，修士、叛妖和妖王大军联手，三方合力才慢慢占据了上风。只是这样还是不能彻底抹杀这只大妖，只能慢慢将他逼回阵法当中，让他回到他原本待的地方。

不过就在这个时候，因为供给阵法的妖法、术法连接不上，阵法失效。无奈之下，叛妖首领用自己的性命作媒介，将大妖封印在一个刚出生的妖婴身上。大妖的事情刚刚解决，妖王便调转大军痛下杀手，将此次的叛妖和修士杀得干干净净。随后老妖王又对自己的部下下了封口令——妖物们对那天发生的事情都要烂在肚子里，不可以对外人说。

还有一件事情，是大妖事件过后的几年。算来是徐福拜在方士门下、归不归还在到处闲逛的那个时候。妖山上突然来了一个身怀六甲的女妖。这女妖风华绝代，是一位不世出的美人。

因为她不是妖山土著，加上模样出众，初登妖山之后便有群妖来滋扰她。没有想到女妖的妖法通天，虽然身怀六甲还是轻而易举斩杀了来滋扰她的妖物。

死掉的妖物当中，有一个是妖山大族的长孙。妖族为了报仇倾巢出动，将女妖堵在四方城。结果更加没有想到的一幕出现了，那只怀了孕的女妖在四方城大开杀戒，将四方城中所有的妖物都屠戮干净。这样一来，事情闹得太大，惊动了妖王。

虽然不知道女妖的来历，不过妖王还是亲自带着他的大队人马赶到了四方城。等到妖王到达的时候，正赶上女妖产子。妖婴的啼哭之声震塌了四方城的四面城墙，妖法弱一点的妖物当场昏厥。周围饲养的、作为脚力的妖兽听到妖婴的啼哭声之后，也都一一暴亡。

现场只有少数几位大妖不受妖婴的啼哭影响。当下妖王带着一位亲信妖将一同进了四方城，见到刚刚生产的女妖。不过此时的女妖因为之前过度使用妖法，加上产子又消耗了不少，已经露出油尽灯枯之相。

妖王对这个美艳的女妖一见倾心。当下，女妖向妖王诉说了自己的身份，请求妖王替她照顾这个刚刚出生的孩子。因为女妖的身份实在让妖王震撼，他几乎没有犹豫便接受了刚刚出生的妖婴。

托孤之后，女妖便熬尽了心血，油尽灯枯而亡。应女妖临走前所请，担心其死后尸身被辱，妖王一把火将女妖的尸身烧成了灰烬。随后妖王带着妖将和刚刚出生的妖婴从四方城中走了出来，当时跟着妖王一同到达四方城的数万禁卫和内卫都亲眼见到陛下是抱着一个妖婴出来的。

不过回到王宫不久，就听说当日从四方城带回来的妖婴没有养活，刚刚回到王宫就死了。妖婴也被一把火烧成了灰烬，和四方城女妖的骨灰存放在了一处。

就在妖婴死后的几天，当日跟随妖王一同进入四方城的妖将老婆也生了一个儿子。只不过不久之后，那位妖将在妖山外被修士杀死。过了这么多年，那位妖将姓什么叫什么也没人知道了。

最后可能和百无求有关的事情，发生在女妖死后的几年。算着应该是徐福在方士门中初露锋芒、和大术士席应真动手的那个时候。

那一天妖王带着妖山上的大妖祭天，妖山那时候的规矩是用人的首级来献祭。本来一共需要九十九个生人，没有想到在祭天的前几天，当中有四十六个人因为一路受折磨加上沾染疫症暴亡了。

本来这样的大事一定会有后备的补充，不过谁也没有想到人一下子死了一半多。就算加上后备还是少了一个人，再想要去山外找人填补已经来不及了。最后负责祭天的妖物担心此事连累到自己，他便出了一个馊主意，用了一个和人没有什么两样的妖奴填补空缺。

先是用药物封住了妖奴身上的妖气，随后剃掉了他身上的体毛，磨平了他手上的指甲。因为妖气被封住，妖奴显得萎靡不振，他低着头谁也发现不了破绽。

这样的祭天大典每年都要举行，妖王也没有怎么在意。直到这些祭天用的人一个一个被拉到了祭坛上砍脑袋，妖王也没有发现什么不对的地方。最后是妖山的大祭司站在祭坛上，开始宣读祭天的檄文。

众妖眼睁睁地看着，大祭司刚刚开口说了几句，天上便劈下一道巨大的雷电，将他活活劈死。随后，天空中出现了一道缝隙，里面不停地有怪物的影子飞落下来，开始屠杀祭坛周围的妖物。

在怪影面前，一般的妖物完全没有还手的能力。转眼之间，祭坛上便杀得血流成河，最后还是妖王带着手下的大妖拼死抵抗，才将这些怪影一个一个地逼着退回到天上。

这些怪影的首领不是妖王对付得了的，不过也是因为妖王的纠缠，这最大的首领来不及回到天上，那道缝隙便已经合拢。这怪影似乎不能在妖山长存，当下在混战当中，找了一个刚死的妖婴，将身体藏在了死婴当中。他藏身的同时，已经死透了的妖婴瞬间复生……

第三章　来晚了

听老家伙说完三个故事之后，吴勉似笑非笑地看着他，说道："说完了？你是不是想说你们家另外一个是天下缝隙掉下来的大妖和女妖好上了，在四方城里生的孩子，最后被封印在你儿子的身体里？"

归不归咬了咬牙，一脸为难地说道："老人家我就说这几件事太玄乎，我老人家都是当神话故事来听的。这些都是推算着百无求这孩子出生年月听来的故事。不过现在妖山上最流行的说法是这傻小子是老妖王的私生子……"

说到这里的时候，众人已经看到了那只死老虎，再往前走就是洞口了。归不归卖了个关子，不过见到白发男人没有凑趣的意思，老家伙只能有些尴尬地笑了一下，继续说道："知道这个说法最早是从哪里流传出来的吗？就是老妖王的王宫里面。你是见识过王宫里面的规矩的，谁敢传出这样要命的话？"

说到这里，看到吴勉还是没有接话的意思，只是似笑非笑地看着他，就差直接说出来：继续，知道什么都说出来……

看到距离洞口还有一段距离，归不归只能继续说道："老人家我还特意查过百疆、百无求这哥俩，他们俩是妖山望族的后人。生父早亡，生母也没有什么特殊的地方。别的你也知道，百疆一直都是妖王身边的红人，一般老妖王离开妖山都会带着他。百无求那个傻小子在老妖王心里有多大的分量你也知道，为了让他接王位，能把自己的亲生儿子都屠了。老人家我想都不敢想的事情，那个老妖王已经开始做了……”

刚刚说到这里的时候，走在前面的百无求和小任叁已经走出了山洞。二愣子将背着的离墨放在地上，回头冲自己的“亲生父亲”喊道：“老家伙，你们还在磨蹭什么，老子都走出来了……你们俩鬼鬼祟祟的，在说谁的坏话呢？”

归不归抬头冲自己的便宜儿子笑了一下，说道：“老人家我跟你叔叔商量着给你找个媳妇。傻小子，妖王那个公主怎么样？你要是觉得还行，爸爸我就去找老妖王说说去。不是你爸爸我吹，这么多年，光给你攒彩礼，送不出去，爸爸我也难受……”

“拉倒吧，就那个丫头人不人、妖不妖的，老子不要这样的。”百无求满脸不屑地对归不归说道，“老子要正经妖物那样的，壮实一点，要会骂街那就太好了。在骂街的时候，老子骂荤的，媳妇骂素的，想起来嗓子眼就痒痒。”

说话的工夫，走在最后面的吴勉、归不归两个人也跟着走出了山洞。孙无病还沉浸在得了石精的喜悦当中，在山洞里面施展不开，出来之后他已经蹿到了空中，使劲地抡开了石精。

石精是忘诛石的精华所在，有了这根棍子就算是解了他最大的心结。不过这“猴子”还是忌惮傻大个百无求，稍微靠近二愣子一点，他便头晕目眩，想跪在百无求的身前磕一个头。

本来从山洞当中出来，他们便可以各奔东西了。不过归不归心疼这么一件奇珍异宝归了“猴子”，还想着在他身上再找一点便宜。下山的路上，归不归拉着“猴子”一路讨价还价，惹得孙无病差点翻脸。要不是忌惮百无求管这个老家伙叫爸爸，他早就一棍子抡在归不归的脸上了。

下山之后，众人发现在自己的马车旁边，还停靠着两辆马车。见到山上的众人下来，从马车里面走出了广仁、火山两位大方师。

广仁好像什么事情都没有发生一样，对山上下来的这些人说道：

"想不到几位还真的在山上。我和火山从附近路过，看到这几辆马车像是你们几位的座驾。火山还和我打了个赌，看来是我赢了……"

看到这两位大方师好像忘了前几天在客栈当中你死我活的恶斗，归不归嘿嘿一笑，随后说道："要不是上次火山打了老人家我一巴掌到现在还疼，我老人家差点就忘了那天晚上发生的事情了。两位大方师，你们这是要过来报仇的吗？"

"有那回事吗？我怎么想不起来了。"广仁微微一笑之后，轻轻拍了拍自己的额头。好像突然想起了什么一样，他继续说道："原来是那个误会啊，归师兄你不提起来的话，我都快忘了。"

广仁这话，竟然有些许责怪归不归不该提起这段不愉快的往事。几句话说完，他将目光对准了扛着一根大棍子的孙无病："无病先生，那天晚上广仁师徒不知道你也在客栈当中，多有得罪，还请先生见谅。我们都是认识了多年的老朋友，想来无病先生也不会怪罪广仁吧？"

"别客气，当年你是大方师徐福的首徒，我是小小潜宗的修士，见到大方师你都是要绕着走的。咱们当年就没什么交情，你该说话就说话，用不着拉这个关系。"孙无病的潜宗当年一直被方士一门死死压着，他心里也一直看他们方士不顺眼，要不然当年也不会和归不归发生争执。现在看到广仁有说软话的意思，他却硬邦邦地顶了回去。

广仁脸上没有一丝一毫不悦之色，这位大方师淡淡地笑了一下之后，继续对面前的"猴子"说道："无病先生您说笑了，广仁得知先生和金公心猿合二为一，备了一点薄礼前来贺喜。火山，请无病先生看看这点不值钱的礼物……"

广仁说话的时候，火山已经到了另外一辆马车旁边，将盖在车棚上面的麻布掀开，露出里面满满一车的忘诛石。

这两位大方师在客栈当中和这只"猴子"相遇之后，回想当时的细节，认出孙无病脖子下面的"猴子"身体是少有的妖兽金公心猿。这妖兽太过稀少，几乎在典籍当中找不到出处。广仁能认出来，这还是因为当年在徐福身边学艺的时候，徐福亲口说出过金公心猿的样子。即便看不到猿头，他也不会认错。

认出孙无病脖子下面是金公心猿的身子之后，这两位大方师也暗暗心惊。他们潜宗还是有独到的本事，竟然能把人头安在猴子的脖子上。

金公心猿全身上下“免疫”所有的术法和妖法，几乎没有可以下手的地方。广仁想了一天一夜都没有必胜孙无病的手段和把握。不过大方师到底还是大方师，正路不通，他便想办法绕路行进。广仁也想到了孙无病和金公心猿合体不会长生不老，死后投胎的问题应该会一直困扰着这只“猴子”。

想明白之后，这两位大方师便从方士一门消亡之前转移出来的天材地宝当中找到了忘诛石，满满地装了一车。一路打听他们这些人的去向之后，两位大方师终于在这山脚下找到了孙无病等人的马车。

询问了车夫之后，两位大方师知道这些人都已经上了山。至于去干什么车夫却说不清楚，当下，广仁、火山便等候在这里。只要看到他们下山，便将这一车的忘诛石送给孙无病。能买通这只“猴子”两不相帮，他们的目的就算达到了。

算起来这只“猴子”跟着他们，也应该就是在图谋忘诛石。说不定得了他们师徒俩的好处，孙无病会反戈一击。

当下，广仁笑吟吟地看着扛着棍子的“猴子”，而一边的归不归笑吟吟地看着广仁……

第四章　调查

“这么一大车的忘诛石，大方师你真的下本了。”归不归嘿嘿笑了一声之后，对正在冷笑的“猴子”说道：“看到没有？人家大方师对你真是贴心，送你这么大一堆忘诛石。你从老人家我这里只得了一根不值钱的棍子。‘猴子’，看在这么多忘诛石的分上，你拿棍子打老人家我一下两下的，我老人家也没有什么好说的……”

“啰唆！”“猴子”龇牙冲归不归叫了一声之后，猛地一转身，冲着广仁、火山蹿了过去。他举起手里的石棍对着那辆满是忘诛石的大车砸了下去。就在孙无病做出这个动作的同时，广仁已经认出了他手中石棍的来历。当下大方师叹了口气，对自己的弟子说道：“我们来晚了，他手上的是石精……”

虽说这师徒俩是来争取孙无病的，不过这只“猴子”毕竟站在吴勉、归不归这些人一边。两位大方师做了两手准备，见到“猴子”突然翻脸，两人同时催动五行遁法，在大棍砸下来的前一刻，已经在众人面前消失得无影无踪。之前广仁是没有想到“猴子”会近乎无敌，他这样的人物，不会在一件事上吃两次亏。

见到广仁和火山遁走，“猴子”举起手里的石棍，将整整一车忘诛石砸得稀烂。赶车的车夫吓得抱头鼠窜，直到这只“猴子”砸完都不敢回来。

“老家伙，这次你该放心了吧？”将马车砸烂之后，“猴子”回头看着归不归继续说道，“那么一车忘诛石就想买通我？可惜那俩大方师不知道石精就在我的手上，忘诛石现在对于我，和石头也没有什么两样。我是揍过大方师的，也担心他们爷俩找我报复，现在撕破脸你总该放心了吧？”

“老人家我什么时候不放心你了？”归不归嘿嘿一笑之后，回头对姬牢说道：“楼主，我们就是陪着‘猴子’来找忘诛石的。现在他已经得了更好的石精，我们差不多也要分开了。怎么样，你是要跟着我们一起走呢？还是另有什么想法？”

“已经劳烦各位一路了，怎么好意思再叨扰下去？”楼主微微笑了一下，对吴勉、归不归行了半礼。有意无意地看了还在百无求背上趴着的离墨一眼之后，姬牢继续说道：“在这里耽误得太久，我差不多也要离开了。不用为我担心，该准备的都准备好了，我早就想开了……”

听到昔日的师尊说到这里，趴在百无求身上的离墨嘴巴动了动。不过话到了嘴边，他还是紧紧闭着嘴巴将脑袋扭到了一边。

这个时候，谢伦也走到了自己师尊的身边。听到这位楼主要走，谢伦低声在孙无病的耳边说了几句。孙无病听后点了点头，对楼主一招手，说道：“那个谁，你跟着我们爷俩一起走吧。怎么说我也是揍过大方师的，有我在这里，谅广仁、火山爷俩也不敢靠前。你放心……我保着你，保到死为止……”

姬牢本来早就做好了死在元昌手里的准备，不过近年来随着妖僧越来越不像话，楼主也开始犹豫起来。这次离墨不知道探听到了什么，豁出命来传出这个消息。虽然他嘴硬不说出消息的来源和经过，不过姬牢已经决定避开元昌。

现在听到这么一个近乎无敌的“猴子”要保自己，也算是了了楼主的一个心结，当下他谢过了孙无病、谢伦师徒。有这只“猴子”在身边，广仁、火山师徒便奈何自己不得，更别说那个妖僧元昌了。不管怎么说，这只“猴子”总比归不归那只老狐狸好相处一些。

不管怎么样，有孙无病在楼主身边，也算是了却了归不归的一件心事。早年他们几个和问天楼争斗得太厉害，现在突然要吴勉、归不归保着楼主，几天还可以，时间一长自己想想都别扭。别看现在“猴子”有些张狂，当初那也是做过门派之长的人，加上一个做事谨慎的谢伦，楼主吃不了什么亏。

分给楼主、孙无病一辆马车之后，众人分道扬镳。看着马车消失，归不归这才笑嘻嘻地回身看着离墨，说道：“跟着我们走吧，运气好的话，还能见到你那位大术士……大方士的师尊。不过听说他最近给你找了个师祖，估计见面的时候大家都有些尴尬。”

“你说得晚了，我已经被应真先生踢出门墙了。”离墨苦笑了一声之后，继续说道，“以前只是听说应真先生的这个癖好，想不到会被我遇到。”姬牢离开之后，离墨的话也开始多了起来。他以前是一个少言的人，这么多年几乎是一言不发，现在终于开始说话了。

离墨被席应真踢出门墙这件事，吴勉、归不归早已经知道。老家伙嘿嘿一笑，让自己的便宜儿子将离墨背到了马车上。众人都坐在一辆马车上之后，老家伙吩咐启程。他们先到达最近的一处泗水号商铺，打算休整一番之后再说。

泗水号的脉络已经四通八达，几乎在每个郡县都有自己的商铺和货栈。只不过这里有些荒凉，当天晚上车队只能在野外扎营。不过吃喝休息一切都有泗水号的人安排，也是非常方便。

第二天中午，车队进了云中郡的一座小县城当中。县城里面只有一座小客栈，没有那么大的地方安置这些人，车队的主事便将他们直接安排进了本地泗水号的商铺当中。

因为提前得知消息，商铺的管事已经将后院腾了出来，作为吴勉、归不归等人的客房。将离墨安排在其中的一个房间之后，商铺管事已经摆下了酒宴，代表两位东家给几位贵客接风。

商铺的管事是一个三四十岁的壮汉，知道这几位都是两位东家的贵客，管事尽力地巴结，难得在这么一个边陲小县城中弄出了像模像样的酒席。

众人正在吃喝的时候，商铺的伙计送来一封信。管事打开信看了一眼之后脸色微微一变，随后恭恭敬敬地将信笺交到了归不归的手上，说道："这是两位东家查到的那个叫作陆刚的下落，他就在三十里之外的焦远县。两位东家的商令五天前就到了咱们这里，本来我们这小县城也想给东家们露露脸，可惜，那陆刚在城外十五里便改了方向绕城而过，咱们这里这才没了露脸的机会。"

"陆刚……"归不归笑眯眯地接过信函看了一眼，上面果真是陆刚在周围这几个县城来回转悠的路线，只不过落款写的是交由归、吴车队离墨亲启。这位管事大概是多喝了两杯会错了意，才误将这封应该交给离墨的信函，交到了归不归的手上。

那么说来，离墨之前一直在利用泗水号。他之前也不是单单被元昌打伤的，应该是撞破了元昌和陆刚谋划的一件什么事情，这才遭了暗算。虽然他咬紧了牙关不说到底出了什么事情，不过还是动用了泗水号的力量来查那个叫作陆刚的下落。

将信函交给身边的吴勉之后，归不归继续笑嘻嘻地对管事说道："还是你们泗水号有办法，这才几天就查到了陆刚的下落。不过除了这个之外，老人家我还让你们做过什么来着？年纪大了，竟然想不起来了……"

管事赔着笑脸再次说道："您还让我们去查这个叫作陆刚的会不会前往安元寺……"

第五章　海上交易

“安元寺……”归不归看了一眼对面酒桌上的吴勉，随后笑呵呵地继续对管事说道，“想起来了，你们两位东家给老人家我的信函里也说到过这个安元寺，你们都查到什么了，说出来让我老人家高兴一下。”

听到归不归提到了两位东家，管事更加不疑有他，恭恭敬敬地回答：“安元县那边传来的消息，陆刚五天之前在安元寺待过一晚，第二天一早就走的。善缘簿上他用张病已的名字捐了十五贯铜钱，不过陆刚是空着手进的安元寺，十五贯铜钱怎么也有百十来斤，想来也是许的空愿。”

归不归听了嘿嘿一笑，正要说话的时候，对面的吴勉突然开口说道：“他是空着手进的寺庙，也是空着手出来的吗？”

“还是吴老爷您高明，一眼就看穿了陆刚的把戏。”管事奉承了两句之后，这才说到了正题，“安元的兄弟们看得清楚，陆刚出来的时候手里多了一个长条包裹，有懂行的人猜里面可能是什么兵器。从安元寺里面出来之后，那个包裹便一直被陆刚随身背着。信函上面这一段写得不怎么清楚，好在我知道的事情多，亲自跟您几位说也是一样的。”

本来以为这个白头发的男人听到这里会再问几句，不过吴勉只问了一句，便好像不关他的事一样，扭头看着窗外的景色不发一言。

看着管事有些尴尬的样子，归不归笑了一下岔开了话题，说到了周围的风土人情。说到这里，管事苦笑了一声，说道：“这里哪有什么风情？不瞒您老人家说，这种鸟不拉屎的地方什么都没有。泗水号商铺、货栈几百个管事就我的命最苦，得的年资也最少……”

听着管事诉苦，归不归嘿嘿一笑，拍了拍他的肩膀说道：“放心，有机会我跟你们两位东家说一声，调你去一个好地方。别急，有你成大管事的那一天。”

吃饱喝足之后，管事亲自送他们回到后院休息。管事离开之后，归不归独自一个人来到了离墨静养的房间，神情古怪地看着已经睁开眼睛的离墨，呵呵一笑之后，将泗水号送来的信笺放在了他的枕边，说道：“这是错送到老人家我手上的信函，还以为你会用泗水号来查元昌，没想到你要查的那个人是陆刚。还是不打算说吗？”

归不归说话的时候，离墨打开信函仔仔细细地看了一遍。随后他冷笑了一声，对老家伙说道：“泗水号没有错送的信函，这是管事在巴结你们。八成有什么事情求你们……小聪明……”

老家伙嘿嘿一笑，说道：“能在泗水号做管事的没有蠢人，不过有些人聪明过头了。老人家我吃了那刘禧和孙小川哥俩这么多天，今天就还他们一点。你让他们哥俩查查这信笺的出处，这上面没写你要查的安元寺。还是这里的主事告诉我陆刚去安元寺住过一晚，用张病已的名字布施了十五贯钱，走的时候带走了一个长条包裹。你特意吩咐过要查安元寺的，这个都能绕过去……”

“陆刚到底还是去了安元寺……”离墨对泗水号的内鬼没有一点兴趣，却对这个安元寺兴趣盎然。听到这里的时候，离墨的眼睛便瞪了起来。他长长地出了口气之后，呆呆地看着一处，看着应该是在思考什么事情。

“你还想继续瞒老人家我吗？”看着离墨的样子，归不归笑了一下，随后继续说道，“你不说，我老人家也不再问。不过明天一早我们就要各奔东西了，你本来就是泗水号的人，把你留在这里我老人家也就放心了。好好休息吧，我们明天一早就走，就不叫你起来了……”

听到归不归说要将自己留在这里，离墨的脸色便变得有些古怪。看到老家伙已经打开了房门，就要迈腿出去的时候，离墨终于忍不住开口说道：“等一下，有件事情我要和你说一下……”

“忍了这么久，小娃娃你终于要开口了。”归不归嘿嘿一笑，随后继续说道，“说吧，不过老人家我话说在前面，不管你说什么，我老人家未必帮得上忙。”

“听了之后你再决定吧。”离墨深深地吸了口气之后，对归不归说出了他无意当中发现的秘密。

和归不归猜的一样，之前在财神岛大乱的时候，离墨的确是在做戏。当时他趁机离开财神岛，回到陆地，是为了要见一个从徐福船队当中出来的方士。徐福的船队在海上多年，虽然有秘法护卫，不过还是难以抵挡海上风浪的侵袭。每过一段时间，徐福就要派人回到陆地去采买一些修补船只的物品，以及一些日常生活的用具。

这些年来，泗水号慢慢做大，徐福船队为了避免麻烦，也开始和泗水号做买卖。一开始他们自称是某家船坞工房，不过刘禧和孙小川都是一等一的人精，很快便发现和自己有过几次贸易的古怪客商八成就是当年那位出海一直未归的大方师徐福。

之后的买卖，两家一直都是心照不宣。不过泗水号中也只有刘禧、孙小川这两位东家知道底细，就连被他们俩当作镇岛之宝的广悌都被蒙在鼓里。本来这次又到了和徐福船队交易的时间，因为波斯人搅局，两位东家抽不出身来，所以最后做了一场戏，让离墨借机出岛，代表两位东家和徐福派来的人交易。

不过等到离墨带着装满货物的大船到了指定交易的海面时，却没有发现应该等候在那里的方士。之前代表徐福和泗水号交易的是一名叫作张病已的方士，每次都是他早到一步，在这里等着刘禧、孙小川的大船。

离墨一直等了一夜，也没有见到徐福的海船赶过来。第二天一早，离墨准备离开的时候，一艘小小的舢板载着一名方士赶了过来。方士拦在离墨的大船前，说他是徐福身边的弟子张病已。

这个张病已声称徐福船队发生了一点变故，之前定下的货物大半暂时存放在泗水号，之后会有其他的方士将那些货物取走。不过当中有一块委托泗水号寻找的黑尾焦木他要带走。

离墨当初是问天楼楼主的左右手，也是极为精细的一个人。他虽然没有见过这个张病已，不过却从他的话语之间感觉到有些古怪。两位东家明明说了，张病已会带着一艘有些老旧的大海船来，除了交接货物之外，还会送来下次采买的清单。这样单人独舟的算什么？

不过舢板上的张病已看出了离墨的顾虑，当下当着他的面，施展了方士一门的术法，随后又出示了可以证明自己身份的腰牌。还是那句话，徐福大方师的船队遇到了一点麻烦，处理完之后会再来取走货物、送来下次的采买清单。

最后离墨被这人说动，将黑尾焦木交给了此人。等到他带着货船回到财神岛的时候，吴勉、归不归等人已经离开。离墨将海上发生的事情和两位东家说了一遍之后，刘禧和孙小川二人相互对视了一眼，随后孙小川对离墨说道：“李甲，这次你八成是上当了。我们和张病已做了数次交易，从来没见过他这样交易的。那个张病已不是死了，就是被什么事情绊住，被那个人钻了空子。”

孙小川的话刚刚说完，徐福船队的人已经找上门来。不过他们不是来做交易的，是来打听泗水号有没有一个叫作陆刚之人的消息。

第六章　密谋忘义

来的方士并不是之前经常和泗水号贸易的张病已，而是一个叫作公孙屠的方士。根据这位公孙屠所说，张病已已经轮回转世，话里话外也带出几句张病已的死和陆刚有关。

听到张病已已经轮回的消息，离墨大吃一惊。不久之前他刚刚见过“张病已”，还亲手交给他一块罕有的黑尾焦木。

听到“张病已”出现，公孙屠倒是没有吃惊。他向离墨详细询问了交易黑尾焦木那次的细节，最后得出一个结论——张病已就是陆刚假冒的，为的就是骗取那块黑尾焦木。

至于陆刚为什么要骗那块木头，公孙屠却没有多说。他只是从怀里取出一封信笺，双手递给了泗水号的大东家刘禧。刘禧看过了信笺之后，并没有露出什么意外的表情。他将信笺递给孙小川之后，便吩咐泗水号的几位大管事，从即日起，不计成本地购入天云母、方寸蛇胆和寒天花米三种稀有之物。收入这三种物品之后，不得存放过夜，要在当地商铺、货栈正副管事的见证之下销毁。

大东家的命令下得古怪，不过泗水号当中没有人敢质疑大东家的决定。不过就在几位管事要去传达大东家命令的时候，却被刚刚看到信函的孙小川叫住：“等一下再走，我替大东家补充几句。半个月之后，如果还在哪里能够找到那三件稀有之物的话，当地商铺、货栈从主事、掌柜到伙计一律全部开除回家，一个不留……”

二东家的命令更绝。亲眼看着两位东家下了命令之后，那位叫作公孙屠的方士这才告辞离开。刘禧、孙小川亲自驾船送出十里之外，这才回到了财神岛。二人回来之后第一件事便是小心翼翼地将信笺保管起来，这个时候离墨才知道这是徐福写给他们二位的亲笔书信。

半个月之后，离墨跟随一艘商船回到了陆地。他领了两位东家之命，到泗水号的商铺、货栈当中检查当地收购那几样稀有之物的进度。那几样珍宝虽然不值什么钱，品相也不佳，不过实在太稀有。早年这三种稀有之物都是用来制作漆器的原料，后来因为实在找不到这三种原料，便用了其他的材料代替。不过有些漆器大家还是知道这三种传说之物的形状和特性的。也时不时有漆器大家来泗水号寻购这三种稀有之物，运气好的话，少年之时寻觅，死前或许还有机会能见到其中的一两样……

离墨走了几个州郡，也没看到几家商铺买到天云母、方寸蛇胆和寒天花米这三种稀有之物，凡是有购买了这些物品的管事也已经将所购之物尽数销毁。

离墨怎么说也是楼主的弟子，知道这些稀有之物都是天材地宝。不过就算在天材地宝当中，这些东西也是极为少见的。这段时间里，他一直都在处理这件事情。也是泗水号的财力大得吓人，将本来就极为少见的几样天材地宝几乎绝了根。

回到陆地上之后，离墨也借用泗水号的势力替自己去打听楼主和元昌和尚的下落。他倒不是还有什么昔日的手足之情，只是不想再见到这两个人，能避开还是避开不见面的好。

不过有些事情不是想避开就能避开得了的。当离墨走到益州地界，正在当地泗水号的商铺当中检查他们的账目时，偶然听到有人在向商铺打听有没有天云母、方寸蛇胆和寒天花米三种稀有之物。听到这里，离墨隔着窗户偷偷看了此人一眼，发现并不是那天海上骗走自己黑尾焦木的“张病已”。

这个人虽然是一般百姓的打扮，不过离墨还是一眼就看出他是修士出身。当下，离墨命商铺的小伙计去传话，就说店里并没有这三种制作漆器的原料，不过几天之后，从其他货栈会运来一批货物，其中就有他要寻找的方寸蛇胆。不过只有一副蛇胆，远远不够炼制漆器的。

果然，此人听到之后，表情从惊喜变成了失望。虽然只有一副蛇胆，他还是决定要买下来。同时他又让伙计去查别的商铺、货栈当中是不是备有这三样炼制漆器的传说之物。

离墨让伙计开了一百金一副方寸蛇胆的天价，此人没有丝毫犹豫，给了二十两黄金的定金。打听到还要再等三天才能拿到方寸蛇胆之后，此人才离开了商铺，约定三天之后回来交付八十两黄金并取走蛇胆。

这个时候，从此人说话的口气和动作当中，离墨肯定他就是当天在海上骗走自己黑尾焦木的“张病已”。当下，他小心地跟在此人的身后，亲眼看着他进了当地的一座寺庙。

和这次一样，此人也是用了张病已的名字，布施了寺庙十五贯铜钱。只不过他把铜钱换算成金价之后，给了一个金锞子。白天离墨担心他认出自己，便回到商铺，等到夜深人静的时候，再次使用术法到了这座寺庙当中。

离墨掩藏住了自己的气息，一间间禅房寻找那个人。在经过一间禅房门口时，他听到了一个熟悉的声音：“陆刚兄，你真的确定在商铺里定下的就是方寸蛇胆吗？”

这个声音正是和离墨曾经同门学艺的元昌的声音，随后里面“张病已”的声音响了起来：“泗水号这样的老字号说出来的，应该假不了。只可惜蛇胆只有一副，还是差得太远。元昌大师，你是个有名的高僧，不能帮帮我这个忙吗？”

这时，元昌的声音再次响了起来：“现在盯着我的人实在太多，如果我用佛门的势力去买这三样珍宝，马上便会有人猜到你在我的身边。陆刚兄，我已经私下找人帮忙了。只是最近也是邪了，平时还能找到一样半样，现在三种天材地宝一种也找不到了。”

说到这里的时候，元昌突然顿了一下，随后压低了声音继续说道：“不能用别的什么天材地宝来代替吗？就算威力小了一两成，只要能轮回了广仁、火山师徒就够了。吴勉、归不归他们我再另找办法对付。”

听到这里，外面的离墨心里便紧了一下。虽然这些年来他一直守着刘禧、孙小川二人生活在海岛上，不过也知道没有广仁、火山这两位大方师，里面的元昌和尚早已经死几个来回了。想不到这个元昌和尚竟然会密谋除掉那两个救了他几次的恩人。

“不行，对他们必须一击即中，你我都没有第二次机会，你是知道的。”陆刚马上拒绝了元昌的提议。顿了一下之后，他继续说道：“还有，你答应过我的，我帮你除去广仁、吴勉他们，你保着我的平安。得了楼主的术法之后，你一定要保着我。只要徐福不回来，他手下的弟子便都不是你的对手。到时候，按照你的计划，只要你吞噬了第二个楼主的术法，再等到皇子的身份定下来，便可以……谁！”

说到一半的时候，陆刚突然大吼了一声，随后两人冲出了禅房。离墨都不明白自己哪里露出了破绽，好在他当时做好了随时被发现的准备，早已经催动五行遁法。见到禅房里的两个人冲出来，离墨的身体已经消失了一半。

就在这个时候，元昌和陆刚同时对着离墨施展了术法。离墨在身子消失的一瞬间，一口鲜血喷出来，随后才消失得无影无踪……

第七章　交易

后面的事情就不用说了，吴勉、归不归在官道上遇到了离墨，随后两次被元昌、陆刚追杀。只是归不归还是不太明白安元寺又是怎么一回事，为什么离墨指派泗水号的人去调查这家寺庙？

“之前我的人就是在安元寺跟丢了元昌……”离墨缓了口气之后，继续说道，“元昌现在是皇帝司马炽的替僧，还有一个‘天下第一僧’的封号。他走到哪里都能监理寺务，住持都要在他之下，他要做点什么谁也拦不住。路过其他的寺庙，他最多只住三晚，不过却在安元寺连住了十九天。我一直怀疑元昌将什么东西藏在了安元寺当中，等着陆刚去取的。现在看起来，我猜对了……”

“猜对了又能怎么样？”归不归嘿嘿一笑，坐在离墨的床榻上，继续说道，“陆刚到底想要做什么，元昌又想要做什么？他们俩混在一起是各自利用，还是另有图谋？小娃娃你真的说得清楚吗？”

看着已经被他问住、不知道应该怎么回答的离墨，归不归再次笑了一声，随后继续说道：“老人家我知道你什么都不说，是为了不让泗水号和徐福有买卖的事情外泄。周围都是人精，你说出三分，人家可能就知道九分。当初在那个谁门下为徒的时候，你的性命都可以交出来。现在跟着刘禧、孙小川哥俩混饭吃，你也算是对得起他们哥俩了。不是老人家我捧你，当初老人家我也是收过几个弟子的，他们连你一个脚趾头都赶不上。知道我老人家得罪了徐福，那几个赔钱货马上就和老人家我划清界限，不承认是我老人家的弟子，还写了焚天表当着徐福那个老家伙的面烧了，就好像他们那一身的术法都是胎里带出来似的。”

看着眼前的离墨，又想起自己那几个不成器的弟子，当下归不归连连叹气，随后继续对发愣的离墨说道：“你跟着我们这么多天，就是为了转移陆刚、元昌的注意力？想必现在给你两位东家的密信早已经送出去了吧？”

“所以我才不能透露和泗水号的关系。”离墨的语气终于轻松了一点。顿了一下之后，他继续说道：“而且那位公孙屠方士也知道元昌、陆刚勾结在了一起，这个时候想必徐福大方师已经在安排对付陆刚的事情了，捎带着元昌的事情或许也可以解决了。”

“你办了件傻事……”看着离墨的眼睛放光，归不归当下给他泼了盆冷水，“如果你不提元昌的话，或许徐福那个老家伙还真会派个出众的弟子带走陆刚的。不过现在从你这里知道了他们俩勾结到一起的话，那个老家伙除了看热闹，什么都不会做的。”

看着离墨皱起眉头，一脸不相信的样子，归不归继续解释道：“元昌闹过多少次了？为什么还可以继续闹下去？不是因为他的术法天下第一谁也惹不起，而是因为有两个大方师一直在保着他。你自己想想，徐福也叫大方师，会和自己的徒子徒孙们唱反调吗？”

离墨虽然久居海岛，不过也知道陆地上这些年都发生了什么事情。愣了片刻之后，他也明白自己做了画蛇添足的事情。沉默了片刻之后，离墨说道：“就算我不说，公孙屠那里也会和徐福大方师说的。他是亲眼看到元昌做过什么事情的，应该会说服徐福……”

“你猜猜看，公孙屠会和广仁、火山两位大方师唱反调吗？”归不归再次笑了一下之后，继续说道，“别指望徐福那里会派人来了。还有，再写一封信给你们那俩东家。陆刚是知道你底细的，小心他去财神岛找他们俩的晦气。”

归不归说的都在点上，本来以为大局都在自己掌控之中的离墨开始心慌了。看着他冷汗直流的样子，归不归开口说道：“现在知道什么叫作画蛇添足了？不过也不是没有补救的办法……直接找人了结陆刚就好了，正好还能替你们俩东家卖徐福那个老家伙一个好。”

说完之后，归不归也不再理会还在发愣的离墨，而是慢悠悠地站起来，向着大门口走去。他一边走一边好像是自言自语地说道：“想要动手那就快点，晚了那就什么都来不及了……”

“你们真的一定要救姬牢吗？”眼看归不归就要走出去的时候，离墨突然喊了一声。顿了一下之后，他对已经回头的老家伙说道：“你们当初也是生死相搏的，说忘了就忘了吗？”

刚才离墨已经听出了归不归的话外之音，这个老家伙看似在说陆刚，却暗指楼主。虽然离墨、归不归二人没有一个字提到姬牢，不过这件事情的中心却一直都在楼主的身上……

“怎么可能说忘就忘？”归不归嘿嘿一笑之后，继续说道，“虽然几次性命相搏，不过我们几个却从来都没有吃过亏。严格说起来，我们几个和楼主没有什么正面你死我活的冲突，都是被人拉着才进局的。现在想开了，楼主从头到尾和我们几个都没有什么关系。老人家我干吗还要听人摆布？”

说不过归不归，离墨索性自己说到了正题上：“你们怎么样才会帮我这个忙？说个条件吧。”

“我老人家就喜欢和聪明人打交道。”归不归嘿嘿一笑之后，继续说道，“陆刚从海上带回来什么东西，都给老人家我看一眼。这个总不过分的，是吧？”

“那是大方师徐福点名要追缴的东西，怎么可能让你看？”离墨皱了皱眉头之后，继续说道，“你还是换个竹杠吧，泗水号还藏有……”

没等离墨说完，归不归一言不发地走了出去。离墨见状，虽然知道这是老家伙在要挟自己，不过苦于没有破解的办法，再不答应的话，等到归不归他们真走了，那在这里连个能帮手的人都找不到了……

“好，只要你帮我解决了陆刚，他身上带着的东西，我亲手给你做成拓片保存。这个总可以了吧？”在归不归两只脚都跨出了房门的一刹那，离墨突然开了口。顿了一下之后，他继续说道：“不过你要小心，一旦风声走漏出去的话，归不归你会变成第二个陆刚……”

“那老人家我也认了。”归不归哈哈一笑之后，继续说道，“徐福那个老家伙不管怎么说也是我们的熟人，到时候他也未必能拉下这个脸来……”

在距离此地三十里外的沙枣镇中，那个当初差点把离墨一劈两半的陆刚正倒在客栈的床上。他的手里紧紧抓着那个从安元寺拿出来的长条包裹，好像这个包裹里面装着他的命根一样。

本来说好的，一个时辰之前元昌和尚就应当过来和他会合了。不过不知道什么原因，这个和尚到现在都没有出现。这让他早就提在嗓子眼里的心更加跳个不停。

就在陆刚胡思乱想的时候，突然感觉到客栈外面出现了一丝熟悉的气息，正是许久没有出现的元昌。这个时候，陆刚悬着的一颗心这才稍微安稳了一些。

片刻之后，客房大门打开，光头和尚元昌走了进来。他冲陆刚说道：“我查到楼主的下落了，现在是最好的时机，已经联络了广仁、火山，就差你了……”

第八章　禁术之谱

听到元昌说到这里，陆刚先是愣了一下，随后他皱着眉头说道：“不是说要先对付那只‘猴子’吗？有那只畜生在的话，就算是广仁也对姬牢无可奈何。”

“广仁已经调了其他的方士来引开‘猴子’，吴勉、归不归他们也不在楼主的身边，现在动手是最好的时机。”元昌向陆刚走了几步之后，继续说道，“我放在安元寺的东西，你已经拿到手了，现在应该再没有什么推托了吧？”

“那是禁术，哪有那么容易？”陆刚轻轻地叹了口气之后，继续说道，“你的目标是早就准备死在你手里的姬牢，我的目标是广仁和火山。你不要每次都说得那么轻松，只要有一点偏差，你可以编个谎话蒙混过去，我可是死定了。”

说话的时候，陆刚将手里抓着的长条包裹打开，露出里面码放得整整齐齐的十几个漆盒。看了一眼这些漆盒之后，陆刚继续说道：“如果你早点听我的话，用你皇帝替僧的名号下令搜集这些天材地宝，我们也不会挨到现在了。半年之前，你就可以吞噬了姬牢的术法，然后我帮着你解决广仁和火山。现在哪里还有元昌和尚，我应该改口称呼你陛下了……”

“你想错了，这些不是我借着皇帝替僧的名义搜集来的，是从泗水商号那里得来的。”元昌冷笑了一声之后，继续说道，“你还真是徐福大方师的红人，泗水号一年之前就开始购买你缺的那三种天材地宝，是徐福大方师的法旨下到了刘禧那里。现在知道为什么你一直凑不齐这三样天材地宝了？”

说到这里，元昌怪笑了一声，随后继续对陆刚说道：“先处理了姬牢和广仁、火山他们，办完了大事之后我把泗水号连根拔起……”

“我还要五天的时间，天云母、方寸蛇胆和寒天花米没有焙熟。只有所有的天材地宝都充分融合，禁术才可以发挥威力。”陆刚叹了口气，继续说道，“你先拖住广仁和火山，没有我帮忙，姬牢第一个死，你就是第二个。”

“那就快一点！那两位大方师早就对我不耐烦了，有人可以代替我解决姬牢，这个可不是开玩笑。”元昌说着看了陆刚手边的十几个漆盒一眼。随后，他对着外面说了一句：“我还给你请来了一位贵客——广孝大师，您请进来吧，这几天我不方便过来，请您来配合陆刚先生……”

这句话刚刚说完，就见一个和尚从门外走了进来。陆刚是当年跟随徐福一起出海的童子之一，当年他混在大队人马当中，隐隐约约见过广孝一面。当年的方士已经变成了和尚，陆刚哪里还能认出来?

“我们说好的，这件事不可以让第三个人知道。你把广孝大师请来做什么？”虽然早已知道广孝改投了释门，不过突然间看到他出现，陆刚还是有些心惊。他又不敢得罪广孝，只能质问元昌。

“你真的以为这件事你们两个人就能做成吗？”广孝上下打量了陆刚一眼之后，继续说道，“你从徐福大方师那里偷取了禁术，广仁会没有防备吗？现在他们两位大方师八成就在等着你带着禁术过去自投罗网。陆刚，对于能坐上大方师位子的人，都是不可以有一点轻视之心的。你明白吗？”

广孝说话的时候，一股无形的压力压得陆刚透不过气来。直到这个和尚说完，他这才长长地出了口气，对广孝施礼，说道："多谢大师提点，陆刚差点酿成大祸……"

"对待他们两位大方师，一子落错，满盘皆输。"广孝说完之后，对着陆刚伸出了手掌，继续说道，"禁术之谱……拿来，有什么破绽，我来替你弥补。"

听到广孝大大咧咧地向自己索要禁术谱，陆刚便开始迟疑起来。犹豫了一下之后，他赔着笑脸说道："那样的东西我怎么敢随身带在身上？大师，等大事成功之后，陆刚必定将图谱奉上……"

"广孝大师以前的身份你也是知道的，他老人家是方士大家，你的禁术如果有什么瑕疵，大师会提前给你指出来的。"这个时候，看到陆刚有些犹豫，元昌说道，"我们三人现在坐在一条船上，如果广仁真的做好了准备，找到了应对禁术的办法，到时候你再将图谱拿出来也没有什么用了。"

陆刚犹豫了半晌之后，将外衣脱下来，撕开了衣服的内衬之后，将缝在内衬当中的一张图谱取了出来。

"锦帛上面便是禁术的图谱。"说话的时候，他恭恭敬敬地将图谱交到了广孝的手上。就在这个时候，房门外面传来另外一个元昌的声音："陆刚！你在干什么……"

听到这一声大喊后，陆刚浑身上下一激灵，随后便看到自己面前的两个人瞬间变成了吴勉、归不归的样子。而那位元昌和尚站在门口，目瞪口呆地看着自己。上当了！刚才那是幻术……

"好极了，该来的都来了，省得老人家我再麻烦了。"归不归哈哈一笑，转身对元昌说道，"小和尚，明明看到了我老人家和吴勉在，你还敢叫破。这么说来，你也是带了帮手来的，是吧？"

说话的时候，真正的广孝和尚从元昌的身后走了出来。看了一眼吴勉手上的锦帛，广孝叹了口气，对归不归说道："归师兄，还是你最了解广孝，知道我应该出来了。真是好幻术……”

“可惜了，广孝你们还是来晚了一步。”看着吴勉将图谱收好之后，归不归这才嘿嘿一笑，随后对站在门口的广孝、元昌说道，“你们不是还想动手抢夺吧？”

“已经没有胜算了，还抢夺什么？”广孝苦笑了一声之后，对吴勉、归不归二人说道，“不过你们都不是方士了，也不用再遵守徐福大方师的法旨了吧？图谱你们拿走了，陆刚留下这总可以吧？”

“老人家我也没有想要带他回家吃饭，徐福那个老家伙要找的人，他自己去找就好。”归不归笑了一声之后，和吴勉对了一下眼神，随后二人催动五行遁法，双双消失在广孝等人的面前。就在两人彻底消失的前一刻，归不归的嘴里突然喷出一个火球，正打在陆刚身边的那十几个漆盒上面，瞬间将这些好不容易搜集到的天材地宝烧成了灰烬。

图谱没了，天材地宝也被尽数烧毁。吴勉、归不归离开之后，广孝、元昌走进了房间，广孝冷冷地哼了一声之后，对元昌说道：“你就是让我来看这个的吗？图谱和天材地宝都没有了，你们两个人做得好，你防着我，我防着你，结果就是这么一个下场。等着吧，元昌你结果了姬牢，广仁就会马上结果了你。然后就是陆刚你了，准备回到徐福大方师身边领死吧……”

“我们还没输……”这个时候，陆刚突然诡异地笑了一下。随后他脱下了里面的内衣，上半身赤裸之后，用一柄短剑割开了自己左边胸膛的皮肤，随后从皮肉里掏出一个扁扁的油布包。将油布包放在广孝面前之后，他这才开始处理伤口。简单地包扎伤口之后，陆刚擦净了油布包上面的血迹，打开油布包取出一张薄如蝉翼的锦帛。

“这个才是真正的图谱，元昌大师，你也该舍舍皇帝替僧的脸面了。”

第九章　崩溃的陆刚

看到广孝、元昌有些意外的表情，陆刚缓了口气，随后对两个人说道："我这是从徐福大方师的眼皮底下拿出的图谱，当然会当作性命一样看待了。刚才那两个人拿走的是我乱写的鬼画符，只有开篇的几句是真的……"

陆刚一脸得意的时候，广孝已经打开了锦帛，仔仔细细地看了一遍之后，将锦帛交给了身边的元昌，说道："陆刚说得没错，你也该舍舍这脸面了……"

"脸面……这么多年了，你还没有看够吗？"元昌说话的时候，突然古怪地笑了一下。随后他的面容发生了翻天覆地的变化，一张白皙得几乎妖艳的面皮瞬间松弛了下来。紧接着，和尚的嘴角开始塌陷，皮肤开始快速失去光泽，转眼之间变成了老狐狸归不归的样子。

见到了"元昌"的真面目之后，陆刚好像被雷电击中了一样，身体猛地颤抖了一下，随后好像木雕泥塑一样呆呆地看着归不归。呆愣了半晌之后，他才机械一般转头对着"广孝"说道："这么说来……你是吴勉了？那么刚才那两个人也是幻术……这世上怎么可能会有这样的幻术……"

"回去之后你去问徐福吧，让他告诉你……"这个时候，"广孝"的嘴里已经发出了吴勉的声音，"元昌的易容术也是你的手笔吧？我很好奇你们是怎么做到的……"

事到如今，陆刚也没有别的选择，当下他苦笑了一声之后，从自己的行李当中抽出另外一个薄薄的油布包，打开之后是几张写满了字迹的麻纸。纸上记录的是徐福最近创出来的术法，可以不露痕迹地改变自己的相貌。

将麻纸递给归不归之后，陆刚有些颓废地看了这两个人一眼，随后说道："禁术和易容术都交给你们了，你们两位也不是方士，可不可以看在这两件东西的分上，放了我这一次？我找一个世外之地隐居起来，从此之后再不出世……"

"你猜徐福会答应吗？"这个时候，"广孝"也变回了吴勉的样子，对着陆刚说道，"不想试试能不能从这里逃脱吗？或许你还有机会。"

陆刚苦笑了一声，说道："给你们机会灭口吗？我只要一死，你们连拓本都不用准备了。再说，当年我是见过你如何解决掉丘武真大方师神识的。我还没有自信到可以从你手里逃脱。"

"有你这句话，省了老人家我给你准备的绳子。"归不归一边看着记录着禁术的锦帛，嘴里一边继续对陆刚说道，"我老人家不明白了，不想在徐福那里待着，自己回来就好，搞出这么多事情做什么？"

听了老家伙说的话，陆刚重重地叹了口气。现在他反而没有什么顾忌了，一口气叹出来之后，他再次说道："当初年纪小不懂事，跟着徐福大方师出海，以为可以像仙人一样长生不老，还能学到通天的术法。这么多年下来，徐福大方师只是教授我们延年益寿的术法。再想学点什么，就得自己一个人去找典籍。除了大方师的几个亲近之人外，别人不会得到徐福大方师一字半句的指点，全凭我们自己感悟……"

说到这里，陆刚深深地吸了口气，慢慢坐到了床榻之上，继续说道："虽然有延年益寿的术法，不过我们毕竟还不是长生不老。这些年来不断有当初出海的同伴死去，每次看到他们被烧成骨灰带回家乡埋葬，我都在怀疑，下一个是不是就轮到我了。既然徐福大方师不教授长生不老的法门，那我就自己去找。只不过我想错了，以为长生不老的术法会和禁术的典籍放在一起，便趁着夜色去藏着禁术的船舱里寻找。最后，长生不老的术法我没有找到，却找到了另外一种可以瞬间要了大修士性命的禁术和易容术。当时时间来不及了，我便将这张禁术的图谱偷了出来，想着以后变成长生不老的身体之后，还能有本事防身。不过天亮之后便有人发现禁术船舱进了人，我趁乱驾着小船逃了出来……”

陆刚说话的时候，归不归一直目不转睛地盯着锦帛上面的图谱。听到陆刚说完，老家伙这才嘿嘿一笑，正准备说几句安慰一下的时候，眼前突然闪过一道白光。白光冲着老家伙的面门射了过来。

老家伙匆忙之下猛地向后倒下，这才躲过了这一下。就在他要站起来看看是谁敢暗算自己的时候，握住图谱的那只手针扎一样地疼了一下。归不归条件反射般松了手，等到他反应过来的时候，另外一道白光已经带着锦帛飞了出去。

“多谢归师兄了……”空气当中传来了广仁的声音，顿了一下之后，他继续说道，“我正在发愁如何从陆刚的手中拿到这图谱，两位真是帮了我的大忙了。”

说话的时候，广仁、火山两个人已经出现在了门口。见到两位大方师之后，陆刚已经快崩溃了。他苦笑着对归不归说道：“我已经没有什么东西了，不用再加戏码……”

“老人家我也希望这是戏码。”归不归笑了一声之后，对广仁说道，“大方师，这次我老人家有点意外了。想不到最后忙活了半天，还是便宜你们师徒俩了。不过现在就你们俩人，这样都能找到陆刚这里，元昌小和尚帮了大忙吧？”

“这个地址的确是元昌告诉我的。”广仁微微笑了一下，将从归不归手上抢过来的锦帛收好，这才继续说道，“陆刚为人狡诈，我还在头疼怎样才能拿回这图谱。早知道归师兄你在，我也不用那么头疼了。”

“陆刚狡诈？狡诈得过元昌吗？”吴勉冷笑了一声，看了一眼身边笑吟吟的归不归之后，继续说道，“陆刚你带走，不过刚才你拿走的东西要留下……”说话的时候，吴勉手里已经出现了贪狼。

“我们不是没有动过手，吴勉先生，明明没有胜算的事情，你干吗还要做？”广仁淡淡地笑了一下。此时，那两把短剑好像灵蛇一样围着他的身体，空气当中时不时传来一声薄刃的颤鸣之声。

这个时候，归不归笑嘻嘻地向前几步，拦在了吴勉的身前，对广仁说道：“大方师，你这样可就有些霸道了。给老人家我一个面子，这个功劳不能你一个人占了吧？怎么说我老人家也叫过徐福几天师尊的，帮他做点事情也是应该的。不过人和图谱还是老人家我亲自送去的好。”

“归不归，到时候你恐怕已经将禁术的图谱做了无数的拓本了吧？”火山冷笑了一声之后，继续说道，“广仁大方师不会抹了你的功劳，今天这里发生的事情，他老人家会原原本本地告知徐福大方师的。”

“看来你们师徒俩是不打算给老人家我这个面子，也好……”说到这里的时候，归不归突然古怪地笑了一下，随后对着空气说道，“‘猴子’，轮到你来和大方师讲道理了……”

话音未落，就见众人头顶上的房顶突然“轰”的一声，破了一个大窟窿，随后扛着大棍的“猴子”从上面跳了下来……

看见“猴子”跳下来，广仁、火山二人已经呆住了，为什么这“猴子”会在这里？

第十章　巧合

看到这只“猴子”在这里，广仁几乎绝望了。没有丝毫犹豫，在孙无病挥着石棍扑过来之前，两位大方师已经催动五行遁法离开了。在消失的前一刻，广仁对着吴勉、归不归的方向说了一句：“你们做得好……”

“猴子”刚刚比画了两下，两位大方师便消失得无影无踪。当下，孙无病有些兴趣索然地回头看了归不归一眼，说话的时候嘴里却发出另外一只妖物的声音：“老家伙，那俩大方师的胆子就这么点？这比芥菜籽也大不了多少。就这胆儿还叫大方师……呸！真不知道那只就会磕头的‘猴子’有什么可怕的……老家伙你笑什么？”

听到“猴子”嘴里发出百无求的声音，归不归哈哈笑得嘴巴都合不上了。好不容易止住了笑意之后，老家伙这才摆了摆手，对正在冲他翻白眼的吴勉说道：“快点把这个傻小子变回来吧，要是习惯了，下次看见孙无病，管他叫傻儿子那就不太好意思了。”

归不归说到最后的时候，也没见吴勉做了什么，“猴子”却突然变成了百无求的相貌。一边的陆刚看得都快哭出来了，他已经分不出来哪个是真，哪个是假了。按照顺序来，一会儿徐福大方师是不是就应该到了？

变回自己本来的相貌之后，百无求对着房间内的铜镜比画了两下。随后他对归不归说道：“老家伙，你怎么算到那俩大方师就在外面的？你的胆子大，随老子，不过一旦老子没蒙住广仁和火山，到时候你可怎么收场？等一下！这事不对……老子明白过来了，就算没蒙着那俩大方师，挨打的也是老子……老家伙，你和你叔叔怎么都不赔啊……”

“傻小子，没事你别学算账。你这脑筋算不清楚。”归不归嘿嘿一笑之后，继续说道，“你爸爸我敢让你借着小爷叔的幻术，装扮成‘猴子’吓唬那俩大方师，就敢肯定他们发现不了破绽。之前那次‘猴子’把广仁打怕了，看见‘猴子’再出现，他第一个反应就是逃，哪里还有胆子去分辨你是真是假？怎么说他也是大方师，被一只‘猴子’揍，你以为广仁不嫌丢人吗？”

和归不归说的一样，再次看见“猴子”挥舞着石棍从天而降，广仁哪里还有胆量去分辨他是真是假，早点带着火山离开才是正经。否则再被这只“猴子”一棍子打出去，大方师真的要考虑是不是应该找棵歪脖子树吊两年了。

开导完自己的傻儿子之后，归不归回头看了看刚刚明白过来的陆刚，对他说道：“还没有想明白吗？老人家我们三个都是真的，刚才的广仁、火山也是真的。剩下的都是假的……对了，还记得刚才广仁说的那句话吗？你藏在这里就是元昌和尚告诉他的，现在还指望他以后会保你吗？”

归不归这两句话，让陆刚的脸色低沉了下去。他回到陆地上要找的第一个人并不是元昌，而是当年在徐福船队上有过一面之缘的吴勉。当时公孙屠蹭了白发男人一颗长生不老丹药，变成了长生不老体质的事情整个船队都知道了。陆刚听说吴勉和广仁的关系不睦，便想拿着禁术图谱找吴勉换一颗长生不老的丹药。

没有想到回到陆地之后，他阴差阳错地结识了元昌。陆刚知道元昌是广仁大方师看中的人，也知道元昌吞噬了问天楼楼主的术法，是当世一个很有修为的大修士。元昌骗他说，只要他帮着解决掉广仁、火山两个人，并保着和尚不被徐福派来的人谋害，就能换取元昌一颗长生不老的丹药。他这才跟着元昌一起越走越远……

现在他亲耳听到是元昌出卖了他，加上已经过了见面的时间，而这个和尚还没有出现，更加说明了问题。陆刚心里已经打定了主意，既然元昌你不仁，那就不要怪我不义了。当下，陆刚将自己所知道的关于元昌和尚的事情，全盘托出。

元昌的目标看似是问天楼楼主，暗中却想着对广仁、火山两位大方师下手，只是没有十足的把握。如果他吞噬了第二位楼主的术法，他便可以一举击败两位大方师。按照之前的经验，在吞噬的过程当中，会流失大量的术法。有了陆刚的禁术之后，他便可以在吞噬楼主术法之后，突然对着广仁、火山下手。

而且广仁利用元昌来吞噬楼主的术法，也明显还有其他的目的。弄不好元昌吞噬了术法之后，广仁马上会对元昌下手。所以这么久了，元昌一直都没敢对楼主轻举妄动。在某种意义上，楼主才是元昌的护身符。

听到陆刚打算向广仁说出元昌的密谋，归不归嘿嘿一笑，说道："你以为大方师是傻子？他会看不出元昌的那点小心思？小和尚现在做的，都在广仁的默许之下。现在除非是徐福从海外传来法旨，要广仁弄死元昌，要不然的话，在楼主死之前，谁也动不了那个小和尚。老人家我真的很好奇广仁上辈子欠了元昌什么？他们俩上辈子，小和尚把老婆让给大方师了？"

"我在海上的时候，听徐福大方师说过一句话，可能就应验在这里了。"听到归不归说到这里，陆刚突然想到了什么，对老家伙说道，"徐福大方师说的是，历代大方师者，他老人家是最轻松的，整个方士一门的好事都落在了他的身上。只是他老人家把后面弟子的福报都占了，后面的大方师只能咬着牙往前走，做徐福大方师做不了的事情，保徐福大方师保不了的人，背徐福大方师背不了的恶名。当时宗门刚刚崩塌，我一直以为说的是火山大方师。现在想想，这几句话都应在广仁大方师的身上了……”

“你们说完了吗？说完了的话，老子插句嘴。陆刚这么给广仁洗白有意思吗？他自己脱下来的裤子，用得着你陆刚给他穿上吗？怎么，你把裤子给他穿上了，再见面你以为广仁就不想弄死你了吗？呸！广仁会嫌你把他的裤子提晚了……”百无求对陆刚的话很是反感，几句话说得一边的归不归哈哈大笑。

而一边的吴勉早已无聊透顶，当下他转身向着客栈外面走去。不过就在他离开房间的一刹那，一个身穿方士服饰的男人凭空出现在了门口，对着屋子里面的人说道：“你们果真在这里，公孙屠失礼了……陆刚，你还记得我吗？”

“公孙屠……”陆刚看到这个人的相貌之后，叹了口气，说道，“你是来带我走的吗？是广仁大方师告诉你，我在这里的吧？”

“正是广仁、火山两位大方师交代的。”公孙屠上下打量了一眼陆刚之后，继续说道，“陆刚，你的罪名太大，谁也保不了你。以后的事情你好自为之……”

陆刚颓废地叹了口气，刚刚要说话的时候，突然听到外面传来一阵嘈杂的声音。随后一个有些尖厉的声音响了起来：“谁说我是‘猴子’了？看清楚我的脸，我是人还是猴……”

第十一章　陷阱

这声音再熟悉不过了，当初就是这只“猴子”差点把陆刚活活打死。当下，他迟疑了一下之后，有些心虚地对归不归说道：“还没完吗？”

“这个是真的。”说话的时候，归不归已经从房间里面走了出来，看到孙无病、姬牢和谢伦三个人正在和脸色吓得发白的掌柜说话。“猴子”的身上穿了一件宽大的衣服，虽然遮挡住了“猴子”的身体，不过他特殊的体形和上蹿下跳的动作真是越看越不像人。

孙无病已经蹿到了柜台顶上，冲着掌柜的龇牙发狠。如果不是姬牢和谢伦拼命地抱着他，这个时候孙无病已经将客栈的掌柜扑倒了。

“为什么还能看见你们？”归不归难得皱起了眉头，冲这三个人说道，“你们不是要往洛阳那边走吗？方向反了……”

看见归不归现身之后，“猴子”这才放过了掌柜的，连蹿带跳地到了老家伙的身边：“不是你让我们过来的吗？我们都出了云中郡了，你让赶车的那个管事把我们又叫回来了。说你这里有麻烦，让我们这几天务必赶到这里来的。归不归，你连这个都不认账？”

听到这里的时候，归不归回头看了莫名其妙的陆刚一眼。随后，他马上明白出了什么事情。看了吴勉一眼之后，老家伙慢悠悠地说道：“老人家我就说，元昌为什么一直没有出现，原来是去准备这个了。”

“归不归，你什么意思？不是你叫我们回来的？”孙无病仗着自己几乎无敌的本事，脸上没有一丝慌张的表情，反而一脸看笑话的样子。

孙无病哈哈一笑，继续说道："想不到老家伙你也有今天，以前都是你挖坑给人家跳，现在别人挖坑把你埋起来了……有趣，有趣……哈哈哈哈……"

归不归冲正在哈哈大笑的"猴子"笑了一下，随后转身将自己的便宜儿子招呼了过来："傻小子，你过来看看这个是什么。"还在哈哈大笑的"猴子"没有反应过来，等到百无求几步到了他身边的时候，这只"猴子""扑通"一声跪在了地上，笑声戛然而止……

"你能不能别这样？每次看见老子都这样，天天有人给你磕头，'猴子'你不烦吗？"百无求有些莫名其妙地看了孙无病一眼。随后，他对归不归说道："有什么好看的，不就一只'猴子'吗？"

"马上就有好看的了。"归不归古怪地笑了一下之后，看着已经走到他身边的姬牢，说道，"楼主，这只'猴子'没有看出来，不过应该瞒不过你吧？"

"怀疑过，不过如果真的是归先生你找我们呢？万里有一也要回来看看的。"楼主微微笑了一下之后，继续说道，"多年之前该准备好的，我已经都准备好了。真有什么不对的话，他们是想要我的性命，你们几位总是无忧的。"

"看着楼主你变成圣人了，老人家我还真有点不适应。"归不归嘿嘿一笑之后，对着空气说道，"老人家刚才一直以为是我们在演戏，原来一开始就错了。演戏的是你们几位，你们一开始就知道孙'猴子'他们根本不在我们的身边。真是一场好戏，老人家我都没有看出来……"

"也多亏了归师兄你，要不然的话我也很头疼怎么才能找到图谱。"说话的时候，客栈大门打开，一脸淡笑的广仁孤身一人站在大门口。

这个时候，孙无病趴在地上，一点一点地挪到离百无求三四丈的位置。这个时候那股巨大的压力才从他身上消失。随即，他从地上蹿了起来，挥舞着石棍冲广仁扑了过去。

“猴子”动手的同时，还不忘对身后的归不归大声吼道：“下次让你儿子离我远点……”他一句话吼出来的同时，广仁的身后出现了一个身穿方士服饰的男人。这人手里拿着一把普通的长剑，将“猴子”拦住之后和他打在了一起……

看到这人的相貌之后，归不归嘿嘿一笑，说道：“广治，想不到你也来蹚这摊浑水，方士一门没有了，你还要认祖归宗吗？”

这个时候广治已经说不出话来了，有广仁的前车之鉴，广治不敢使用术法招呼这只“猴子”，只找了一把普通的长剑缠住了“猴子”。饵岛精卫的那一支方士拳脚兵器都要强于宗门的方士，不过就是这样，广治也不是这只“猴子”的对手。片刻的工夫，他身上已经被冷汗湿透，连归不归的话都回答不了。

虽然孙无病那近乎无敌的能力摆在那里，不过不知道为什么，吴勉、归不归两个人心里都不安稳。当下白发男人手里也出现了贪狼，准备随时向广仁那边冲过去。

眼看孙无病再有几下就能一棒打飞了广治，就在这个时候，广治将手里的长剑对着“猴子”扔了出去，他本人转身就跑。孙无病这些年的性情已经偏向了妖兽，见到广治要逃，他马上挥舞着石棍追了过去。归不归在后面大声喊道：“别追！前面那人在诈你……”

归不归一句话还没有说完，就见孙无病的脚下一空，他脚下的地面“轰隆”一声瞬间塌陷。随后他连人带棍一起坠入了地下，客栈前面的位置早已挖空，下面是一个铁笼子。

孙无病掉进笼子之后，早就埋伏好的火山瞬间扣好了上面的铁栅栏，随后有十几个和尚跑了过来，将准备好的沙土一样的粉末倾倒下来。这个时候，全身已经被大汗湿透的广治将长剑丢下，一口鲜血喷出来之后，他倒在了距离笼子四五丈远的地面上。就这么片刻的工夫，广治竟然累得吐了血。

孙无病被关在笼子里之后，便一直都在挣扎。不过他身上的神力好像消失了一样，任凭他如何拉扯笼子里面的铁栏，笼子都纹丝不动。等到头顶上的粉末倾泻下来之后，填满了笼子四周的空隙，“猴子”整个身体都陷在粉末当中，一动不动地被困在了笼子里。

孙无病掉落陷阱的同时，吴勉已经对着笼子上面的火山劈了一刀。刀风扑过来的同时，广仁身上的两把短剑也飞了出来，一把短剑化解了刀风，另外的短剑直接冲着吴勉飞了过去。

看到孙无病掉进了陷阱，广仁也是长长地出了口气。他收回自己的短剑之后，对冲过来的吴勉说道：“且慢，我没有杀害孙无病之意。吴勉先生你不要误会。听我说完，你再动手也不迟……”

看到吴勉停手，广仁微微一笑，回头看了自己的弟子和昏迷不醒的广治一眼。见到火山示意广治没有大碍之后，广仁这才继续对吴勉等众人说道：“本来我是可以趁着楼主和孙无病不在你们身边之时动手的，不过有的话我还是要说清楚。要不然的话，楼主就算死在元昌的手里，我们也会有解不开的死结。归师兄，你不是一直想问，占祖说了什么我才这么执拗吗？现在我就和你们说。”

“等一下，大方师，反正你也要说的，干脆先把‘猴子’放出来之后再说。”归不归打断了广仁的话，老家伙嘿嘿一笑，继续说道，“你也知道‘猴子’不是你我这样的体质，老人家我怕他在里面被活活闷死。”

“归不归你想得多了。”火山走到了广仁身后，对他们说道，“这笼子和胆沙都是他们潜宗自己的东西，当年金公心猿也就是这样被孙无病抓到的。”

第十二章　乱世的根苗

当年潜宗消亡的时候，大批的法器和典籍流落到了方士宗门。当年有关怎么捕获金公心猿的记录，广仁也是亲眼看过的。广仁和火山连夜回到了藏匿法器之处，将这些笼子和胆沙都找了出来。严格来说，今天这个局就是为孙无病设的。

现在孙无病已经掉入了陷阱当中，广仁这口气总算出了，当下对吴勉、归不归等人说到了这么多年一直袒护元昌的原因……

当年得到占祖之后，广仁首先看到了方士一门终将消亡的局势不可逆转。他这才彻底死心，将大方师的位子传给了火山，之后眼看着方士一门中兴，再迅速走向消亡。

方士一门消亡的罪过落在两位楼主和广孝的身上。虽然明知道宗门的消亡是不可逆转的，不过广仁还是对他们几个人恨之入骨，在看到宗门崩塌之象之后，广仁便开始谋划起为宗门复仇的事情来。

不管是两位楼主，还是广孝，都是广仁不容小觑的对手。为了确保万无一失，广仁让火山再次使用占祖，想找一个最佳的机会干掉他们几个人。不过看到了占祖里面的景象之后，身为方士一门最后一任大方师的火山惊愕得说不出话来。

根据占祖给出的景象，火山看到了楼主死后，会引起一连串的反应。当初首任大方师燕哀侯曾经在楼主身上种下过三寸乱世根苗，本来想要创造出一套秘术，来消除世间的乱世之苦。不过这样的大业，并非几个方士的力量就能办到。最后秘术无疾而终，而楼主身上的乱世根苗也消失得无影无踪。

燕哀侯以为乱世根苗在人体内无法存活，当时也没有多想。殊不知这根苗已经在楼主的体内开始生长。只不过这种虚无缥缈的东西无法从楼主身体里面破茧而出，只能等到寄主死后才能出来为祸人间。也是这乱世根苗的运气不好，楼主随后又窥探到长生不老的门道，最终变成了长生不老之身。

这样一来，方士一门消亡的大仇便无缘得报了。不过火山不死心，反复在占祖上面查询可以置两位楼主于死地的办法，最后占祖当中显现出了元昌和尚。当初楼主之所以找元昌肉身作为自己的新皮囊，是因为元昌的身体条件几乎和楼主的一模一样。天下人亿万数，不过想要找到两个身体条件完全相同的人，几乎是不可能的事情。两位楼主找了千百年，也只是找出了一个元昌而已。

也就是因为元昌的身体和楼主一样，他可以将姬牢身体里的乱世根苗连同术法一起吸到自己的体内。在他吸进乱世根苗之后，广仁、火山加以秘术，再经过千百年便可以将这乱世根苗慢慢消磨，直到彻底消失为止。

这就是当初元昌被广仁带到宗门之后，让他去修炼吞噬术法的秘术的原因了，也是便宜他变成长生不老之身的起因。一开始，事情还是按照两位大方师的所想进行。不过自打方士一门消亡之后，元昌逃出去吞噬了一位楼主的术法，事态就慢慢地发生了一点偏差。

慢慢地，元昌开始不受两位大方师的控制，反而和广孝越走越近。这还不算，妖僧隐隐看出了一点门道，竟然用两位楼主当作自己的护身符。他数次和楼主擦肩而过，却迟迟不动手，暗地里还露出想要与两位大方师为敌的征兆。

忍了元昌这么多年，也给了他无数次机会。本来看的就是他之后千年会承担起作为乱世根苗载体的重任，不过随着他胡作非为的次数越来越多，广仁、火山也对他失去了耐心。

火山找到元昌，给了他一百天的期限，还向他透露了一个小秘密——另外一个和楼主一样身体条件的人出世了。如果元昌还不动手的话，那两位大方师便会亲手除了他。他只是容器，两位大方师花点心思也能再培养出一件容器。

这时元昌才慌了，当下也不敢再招惹那位来自海外的陆刚。他将陆刚的下落和盘托出之后，又开始与两位大方师合谋来对付吴勉、归不归这些人。今天的局大半都是出自这妖僧的手笔。唯一改动的是，广仁将孙无病、楼主引回到吴勉、归不归的身边。

听广仁说完事情原委之后，吴勉、归不归相互对了一下眼神。随后老家伙叹了口气，对这位大方师说道："大方师你瞒了这么久，无非就是怕消息走漏之后，元昌和尚死在楼主之前。不过今天你和盘托出，那就是说……"

"楼主今天会死在这里。"广仁替归不归说出了最后一句。随后，这位大方师将目光对准了姬牢，对这位楼主说道："还记得当年燕哀侯大方师在你身上埋下三寸乱世根苗那件事吗？那根苗长成了，今天是时候收割了。"

楼主淡淡地笑了一下，说道："那乱世根苗我听说过，是种在另外一个我的身上。和大方师说的一样，后来燕哀侯想要从另外一个我身体里清除根苗的时候，才发现那乱世根苗已经没有了。原来是这样，根苗和术法已经混在了一起。"

说到这里的时候，姬牢无所谓地笑了一下，随后回头对吴勉、归不归说道："看来大方师说得有道理，今天或许就是我应该离开的时候了。这么多年，给大家添了许多麻烦，真是对不起了……"

说话的时候，姬牢从吴勉、归不归开始，对着现场每一个人施礼。

行完礼之后，楼主对广仁说道："既然是这样，那就请大方师将元昌请过来……"

"就算吸干了术法，也用不着去死吧？"这个时候，百无求突然插嘴道，"元昌把术法、根苗什么的都吸干净不就行了吗？你们都是死脑筋吗？没了术法就活不了？跟命比起来，术法算个屁！"

"傻小子，大人说话，你别瞎插嘴。"归不归捂住了自己便宜儿子的嘴巴，将他拖到了一边，随后继续说道，"你以为吞噬术法到了极致，被吞掉术法的人还能活下去吗？不把乱世根苗吞噬干净，你以为广仁、火山他们会放心吗？"

归不归说话的时候，客栈外面行驶过来一辆富丽堂皇的马车。马车停好之后，脸色白得几乎透明的妖僧从车上走了下来。

元昌恭恭敬敬地站在广仁的身后，刚才他的马车就停在街道对面。听了广仁的话之后，知道两位大方师没有解决自己的意思，他这才将一直悬着的心放下。看了一眼早已看淡生死的姬牢，说道："楼主，今天之事是你前日之果，你不要埋怨和尚。"

就在姬牢准备走过去送命的时候，一直没有言语的吴勉突然开口说道："等一下，你们又怎么知道不会出现一个更大的麻烦？如果楼主死了，元昌更加肆无忌惮，那个时候怎么办？"

广仁微微一笑，说道："元昌吸干了乱世根苗之后，我会收他为弟子。从此之后，他要终身守在我的身边，等着乱世根苗彻底磨化了为止……"

广仁说话的时候，姬牢已经主动向元昌走了过去。走到他身边之后，楼主慢慢地坐在了地上，对着和尚微微一鞠躬，说道："这对于我来说，也是一个解脱，元昌，请动手吧。"

姬牢自己求死，拒绝了吴勉、归不归搭救他的最后一个机会……

第十三章 反噬

之前一直想着如何了结自己昔日的师尊，不过真到了这一步的时候，元昌却开始犹豫起来。虽然当初楼主收他为弟子的动机本就不纯，不过他最初的术法也是两位楼主教的。决裂之前，元昌几次经历生死关卡，都是楼主把他救下来的。

看着元昌开始犹豫，姬牢抬头看了他一眼，说道：“不知道如何下手了吗？还记得你当初是如何吞噬我的术法的吗？照那样再做一次就好，这一次我不会再挣扎了。你将术法全部吞噬就好……”

“我会的。”元昌有点不敢正视楼主的眼睛，错开了眼神之后，和尚将手掌按在了姬牢的头顶上。不过试了几次，他犹犹豫豫的，还是下不了手。

“喂！和尚，弄死你师父不容易吧？”这个时候，百无求已经扯着嗓子对元昌喊了一句。看到自己的“亲生父亲”没有阻拦的意思，二愣子当下更加来劲了：“你直接上手掐死他啊，大家伙都等着给你扬名呢。老子认识一个姓孙的说书匠，让他给你来两段，大和尚元昌为求尼姑庵的庙产，亲手掐死了自己的老师父。那个姓孙的粉段子说得好，一定好好给你露露脸。呸……臭不要脸的……”

按理说百无求和楼主也没有什么感情，之前对立的时候也是恨不得把对方弄死才解气。只不过相比较越看越顺眼的楼主，二愣子看元昌是越看越难受。他仗着自己这边的亲戚多，少不得也要痛快痛快嘴。

本来元昌犹犹豫豫下不了手，被百无求来了这么一通连骂带损，妖僧更加不敢下手了。片刻的工夫，这个和尚光秃秃的脑门上便都是细密的汗珠。广仁看到之后却没有一点催促的意思，像个局外人一样，连看都不看元昌和尚，就好像和他没有一点关系似的。

“大方师你这么气定神闲，看来已经是胸有成竹了。”归不归一直都在暗中观察广仁的反应，嘿嘿一笑之后，继续说道，“这么多年嘴巴都闭得这么紧，这次该说的不该说的都说了，看来楼主的大限真是要到了。这个也是占祖提到的？今晚开始，大方师你可以闭上眼睡觉了吧？”

“归师兄请自重，我对姬牢先生是有敬意的。”广仁的脸上已经收敛了那几乎没有消失过的淡淡笑容，看了归不归一眼之后，说道，“争斗了千百年的对手，今天就这样没了。虽不圆满，不过总是可以警示后人的。”

说到这里，广仁顿了一下，深吸了口气之后，继续说道：“姬牢先生本是先大方师燕公首徒，误入魔道千余载，虽最终幡然悔悟，可惜大错已经无可挽回……”

“能不能挽回都是你说了算，不过咱们能不能商量一下，把我们家‘猴子’放了？”这个时候，百无求再次扯着嗓子喊道，“挺好一只‘猴子’，除了太客气了一点，没有别的毛病。你们这么关着他什么意思？咱们商量一下，先把‘猴子’放出来不行吗？”

广仁好好的肃杀之气被百无求几句话就怼了回去，后面的话也说不出口了。当下这位大方师不再说话，还是没事人一样，等着元昌彻底了结这位昔日的问天楼楼主。

这个时候，火山等得有些不耐烦了，对还在犹豫的和尚说道：“元昌！你还在等什么！还有什么非分之想吗？”

一句话将元昌还在游离的心拉了回来，当下他不再犹豫，深深地吸了口气之后，再次将手掌按在了楼主姬牢的头顶上，开始吞噬楼主身上的术法……

元昌开始动手之后，场面瞬间静了下来，所有人都在看着楼主身上的变化。和第一次被吞噬的时候不同，这次楼主脸上的表情很安详，没有任何异样的表情。不过这个时候广仁终于将目光对准了元昌和姬牢，虽然还是一言不发，但是谁都能看出来，这位大方师的脸上出现了紧张的表情。

“元昌……我这就走了，下面……是另外的姬牢了。你要把握住，不要犹豫……”说话的时候，楼主已经缓缓地闭上了眼睛。

看到楼主这个样子之后，归不归叹了口气，自言自语地说道：“坏了一辈子的人，好不容易做了几年好事，现在说没有就要没有了……”说话的时候，老家伙开始有意无意地向关着“猴子”的陷阱蹭了过去。在场这些人的注意力都在元昌和楼主的身上，也没有人注意老家伙的动作。

归不归刚刚蹭了没有几步，就见元昌手下的姬牢突然睁开了眼睛，不过和闭上眼睛之前的楼主比起来似乎有一些微妙的变化。姬牢先是古怪地笑了一声，随后转动眼珠看了一眼面前的这几个人。虽然他看不到按着自己脑袋那人的样子，不过这样的场景，大概也能猜出来是谁了。

“元昌，是你吗？”姬牢叹了口气之后，继续说道，“说起来你算是另外一个我的弟子，怎么样，将自己师尊吞噬致死的感觉如何？”

“姬牢先生，好久不见了。”听到另外一个楼主已经被唤醒之后，广仁开口替元昌说道，“你与另外一位姬牢先生本来就是一个魂魄分裂出来的两个形体，现在他已经离开了，你也没有理由继续待在这里了吧？还是一起走吧。”

“原来是广仁大方师，难得你还这么惦记着我。”广仁站在姬牢的背后，姬牢能看到的只是面前吴勉、归不归这几个人。冷笑了一声之后，楼主继续说道：“谁说另外一个我已经离开的？他那一点点能压制住我的术法已经被元昌吞噬干净，现在轮到他去睡了，这个身体做主的人变成我了。我现在是不是太难看了？”

久违的一句口头禅说出来，空气仿佛也跟着凝固起来。顿了一下之后，楼主再次古怪地笑了一下，随后再次说道：“大方师你说的，我们俩是一个魂魄分裂出来的两个形体。就算要离开也是两个人一起离开，不过现在看样子还不是时候……”

楼主说话的时候，正在吞噬他术法的元昌脸色突然变了。他满脸惊恐地对广仁说道：“我吞噬不了他的术法……大方师，哪里出错了……现在，他在吞噬我的术法……我应该怎么办？”

一句话说出来，周围这些人的脸上都变了颜色。广仁身后的两把短剑瞬间就飞到了姬牢的面门之前。眼看一剑就要将姬牢的脑袋刺穿的时候，两把短剑却同时停了下来，只是将剑尖抵住了楼主的眉心和咽喉，却没再刺进分毫。

“这么好的机会你都不动手？是在忌惮什么吗？”姬牢微微一笑，对他身后的广仁继续说道，“另外一个我的记忆里面有一点有趣的东西，乱世的根苗……我想起来了，当初燕哀侯放在我身体里面的东西。想不到最后是它救了我一命，你不敢把它放出来吗？真是太难看了……”

这个时候，元昌的表情已经紧张得纠结起来。他对广仁大声喊道：“大方师！他已经把另外一个姬牢的术法反噬回去了，现在他在吞噬我自己的术法……我该怎么办？”

“原来已经吞噬到你的术法了，我说为什么会那么恶心。”姬牢说话的时候，已经从地上站了起来。他看了一眼已经被吓呆的元昌，说道：“我留你一命，虽然晚了几百年，你还是可以做回容器的。”

这个时候，大方师的心里也乱成了一锅粥：占祖上面说了，姬牢会死在今天，死在元昌的手里，到底是哪里出了问题……

第十四章　归不归的打算

“你还在等着元昌吗？”吴勉冷笑了一声之后，开始慢慢地向姬牢走过去。他一边走一边用他特有的语调说道：“这也是占祖告诉你的？真是了不起……上面说的是不是姬牢把我们杀光了之后，他最后是自杀的？”

这个时候的广仁也解释不了是怎么一回事了，占祖卦象上面说的是今天楼主死在元昌手里没有错。不过眼前的景象看着怎么像是吴勉说的那样……

当初趁着徐福出海、问天楼闹得最凶的时候，徐福大方师曾经送回来书信，介绍过有关这两位楼主的情况。根据徐福信上所说，对付那两位楼主有两件事不可以做：第一，尽量避免让其中一位楼主将神识收回；第二，不可以让两位楼主的魂魄共用一个身体。

之前就是因为这两件事楼主已经全部办到，广仁也有些疑惑，并没有催促元昌动手，而是一直观望着楼主身上的变化。好在其中一位楼主已经一心向善，才没有出现让广仁最担心的事情。观察了这么多年，广仁这才下决心占卜出楼主的死期，让元昌动手的。现在看起来占祖的卦象已乱，后面会出现什么事情还真的难料了。

“广治师弟、火山，顾不上什么乱世根苗了。”广仁长长地出了口气之后，继续说道，“先想办法解决姬牢，再慢慢想办法回收乱世根苗……”说话的时候，他们三个人已经各自将手里的法器都拿了出来，慢慢将还无动于衷的楼主围了起来。本来广仁想着和吴勉一起，站成四个角将姬牢围在中心。不过白发男人看到大方师要来借他的势，就冷笑了一声，向后退了出去。广仁三人无奈之下，只能呈“品”字形站在姬牢的周围。

这个时候，再没有人去阻拦归不归。老家伙走到了囚着“猴子”的笼子上面，伸手将胆沙扒开，使孙无病的脑袋露了出来。

喘了几口粗气之后，“猴子”咬着牙对归不归说道：“老家伙你把我从下面挖出来，今天我不把广仁揍得连徐福都认不出来，我就拜归不归你做干爹，百无求就是我兄——归不归你什么意思？把我的棍子抽走做什么……回来，你还没把我挖出来……老家伙你是不是把我忘了……你是不是听错了？不是让你拜我当干爹……”

“猴子”说话的时候，归不归笑眯眯地抓住了他身边露出来的石棍。他用力一抽，将棍子从胆沙当中抽了出来。老家伙也不说话，拖着这根石棍到了百无求的身边，将棍子向着自己的便宜儿子递了过去，说道：“傻小子，一会儿这里会乱得很，这棍子你拿着，一旦出事就靠你来保护爸爸我了。”

“老家伙你还用老子保护？说吧，是不是又干了什么亏心事了？担心老天爷要收你。”百无求皱着眉头看了看递过来的大棍，继续说道，“你又不是不知道，你儿子我和这棍子相冲，拿着棍子就浑身上下难受……”

“就一会儿，傻小子你扛着大棍在爸爸我的身前站着，就算老天爷真的要来收老人家我，也没有那么害怕了。”归不归说话的时候，将手里的大棍强塞到自己便宜儿子的手上，随后笑眯眯地说道，“看着你这样子，天塌下来，我老人家都不怕了。”

这个时候，姬牢冲站在自己面前的广仁说道：“大方师，给你一个忠告。现在的姬牢不是你以前认识的那个，就算你提升了术法，只要有一点点疏忽，就会身陷万劫不复之地的。不要几下就死了，那样的话真是太难看了……”

“姬牢先生，你还是顾好你自己吧。”广仁冷冷地看着面前的楼主。顿了一下之后，他对已经吓呆了的元昌说道：“你去将城里的百姓都疏散出去，这里不用你管，办好你的事情便可。”

现在的元昌巴不得赶紧离开这里，听到广仁的话之后，他急急忙忙地跑出了客栈。姬牢照样也没有阻拦的意思，看着和尚的背影，微微一笑，说道：“元昌，你要多加保重，我可不想看见你出什么事情，像你这样的容器可是不太好找……”

姬牢说到一半的时候，他的眼前突然一花，广仁的两把短剑正对着他的面门射了过来。楼主微微偏了偏脑袋，一把短剑贴着他的面皮飞了过去。几乎就在他偏头的同时，另外一把短剑直接插进了他的嗓子眼里。

看着短剑的剑身整个刺进了楼主的脖子，广仁这边三个人都长长地出了口气。就在他们以为大方师已经得手的同时，就见楼主的身上突然冒出一个黑影，将他笼罩在了当中。

“继续，我还扛得住。”黑影当中的姬牢用嘲笑的语气对广仁说道，“大方师不止那么一点点本事吧？快点使用杀手锏，这几下真是太难看了……”

说话的时候，刚刚飞出去的那把短剑突然发出一阵凄厉的声音。随后短剑也被一层黑影笼罩在了里面，在空中转了一圈之后，再次对着楼主的咽喉射了过去。短剑接触到楼主身上的黑影之时，剑身上的黑影瞬间扩大，直接冲破了姬牢身上的黑影。随后，这把剑射向楼主咽喉上的短剑剑柄之上。

“噗”的一声闷响，姬牢的咽喉处破了一个洞，两把短剑一前一后从当中射穿了出去。饶是楼主这样长生不老的身体，也挨不住这一下。他的咽喉和脖子后面开始不断有鲜血涌出来，整个脖子一下子被鲜血染得血红。姬牢被这两把短剑穿过咽喉的惯性带着，向后倒退了几步，才勉强站住了脚步。

这个时候谁看见都以为姬牢已经受到了重创，火山和广治二人没有丝毫犹豫，各自拿着法器向楼主扑了过去。他们两位冲到楼主身前的同时，姬牢身上的黑影突然从他的身上分离了出来，好像妖兽一样，瞬间迎着火山、广治二人扑了过去。一声巨响之后，接触到黑影的两个人都被震得飞了出去。

黑影从姬牢身上分离之后，这位楼主脖子上面的伤口竟然消失得无影无踪。除了衣服上染着斑斑血迹之外，他身上再看不出什么迹象表明他经历过一场恶战。

这个时候，已经飞出去的两把短剑再次对着姬牢飞了过来。没有黑影护体的姬牢没有丝毫慌乱，竟然空手去接两把漆黑的短剑。一阵金属相击的声音响过之后，姬牢的手和短剑接触时闪过一阵火花。最后，两把短剑贴着姬牢的身体飞了过去。

“老家伙，是老子的眼花了吗？”远处看热闹的百无求拄着石棍，对归不归说道，“广仁这俩短剑怎么一会儿暗一会儿亮的？老子刚刚看这短剑变暗顺眼一点，怎么又变回来了？”

“楼主破了大方师的术法。”归不归慢悠悠地说了一句，随后继续说道：“原来楼主已经到了这样的境界，和之前的楼主完全没有可以比较的地方了。这次广仁被占祖骗得好惨……”

说话的时候，归不归看了对面看热闹的吴勉一眼，随后继续对自己的便宜儿子说道：“傻小子，一会儿爸爸我弄不好就要靠你了。”

归不归说话的时候，姬牢已经迈步向广仁走了过去。就在他行进的同时，大方师的身上也出现了那层黑色的光影……

第十五章　落败的广仁

见到广仁身上的黑影之后，姬牢站住了脚步，冲大方师微微一笑，说道：“你这样可以坚持多久？一个时辰就是极限了吧？”

“公孙屠，你带着陆刚离开……”广仁对有些不知所措的公孙屠说道，“到说好的地方等我，三天之内如果我们没有回去的话，你带着陆刚回到徐福大方师那里，将这里的事情禀告大方师。”

公孙屠这才反应过来自己是要带着陆刚回海上的，自己有法器在身，也不怕他耍什么花招。当下公孙屠说了一句“大方师你多多保重”之后，便带着陆刚从后门离开了客栈。之前广仁已经给整个县城都下了禁制，想要使用五行遁法离开，只能先逃出县城。

姬牢也不着急，眼看公孙屠带着陆刚离开之后，楼主回头冲吴勉、归不归等人笑了一下，说道：“怎么，你们不打算离开这里吗？想继续留在这里看笑话，还是准备趁着我不注意的时候偷袭？”

“我们为什么不能先看笑话，再偷袭？”吴勉冷笑了一声之后，继续说道，“我不是广仁，从来不会避讳从背后动手。别让我在你背后站得太久，我怕会忍不住动手。”

“那我给你留一个好位置。”姬牢微微一笑，转过身去，将后背留给了吴勉。随后，楼主看着自己对面的广仁，说道：“真不愧是大方师，刚才我转身这么久你都没有动手，忍得很辛苦吧？”

“还好。”两个字出唇的时候，广仁的身子一晃，化作一团黑影向姬牢扑了过去。本来一直在楼主身边环绕的两把短剑也飞回到他的手中，短剑这次虽然没有被黑影包裹住，却发出了一样的寒光。

看到广仁现在的形态，楼主也不敢掉以轻心。当下他也化作一团黑影，迎着大方师冲了过去。一时之间，两团黑影好像两块相斥的磁石一样，略有接触之后便马上分开。每次两团黑影一接触，空气当中都会发出震耳欲聋的爆裂之声。

这个时候，满身鲜血的火山回到了这里。现在的形势下他已经没有动手的余地了，只能满脸关切地看着自己的师尊和姬牢相斗的场面。

看不出来门道的百无求对自己的“亲生父亲”问了一句：“老家伙，他们俩这算是打平手了吗？就他们俩这打法，明天早上都分不出胜负来吧？”

“平手？广仁输了……”归不归看了吴勉一眼之后，继续对自己的便宜儿子说道，“看到那个开始慢慢变淡的影子了吗？那个就是大方师了。他们俩每撞一下，都是在生死相搏。广仁撑不住几下了。傻小子，现在知道看相算卦都是骗人的了吧？看看广仁，好好的一个大方师，最后栽在一个王八壳上面了。”

归不归的话刚刚说完，对面那团正在慢慢变淡的黑影当中突然闪现出那位大方师广仁。原本在他身上的黑影现在都附着在两把短剑之上。广仁大吼了一声之后，对着姬牢化身的黑影投出了短剑，他自己则空着手向黑影扑了过去。

两把短剑瞬间将黑影划出一道缝隙，露出里面的姬牢。在广仁冲进去的一瞬间，黑影重新合拢。随后就见黑影好像一锅煮开了的水一样，开始不断地翻腾起来，不断有剧烈的爆裂声音从里面传出来。

就在黑影“煮沸”到极点的时候，一阵巨大的爆炸声响了起来。随后黑影当中一个满身是血的男人掉落出来，好像死了一样倒在地上一动不动，正是刚才不顾一切冲进去的大方师广仁。火山见到之后，也顾不上姬牢，直接扑到了自己师尊的身边，查看一番之后发现广仁已经没有了脉搏，再听了半晌之后，才听到他还有微弱的心跳。这个时候，火山总算松了一口气。

随后，同样一身是血的姬牢也从黑影里走了出来。他现在看起来也好不了多少，两把短剑插在他的胸口，左手手臂怪异地向外弯曲着，全身上下还有四五处透明的窟窿正在慢慢愈合。

“现在知道大方师不是平白叫的了？”站在姬牢身后的吴勉冷笑了一声，“你背对着我太久了，我都有点佩服自己的耐心。”

“你说得对，徐福将大方师的位子传给广仁，不是没有道理的。”姬牢将身上的两把短剑拔了出来，扔在了广仁的身边之后，对正要将自己师尊带走的火山说道：“你们俩都要留下，你敢轻举妄动，我第一个杀广仁，第二个杀你……”

火山怒不可遏，如果只有他自己的话，这个时候他早已冲过去和姬牢拼命了。不过自己师尊的性命在姬牢的手上，他只能咬着牙待在原地，用自己的身体护住广仁。现在他只希望吴勉、归不归他们能对付得了姬牢，自己师徒俩才有机会逃出生天。

镇住了火山之后，那团黑影再次将姬牢包裹了起来。随后黑影当中传出了楼主的声音：“下面该你了，吴勉，或许趁着我受伤的时候，你还有一点能赢我的可能。你不打算试试吗？”

“我更喜欢亲自把你一点一点地打死，不是我亲手打的，会影响我动手的心情。”吴勉冷笑了一声之后，深深地吸了一口气。随后，从白发男人的脚下也冒出来一道黑影，将他笼罩在了里面。

“以前真的是小瞧你了。”看到了吴勉的样子之后，姬牢的黑影当中传来了楼主的声音，“当初你只是一个变数，想不到这才过了多久，一个变数已经成了影响整个局面的关键。我不能再放任你这样下去了，这有点危险……”

“上面怎么了？广仁被谁揍了？有本事你把我放出来，别以为你揍了广仁就了不起。呸！那是没有遇到你孙爷爷我……”这个时候，听到广仁被打倒的孙无病开始不甘心地大叫了起来，仿佛自己刚刚揍了大方师广仁的荣耀就被这个人抢走了一样。

被黑影包裹住的姬牢身体一晃，瞬间出现在孙无病的头顶上。看到叫嚷着的是一个散发着妖气的人之后，姬牢苦笑了一声，随后用脚将刚才被归不归扒开的胆沙重新填了回去，将孙无病的脑袋埋了起来。

看到楼主瞬间移动到孙无病旁边，吴勉冷笑着对姬牢说道：“这么说起来，你的伤好得差不多了，应该不会影响我慢慢打死你的心情了，是吧？”话音刚落，吴勉漆黑的身影也在原地消失。

“嘭”的一声巨响，姬牢的黑影飞了出去，随后另外一个黑影站在他刚刚所在的位置上。这个时候，被埋了一半脑袋的孙无病看到头顶上换了人之后，他又开始叫嚷了起来：“你把我拽出来，我和你一起揍他……”

孙无病的话还没有说完，就见吴勉用脚将另外一半胆沙推倒，彻底地将这只“猴子”埋了起来。

“其实你应该听这妖物的话，你们俩一起，或许胜算还会大一点。”被打出去的姬牢并没有摔倒，他稳稳地站在了地面。笑了一下之后，他慢慢地向吴勉这边走了过来。

这个时候，归不归向自己的嘴里塞了一个小小的哨子，笑吟吟地看着远处的姬牢……

第十六章　再次醒过来的“百无求”

看着越走越近的姬牢，吴勉冷笑了一声，说道：“‘剩蒜’是什么？我只听过葱姜……”

吴勉说到一半的时候，姬牢突然从原地消失，他打算照葫芦画瓢，学着吴勉刚才的样子也来这么一下子。可惜白发男人手里有一件他没有的法器……

吴勉好像料到姬牢会这么做一样，在楼主消失的同时，他手里的贪狼突然横在胸前，对着姬牢刚才所在的位置划了出去。几乎就在白发男人出手的同时，姬牢的身影在贪狼掠过的位置出现。

也就是楼主的反应快，缩颈藏头之后，贪狼几乎是贴着他的头顶飞过去的。如果姬牢的反应慢一点点，刚才那一下子会直接削掉他的半个天灵盖。就这样，楼主也被贪狼削断了百十来根头发。瞬间的工夫，他已经惊出了一身的冷汗。

别的法器倒还罢了，只是这贪狼实在太锋利。这是数位大方师的看家法器，丘武真死后便消失了。本来姬牢一直以为是徐福带着出海了，现在却出现在吴勉的手上。

躲过了贪狼之后，姬牢便好像是彻底消失了一样。吴勉转了一圈之后，开始慢慢地向着归不归、百无求走过去，将背后留给了刚才姬牢所在的位置……

吴勉走出七八步之后，姬牢无声无息地出现在白发男人的背后，对着他的后背抓了过去。几乎就在姬牢动手的同时，另外一个一模一样的吴勉出现在他的身后，悄无声息地挥刀对着姬牢的脖子抹了过去。

姬牢的速度要比吴勉快了一分，当他接触到面前那人身体的一刹那，他已经感觉到了着力点不对。只是刹那间楼主已经明白过来，他的身子猛然向前蹿了出去。就在这一瞬间，贪狼再次贴着他的脖子划了过去。

再次逃出生天之后，姬牢也暗自侥幸。这两次如果不是他反应快的话，他早已人头落地了。吴勉的幻术得自左慈从徐福那里得到的《幻经》，只不过吴勉比左慈更加适合操控幻术，加上他更强大的术法和种子的力量，运用起来比左慈要精深得太多。

徐福的术法是独创的，并非得益于历代大方师打下的基础。故此就连姬牢这样首任大方师的弟子，一时之间也难以分辨真假。方士门中，只有大方师广仁被徐福教授过辨识这种幻术的法门，不过广仁也只是能辨识而已，他身为徐福之后的大方师，都没有修炼这种幻术的天赋。

找了一个安全的位置站稳之后，姬牢上下打量了一番吴勉，深深地吸了口气，说道："好幻术，这比当年在夏口那时又精进了不少。不过幻术就是幻术，想要找到破解的法门，还是不难的……"

说话的时候，客栈当中突然刮起了大风，一阵飞沙走石吹得一般人都睁不开眼睛。姬牢毕竟是经历了千余年的修士，虽然不能一眼看穿吴勉的幻术，不过也有办法让这种幻术施展不出来。再厉害的幻术，遇到狂风定不住影像也是无用。

破解了吴勉的幻术之后，剩下让姬牢忌惮的就是他手里的法器贪狼了。只是这位姬牢刚刚苏醒，没有趁手的法器应对。当下他对着广仁、火山的方向虚抓了一把，就见广仁身边的两把短剑闪电一般飞到了他的手上。

从姬牢差点死在幻术之下，到夺了广仁的两把短剑，只是几个呼吸的工夫。短剑到手之后，姬牢迅速将身上的黑影延伸到两把短剑之上，伸手对着吴勉甩出了一把短剑。

短剑在从姬牢手里飞出去的一瞬间立即消失，几乎在消失的同一时间，吴勉眼前寒光一闪，短剑凭空出现在了他的面前。好在白发男人反应及时，见到姬牢甩出短剑的同时，吴勉已经做出了闪身的动作。就这样，短剑还是在他的脸颊上留下了一道血槽，殷红的鲜血瞬间便流了下来。

见到一击得手之后，姬牢已经将第二把短剑对着吴勉甩了出去。只不过他不能像广仁那样操控短剑伤人，也就失去了对吴勉的先机。虽然被第一把短剑伤到，不过吴勉也摸清了短剑飞过来的门路。姬牢没有广仁的本事，只能将短剑当作飞刀使用。

避开了第二把短剑之后，就在吴勉打算对姬牢“回礼”的时候，楼主已经到了他的面前。姬牢身上的黑影突然好像有了生命一样，从楼主的身上分离，瞬间将同样被黑影包裹住的吴勉覆盖在当中。

与此同时，楼主再次将两把短剑抓在了手中，对着吴勉的咽喉和心口刺了进去。被黑影包裹住的白发男人浑身僵直，几乎没有任何反抗，两处要害便被同时刺进了短剑。姬牢本来想趁着短剑刺进去之后，顺势将吴勉的脑袋割下来，再将心脏挖出来的。不过就在这个时候，突然听到了一阵古怪的哨子声响。

这阵哨子声音让楼主的心莫名地颤抖了一下。这个时候，姬牢也没有心思再去对付吴勉，转身看着哨子响起来的方向。就见归不归嘴里叼着一个小小的哨子，不过老家伙并没有看着他，而是看着表情已经古怪起来的“亲生儿子”百无求……

注意到姬牢在看着自己，归不归笑眯眯地将嘴里的哨子拿下来，抛给了楼主，说道：“看在这个小玩意儿的分上，放我们一条生路吧。楼主，你和广仁他们的恩恩怨怨我们不掺和了，就当我们几个是过路的，放我们走吧……”

归不归抛过来的哨子是陶土烧制的，看着没有什么特别的。不过姬牢从另外一个自己的记忆当中，隐隐约约地记起这哨子是做什么事情的工具。不过具体是做什么用的，记得不是很清楚。不过楼主从另外一个自己的记忆当中，还是想起了一件有关哨子的事。哨子和百无求有莫大的关系。

想到百无求的时候，姬牢急忙向这个二愣子看过去。这个时候的百无求脸上已经看不到他平时懵懵懂懂的样子，现在这妖物的眼睛直勾勾地盯着姬牢手里的哨子，眼睛里面出现了不属于他的一丝精光。

“安安心心睡个觉就那么难吗？”说话的时候，另外一个百无求从二愣子的身体里面走了出来。他现身之后，百无求便一翻白眼，倒在地上人事不知。这个时候，另外一个百无求站了起来，对归不归说道：“你最好给一个把我唤醒的理由……你想说是他吹的哨子把我唤醒的？”

说到一半的时候，他看到归不归笑眯眯地指了指姬牢手中的哨子。“百无求”有些无奈地看了老家伙一眼，说道：“你想愚弄我吗？我会不知道哨子是谁吹响的？”

虽然一眼就看破了归不归的把戏，不过这位“百无求”还是转过身子，对姬牢说道：“还需要我重复一遍自己的话吗？你最好给一个把我唤醒的理由……”

“理由？”姬牢冷笑了一声之后，说道，“这里不管是人还是妖都要死，我把你叫出来就是通知一下，做好要死的准备了吗？”

“嗯，这算是一个理由，不过我不接受……”最后一个字出唇的时候，“百无求”已经到了姬牢的身边。也没有看到他做什么，姬牢突然一口鲜血喷了出来，随后身体好像断了线的风筝一样，高高地被打飞了出去。

第十七章　三方为敌

姬牢被打到半空中的时候，朝被两层黑影包裹住的吴勉招了招手。随后外层属于楼主的黑影瞬间从白发男人身上剥离，好像一层极薄的衣服一样飞到了楼主的身上，在他落地之前将他包裹在了当中。

第二层黑影离身之后，吴勉才算重获了自由。他慢慢将自己咽喉和心口的短剑拔了出来，随后冷冷地看了一眼落地的姬牢，说道："原来这法外化身还有这样的用法，受教了……下面是不是轮到我了？"

"你排在我后面……""百无求"在吴勉的身后接话道，"你就是这么感谢救命恩人的吗？不说谢谢也就算了，还打算抢着摘桃子吗？"

"谁请你救我的？你怎么知道我是不是活够了？"吴勉一句话将"百无求"噎得直翻白眼。白发男人用他特有的方式看了一眼这只身上没有妖气的妖物之后，开始向姬牢落地的方向走去，边走边说道："等你不行了的时候，我会提前问你是不是活够了，然后再动手。想活就救你，不想活了就送你……"

这句话说得"百无求"差点一口鲜血喷出来，他回头看了看那个已经在昏睡中的自己，顿了一下之后，喃喃地说道："这次就当给自己一个面子了，唉，睡得久了把脾气都睡没有了。"

他说话之时，吴勉已经到了姬牢身前几丈的位置，将手中的贪狼突然对着楼主甩了过去。姬牢知道贪狼的威力，当下急忙向一边闪避。几乎就在他闪避的同时，吴勉正出现在楼主的身边。白发男人学着刚才姬牢的样子，身上的黑影突然离身，向着姬牢包裹了过去。

眼看黑影就要将楼主包裹住的时候，“百无求”突然出现在姬牢的身边，一把将姬牢拽了出去，他自己则代替楼主被包裹在了里面。

见马上就要得手却被“百无求”搅了局，吴勉冷哼了一声，指使黑影从这妖物的身上离开。如果不是刚才“百无求”救了他的话，这个时候他已经翻脸了，说不定举着贪狼连这个妖物一起砍了。

看到吴勉脸上冒出来的寒气，“百无求”哈哈一笑，突然向姬牢的方向扑了过去。看他的样子是想要抢在白发男人之前了结这位楼主。吴勉见状，将飞到另外一边的贪狼招了回来，和“百无求”拼速度要抢先将楼主一分为二。

这个时候的姬牢已经快哭出来了，这到底是怎么一回事？他现在来不及去另外一个自己的记忆当中寻找有关这个“百无求”的事情，当下只能疲于应对他们俩的攻击。

平心而论，吴勉是仗着自己的法器犀利，才能和姬牢相斗这么长的时间。白发男人的术法确实在广仁之上，不过并没有高出太多。如果没有贪狼在手和幻术出其不意的话，恐怕他早和那位大方师一个下场了。

不过“百无求”便不同了，这只妖物稳稳地高出姬牢一大截。如果他们俩单独相斗的话，此时楼主已经落入下风，不久便会死在这妖物的手里。但是现在这妖物有意为难吴勉，看似他在和白发男人相争要抢先杀死楼主。不过在吴勉几次要得手的时候，都是这只妖物将楼主救了出来。

一开始“百无求”或许真有了结楼主的意思，不过被白发男人几句话噎到之后，妖物改变了主意，开始一味地搅局，不让吴勉痛痛快快地了结这位楼主。这个时候的吴勉虽然恼怒，却没有一点办法。

这个时候，看热闹的归不归都直摇头，自言自语地说道：“要不是你这张嘴，这个时候老人家我已经在准备明年给楼主烧周年了……得理不让人，没理搅三分……”

这样一来，反而给了楼主可乘之机。在看似被追杀的过程当中，他的伤势已经恢复了。如果不是忌惮这只看不透实力的妖物，现在他已经准备趁吴勉动手的间隙反击了。

这个时候，倒在火山怀里的广仁睁开了眼睛。看到眼前的局面之后，这位气若游丝的大方师对火山低声耳语了几句。火山听到之后露出惊恐的表情，连连摇头。广仁见火山不听自己的话，便要强撑着爬起来。火山这才深吸了口气，找个角落安置了自己的师尊之后，将之前从陆刚那里得到的锦帛取了出来。

火山的身上就有锦帛上所记载的禁术需要的天材地宝，刚才从吴勉、归不归那里得到图谱之后，他便利用五行遁法到了他们师徒俩藏匿天材地宝的所在，将图谱中所需的天材地宝尽数准备好。当时只是想要以防万一，想不到这个“万一”自己师徒俩真的遇到了……

按照图谱当中的制法，火山用最快的速度将所需要的天材地宝按比例调配好。图谱当中本来需要一些用特殊技法炮制的天材地宝，好在他们方士所藏的宝物有些已经处理好，算是节省了他们不少的时间。

一切都处置停当之后，火山用控火之法分步骤先将自己的鲜血滴在这些天材地宝当中，随后马上将它们点燃，接着将燃烧产生的烟雾都吸进自己的身体当中，又将烧毁的残渣一股脑儿都倒进自己的嘴里。这时红头发的火山从上到下都变得一团漆黑，他这种黑与姬牢、广仁和吴勉身上的黑影不同，他身上还冒着缕缕黑色的火焰。

“速战速决……”广仁气若游丝地说了一句之后，火山漆黑的身体便消失在原地。一瞬间，火山出现在姬牢的身后，同时手中握着他惯用的长剑法器。随着他的手腕一抖，剑身上面出现了黑色的火焰，对着没有防备的姬牢劈了下去。

这个时候，吴勉的心思都在姬牢身上，楼主也在躲避这个白发男人。而“百无求”看似轻松，实则他在同时防备这两个人：一边要防着楼主对他下手，一边防着吴勉杀红了眼，举起大刀片子给他也来一下。他们谁都没有想到会有人突然出现在楼主的身后对他偷袭。

不过就在火山举剑劈下来的同时，包裹在楼主身上的黑影，突然离开了他的身体，向火山扑了过去。黑影在接触到黑色火焰的一瞬间，发出震耳欲聋的嘶吼声、惨叫声。只是一瞬间的工夫，正打成一团的二人一妖都反应了过来。

“又来一个摘桃子的，不知道排队吗？白头发的这个走了才轮到你……”“百无求”有些无奈地看了浑身都是黑色火焰的火山一眼。这是徐福新研究出来的禁术，“百无求”昏睡了千百年，自然也不认得。

二人一妖当中只有吴勉猜出来发生了什么事情，白发男人当下拉着“百无求”的手臂向后退去，对几乎就要发作的妖物说道：“我让他插队……”

吴勉这句话说出来的同时，火山已经将罩在自己身上的黑影扯碎，张嘴对着姬牢喷出来一个黑色的火球。火球喷出来的一瞬间，火山又变回了之前红头发的模样。这时，他的身体已经到了极限，一口鲜血喷了出来之后，晕倒在地。

姬牢虽然不认得这黑色的火球，不过看到吴勉、“百无求”一起躲开，他也心知不好，不过再想躲开已经来不及了。好在被撕成碎片的黑影再次笼罩到了他的身上。与此同时，黑色的火球无声无息地爆开，黑色的火焰大肆向四周飞溅……

第十八章　过客百无求

让人意想不到的是，这黑色的火焰威力异常大。黑色的火焰四处飞溅，所有和火焰接触的物体都化作了灰烬。

看到火焰的威力，“百无求”皱起了眉头，对着一个向他飞过来的黑色火球吹了口气，就见马上要打到他身上的火球闪烁了两下之后瞬间熄灭，随后消失得无影无踪。

“业火……想不到有人能造出这种无边之火。”说话的时候，“百无求”的身子一闪，瞬间站在了火山倒地的位置，从他的衣服里翻出了那张图谱。看了一眼之后，“百无求”怪笑了一声，随后自言自语道：“什么人能有这样的头脑？睡醒了之后，一定要去会会这个人……”

“百无求”正在感叹徐福才智的时候，整个客栈已经被黑色火焰弄得一团糟。火山的运气好，虽然距离迸裂的火球最近，四散的火花却没有伤到他。归不归似乎也认出了这火球的出处，在火山喷出黑色火球的同时，他一脚将身边昏睡的便宜儿子踹倒，随后自己趴在了百无求的身上。

一边的小任叁也是个人精，见了归不归的动作之后，他一个猛子就扎到了地下。只是远处大方师广仁便没有那么好运气了，看到火山喷出黑色火球之后，广仁好像解脱了一样，长长地出了一口气。

不过他这口气还没出完，就见一个拳头大小的火球冲他飞了过来。只要这个火球打在他身上，他便会连个尸身都剩不下。重伤之下的广仁根本没有能力挪动身体避开火球。当下他直接闭上了眼睛，静静地等着火球打在身上。

就在他闭上眼睛的一瞬间，突然感到有人拉着他的头发，在拖拉他的身体。再次睁开眼，广仁看到头顶上面无表情的吴勉正将他拉到一边，避开了飞溅过来的火球。原本他躺着的位置有一处拴马的木桩，被黑色火焰打到之后便消失得无影无踪。如果再慢一分，消失的应该就是他了。

就在这个时候，归不归和百无求所在的客栈前厅“轰隆”一声塌了。黑色的火焰打在前厅的横梁上，横梁烧成灰之后房子无法承重变成了一片瓦砾。

看到房子坍塌成一片瓦砾之后，吴勉皱了皱眉头，对倒塌处喊了一句：“老家伙，你死了吗？”

“应该还没有……”废墟里传出归不归那油嘴滑舌的声音，“你和广仁说一声，玩得这么大他们提前说一声不行吗？他想要跟姬牢同归于尽，先要问问旁人是不是也想跟着一起死吧？他学了徐福一辈子，见过那个老家伙这么和别人拼命吗？”

广仁苦笑了一声。刚才吴勉拉他的时候，牵扯到了伤口，他现在正吃痛，一个字都说不出来，不过看到远处火山也没有被黑色火焰伤到，这才松了口气。只是他目光所及之处，看不到姬牢那边如何。不过听不到那位楼主的声音，又感觉不到他的气息，想着应该已经跟着业火一起消亡了。

听到归不归骂街的声音中气十足，吴勉转头看向姬牢倒地的位置。就见楼主异常平静地站在他倒地的位置，眼睛看着不远处还在对着图谱啧啧称奇的“百无求”，似乎现在这里唯一一个让他有所忌惮的就是这个和二愣子长得一模一样的妖物了。

刚才黑色火球冲着姬牢飞溅过来的时候，他身上的黑影突然好像包袱皮一样兜住了火球。黑影跟着火球一起消失，算是救了姬牢一条性命。

看着“百无求”的注意力不在他身上，姬牢想趁“百无求”全神贯注地看图谱时去偷袭。这本来是下手的最好时机，不过刚才这妖物好像戏耍一样便拉开了拼命搏杀的他和吴勉。如果他全力偷袭不能起效，弄不好还会惹起这妖物的杀心。

姬牢也有过离开的想法，不过今天不了结广仁、吴勉他们，日后他们联手，加上海上的徐福再给几门刚才黑色火焰那样的禁术，他便没有这次这样的好运气了。无论如何，吴勉、广仁两人今天必须死一个。

这时候，归不归也从废墟里面钻了出来。看着连油皮都没有蹭到的姬牢，他马上对“百无求”说道：“傻……刚才楼主差点要了百无求的性命，那个傻小子没有了，你就回不去了。你还不动手结果了姬牢，早点回来休眠吗？”

“你好像知道一点我的底细……”背下禁术的图谱之后，“百无求”一扬手，绢帛上面便出现了火苗。只是一瞬间的工夫，绢帛便被烧成了灰烬。随后“百无求”看了姬牢一眼，说道：“你的运气不错，我出来的时间太久了，现在要回去休息。有胆子的话就再把我叫醒。”

说话的时候，“百无求”的身子一闪，到了归不归的身边，他对老家伙说道：“现在算到我能出来的极限了吗？下次再把我唤醒，你自己先做好魂飞魄散的准备。以为我是说笑的话，可以唤醒我试试。”

说完之后，“百无求”不再理会归不归，身子往老家伙身边的废墟里面一扑。片刻之后废墟里传来了二愣子的声音：“天怎么黑了？谁压在老子身上？快下去，老子喘不过气来了……”

看着自己最忌惮的“百无求”就这么消失了，姬牢都有些不敢相信自己的眼睛。确定不是在给他下套之后，楼主有些失态地大笑了一声，随后对正在盯着他的吴勉说道：“我们的事情以后再说，你们离开吧……”

“我们的事情还是现在就说清楚吧。”吴勉古怪地笑了一声之后，继续对楼主说道，“我们的事情本来就不复杂，你、我当中死一个就好。老家伙你不要过来……”

吴勉说话的时候，归不归叹了口气，正准备要过去和他一起对付楼主。不过老家伙刚刚迈出一步，便被白发男人给叫住了。归不归苦笑了一声之后，对吴勉说道：“不要小看了楼主，他的本事可不止一个法外化身。我们一起动手也不是一两次了，你也不要不好意思，再来几次就习惯了……”

“这次我自己来。”吴勉面无表情地打断了归不归的话，他一边举着贪狼朝楼主走去，一边对老家伙说道，“如果不是你画蛇添足，姬牢已经不在了。”

“你是那么以为的吗？如果不是刚才的妖物出现，不在的那个一定不是我。”姬牢说话的时候，迎着吴勉走了过去。经过昏迷的火山身边时，楼主对着火山手里的长剑勾了勾手指头，长剑自动飞到了他的手中。

长剑到了姬牢的手中之后，剑身通体发出耀眼的红色光芒。两个人走到距离三四丈的位置时，吴勉、姬牢同时消失，随后空气当中发出一阵震耳欲聋的爆炸声。

爆炸的声音变得越来越密集，听着就好像是头顶上有密密麻麻的雷电在不停地劈着同一个地方。站在废墟上面的归不归收敛了他脸上一贯的嬉皮笑脸，沉着脸看向这两个人刚刚消失的位置。

本来他想过将孙无病从笼子里面放出来，不过想到他刚才召唤“百无求”出现，已经惹得吴勉不悦，再把孙“猴子”叫出来帮忙，依着白发男人的脾气，弄不好又像刚才一样，三个人各打各的乱成一团。

就在这个时候，空气当中现出一道血光，随后一人凭空现身，从空中摔到了地上。

第十九章　终结

倒在地上的人是楼主姬牢，不过却看不出他身上有什么伤势。只是他手里的长剑已断裂，只剩下不到半尺的剑身还紧紧地攥在他手里。这时候姬牢脸上的表情有些怪异，看着好像有什么事情想不通，他双眼无神地看着地面，嘴巴不停地张张合合，好像在自言自语。

“你什么意思？胜负还没有分出来……”这个时候，白头发的吴勉出现在姬牢身前两三丈的位置。虽然看形势好像是白发男人占了上风，不过他身上却有一道深可见骨的伤口，胸前还有一个拳头大小的窟窿，透过这个窟窿能看到吴勉身后站着的归不归。

“杀了我……快点动手……”姬牢抬起头来，看着面前的吴勉，顿了一下之后，继续说道，“我控制不了多久……他马上就要重新控制这个身体……没有时间了……快点动手。”

是之前那个术法被元昌吞噬的楼主。刚才吴勉和楼主以性命相搏的时候，白发男人虽然吃了亏，不过也逼得姬牢使出了全部的术法，让另外一位楼主的魂魄趁机暂时夺得了身体的控制权。

和上次楼主因为晕倒，另外一位姬牢才夺得控制权不同，现在身体里面的两个楼主争夺得十分激烈，只要那位被吞噬术法的楼主有半分松懈，便会失去对身体的控制。当下楼主看着吴勉，咬牙继续说道：“再不动手的话，谁也拦不住他了……刚才的妖物呢？孙无病呢？归不归！你来动手……”

看到楼主脸上万分痛苦的样子，吴勉皱了皱眉头，反而向后退了一步。楼主见状，带着极度痛苦的表情，继续说道："现在那个我还不是最巅峰的状态……他会同化了我的魂魄……到了那个时候，就是徐福从海上回来……"

"闭嘴！我们是一个人，我是在为你着想，你却想拖着我去死！"说到一半的时候，姬牢突然变了腔调。他脸上的表情变得狰狞起来，说话的时候，姬牢咬破了自己的舌头，混着鲜血的口水不停地从他的嘴巴里流淌出来。

深深地吸了口气之后，再次夺回身体控制权的姬牢举着半截长剑对着吴勉扑了过去。不过他刚刚站起来，便脚下一软，跪在了吴勉的面前，再说话的时候又变回被吞噬术法的那位姬牢："还要逞强吗？吴勉！我不死还要害死千万的人……这是你最后的机会，不能放我走……"

"我们死了……那就要化成虚无了！"只是片刻的工夫，这个身体又变成了刚才和吴勉恶斗的楼主。看得出来他们俩争夺身体已经到了白热化的程度，两个魂魄转变的速度越来越快。

看着被吞噬了术法的姬牢有失去身体控制权的迹象，吴勉眉毛一挑，手里的贪狼挑了上去，将楼主握着半截短剑的那只手齐臂斩断。楼主大叫了一声之后，身体失去平衡，倒在了地上。如果是在平时，吴勉这一刀根本伤不了他。只有像这样两个魂魄争夺身体的时候，他才能一下得手。

剧烈的疼痛让楼主失去了对身体的控制权，说话的又变成了术法被吞噬掉的姬牢。他倒在地上，满头大汗地对吴勉说道："好……还差一点……把我的脑袋砍下来……这世上最大的烦恼就没……"

不过姬牢控制身体没有多久，便被另外一个魂魄将控制权抢走。楼主一手紧紧按着断臂的伤口，脸色煞白地对吴勉说道："我死了，身上的乱世根苗呢？会有亿万人给我陪葬！你杀了我……天下就会大乱……战乱四起，会将人世变成炼狱！”

“不用你来提醒，我没忘……”说话的时候，吴勉又砍下了楼主另外一只胳膊。随后他回过头来，对归不归说道：“我杀他，你来解决乱世根苗。”

“解决不了！”归不归看着吴勉要把这口黑锅让他来背，当下急忙一口回绝。这可不是玩笑，一旦乱世根苗外泄，天下都会毁于战乱当中，没个千八百年都恢复不过来。怕吴勉装聋作哑糊弄过去，老家伙少有不顾身份地继续大声喊叫：“别说老人家我了，就连徐福都收拾不了这个烂摊子！”

听了归不归的话，两只膀子被砍掉的楼主倒在地上，用尽了全身的力气对吴勉说道：“我的两只胳膊都已经被你砍掉了……这样还是不能放我走吗……你连没有胳膊的残废都怕……我这样只能找个地方藏起来苟活……”

“我能解决……”这个时候，一个怯生生的声音从客栈外传了过来。来人正是广仁从占祖中算到，天下唯一一个能杀得了姬牢的妖僧元昌。之前大方师命他去疏散城中的百姓，他出去之后便将这件事交给自己手下的小和尚去办，随后他一直躲在客栈外面，偷窥里面的情况。

元昌还是舍不得离开这里，占祖上面明明说他会了结楼主。如果真像广仁所说的那样，两位楼主的术法最后都归他了，那他就是可以和广仁、吴勉这样的大人物比肩的高僧了。这样的机会千载难得，也值得他冒险留在这里。

刚才黑色火焰飞溅过来差一点打在元昌的身上，他心惊胆战地躲到现在，终于等到了这个机会。

看着元昌突然出现，本来还在叫嚣的楼主突然闭上了嘴巴。吴勉也跟着皱起了眉头，说起来吴勉对元昌厌恶的程度还要高过楼主。现在他出现，吴勉要忍耐良久，才能按捺住一刀劈了元昌的心思。

翻了翻白眼之后，吴勉回头看了一眼正往这边走的归不归，对老家伙说道："真的没有第二条路了吗？"

"应该是没有了……"归不归看了看怯生生的元昌之后，冲吴勉笑了一声，说道，"看起来广仁在乌龟壳里看到的情景马上就要实现了，刚才还以为他被占祖坑了。现在老人家我都想去弄一个占祖了，算算我们家儿子到底是个什么。"

看到这只老狐狸也没有什么其他办法，吴勉转过身去，不再看向楼主。归不归看了一眼不敢轻易动作的元昌，又看了一眼两只膀子都被砍掉的姬牢，说道："动手吧，不过别说老人家我没有提醒你，别以为吞噬了乱世根苗就没人敢招惹你了。刚才你晚来一步的话，姬牢已经尸首分离了……"

"元昌不敢，有了姬牢的教训，我必定重新做人……"元昌擦了一把冷汗之后，走到了楼主的身边，再次伸手按在了他的头顶上。

和上次不一样，这次元昌没有一点犹豫，直接开始吞噬两位楼主的术法。片刻之后，姬牢发出一阵阵痛苦的哀号声。随后，那位刚才还在和吴勉恶斗的楼主开口对元昌说道："你以为吞噬了我的术法，你就可以天下无敌、为所欲为了吗？元昌，我死了你也不会好过。我诅咒你在地下的棺材里被活埋千年，你破棺而出的时候，就是你送命之时。元昌，我们先走一步，咱们下面再见……"

说到最后的时候，楼主的声音开始弱下去。而元昌的脸色却越来越红润，没过多久，这和尚的脸色便红润得过了头。片刻之后，元昌的脸色赤红，看着就好像是喝醉了酒一样。

又过了半晌，元昌的脸色开始泛紫。而楼主的身子晃了两下，随后倒在了地上。归不归看到之后，上前探了探楼主的脉搏，随后回头对吴勉说道："折腾了一辈子，楼主终于走了……"

第二十章　失落的百无求

姬牢幼年时拜在方士一门首任大方师燕哀侯门下学法修道，他体生双魂，并在燕哀侯的助力之下，抽取其中一魂魄寄生在他人身上，后来勤学苦练成为同辈当中的翘楚。

姬牢原本是接任大方师的最佳人选，后来因误伤门中长辈，被褫夺了接任大方师的资格。因为这件事情，姬牢的性格发生转变，不久之后成为自方士一门成立以来第一个退出宗门的人。燕哀侯仙逝之后，后继大方师将姬牢留在方士一门的痕迹全部抹去。

离开方士一门之后，两位同体双魂的姬牢开始创立问天楼，与方士一门作对。其时方士宗门坐大，几次碰撞之后并未产生影响。后来问天楼开始在列国当中游走，挑动各国关系，希望可以借助各国诸侯之手铲除方士一门。

那时，方士一门人才辈出，大国诸侯相继邀请大方士进驻宫廷，担任宫廷方士总管。问天楼势小，终究无法对抗，于是两位楼主改变策略，吸收成名的修士进驻问天楼，成为各层主事之人，其间隐忍百年等待时机……

春秋战国时期，礼乐崩坏，人心不古。各国诸侯争霸，问天楼借机起事，挑起各国争端。此时方士一门也出现了古往今来第一方士——大方师徐福。几次争斗，问天楼皆处于下风。战国末年，天下修道之士在大方师徐福的带领之下，彻底铲除了问天楼，只有两位楼主逃脱。

数年之后，秦国统一天下。大方师徐福避祸海外，将方士一门托付给新任大方师广仁。

秦国传到二世便亡，刘室汉朝兴起。其间，有诸侯谋反，想借问天楼还魂。不久，问天楼再次搅得天下大乱。大方师广仁在天下异士的协助之下破了问天楼，后因为气数已尽，方士一门覆灭百余年。

东汉时，方士一门借光武皇帝刘秀之势中兴。后广仁将大方师之位传给其徒火山。问天楼两位楼主弃楼，借助方士弃徒广孝等人之力，酝酿百年，终将方士宗门彻底崩塌。自此，两位楼主与广仁、火山结下死仇，并终亡于西晋末年。

折腾了这么多年，一代枭雄突然消亡，归不归这个饱经人世沧桑的老家伙也有些不适应。看了一眼坐在地上调息的元昌，归不归对已经转过身的吴勉说道："你说，到底是这个和尚以后的危害大，还是被他吸入身体里的乱世根苗的危害大？要动手的话现在是最好的时机。说实话，他们两个只能活一个的话，老人家我还是看楼主顺眼一点。"

这时候，看到没有危险之后，孙无病的弟子谢伦跑到笼子上面，将他的"猴子"师尊从胆沙当中挖了出来。重新获得自由的孙无病，第一件事就是让自己的弟子跑过去将百无求身边的石棍抢到了手中，随后他扛着棍子到了吴勉的身边，几乎贴到了白发男人的脸上，龇着牙说道："刚才你不把我挖出来也就算了，重新把我埋里面算什么意……"

"猴子"的话还没有说完，突然一转身对着吴勉身后跪了下去。不用猜也知道是他的克星百无求到了，当下孙无病的心里便五味翻腾，早知道就在笼子里面待着了，等他们走了之后再出来。

百无求走过来之后，难得对正冲他下跪的孙无病讲起了道理："'猴子'不要没大没小的，你给老子下跪，老子就算你一个长辈吧？吴勉算是老子我的长辈，算着辈分你要管他叫一声老祖……"

"棍子我不要了，你们弄死我吧……"

就在孙“猴子”想着是不是要自杀一下，死在百无求面前的时候，广仁多少恢复了一点力气，他挣扎着爬了起来，走过去查看弟子火山的伤势。见到火山没有什么大碍之后，他这才松了口气，最后晃晃悠悠地走到了吴勉众人的身边。看着楼主已经亡故之后，他重重地叹了口气，喃喃自语道：“纵跨千余年，梦到头还是一场空……”

“大方师你这么感伤，老人家我都有点不习惯。”归不归嘿嘿一笑之后，继续说道，“刚才看你过来，还以为大方师你要亲手斩下楼主的首级，带回去当酒器……”

广仁连苦笑的心情都没有了。确定楼主亡故之后，他对吴勉、归不归等人行了半礼，随后说道：“之前因为担心占祖的卦象外露，得罪了几位，还请几位多多谅解……”

“你应该再用占祖为这和尚占一卦的。”吴勉翻了翻眼皮之后，继续说道，“我很想知道，一旦卦象上说元昌会引起更大的祸患，大方师你该怎么办？”

广仁怔了一下，他从来没有想过元昌会怎么样。现在这和尚能一步步地走到这里，完全都是因为他这位大方师铺出来的路。这么多年了，元昌一直被他软禁着，真的会闹出什么风浪吗？

“如果我成为第二个楼主，那今天的姬牢便是元昌明日的下场。”这个时候，妖僧终于睁开了眼睛。他的脸色慢慢恢复了一点，不过看上去还是微微发紫。说话的同时，还时不时有紫气从他的嘴里喷出来。

“我记住了……”说完这句话之后，吴勉回身看了归不归一眼。老家伙心领神会地笑了一下，随后对广仁说道：“大方师这么多年的心腹大患今天终于解决了，后面还有收尾的事要做。老人家我们就不打扰你了，今天这件事大方师你也一定不会亏待了我们，等到日后咱们再说。这就不打扰了……”

归不归客气的时候，吴勉已经向客栈外面走去，小任叁蹦蹦跳跳地跟在后面。只是百无求舍不得那么客气的“猴子”，正在和自己的“亲生父亲”磨叽可不可以把这只“猴子”也带回洞府去。不过“猴子”明显没有这个意愿，如果归不归点头，他就问谢伦要把利器抹脖子，他全身上下也只有这点破绽了。

好在归不归也不想去招惹这只“猴子”，拉着不情不愿的百无求跟在吴勉的身后一起离开了客栈。泗水号的马车就停在城门口，离墨正在车上等着他们。见到这二人二妖毫发无损地从城里走出来，他这才松了口气。

再说客栈当中，百无求走远之后，孙无病才恢复了正常。他被谢伦搀扶起来之后，广仁微笑着过来攀交情：“今天的事情多亏了无病先生，广仁多谢……”

“你哪只眼睛看到亏了我的？我听明白了，广仁，你在嘲笑我被你当作‘猴子’一样关在笼子里面了。你不说的话，我本来就快忘了这回事……”说到最后的时候，孙无病突然翻脸，抄起手里的石棍对着广仁打了过去。

大方师现在重伤在身，哪里还能躲开这一棍。一声闷响之后，他直接被打出了客栈，远远地飞向城门口的方向。

孙无病这一下让元昌看呆了，还没等他反应过来，他已经被这只大“猴子”揪着衣服领子提了起来。孙无病贴着他的脸说道：“记住了，今天的事情敢说出去，我就灭你的口。你叫元昌是吧？我记下了……”

元昌这时感觉到自己身体里面的术法，就好像被禁锢住了一样，一丝半点都施展不出来。除了拼命点头之外，他什么都做不了。本来以为吞噬了姬牢的术法，他就能到广仁、吴勉这样的高度，谁能想到还有这样一个克星存在……

第二十一章　姬牢的遗产

姬牢的尸体最后被广仁带走了，安葬在当初燕哀侯建造的地宫遗址当中。虽然他几乎一辈子都在和方士一门作对，不过毕竟是首任大方师的弟子，广仁还是把他安葬在这里了。

一个多月之后的一天夜里，有一个人影进了地宫。在里面转了几圈之后，人影终于找到了问天楼楼主的坟墓。

“我和你们说过的，元昌脑后有反骨，不早点除掉的话，你们早晚会在他身上吃亏……”这人盯着地面上立着的无字墓碑，叹了口气之后，继续说道，“如果你们听我的话，当初不和方士一门作对，不去操控什么国运的话，方士一门的气数将尽，问天楼早晚会取而代之的。唉，你们俩太自负了，可惜那么大一片基业都荒废了……”

“张松……想不到会在这里遇到你。”这人的话还没有说完，空气当中便传来了另外一个人的声音。人影吓得打了个哆嗦，回头看向声音传出来的位置，看到一个一身黑的年轻人正慢慢走过来。

看清了那人的相貌之后，人影这才松了口气，说道：“我还以为是两位楼主复生了，原来是莫离师兄。你也是来祭拜两位楼主的？不是我说，两位楼主生前楼中主事之人、弟子无数，最后来送他们二位的只有你、我二位师兄弟了……”

这半夜前来地宫的两个人正是那位拐走了睚眦的张松，和改了名字的离墨。两个人都曾是楼主姬牢的门下，只不过一个脚底抹油自己溜了，另外一个曾为姬牢而死，最后又被大术士席应真救下。

离墨冷冷地笑了一声，说道：“师兄不敢当，你我早已不是同门了。还有，我不是你说的莫离，我叫作离墨……”

“谁说不是同门的，你看看，咱们的老师尊应真先生还真是客气，就没和你说起过我来？”张松嘿嘿一笑，说话的时候有意无意地将衣服前襟拉开。只见他的胸前鼓鼓囊囊的，探出一只赤红色的妖兽兽头，正是那只归不归让给他的龙种睚眦……

张松曾经拜在席应真门下的事情，离墨还真的不知道。微微顿了一下之后，离墨说道：“这个我还真的没有听应真先生说起过……不过应真先生提过几句他有一个惹是生非的弟子，那个人不会是你吧？”

说话的时候，离墨已经走到了无字碑的坟墓前。他好像没有看到张松怀里的睚眦一样，深深地吸了口气之后，从怀里取出一张写满了字迹的黄表纸。当着张松的面，他将黄表纸点燃。等黄表纸烧成灰烬之后，他对无字墓碑说道：“你们让我做的最后一件事，我已经做好了。从此之后，你我再不亏欠……”

张松看着离墨说完这几句话之后，对他说道：“刚才烧的是问天楼的楼志？到底是楼主最信任的弟子了，这是那位被吞噬了术法的楼主拜托你的吧？这楼志藏在只有两位楼主知道的隐秘之所……里面应该还有不少楼主的家底吧？”

这正是当初离墨受伤的时候，姬牢照料他之时拜托他的事情。所有有关问天楼的东西都藏在一个隐秘的地方，本来是准备他们两位楼主东山再起之时用的。那位姬牢已经有了赴死的准备，只是担心自己所藏匿的天材地宝和其他宝物被奸人得到，于是将地址告知了离墨，请他安置好那些东西之后，将清单烧毁在他的墓前。

离墨当初也是对两位楼主最为忠心的弟子，现在虽然彻底决裂，不过看在他们已经过世的分上，还是替姬牢做了这最后一件事情。只是他想不到会在这里遇到张松，这么多年不见，再次见面却是在旧日师尊的坟墓之前。

看到离墨没有否认自己的话，张松脸上的笑意便深了几分。顿了一下之后，这个干瘦如同麻秆一样的男人继续对离墨说道：“按着应真先生那里排辈，你我还算是师兄弟。论起来，这次你应该管我叫师兄。离墨啊，给老师兄一个面子，楼主那里应该有固魂投胎的法门，你让老师兄我看一眼，就一眼。你也能看出，我是靠夺舍才能混到现在的。不是我说，如果能顺顺利利去投胎的话，老师兄我就把这个小家伙送你……”

说话的时候，张松特意拍了拍衣襟里小睚眦的脑袋瓜。不过这个赤红色的小家伙似乎并不领情，瞅了张松一眼之后，便把脑袋收了回去。

“我是替姬牢收藏了他生前的藏品，不过他没有说你可以在里面查看什么。”说话的时候，离墨转身向地宫出口走去，边走边说道，“你死心吧，不要打姬牢藏品的主意……”

离墨的话还没有说完，他面前便出现了一个矮胖的男人，挡住了他的去路。离墨眼角的肌肉莫名地抽动了两下，对突然出现的矮胖男人说出了两个字：“龙种？”

随后听到身后张松的笑声：“别着急走啊，介绍个朋友给你认识一下。这一位是我的朋友——龙种饕餮，他也想要见识一下那个可以助魂的法门。不是我说你，离墨，咱们那位老师尊姬牢已经不在了，你拿着那些东西也没用。再说了，我们不是要，是看……就看一眼……”

离墨本来就是软硬不吃的性子，当下回过头来冲张松说道：“有本事你自己找，让饕餮吃了我也可以。不过那些藏品你不用打主意了，这辈子你看不到了。饕餮是你父亲的朋友？我怎么不知道你有那么了不起的父亲？”

离墨说话的时候，睚眦突然从张松的衣襟里面钻了出来，十分灵巧地趴在张松的肩头，“嗷……”地叫了一声，这叫声在离墨的耳朵里仿佛在说：“往这看……他爸爸就在这儿……”

“你倒真是好说话。”离墨明白了他们的关系之后，哈哈一笑，当下想要继续走的时候，再次被那只饕餮拦住了去路。矮胖的饕餮对离墨说道：“你还是听那个人的话，带着我们去看一眼。龙族藏有天下至宝，几个凡人的藏品我们还不放在眼里。只是你不帮那个人的话，我就不能带着睚眦回去复命。凡人，我给你为龙族效力的机会。”

“大半夜的，人家的坟地怎么这么热闹……”这时候，另外一个熟悉的声音从入口处传了过来。随着一阵笑声，归不归带着百无求从外面走了进来。一看到百无求，张松马上带着睚眦向地宫的纵深处走去，生怕这个赤红色的小家伙听到百无求的声音，再被他拐跑了。

“这不是饕餮吗？怎么还没有回你们龙族，不是老人家我说你，凡间的美食是不少，不过这都几年了，你还没有吃腻吗？”有百无求在身边，归不归有恃无恐起来。

看了一眼面无表情的离墨，老家伙嘿嘿一笑，随后继续说道：“难得你还有这个孝心，对了，你什么时候回财神岛？老人家我跟着一起去，还有几句话要和你们两位东家说说，也要看一眼我老人家那位在岛上修习的老熟人。”

归不归说到财神岛的时候，离墨的心思动了一下。两位姬牢的藏品已经运到了码头，就等着他回去之后启程了。听这个老家伙的意思，他不会是猜到什么了吧？

这时，归不归再次笑了一下，随后继续说道：“老人家我给你提个醒，弄不好还有人在惦记你藏的那些宝贝……”

第二十二章　皇叔元昌

饕餮也有些忌惮归不归身边的百无求，看到这爷俩出现之后，他的脸色便多少有些难看。没等离墨说话，他抢先说道："你以为我想留在你们这里吗？我是带着敕令下来带睚眦归位的，睚眦不回去你让我怎么办？现在只有等张松死了，他和睚眦的关系断了，我才能带睚眦回去……"

"还用等他死？你直接弄死他不就完了？"说话的是百无求。二愣子对张松没有什么好感，听到饕餮在干等张松老死，心里不明白他一个龙种，对一个凡人那么客气做什么。

实话实说，饕餮不是没有想过偷偷摸摸地弄死张松，然后带着睚眦回去。不过张松这小子鬼精鬼精的，从不让睚眦离身，饕餮根本就找不到下手的机会。最后还被张松牵制着，陪着他到处寻找可以正常转世投胎的办法。

饕餮的心思归不归自然明白，却不能说破。当下老家伙嘿嘿一笑，刚刚要说几句的时候，突然听到离墨开口说道："你们有话要说，那么我就先走一步了……"

说到这里的时候，离墨突然顿了一下，犹豫了片刻之后，还是对归不归说道："归先生你要去见我两位东家，那我就在码头等你七天。七天之后归先生众人如果未到，我就先启程了，如何？"

归不归嘿嘿一笑，说道："老人家我就是和你客气一下，老人家我也不缺钱，等到什么时候钱不够花了，再去找你俩东家打秋风。”

听到老家伙没有去财神岛的意思，离墨微微皱了皱眉头。刚才归不归说有人在图谋姬牢的遗产一定是有所指的，离墨还想着能借吴勉、归不归这几个人的力，将姬牢所留的遗产运到财神岛。现在这个老家伙一口回绝，让离墨心里多少有些没底起来。

不过不管如何，也要先离开这里再说，和归不归告辞之后，离墨飞快地离开了地宫。出去之后他便使用五行遁法，片刻之后便到了码头上，去守护已经运到那里的藏品。

看见离墨离开了，张松也臊眉耷眼地带着睚眦走了出来。再次见到百无求之后，这个赤红色的小家伙还是一如既往地兴奋。张松也不敢留在这里太久，当下随便找了个理由，便和饕餮一起带着睚眦离开了地宫。

该走的都走了之后，归不归走到姬牢的墓前。他先是叹了口气，随后掏出随身携带的食盒，从里面拿出几样贡品。摆好了贡品之后，他叨叨念念着：“斗了几百年，想不到最后会是这样的结果。怎么说当初老人家我也在你们楼里混过几天饭，这次就当给你送行了。看看你俩弟子空着手来的，还是老人家我懂得人情世故吧。之前有人说咱们这样长生不老的人死后没有再入轮回的机会，都是直接化为虚无的。不过也没谁真去查证这个，弄不好你们哥俩还能再入轮回。咱们有什么话可是讲在前面了，冤有头债有主，动手的是元昌，撺掇他的是广仁。我们几个可一直在劝着……”

听着老家伙唠叨个不停，百无求有些不耐烦地说道：“老家伙，你还怕那俩楼主晚上托梦找你吗？不是老子说你，活的都不怕，死的你还会怕？”

“傻小子你懂什么，老人家我这叫作未雨绸缪。”归不归苦笑了一声之后，这才和百无求一起向地宫外面走去。

归不归有另外一个心思。之前有一种说法，他们这样服用丹药变成长生不老的人，因为太过逆天，死后会魂飞魄散。不过千百年来，利用这种丹药变成长生不老的人总共也没有几个，而绝大多数都还在人间，至于死后如何也都是凭空揣测。但传说只是传说，现在其中一位楼主死前怨气太重，一旦重新投胎恐怕又是一段孽缘，能安抚一下他的魂魄还是现在安抚的好。

与此同时，在长安城外的昭若寺当中，身穿华丽僧衣的元昌正在接受皇帝的册封。因遭八王之乱，大晋的疆土变得四分五裂。司马皇族势弱，早前窜入中原的各族胡人兴起。匈奴、鲜卑等异族先后建立赵、燕、秦等国，与司马晋分庭抗礼。

其间，司马氏连国都洛阳都丢了，只能龟缩在副都长安城中，不过皇帝司马邺还想要挽回败局。皇帝替僧元昌便给司马邺出了个主意，可借用佛法之力请神兵神将下凡，借天神的力量打败乱臣贼子，中兴司马晋氏。为了证明其所言不虚，元昌还引用了前朝汉明帝刘庄夜梦佛祖自西方而来，随后刘庄便登基称帝的典故。

当时司马邺也是实在没有其他的办法，他手中已经没有兵马，叛将刘聪的大军马上就要包围长安，身边有什么救命稻草他都要抓一抓了。

不过元昌又向皇帝说起他的身份、地位。他虽然身为皇帝的替僧，不过终究没有皇家司马氏正统，担心无法请下神兵助阵。和皇帝几番磋商之后，司马邺下旨将元昌纳入司马氏皇族，将他的名字写在谱系当中，算是大晋开国皇帝司马炎之义子。算起来，皇帝司马邺还要称呼元昌为皇叔父。

在宣旨官和寺中众僧的见证之下，替僧元昌变成了皇叔元昌大法师。仪式结束之后，元昌请宣旨的官员回去禀告陛下，明日开始，他便带领全寺僧众诵经施法，请来除魔卫道的神兵神将，一举消灭各路叛军。

送走宣旨官之后，元昌回到了禅房当中，对等候在这里的广孝和尚说道：“真被你猜对了，司马邺不到穷途末路的时候，不舍得把皇子称号送给我。一个虚名而已，如果不是要借势，谁会在乎一个司马氏的名分？”

楼主死后，元昌对待广孝也没有了往日殷勤的劲头，言谈话语当中已经不那么恭敬了。不过广孝倒是不怎么在意，他微微一笑之后，对志得意满的元昌说道：“这只是第一步，下面只要司马氏一灭国，你便可以借着司马炎之子的名义举事了。现在在争天下的人，除了司马氏之外，都是不服王化的胡人，怎么会是你这个大修士的对手？到时候你若以司马氏举事，三年之内天下必能平定，到时你便是司马晋氏的中兴之主了。”

几句话说得元昌哈哈大笑，笑声止住之后，他对广孝说道：“如果真有那个时候，我也不会亏待你的。我如果称帝，广孝你便是朕的太子，我们一起执掌天下……”

元昌这几句话说得狂妄至极。一个月之前，元昌对待广孝还是如再生父母一样，想不到这么短时间，妖僧便变了一副脸孔。不过广孝的脸上没有丝毫多余的表情，他对着元昌连连称谢。再说话的时候，广孝口称陛下，惹得元昌脸色赤红，好像喝多了酒一样兴奋异常。

直到天色快亮的时候，广孝才从昭若寺中走了出来。走出寺门的一瞬间，笑容可掬的广孝和尚瞬间好像恶鬼附体了一样，他表情狰狞地回头看了一眼元昌所在的禅房，森然一笑之后，说道：“我能送你一步登天，也能让你一脚踩空，从天上掉下来……”

第二天一早，守在长安城中的司马邺没有等来天神相助，却招来了已经称帝的叛将刘聪。数月之后，司马邺开城投降，曾经结束三国乱世的司马晋氏灭亡。

第二十三章　惹不起

司马晋氏灭亡的同一天，在南海郡泗水号码头停泊的一艘大海船上，站在甲板上的离墨准备吩咐水手开船。当初他和归不归定好出海的时日已经过了数月，这倒不是离墨有意在等吴勉、归不归等人。

当初约定的七日之限到了，离墨正要命令开船的时候，从刚刚到达码头的一艘泗水号商船上送来两位东家给离墨的书信。书信上要他暂时不要回财神岛，先彻查陆地上泗水号众商铺、货栈当中数百位管事。

之前有管事被广仁、元昌收买，透露了楼主、孙无病等人的下落。这样的人能被元昌收买，就能被其他人收买。加上这些时日两位东家都没有回陆地亲自主持事务，陆地上的泗水号的经营有些涣散，正好借此让离墨杀鸡儆猴。

这一下打乱了离墨的计划，两位东家的命令他不敢不遵，但是姬牢生前的藏品放在码头他又不放心。当下他找了可以信赖的手下，让他们先护送这些藏品往财神岛去。这些一般人看不出珍贵的天材地宝进岛之后，离墨就请两位东家帮着找一个妥善的地方收藏。他则留在陆地上处理泗水号的事务。

当下，离墨亲自驾船送出去百十海里之后，这才返回到陆地上。这次他暗自走访泗水号的商铺，明察暗访了几个月之后，揪出来三十九名货栈、商铺的管事。更有甚者串联反叛之臣刘聪、李雄等人，用泗水号的钱资助这些叛臣，好为自己谋一份开国辅助之功。

离墨不动声色，假报了泗水号东家孙小川百岁寿辰，请这些管事前往总号财神岛共庆。泗水号各地的这些管事并不了解两位东家的情况，不过人活百年总是要庆贺一番的，众人也没有多想，在限定之日前到达了码头。

看着喜气洋洋的各位管事，离墨心里冷笑了一声，等到了财神岛，他们当中多数人可能便要丢了性命。不过就在他站在甲板上吩咐开船的时候，就见码头上远远地行驶过来一辆马车。

这座码头每天都有上百辆马车在这里转送货物，本来也没有什么奇怪的。不过那赶车的黑铁塔一样的汉子实在是太扎眼了，他竟然是归不归那老家伙的妖物儿子——百无求。这世上能劳动这妖物的，除了吴勉、归不归几个人，大概也没有别人了。

果然，马车行进到码头之后，直接奔着离墨这艘大海船来了。离墨忙吩咐暂停开船，他匆匆忙忙地从船上走下来，提前一步等候在这里。

马车还没有停稳，归不归那风干橘子皮一样的老脸便从车窗里探了出来。冲着离墨嘿嘿一笑之后，归不归说道："离墨小娃娃你还在这里啊，还以为咱们要在财神岛上才能再见面呢。"

"有些事情耽搁了，不过也好，如果不是被琐事耽搁，我也不会在这里遇到几位。"跟了泗水号的两位东家之后，离墨明显要比之前跟着姬牢的时候开朗许多。虽然外人看来他还是一副不苟言笑的样子，不过早年接触过他的人，就能看出他身上发生了多大的变化。

离墨说话的时候，马车已经停下来，吴勉、归不归等人从车上走了下来。归不归抬头看了一眼停在面前的大海船之后，嘿嘿一笑，再次说道："正好老人家我前些日子找到一件有趣的东西，要拿去给你们两位东家鉴赏鉴赏。本以为没有你们泗水号的大船，只能找一条小船委屈委屈了，想不到还能在这里遇到你们这艘大船，真是好运气。"

"拉倒吧，老家伙你这么说话不害臊吗？避祸就避祸，有什么大不了的？你这一张嘴就开始胡说八道，老子都替你臊得慌……”说话的时候，百无求开始冲归不归拍打自己的大黑脸。配合着“啪啪”的巴掌声，百无求继续说道：“让你的老相好堵着门骂街，本来也没什么。你还不让老子还嘴，还不让任老三揍她，你知道老子都憋屈成什么样子了吗？”

原来就在一个月之前，归不归带着两只妖物下山去采办日常用品的时候，在山下的镇子里碰到一个十八九岁、年轻貌美的姑娘。小任叁是个看见漂亮姑娘就走不动路的，当下这个小家伙好死不死地对着姑娘吹了一声口哨。

本来小孩子的恶作剧也没有什么，不过这个姑娘回头看见这一人二妖之后，就好像看到了杀父仇人一样。她咬牙切齿地抄起旁边猪肉摊子上的剔骨钢刀，对着归不归便扑了过来。

百无求自然不会看着自己的“亲生父亲”吃亏，见姑娘跑到身前，他抬起一脚便把她踹翻。这还是二愣子没敢用力，用他自己的话说：老子就是抬脚蹭了蹭这个娘们儿，要是真打算踹她，像她这样的，二十个捆在一起，老子也一脚就能把她们踹死了……

姑娘被踹倒之后额头蹭破了皮，脸上当场就有鲜血流淌下来。她当下丢了剔骨刀，坐在地上哇哇大哭起来，还指着归不归的鼻子，向身边的人诉说着这个老家伙是怎么对自己始乱终弃，提上裤子就不认账的……

从古至今，最不缺的就是看热闹看不明白还喜欢胡说八道的人。当下有几个看热闹的在姑娘身边帮腔，就好像当年那个老得不像样子的老家伙对这位姑娘行苟且之事时，他们就在一边看着一样。

“这事我知道，你们问我啊……就是那个带着儿子、孙子的老家伙，趁着这姑娘家里没人，就把人家姑娘那什么了……那什么你不明白？别闹，回家问你爹妈去。他们俩那什么十个月之后，才把你揍出来的……”

“看到了吗？就这个老东西，占了这个姑娘的便宜，都这么大岁数的人了还干这种缺德事儿。呸！生儿子没有屁眼的玩意儿……”

百无求打出生到现在，还从来没有被人这么指指点点过。当下他的浑劲上来，对这些看热闹不嫌事大的人骂道：“呸！你爹才是生儿子没有屁眼的玩意儿！回家照照镜子去，当初生你的时候没有屁眼，你爹卖屁股借了皮匠的锥子给你扎出来的……还有你这个王八蛋，别人那什么十个月生儿子，你和你兄弟一人三月、一人四月就被揍出来了。你小名叫二毛，你兄弟叫大黄……还看，回家看看你们家房子是不是着火了！家里祖坟都码在屋里头是吧？是不是怕打雷给劈碎了……”

别看百无求一个人和几十个人对骂，半晌之后奇观出现了。一个光着膀子的大个子追着一群人对骂，本来还有几个恼羞成怒的人过来要和百无求动手，几下就被二愣子打趴下了，其他的人只能低着头各回各家。就这样大个子还不依不饶，追着他们回家，然后堵在人家大门口继续骂个不停。本来熙熙攘攘的集市最后竟然变得冷冷清清。

“归不归，你还认得姑奶奶我吗？”虽然没人帮她，不过刚才被百无求一脚踹倒的姑娘还是对着这个老家伙不依不饶。当下她梨花带雨地边哭边继续骂道：“当初我是怎么对你的，转眼你就不认账了……我几次轮回，重新投胎都在找你。你呢……”

“小娘们儿你没完没了是吧？”这时候，百无求骂骂咧咧地走了回来。他刚要指着姑娘的鼻子骂几句难听的话时，被老家伙拦住：“算了吧……咱们回去，惹不起，躲躲……”

第二十四章　船宴

冲着归不归去的姑娘正是当年和他有过一段姻缘的巫教教主。闹黄巾匪患的时候，巫教和黄巾的张氏兄弟走得太近，总教坛被汉末大将何进突袭，千余教众也被诛杀殆尽。从此巫教便崩塌了。

巫教崩塌之后，他们那位“万年一系”的教主再次投胎也只能成为普通人，过着普通人的生活。她本来以为再也无法寻找归不归报仇，想不到这次轮回之后，竟然在这样一个穷乡僻壤再次见到了这个老家伙。

过了这千百年，归不归的相貌还是没有一点变化。当下这位转世投胎的巫教教主也顾不得什么了，脑袋一热便冲过去找归不归拼命。她最后一次见到这个老家伙的时候，他身边只有吴勉和人参娃娃，这个大个子又是从哪里冒出来的？

归不归实在不想和这个女人纠缠，也没有继续采买的心思了，和两只妖物一起，使用遁法回到了自己的洞府。

不过还没等他们把凳子坐热，竟然听到了洞府外面传来刚才集市上那个女人连哭带闹的声音：“归不归……你出来，把话说清楚……我怎么你了，当年你对我始乱终弃……出来，从你的乌龟壳里出来……”

这时候，小任叁正趴在吴勉的肩头，将刚才集市上发生的事情，添油加醋地对白发男人说了一遍。吴勉转头看了归不归一眼，带着讥笑的语气说道：“我记起来了，是当年在皇宫见过的巫教教主。你的老相好来了，不打算再续前缘？”

“别戏要老人家我了，这么多年了，都投胎几十次了，还是放不下……”归不归站在洞口，向外看了一眼之后，继续说道，“也是怪了，要说她是带着前世记忆投胎的，已经有了点术法根基，这个我老人家是信的，不过她是怎么找到这里的？”

“老家伙，不是我们当儿子的说你，要不你出去看一眼吧。往常都是老子堵在人家门口骂街，现在不知道是不是报应来了……”百无求蹲在地上，一边逗着黑猫和财鼠，一边对自己的“亲生父亲”继续说道，“有什么话你们说清楚。这样，你出去和这个小娘们儿见一面。她要是给你养活了一儿半女的，老子就当有了弟弟妹妹了。要是要钱你也别小气，给个一两万金子，反正也是从刘禧、孙小川那哥俩的账上走……”

“见一面？还是算了吧。能说明白的话几百年前就说明白了。”归不归叹了口气之后，继续说道，“不过老人家我还是想不明白，这丫头是怎么找到这里的……”

当年巫教崩塌之前，这位“万年一系”的教主发现了巫教前辈撰写的一份手稿。这份手稿里面说可以在人身上种下一种丝脉，之后不管此人逃到天涯海角，都能凭着这一根谁也看不到的丝脉找到此人。

再次见到归不归之后，巫教教主没有任何犹豫，便将丝脉神不知鬼不觉地种在了老家伙的身上。最后她利用术法追踪到了这里，不过她毕竟只是一个不到二十岁的女人，虽然找到了附近，却还是没有办法找到洞府的入口。

看得出女人是下定了决心要找到归不归的，老家伙不出来她就一直守在这里，饿了随便找一把野果野菜就凑合了，渴了喝两口山泉水也就这么过来了。而且年轻女人有不弱的术法，一般的毒蛇猛兽也不敢靠近她。

一个月过去了，最后没忍住的是归不归。老家伙找到吴勉，说道：“要不咱们还是去刘禧、孙小川他们哥俩的财神岛住个一年半载吧，要不然去波斯转转也好。老人家我就不信，远隔万水千山的，这丫头还能找过来……”

看着老家伙愁眉苦脸的样子，吴勉这次没有说什么刻薄话。毕竟家门口天天有个女人在哭，也不是什么好事，加上白发男人正在考虑炼制一柄法器，他实在没有什么炼器的天赋，想得头昏脑涨，正好趁机走走。

没有想到的是，他们四个利用遁法从洞府里面出来，到了五十里之外的县城时，女人竟然马上追了过来。最后还是吴勉使用了幻术，将和女人近在咫尺的老家伙藏了起来。

最后，他们四个使用遁法到了码头附近的县城，想着离墨这个时候应该已经在财神岛上了，就采买了些渡海的物品，却想不到在码头竟然遇到了延期几个月未归的离墨。

吴勉、归不归都是两位东家的贵客，离墨还想在码头上代表两位东家请他们二人二妖吃酒宴的。不过他们四个明显都没有吃酒的心思，当下离墨吩咐手下运了一些美酒和上等的食材上船，开船之后直接在海上饮宴。

他们不知道，大船离开码头两个时辰之后，一个气喘吁吁的女人凭空出现在这里。女人向周围的人打听是不是有四个人出现在这里，其中一个是老得不像样子的老头子。

码头上都是泗水号的人，他们都知道女人说的老家伙和两位东家要好。女人又不说找他们四人做什么，码头上的人虽多，却没有一个人敢向女人透露归不归他们的下落。直到天亮，她都没有打听到归不归的线索，那根丝脉又指向大海。她想要雇船出海，却没有人敢出船。最后寻找无望，女人在码头哭了一阵之后，便离开了这里。

再说离墨的大海船虽然比不上两位东家的海船奢华，但也是一等一的大海船。因为船上多了几位贵客，离墨将船舱重新布置了一下。最好的船舱自然是请吴勉、归不归等人入住，他自己则住在这间船舱旁边的耳房里。其余的管事都被安置在下面一层的大船舱当中，知道新上船的几个人是两位东家的贵客，谁也没敢埋怨。

当天晚上，离墨在甲板上摆下酒宴，灯笼将甲板照耀得好像白昼一般。船上的这些管事之前见过吴勉、归不归几个人，有几个人还着实打过一点交道。这些人虽然是生意人，不过常年和官员打交道，当下频频过来敬酒。不过他们都不动声色地绕过了冷面孔的吴勉，径直向归不归、百无求和小任叁敬酒。一时之间，甲板上好不热闹。

这些泗水号的管事有规矩，饮酒不能过量，酒宴不能超过一个时辰。看到差不多到时辰的时候，这些人纷纷起身告辞。

等到甲板上的管事都走了之后，归不归冲离墨说道："刘禧、孙小川哥俩有什么大事，要召集这么多的管事登岛？他们一走，陆地上的买卖还做不做了……"

说到这里，归不归古怪地冲着离墨一笑，说道："还是说你们那俩东家准备清理门户了？要不老人家我可就真的想不通他们俩想干吗了。这些人都是当地的管事，好端端的出海不是自送人头还能为了什么……"

离墨没有想到就吃了一顿饭，归不归竟然看出了名堂。当下他不动声色地看了吴勉、归不归等人一眼，这个时候小任叁已经喝多了，正抱着酒坛呼呼大睡，其他人还算清醒。就在他打算说两句话岔开话题的时候，突然见到满头大汗的船老大跑了上来，到了离墨的身边之后，看着他身边的四个人，好像有什么话不方便说一样。

"这四位都是东家的贵客，有什么直接说，不用回避。"

"您下去看看吧，死人了……"

第二十五章　三连杀

死的是凉州七县的大管事冯张，他是这些管事中首屈一指的大方士，治下有商铺、货栈、客栈买卖十三家，是泗水号西部商号的三大管事之一。

冯张一动不动地躺在甲板上，全身湿漉漉的。根据船老大所说，冯张是失足掉进了海里。今天晚上众管事当中就数冯张喝得多，下舱的时候他便摇摇晃晃的，船老大还特意过去搀扶了一下，想不到最后是这个结果。

离墨检查了一番冯张的尸体，并没有发现什么异常，身上也没有什么外伤。当下他又询问了船老大发现冯张尸体的经过。发现尸体的是一位叫作赵丙的管事。晚上这些管事虽然按照泗水号的规矩都不敢多喝，可还是有些微醺，尿急也顾不得上茅房，直接站在甲板边缘解决了。

赵丙尿到一半的时候，听到声音不对，便探头看了一眼。就这一眼差点没让他也一头栽下去，就见冯张漂在海面上，他刚才有一半都尿在了冯张的身上。当下，这位管事急忙呼喊水手将死尸打捞上来。

赵丙的话没有破绽，不过这些管事刚刚下来，喘口气的工夫就死了个人，冯张的运气未免有些太差了一点。当下离墨吩咐船老大派人将冯张的尸体清理干净，单独找个地方安置，等到了财神岛之后，请两位东家处置。

就在这个时候，归不归也慢慢悠悠地走了下来。老家伙围着死尸转了一圈之后，看着冯张并不是中原汉人的相貌，便笑眯眯地对离墨说道：“这个死鬼是匈奴人？”

“是，冯张的祖上是雁门关外的匈奴贵族，光武皇帝时期迁移到凉州的。”离墨看了一眼走到身边的归不归之后，看着甲板上冰凉的死尸，继续说道，“孙东家就是看中了冯张在西域胡人当中吃得开，才请他来泗水号做了管事。近年来冯张在凉州做得风生水起，他算是那一带最大的管事。”

归不归“哦”了一声之后不再多言，看着水手将冯张的尸首抬到了底舱。随后，离墨开始安抚船上其他管事，虽然他们到了财神岛也一样凶多吉少，不过现在还是让他们安心一点的好。

这些管事都是人精，嘴里虽然应承，不过心里却开始提防起来。他们平时做过什么亏心事自己心里明白，加上这一次财神岛之行本来就疑点重重，现在一位大管事说死就死了，让他们更加担忧起来。当下，这些管事们开始有意无意地拉开了和船上的水手、离墨几个手下的距离。就算是上茅房，他们都是几个人一起，生怕遭了暗算。

处理完冯张的事情之后，归不归和离墨两个人顺着船舷向上面的船舱走去。走到一半的时候，前面的归不归突然嘿嘿一笑，一边慢悠悠地走着，一边头也不回地对身后的离墨说道：“小娃娃你有点急了，在路上就开始动手？”

“不是我……”离墨看着老家伙的背影，低声说道，“这些管事的确是要送到东号去接受两位东家责罚的，不过他们的生死只有两位东家才可以定夺。在到达财神岛之前，他们还是泗水号的管事。谁想要对他们不利，那就是和泗水号为敌。”

说话的时候，两个人一前一后地回到了上面一层的船舱，好像什么事情都没有发生一样。

这时候，小任叁还在呼呼大睡。吴勉好像没有看到他们上来一样，手里拿着空白的书函，看样子他正在犹豫是不是要在上面写点什么。只有百无求凑过来打听下面出了什么事情，听到是有人失足落海溺亡之后，二愣子皱了皱眉头，说道："怎么那么想不开？下面那么多人谁也没有听见？刚刚吃完东西，放个屁的工夫就死了一个。那个谁……到那个什么财神岛也要几天的工夫，可经不住这些人这样的死法啊。"

最后一句话让离墨的脸色有些难看，他深深地吸了口气之后说了一句："意外而已，不会再有了。"说完之后，离墨不再理会他们几个，回到自己的耳房休息去了。

离墨也感觉冯张的死太过蹊跷，只不过尸体上面看不出什么异常，只能当他是不小心溺水身亡。离墨在冯张身上下了术法，可以减缓尸体腐烂的速度。现在只能等到了财神岛让两位东家定夺。

不过有时候怕什么便会来什么，第二天一早天还没有亮，离墨便被一阵急促的敲门声惊醒。当下一阵不好的预感袭来，他打开房门之后便看到了一脸焦急的船老大。"您快去看看吧……又死人了……"船老大哆哆嗦嗦地说。

这次死了俩，昨晚发现冯张尸体的赵丙和一个叫作方子甚的管事。赵丙本来就体弱，昨晚被冯张的尸体惊吓到之后，他便一直神神叨叨的。半夜有同伴起夜还听到赵丙坐在自己的床榻上自言自语，同伴问了一句，赵丙没有回答直接躺下了。

起夜的管事还以为赵丙真是躺下睡着了，当时也没有在意。刚刚船老大过去招呼这些管事们起来洗漱、吃早饭的时候，才发现倒在床榻上的赵丙已经全身僵硬。死了一个赵丙不算，还把旁边一个叫作方子甚的管事活活吓死了。

方子甚是这些人当中最胖的一个，这几年一直有心口疼的毛病。看到睡在旁边的赵丙死了之后，他捂着胸口就倒在地上抽搐起来。等到离墨下来的时候，方子甚已经断了气，他死的时候，脸色就好像猪肝一样发紫。

昨晚死了一个，今早又死了两个，船上这些管事的脸色都发白。离墨检查完尸体之后，他们当中派出两个代表过来和离墨商量。大船刚刚出海一天就遭遇了这样的祸事，现在船上的众管事都人心惶惶，想请离墨调转船头回到码头，待查明原因之后，再前往财神岛也不迟，左右差不了三五天。

“船已经离岸，没有再回去的道理。”离墨看了一眼这几个来说情的人之后，继续说道，“这只是意外而已，你们不要想太多。冯张管事是溺水而亡，赵丙和方子甚之前就有隐疾。你们不要自己吓唬自己，便出不了什么事情。”

两个管事犹豫了一下之后，其中一个年纪稍大一点的凑过来，低声对离墨说道：“如果不能回去，那么请离墨先生给冯、赵、方三人招魂。只要知道他们三个不是被人害死的，我们也就安心了。”

“海上不能招魂。”离墨看了一眼说话的这个叫作钱明的管事，随后解释道，“海上没有无根之土，不能把魂魄凝聚过来。你们还是不放心的话，从现在开始，我和你们同吃同住，这样可以放心了吗？”

泗水号的管事都知道离墨是修士出身，既然他都这样说了，这些人也没有什么好说的了。

虽然出了这么大的事情，不过早饭还是要吃的。当下离墨吩咐船老大将准备好的早饭端了上来，只是此时人心惶惶，谁还能吃得下早饭？

这个时候，从上面的甲板上慢慢悠悠地走下来归不归和百无求。百无求看到躺在地上的两具尸体，对离墨说道：“怎么样？老子没说错吧，这就开始了……”

第二十六章　传说中的四楼柱

一句话说出来，几十个管事都怒目瞪着二愣子。百无求倒是一点都不怕，他也瞪着眼睛看过去，片刻之后倒是把面前的几十个管事瞪得有些不自在起来。

归不归没理会自己的便宜儿子，径直走到两具还没来得及收走的尸体旁，打量了一眼之后，归不归冲离墨笑了一下，说道："你当初学的就是装神弄鬼的本事，到了海上就没辙了吧？当初方士一门曾经有过不过海的规矩，也没人想过在海上招魂这样的事情要怎么办。不过小娃娃你的福气到了……"

说话的时候，归不归问身边的管事要了两枚五铢钱。他将铜钱分别搁置在两具尸体的眉心位置，随后当着周围这些人的面，使用控火之法在两具死尸的眉心上炙烤出一个黄豆粒大小的伤痕。

随着一阵焦煳的气味冒出来，铜钱方孔当中出现了一道缥缥缈缈的青烟。不过青烟刚刚冒出两三寸便消失在空气当中。归不归"呃"了一声，转头冲离墨古怪地笑了一声。随后他慢悠悠地站了起来，对看热闹的众管事说道："这两个死鬼都是倒霉催的，老天爷要收他们俩，怪不得别人。你们当中还有谁做过亏心事的赶快站出来，别被老天爷收走的时候，再连累到别人。"

虽然这些管事并不是很清楚归不归的身份，不过像他这样能被两位东家当成贵客的，一定也是了不起的修士，他这句话比离墨说的更让人相信。

说完了这几句话之后，归不归不再理会这些管事，带着自己的便宜儿子向着上面的船舱走去。

半晌之后，处理完两具尸体，离墨上来找到了归不归，说道：“刚才那个是咒杀之法？这样用铜钱引咒，我还是第一次看见。”

“别那么客气，小娃娃你又不是没有看出来。”归不归嘿嘿一笑之后，继续对离墨说道，“昨天的死尸老人家没细看，不过你总是看过的，就好像刚才那俩死鬼一样。你看出来了，不过憋着没说，是不是啊？”

见到被归不归说破，离墨也没有争辩。沉默了片刻之后，他说道：“是，昨天的冯张就是死于咒杀之法。刚才身边的人太多，我还没有细查。你已经替我看出门道了——这船上混进了修士……”

说到最后一句话的时候，离墨脸上的表情变得怪异起来。犹豫了一下之后，他才说道：“昨晚我偷偷下到底舱再次检查了冯张的尸体，之前看热闹的人太多，我没有办法仔细地查验尸体。在下面我用尸木香熏过冯张的死尸，结果发现了这个东西……”

说话的时候，离墨从怀里摸出一个红色的油纸包，打开之后，一条好像毛毛虫一样的红色虫子在油纸上一下一下地蠕动着。

“这是从冯张的嘴巴里找出来的——尸虫……”说话的时候，离墨作势要把手里的油纸包递给归不归。不过老家伙却没有接过去的意思，他只是探头看了一眼，随后脸上便出现了一丝厌恶的表情。

见归不归不接手，离墨又小心翼翼地将油纸包包好，同时说道：“说起来尸虫还是问天楼那时……姬牢用死人血肉造出来的。如果不是我的话，恐怕别人也查不出来……”

“什么意思？怎么又跟那俩楼主扯上关系了？他们不是死了吗？”这时候，听到问天楼和姬牢的名字，百无求和小任叁都凑了过来。二愣子继续说道：“楼主到底死没死？你这么一说，老子心里怎么开始没底了……”

“问天楼虽然倒了，不过楼中的各层主事之人还有漏网之鱼。”离墨看了无动于衷的吴勉一眼之后，继续解释道，“传说他们当中有人用了其他的长生不老之法，已经有了类似长生的身体。那时我虽然拜在姬牢门下，对那些人也不是很了解。更何况，问天楼的四楼柱一直没有出现过……”

“楼主不是就俩吗？怎么又有四楼主了？”百无求再次打断了离墨的话。顿了一下之后，二愣子又对自己的“亲生父亲”说道：“老家伙，这事你知不知道？”

“是四楼柱，不是四楼主。”归不归嘿嘿一笑之后，对离墨说道，“小孩子没见过世面，你别和他一般见识。你刚才说四楼柱怎么了？”

虽然不想多说，不过离墨还是解释了一下：“四楼柱是当初和两位姬牢一起创建问天楼的人，他们四个人身份特殊，不受两位楼主的敕令。四楼柱还可以和楼主一样，有支配楼里资源的权力。四楼柱的身份世袭，不过他们每一代真实的身份只有两位楼主知道。”

说到这里，离墨顿了一下，看着归不归笑眯眯的样子，犹豫了片刻之后还是继续说道：“当初问天楼本来是六人轮流担任楼主，其余四人充当楼柱。不过自建成之日起，楼主之位便是两位姬牢共同把持，为了补偿其余四人，这才给了他们不受楼主敕令的特权。现在问天楼崩塌，他们四个人中可能有人想窥探楼中藏品，于是混进这条船前往财神岛。”

归不归之前隐隐约约听过问天楼中还有其他势力的话，不过千百年来这势力始终没有出现，老家伙也只当听了一个传说。想不到两位楼主都已经不在了，问天楼还阴魂不散。

“反正这些管事都是你送到财神岛上领死的，在哪死不是死？”归不归笑了一下之后，继续说道，“要是当初的莫离，这个时候早就下手把他们都了结了吧？”

“莫离死了，我是离墨……”离墨冷冷地说了一句之后，缓了口气继续说道，“他们都是泗水号的罪人，只有泗水号的主人才能决定这些人的生死。在到达财神岛之前，他们每死一个人都是我的罪过。再说，谁敢肯定下咒的人一定就是这些管事？就不能是船上的水手吗？我来这里，就是想请吴勉先生和归不归先生几位帮忙，帮我把那个人找出来……”

“别急，咱们先把事情捋顺一下。”归不归笑了一下之后，继续说道，“如果真的有人想要混进财神岛我这个老人家还能听懂，不过我老人家看不明白他杀人做什么，闹出这么大的乱子，真是一点好处都没有，弄不好还要再折返回去。小娃娃，你能看明白那人咒杀有什么目的吗？”

离墨怔了一下，他也想不明白那个人要做什么。如果真是问天楼的余孽，那么他们这样做真的一点好处都没有，弄不好连唯一一个可能接触到楼主藏品的机会都要失去了。

“那个人变了主意……”坐在一边的吴勉终于把手里一个字都没有的书册合上，对离墨说道，“这个人一开始的确是想去财神岛的，不过不知道什么原因让他改了主意，这才做出事情来，想办法回到陆地。老家伙，后面的你来说。”

“哪里还有后面的话，你这不是都说了吗？”归不归嘿嘿一笑，还是补充了一句话，“想要找到那个人也不难，等他杀光了船上的其他人，到时候就剩下他自己了。老人家我可不信他敢对我们下手……”

第二十七章　离墨身亡

本来还想让归不归替他出出主意的，现在看起来是没有什么指望了。离墨也没有心思留在这里，当下起身告辞，先回到下面稳住那些管事，剩下的事情以后再说吧。

不过离墨刚刚打开船舱的大门，就见那位船老大再次慌慌张张地跑上来。现在离墨最不想见到的就是带着这种表情上来的船老大。深吸了口气之后，离墨抢在船老大之前说道："不会又出了什么事情吧？又是哪位管事出事了？"

船老大哭丧着脸说道："是出事了，不过这次死的不是管事，是我船上的水手……"

就在离墨上来找吴勉、归不归出主意的时候，搬运尸体的四名水手正从底舱走出来。按海上的规矩，这四个接触过死人的水手要在海里沾沾水，表示把身上的晦气留在了海里。

这些水手都是从小在海水里泡大的，当下他们一个个顺着绳梯跳到海里，将整个身子在海水里面浸泡一下，再顺着绳梯爬上来。开始时三个水手一个接一个在海里泡了身体，最后一个水手下海的时候出了事情……

因为船上接连死人，水手们也不敢大意。这位水手也没敢做什么高难度的动作，老老实实地顺着绳梯下到了海中。不过就在他将身子浸在海水中的那一刻出了事情。他在海水中突然抽搐起来，一边抽搐一边身子弓得好像一只煮熟的大虾一样，嘴角也不停地有白沫喷出来，随后他的身体沉入海底。

这时，在船上看热闹的人都炸开了锅。虽然这些人中通水性的不少，可是接连死人之后，谁还敢下去救他？好在这名水手还有一个亲哥哥在船上，他哥哥也是急了，直接从船上跳了下去，一个猛子扎到海里。眼看一口气的极限就要到了的时候，这哥哥才拖着已经不省人事的弟弟从海底浮了上来。

这名水手呛了海水，被救上来的时候已经不行了。船老大等人帮着救治了半晌，水手还是彻底断了气。离墨下去的时候，正赶上水手的哥哥痛哭得晕过去，周围的人又在忙乎着救治哥哥。

现在的管事个个脸色发白，都紧盯着离墨，看他能给个什么说法，什么财神岛的也别去了，还是掉转船头回到陆地再说。回到陆地起码还有逃生的机会，不像在这船上，连条逃生的路径都没有。

当着所有人的面，离墨检查了水手的尸体，并没有发现什么异常的情况。随后他又询问了船老大这名水手的情况，知道他有比较严重的羊角风，平时有什么重活累活都是他哥哥帮着一起干的。如果不是这水手的哥哥实在能干，船老大早就打发他回家了。

从表面的迹象看，这名水手是因为羊角风发作而不幸溺水身亡的，不过从昨天晚上开始这样的不幸就没有断过，离墨如果再没有什么说法，这些管事和伙计可能就要有所行动了。虽然他们不敢硬碰硬，不过船上是有逃生小艇的，或许会有人乘坐小艇离开。

这个时候，吴勉、归不归等人晃晃悠悠地从上面走了下来。看到他们几个，离墨的心里稳定了一点，刚刚想要请归不归过来查看水手死因的时候，那边救治水手哥哥的人传来消息，说这哥哥因为悲伤过度也离开了这个世界。

从昨晚到现在一共死了五个人，不论是管事还是船上的水手都炸了锅。众管事再次过来和离墨商量返程的时候，语气强硬了不少，还说事后要到泗水号两位东家那里讨个公道。

就在离墨准备先发制人，找一个闹得最欢的来杀鸡儆猴时，归不归嘿嘿一笑，说道："离墨小娃娃，已经这样了，出了什么事情也该让大伙知道了。不是老人家我说你，事情瞒不住还不如说出来，吓人归吓人，让他们知道自己可能是因为什么而死的也好啊。"

"既然你们什么都想知道，那就让你们看一下，看了之后不要后悔就好。"离墨犹豫了一下之后，还是从怀里摸出一块非石非木的小方块。他对着小方块吹了一口气，其中一头缥缥缈缈地冒出一股白色的烟雾。周围看热闹的都聚拢过来，等着看后面会发生什么事情。

这烟雾好像有灵性一样，围绕着两具尸体转了一圈。这时候眼神好的已经开始大叫了起来："他们俩的嘴巴动了！看到了没有……"

不止这个人，距离近的都看到两具尸体的喉头涌动了起来，随后两只好像毛毛虫一样的红色虫子分别从两具尸体的嘴里爬了出来。虫子刚一出来，离墨飞快地在两具尸体的七窍上分别扣上了五铢钱。

等到虫子吸饱白色烟雾准备回去的时候，才发现回到尸体里的全部路径都被封死。随后两只虫子开始在死尸上到处乱爬，想要找到回到尸体内的路径。等到两只尸虫折腾得筋疲力尽的时候，离墨掏出一根银针刺在虫子的身上，将两只虫子串在一起。

这时候，甲板上几乎所有人的目光都盯在离墨手中的两只虫子身上，只有归不归的眼神在这些人的脸上转来转去。离墨将尸虫和之前那只都放在了油纸包里之后，才说道："本来怕惊吓到诸位管事，我是不打算说的。不过归先生说得对，船上发生的事情，诸位管事……"

离墨说到这里的时候，脸上的表情古怪地抽动了一下。就在他还想要继续说点什么的时候，就见周围这些人看着他的眼神突然变了。几乎每个人都是惊恐万分的样子，看着离墨的脸，好像他发生了什么巨大的变化一样。

离墨不由自主地摸了摸自己的脸颊。就在这个时候，船老大紧张地咽了口唾液，随后指着离墨的脑袋说道："刚才……就是那只虫子……从你的耳朵钻进去了……"

船老大说话的时候，众人都看到了刚才那只毛毛虫最后小半截身体已经完全钻进了离墨的耳朵当中。

离墨愣了一下，随后他突然栽倒，身体剧烈地哆嗦起来。这时候，离墨的两只眼睛不停地有鲜血流出来。眨眼的工夫他的身体周围都流淌着血，好像他体内的鲜血都要从这两只眼睛里流淌出来一样。

看到离墨突如其来的变化之后，归不归紧皱着眉头到了他的身边。老家伙从离墨的怀里将刚才点燃的尸木香取了出来，使用控火之法将其点燃之后，将冒出来的烟雾围绕着离墨的身体转了几圈。

本来想着将刚才钻进去的尸虫引出来，没有想到随后发生了更让人惊恐的事情。就见离墨的嘴巴慢慢张开，数不清的尸虫从他的嘴里喷了出来。胆子小的人已经从大船上跳到了海里。

这个变故让归不归也没想到，老家伙后退了一步，这才施展控火之法，将从离墨嘴里喷出来的尸虫烧得干干净净。担心还有尸虫漏网，归不归继续用尸木香又熏了好半天，不过再也没有看到其他尸虫出现。而这时离墨也已经断了气……

看到连泗水号两位东家的左膀右臂也断了气，众管事终于乱了起来。几乎所有的管事都要求船老大掉头回到码头，这船上实在是待不下去了。

第二十八章　新船

“掉头？别闹了……”老家伙皮笑肉不笑地看着面前炸了锅的众管事，说道，“老人家我是专程去看望你们两位东家的，你们要走我老人家不拦着，可以跳下海游回去。”

听了归不归的话，这些管事们七嘴八舌地对着老家伙去了。看到这些人都冲着自己的“亲生父亲”去了，百无求不干了，一下子冲到归不归的面前，连打带骂地将最前面的几个管事打了下来。

这些管事都是不吃眼前亏的主，几个挑头的被按了下去，便再没有人敢上前了。还有两个耍小聪明的，去挑拨船老大和水手们，结果被二愣子一手一个从船上扔了下去。如果不是船老大吩咐水手们去救，这俩人也是必死无疑了。

“老人家我心平气和地和你们说两句……”看着管事们都安静下来之后，归不归终于恢复了他老狐狸的本色，嘿嘿一笑之后说道，“现在离墨死了，这艘船就由我老人家说了算。现在我们还要继续往你们泗水号的东号走，想要回到岸上的有两条路走，一是你们自己游回去；二是你们有本事把我们扔下海，让我们爷四个游着去财神岛。别说我老人家坑你们，路就在眼前，你们来选。老人家我倒是不介意你们选第二条路……”

一个黑大个已经让这些人吃不消了，怎么还敢去惹这些人？不过让这些管事留在这里等死，他们自是不愿。当下，这些人聚在一起，商量了半晌。之后，两个老成持重、口才尚佳的管事赔着笑脸到了归不归的面前，说道：“老神仙，不是我们这些人不懂事，您也亲眼看到了，从昨天晚上开始死人，一个接一个，死得古怪不说，最后连离墨先生都死了。

“您几位是得道的神仙，我们可都是一般的凡人百姓。您有好生之德，我们也不要这艘大船了，只求老神仙您把那几艘小艇赏赐给我们，再施舍一点食水，我们就感激不尽了。”

“听不懂人话吗？我们家老家伙说的是，一你们游回去，二我们游过去，没有第三条路走……”归不归已经懒得废话了，二愣子直接过来将这个管事一把推开。老家伙这才再次说道：“不是老人家我说你们眼皮子浅，天底下哪有一天不死人的？又不是只死你们这几个，有那么多人陪着，你们有什么好怕的。再说了也不一定会死在这船上啊，说不定上了财神岛你们东家看你们长得丑，心里不痛快，你们还要再挨一刀，在哪死不是死？”

已经有管事开始怀疑这次去财神岛的目的，现在从归不归的嘴里说出来，更真实了几分。当下这几十个管事面面相觑，刚才要求调转船头的呼声也不那么强烈了。

看着管事们的动静小了不少，归不归嘿嘿一笑，吩咐船老大安排水手将这三具尸体和其他的尸体一道安置在底舱。不过见到刚才发生的事情之后，哪里还有水手敢触碰这三具尸体？船老大重赏之下都没有人敢去搬运这几具尸体，最后还是归不归让自己的便宜儿子将三具尸体拖到了底舱。

见对付不了这几个人之后，这些管事也认了。现在他们只能加倍小心，熬过这几天到了财神岛或许就好了。就算两位东家真要和他们清算，起码死在陆地上总比死在海上要好得多。

不过船上的食物没有人敢吃了，好在这些人都是走南闯北的主，身上都习惯性带着肉干、干麦饼之类的干粮。他们靠着吃这些干粮，和着开坛的酒水，紧着一点吃喝，撑到财神岛应该是没有问题的。

还有几个聪明的买通了做饭的厨子，让他们给吴勉、归不归的饭菜加大了几倍的量。他们都是神仙一般的人物，他们吃剩的东西总不会有毒吧？吴勉、归不归这几个人吃剩的饭菜都被他们高价买去了，比起难咬的干粮，不知道要好上多少倍。

就这样又熬了一天一夜，竟然再没有人发生意外。到了第四天，对面驶来一艘财神岛上派来迎接的大船。听说离墨已经故去之后，对面船上也传过来一个消息——之前离墨派往财神岛的那艘装着楼主藏品的大船遇到大风浪，已经沉没了。离墨的手下葬身海底，只有船老大一个人抱着一根大木头漂到了财神岛附近的小岛上。

想不到离墨死了不算，他之前送往财神岛的海船也遇了难。这算是这些天来无数坏消息当中的一个了。不过吴勉、归不归他们都不是为了这些藏品来的，也没有觉得如何。

本来以为船上死人的事情已经告一段落，没有想到的是，遇到财神岛迎接大船的第二天，刚刚消停没几天的死人事件再次发生了。

这天一大清早，吴勉、归不归他们的船舱外面突然响起一阵急促的脚步声。听到这个声音之后，归不归叹了口气，吩咐自己的便宜儿子打开船舱大门。果然大门一打开便看到船老大哭丧的脸。船老大说道：“老神仙，您老人家下去看看……又死人了，这次一下子就死了十多个……”

等到吴勉、归不归等人下去的时候，就见地板上横七竖八地倒着二十几具尸体，这次不用离墨的尸木香熏了，无数赤红色的尸虫已经在这些尸体上爬来爬去。这些尸体一大半都是泗水号的管事，只不过他们脸上爬满了尸虫，已经分辨不出谁是谁了。

“闹得这么大，这还真是要把船上的人都杀干净啊……”归不归见到这么多尸体也有些吃惊，根据船老大所说，刚才这些人没有征兆地一个个倒下。船老大上来找归不归时，还没有死这么多人，就说了几句话的工夫，又死了十来个人。现在看起来人不死光不算完。

这时候，还活着的管事“扑通”一声对着归不归跪了一地，都带着哭腔向归不归诉说自己家里上有爷爷奶奶，下有还没有成年的儿女，中间还有三四个老婆。如果他们死在这里，那些人便都活不成了。

这些人哭着的时候，又开始有人不停地呕吐着尸虫，随后也气绝身亡。饶是归不归走南闯北见过世面，也没有见过这么古怪的事情。死了这么多人，他竟然连这些人是怎么送的命都不清楚。

现在甲板上都是死尸和不停在蠕动的尸虫，归不归和吴勉交流了几句之后，老家伙叹了口气，随后说道：“想要回到陆地是不可能的，不过换船还是可以的。这样，这些死人就都留在这艘船上，让你们家两位东家商量要怎么处理这件事情……”

归不归总算松了口，虽然到了对面的船上还是要往财神岛去，不过换了一艘船，或许还有逃出生天的机会。

当下归不归点燃尸木香，确定这些活着的人身上没有尸虫之后，才在两艘船中间加了跳板，让这些人转移到新船上。

等所有人都上了船，吴勉和归不归等人才到了对面的船上。他们临走之前将大船下锚，固定在海面，到时请两位东家裁夺。

等到所有的活人都离开了这艘大船之后，船上一片死一般的寂静，一直持续到当天晚上。就在满月挂在天空中的时候，从死人堆里慢慢爬出一个人影。人影站起来之后，将自己身上的尸虫打掉，对着一望无际的大海冷笑了一声，说道：“归不归也不过如此……”

第二十九章　四楼柱之一

现在船上只有他一个活人，他也驾驭不了这么大一艘海船。在甲板上转悠了一圈之后，他在一个死人身上摸出了一个油纸包，又从包里倒出一堆白色的粉末。他点燃粉末，粉末冒出一股浓浓的白色烟雾，没过多久这艘大船就被这烟雾包裹了起来。

在大雾当中，早前死在甲板上的死尸慢慢悠悠地站了起来。这些死尸各司其职，有条不紊地开始操控这艘大船。除了甲板上的死尸之外，之前安置在底舱的几具死尸也都从下面走了出来，其中包括那位化名李甲的离墨。

忙乎了半天之后，大船开始缓缓掉头，向着陆地的方向行进。看到大船开始行进之后，船上唯一一个活人这才松了口气。这人坐在甲板上，看着吴勉、归不归那艘船消失的位置，冷笑了一声之后，自言自语道："谁说归不归奸猾似鬼的？有名无实而已，莫离，你过来……"

说话的时候，行尸走肉一般的离墨走了过来。这人看了一眼离墨，说道："说，你到底把姬牢的东西藏到哪里去了？我可不信那么多宝贝都沉到海里了。"

"我让薛六先行将货物运到东号……"离墨机械一样地说了一句之后便闭上了嘴巴，眼睛一眨不眨地盯着面前的这个人。

"都运走了？不可能，你是姬牢的弟子，不会把鸡蛋都放在一个篮子里的。剩下的呢？你把它们藏哪里去了？"这人越说越激动，当下一脚将离墨踹翻，随后踩着他的后背继续说道，“问天楼的东西不是他姬牢一个人的！里面还有我们四楼柱的一份，他将问天楼弄得摇摇欲坠直至崩塌倒也罢了。凭什么他人死了，楼中多少年积累起来的宝藏都要归在他的名下！”

喘了几口粗气之后，这人看着脚下的离墨继续说道：“剩下的宝藏呢？你一定还有藏匿宝藏的地方，说出来，我让你安安心心地投胎去……”

“剩下的宝藏，老人家我将它们和姬牢埋在一起了。楼主孤零零地躺在下面，老人家我的心里不忍……”没等这人说完，空气当中已经响起了归不归的声音。嘿嘿一笑之后，老家伙继续对吓傻了的这个人说道：“难得你一点痕迹都没有露出来，本来老人家我还想夸你两句的……吴勉，撤了幻术吧，再看不见我们，老人家我怕他活活吓死。”

最后一句话说完的同时，这人的眼前瞬间出现了天翻地覆一般的变化。虽然他还是在那艘大船上，不过刚才上了其他大船离开这里的吴勉、归不归和其他人，这时候都围在他的身边，好像看傻子一样地看着他。除了之前死的几个人之外，其他人都好端端地站在原地。而远处的海面上根本找不到第二艘大船的影子。什么都是假的……

这人是众管事当中的一人，当初还是他代表其他人，来向归不归请求，想要掉转船头回到陆地上的。不过后来被百无求打了一顿，他便不敢再冒头了。这个人叫作李易，名字太普通，以致到现在百无求还记不得被他揍了的那个人叫什么名字。

离墨站在归不归身边，一脸冷笑地看着这人。看他现在的模样，哪里还有一点活死人的样子？李易知道大势已去，当下两膝一软，跪在了归不归的面前。稳了稳心神之后，这人说道：“归不归就是归不归，我小瞧你了。这么精妙的幻术，天底下除了那位徐福大方师之外，只有您老人家可以施展得出来……”

“你拍错马屁了……”归不归古怪地笑了一声。这时，他身边的白发男人突然对着李易虚空打来一拳，李易一翻白眼，便什么都不知道了。

再次醒过来的时候，李易发现自己被绑在冯张、赵丙两具死尸当中。他被拴绑风帆的牛筋绳紧紧绑着，勒得他都喘不上气来。

醒过来之后的李易脑海里还是乱糟糟的，经过半晌细细梳理了一番之后，他才明白过来自己是中了吴勉、归不归两个人的幻术。反应过来之后，他便大喊大叫起来：“把我放开，我有话要对归不归说，我有话要对吴勉说，我什么都说……先把我放开……”

也不知道他叫了多久，外面的人好像没有听见一样。见到没有人搭理他，李易便开始打起绑在自己身上的牛筋绳的主意来。他开始尝试着要挣脱身上的绳子。不过绑绳子的人也厉害，李易越是挣扎绳子的力道便越大，最后他真把自己勒得上不来气，脸色憋得跟猪肝一个色。

就在李易快把自己折腾死的时候，底舱的大门突然打开，那个黑大个好像抓鸡崽子一样，将他和冯张、赵丙的尸首一起提了起来，抓到了最上面的甲板上。

这个时候，归不归和小任叁已经等在这里了。看到李易快要断气了，老家伙让百无求将他身上绑着的牛筋绳解开。看着李易大口大口地吸气，归不归嘿嘿一笑：“慢点，有的是。小心你再被自己的气呛死……”

缓了半晌之后，没等归不归开口，李易蹲在地上，主动一五一十地说了起来。

李易的先祖是问天楼四楼柱之一，后来问天楼被两位楼主独霸之后，李易的先祖便觉得被人耍了，一怒之下离开了问天楼，从此之后不再出山，只是将所学的法术教授给儿孙们，以求天伦之乐。

不过这位先祖太短命，回家之后的第三年便轮回转世去了。他身上的术法十成还没有教授一成，人便已经没了。经过这么多年，他留下来的那一成术法也被儿孙们折腾得七零八落。传到李易手里的时候，除了一些粗浅的术法之外，只有控尸虫的术法还能说得过去。

尸虫当年还是问天楼的四楼柱和姬牢一起研究出来的。论起操控尸虫来，李易也算是出神入化了。

先祖当年是问天楼的四楼柱之一，这在家族中是一个不外传的秘密。不过到了李易手里的时候，当年四楼柱留下来的家底已经被吃干喝尽。无奈之下，李易便开始想办法出来营生。

因为李易懂得一些术法，被泗水号看中，便成了刘禧、孙小川手下负责押货去往危险地带的修士。李易很有头脑，也会钻营，几年之后有一个管事的位置空了出来，孙小川便钦点李易补上了这个位置。

成了管事的李易便再没有露过自己当初做过修士的底子，过了这么多年，也没有几个人还能记起他当初是怎么进的泗水号。

李易因为自己泗水号管事的身份，还认识不少修士朋友。几个月之前，突然有人告诉他当年那个神秘的问天楼崩塌了，两位楼主死在了一个叫作元昌和尚的手里，听说连曾经方士一门的两位大方师都受了重伤。

元昌、大方师什么的李易并不关心，不过家族里面一直流传着一个说法：问天楼富可敌国，里面有四分之一的财富都是他们家祖先的。而且过了这么多年，问天楼的财富只多不少。那笔财宝到哪里去了……

这个时候，李易想到了泗水号两位东家的左右手——化名李甲的离墨……

第三十章　第二个人

离墨将两位楼主的遗产送到码头时，正赶上李易押送一批去往波斯的贵重货物来到码头。李易正巧听说有一艘大船驶离了码头，由离墨亲自护送。至于大船开往何处，他打听了一圈都没有人知道。

这个时间点实在是太敏感了，李易开始怀疑起船上的货物。不过他用尽方法，也没有探听出船上装的是什么。知情的都表示没有看到上货，那艘船应是一夜之间便装满了货物，而从头到尾甲板上只有离墨一个人在忙乎着。

泗水号往日就算有再贵重、隐秘的货物也没有这样过。将得到的所有消息串在一起，李易得出结论，船上运走的货物十有八九就是问天楼的藏品。里面应该有四分之一是他的。离墨想将这些珍宝运到东号财神岛，当礼物送给两位东家，拍他们俩的马屁。

当时这个消息真不是什么好消息，别看李易是泗水号的管事，整个泗水号也没有几个管事到过财神岛，他这辈子大概是没有什么希望见到那些珍宝了。

不过就在李易心灰意冷地离开码头时，正赶上护送大船的离墨回到码头。听说李易管事亲自押送货物赶来，离墨急忙拦住了这位管事，向他传达了东家孙小川大寿，邀请李易等众多为泗水号立下汗马功劳的管事登岛相庆的消息。

李易正苦于没有登岛的机会，想不到竟然马上有个这么好的机会。

当下，李易一副受宠若惊的样子，表示孙小川东家寿辰这样的大事他当然要登岛相贺，只是这次出来得匆忙，没有什么准备，希望先回去准备一份贺礼。

离墨倒是没有多想，李易吃里扒外资助齐王造反的事情他已经有所耳闻了。他还要去通知其他的管事，也不怕李易逃走。当下，他定好了开船的时间之后，两个人便各自去忙了。

李易快马加鞭地回到家之后，便开始做起前往财神岛的准备。他将自己的家底都翻了出来，将祖辈养了几百年的尸虫藏在了身上。论起真本事来，李易远不是离墨的对手。不过他对自家的独门尸虫还是很有信心的，打算到了财神岛先对离墨下手。

用尸虫控制住离墨之后，再把财神岛的人都变成可供自己差遣的活尸，到时候就算刘禧、孙小川两位东家有修士保镖，也不会是他的对手了。或许这次不只问天楼的财产，连泗水号这富可敌国的财富都要变成他的。

其他的管事陆陆续续到达了码头，李易混在他们当中。眼看大船就要开动的时候，吴勉、归不归这几个人突然赶到，一下子打乱了李易的计划。他这些年因为问天楼珍宝的缘故，也在关注修士圈子里发生的事情。很早他便听说了吴勉、归不归两人是可以和广仁、问天楼楼主比肩的人物，李易可没有自大到以为可以用尸虫对付这两个人的地步。

那天晚宴散了后，多喝了几杯的冯张透露出一种说法。就是这次两位东家请他们到财神岛也不是为孙小川过大寿，而是因为他们这些管事都犯了大错，两位东家准备对他们动手了。要不泗水号这么多管事，为什么就请了他们这些人登岛？

冯张是凉州的大管事，他手里有李易等管事的把柄。虽然冯张自己也不干净，不过仗着自己是匈奴大族，两位东家不敢轻易动他。这次财神岛之行，能活着回去的可能就只有他一个人了。

几句话让本来就烦躁的李易更加惊恐起来，有吴勉、归不归在船上他还有活路吗？李易恼怒冯张仗着匈奴大族的身份就敢嘲笑自己，当下心生杀意，用尸虫操控冯张跳进海里将自己溺死。

出了口气之后，李易便一直担心传说油滑似鬼的归不归会看出自己的破绽来。不过这个老家伙也没有传说中的那么厉害，只是看一眼就走了，而离墨几乎看出了门道，不过也没有看出是他动的手。

李易本来术法就不是很高，再加上家传的闭气之法，就算是吴勉、归不归也察觉不到他身上还有术法的气息。冯张的死启发了李易。既然这样都没有发现他的话，那么他便继续下手。海船驶离码头没有多远，如果一直不断死人，就能逼得离墨掉头回去。宝藏什么的以后再说，现在保住命才是主要的。

就这样，李易通过尸虫不断将身边这些管事和水手身体里的隐疾勾引出来。除了离墨能看出门道之外，谁看了都以为他们是死于急症。不过一连杀了多人，离墨、吴勉、归不归他们这些人竟然都能忍住。虽然管事和水手们都炸了锅，不过他们那几个人一点要回到陆地上的意思都没有。

眼看着距离财神岛越来越近，他们这些管事离死期也越来越近。于是，李易一咬牙，操控尸虫攻击了离墨。只是没有想到归不归接管大船之后和离墨一样坚持往财神岛去，李易只好把自己也赌了进去，本来以为赌赢了，想不到还是把自己暴露了。

听完李易的诉说之后，离墨冷笑一声，对他说道：“想不到你会是四楼柱的后人，我有点好奇，那么多尸虫，你是怎么带到船上的？”

“也没有什么难的，随身携带而已……”说话的时候，李易撕开了自己的衣服。就见他藏在衣服里面的身体上密密麻麻的都是虫洞，里面各有米粒大小的虫卵。饶是这么多人在看热闹，也都觉得不寒而栗，浑身上下起鸡皮疙瘩……

“虫卵只要离开我的身体，再进入别人的身体里，便开始孵化幼虫。理论上来说，只需要一粒虫卵，便可以杀尽天下人。”李易深深地吸了口气，对归不归说道，“能留我一条性命的话，我便教你怎么养虫唤虫……”

“变成你现在人不人、鬼不鬼的样子吗？”归不归嘿嘿地笑了一下之后，继续说道，“老人家我这么大把年纪了，哪还经得住几只虫子啃？小娃娃，刚才你说为什么要杀冯张来着？就是那个匈奴人的大嘴巴给自己惹的祸？”说话的时候，归不归古怪地看了身边的离墨一眼……

离墨被归不归看得愣了一下，随后马上反应了过来，转身向底舱的位置跑了下去。就在离墨拉开舱门往下跑的时候，船底突然发出一声巨响，随后船身剧烈地摇摆起来。

“有人把下面的底舱凿漏了！”看到了下面已经灌进来的海水，离墨没有丝毫犹豫，直接窜到了底舱。

“还是漏了一个……”归不归叹了口气，看了看身边的吴勉之后，继续说道，“最有心计的那个还是跑掉了，不过老人家我还是很佩服这个匈奴人的。他可是真敢让尸虫在自己身体里面的，我老人家一看见就恶心……”

“等一下……你们什么意思？我被冯张利用了？他没死……”这个时候，李易终于明白了过来，“冯张早就知道我的底细了……他故意惹怒我，就是为了假死逃生的，对吧……”

“你们还在等什么！船就要沉了……”这个时候，船老大一声大吼，带着人冲到了底舱。就在他开门的一瞬间，已经有海水涌了上来。

第三十一章　借水而遁

“放小艇！大家上小艇逃命吧！”看到自己的大船已经失去了控制，船老大带着人向甲板两侧跑了过来，直接用利刃砍断了缆绳，将几艘小艇放到了海里。不过就在小艇掉落到海面的一瞬间，小艇的底部突然被利器刺穿，接连几艘小艇迅速被灌满了海水，众目睽睽之下沉到了海底。

李易明白过来之后，歇斯底里地大吼大叫起来：“是冯张，他想要我们都死在这里！”

“别带‘们’……”归不归似笑非笑地看了李易一眼，随后继续说道，“别管我们是不是死在这里，你总是逃不掉的……”

说话的时候，脸上带着古怪笑容的老家伙突然向前几步，推了李易一把。这位问天楼四楼柱之一的后代大叫了一声之后，身子直挺挺地从甲板上掉到了海中。归不归探头看向海面，就见李易落海的位置突然出现了一个漩涡，将他拖进了海底。

看到李易被海底漩涡吸进去的时候，归不归回头冲吴勉嘿嘿一笑，做出了一个让身边众管事都匪夷所思的动作：老家伙竟然翻身顺着李易坠海的位置跳了下去。就在漩涡即将消失的一刹那，归不归已经一个猛子扎到了海底。

“老家伙你什么意思？不就是一个小娘们儿吗？有什么想不开的……”百无求趴在船帮上，探着身子向下看去，嘴里继续自言自语道，“老子也明白你这是用李易当鱼饵下去钓人去了，不过老子还是不明白，老家伙你的胆子什么时候变得这么大了？”

“还不是看见怂的就搂不住火了吗？”小任叁蹚着已经没过小腿的海水，爬到了二愣子的身上，对他继续说道，“你‘亲爹’你还不知道吗？别说广仁了，现在怕是见到元昌都要绕道走。那个老不死的敢这么干，就是看见比他怂的了，不揍白不揍……”

小任叁说话的时候，吴勉面无表情地探头看了一眼海面，只看了一眼便没了再看第二眼的兴趣。看到从底舱冒出来的海水越来越多，白发男人对着底舱的位置翻了翻白眼之后，使用了控水之法，将甲板上的海水引流到海里。虽然还是有海水不停地从底舱冒出来，不过又都顺着吴勉引流的方向再次回到大海当中。四周的管事、水手们看得目瞪口呆，再看这个白发男人的时候，就好像在看天神一样。

这个时候，就见刚才将李易吸入海底的漩涡再次出现，将一动不动的李易“吐”了出来。片刻之后，老家伙的身体也慢慢从海底浮了出来。明明是从海底钻出来的，他全身上下却没有一点湿的地方。

归不归站在海面上，有些尴尬地抬头看了甲板上的吴勉一眼，随后也不看李易的死尸，踩着船身一步一步地走到了甲板上。

吴勉用他特有的眼神看了一眼老家伙之后，嘴里吐出了两个字：“跑了？”

归不归有些尴尬地笑了一下，说道：“冯张在水里的术法古怪，老人家我下去的时候，他整个身子都和海水化为一体逃走了。这么古怪的术法，我老人家也是第一次见到，当时都抓着他的胳膊了，最后还是眼睁睁地看着他化成海水逃走了。大意了……大意了……”

这时候，底舱的大门打开，满身是水的离墨从底舱游了出来。缓了口气之后，他对吴勉、归不归两个人说道：“我下去得晚了，冯张打破船底逃了。好在我封住了船底，还能勉强向着财神岛继续前行，这一两天会有泗水号的商船经过这里，到时我们可以换乘。”

“逃了就逃了，冯张真有什么能耐的话，也不用隐忍在泗水号这么多年了。他的术法古怪，别说你了，就连徐福大方师见到也一样没辙。”归不归嘿嘿一笑之后，走到了离墨身边，拍了拍他湿答答的肩头之后，继续说道，“他和李易一样，能在泗水号潜伏这么久，一定是另有图谋，早晚还能见到他，早晚的事儿……”

离墨没有想到归不归会主动过来安慰自己，事后才知道这个老家伙刚才的遭遇比起他来也好不了多少。说是来安慰他，其实也是在给自己找台阶。

当下，离墨发觉李易不在船上，刚刚要问的时候，船老大主动凑了过来，将刚才发生的事情说了一遍。听到李易被归不归当成诱饵扔到了海里，他连湿衣服都没有换，直接跑到了甲板边缘，就见海底漂着的李易已经变成了另外一副样子……

可能是李易死了的缘故，他身上的虫蛹已经在这片刻之间孵化成了尸虫。天下万物相生相克，别看尸虫能在转眼之间就要了人的性命，却是海鱼嘴中的美食。现在李易的尸身已经被鱼群包围起来，海鱼在吃尸身上的尸虫的同时，也将他“蜂窝”一样的身体吃得见了白骨。

刚才还是一个大活人，转眼之间变成了这副鬼样子。离墨也没了将他打捞上来的想法，任由这尸首被鱼儿们啃噬。当天见到这个场景的人，过了很长一段时间都不敢吃鱼……

叹了口气之后，离墨吩咐船老大继续开船，就算这艘船再出什么问题，有吴勉和归不归他们这几个人在，也不会出现什么问题。现在能早一点遇到往来的货船，就能早一步离开这艘快散架的大船。

李易的事情告一段落之后，船上的管事们都愁眉苦脸起来。现在他们这些人到财神岛去送死的事情已经很明显了，李易这样混在他们当中的修士都没有逃脱，就更不用说他们这些人了。

离墨的运气不错，就在当天傍晚的时候，他们便和那艘送货的海船相遇。离墨用鼓语表明了自己的身份，将货船召唤过来之后，把众管事、水手和吴勉、归不归这些人都转移到了货船上。虽然比起自己的大船，这艘货船着实有几分简陋，不过总算不用提心吊胆了。

又过了十几天之后，这艘货船终于开到了财神岛的码头。

吴勉、归不归这些人再次跟船前来财神岛的事情，刘禧、孙小川二位东家早已经知道了。孙东家亲自驾船在离岛十里的海面上迎接，刘禧则在岸上恭候这些人。

将他们迎上岸之后，刘禧笑着走了过来，说道："上次分别得匆忙，我们兄弟两人还有很多话都来不及和几位说，想不到上天眷顾，几位这次驾临我们这座小岛，一定要多住些日子，让我和小川尽尽地主之谊。"

还没等吴勉、归不归他们说话，跟着上船的众管事对着两位东家就跪了下去。孙小川皱了一下眉头，看着跪了一地的管事说道："诸位，你们这都是什么意思？你们是泗水号的管事，不用对东家行这么大的礼吧？"

在船上这几天，这些管事已经相互通气，既然能把他们带到岛上来，说明两位东家已经有了真凭实据。他们俩都是一等一的人精，与其争辩，还不如一见面就认错，自己将性命交出去，或许还能换来一丝生机。

带头的管事正要说话的时候，刘禧笑着摆了摆手，说道："大家远来就是客，先到馆舍当中休息，有什么话稍后再说，不急于这一时。"

听到大东家开口，这些管事不好再说什么，当下对着两位东家磕头之后，跟着岛上的管家前往馆舍休息。这些人走远之后，刘禧看了孙小川一眼，说道："犹豫了？"

孙小川打了个哈哈，回答道："没有，定好的事情还犹豫什么？"

刘禧微微点了点头，说道："那就按说好的办吧……"

第三十二章　泗水号的苦衷

“到底是差一点就做皇帝的人，办事就是不一样……”归不归嘿嘿一笑之后，继续说道，“老人家我替他们求求情，你们两位东家给个薄面，挑大个的鸡宰两只，剩下的就算了吧。泗水号毕竟是商号，你们两位东家也不是皇帝。”

“李甲，把你找到的东西请归、吴两位先生看一下。”刘禧没有直接回答归不归，而是吩咐离墨拿证据。不过这样的东西他怎么会随身携带呢？身边的管家将记录众人罪状的账簿交给了离墨，由他转交给归不归。

账簿是离墨亲笔所写，被送到财神岛的众管事几乎每个人都身背人命债。就拿在船上死了的几个人举例，李易是靠着杀害前任管事，才得到了管事空缺。赵丙私吞泗水号财物的事情被他的账房发现，他杀了账房灭口。为了掩盖事实，他一把火烧了账房家，账房一家老小十一口人全都命丧火场。方子甚勾结珉王，暗中用泗水号的公帑资助反王。珉王生性暴虐，攻入郾城之后屠了数万百姓，这总有几成是要算在方子甚的头上……

这些管事没有一个是干净的，他们这些人平时看着人畜无害，每个人手里都握着富甲一方的财富，暗地里做尽恶事，让人都想不到这样的人怎么可能做出这样的事情。

归不归看了一半便把账簿还给了身边的管家，他冲着刘禧、孙小川苦笑了一声，说道：“难得老人家我想要做做好事放生……现在我老人家都想要亲手了结他们了，不过老人家我再多说一句，他们这样也不是一两天了，你们两位一点都没有发现？”

“这就是我们二人留在东号遥控泗水号的弊端了。”说起这个，刘禧苦笑一声，随后继续说道，“我和小川当初待在这里，是因为可以避开陆地上各种争端。不过对泗水号各地商铺、货栈的管控不严也是祸端，之后我们可能会分工，一人驻守这里，另外一人到陆上看守商铺……”

“那么说，他们这些人犯的过错，和你们一点关系都没有了？”这时候，吴勉用他特有的语调笑了一下，随后继续对两位东家说道，“人是你们的人，犯了错他们去死，你们两位呢？”

“我和殿下已经自罚了，捐出泗水号一年的盈余……”孙小川看了一眼身边的刘禧之后，继续说道，“现在我已经派人去查死在这些管事手中的人命，会给他们一笔抚恤金。虽然钱买不回人命，不过这样好歹能让死者家属以后的日子过得安稳一点。”

感觉到气氛有些尴尬，归不归嘿嘿一笑，岔开了话题：“不说这些了，你们那位‘镇岛之宝’知道老人家我们要来吗？这次出来得匆忙，也没给她带点什么见面礼……”

“她老人家是知道诸位登岛的，不过她老人家也赏下话来了。之前她拜托您的事情没有办好之前，还是不要见面的好。”孙小川有些尴尬地笑了一下，对脸色有些难看的归不归说道，“这话可不是小川我和殿下瞎编的，您和她老人家以前就是同门，当然也知道她老人家的秉性。”

“算了，不见就不见吧。就当她不知道我们几个登岛了……”归不归叹了一口气之后，继续说道，“那我们就在你的外岛住些日子，顺便老人家我还有别的事情要麻烦你们两位东家。之前离墨运到岛上的宝贝，能不能让老人家我鉴赏一下？离墨小娃娃，那么看我老人家做什么？就看看……不动手……”

“虽然是李甲私人的东西，不过他既然选择存放在这里，那么财神岛便有替他保管的义务。就算李甲不是我们泗水号的人，他的私人物品也在泗水号的保护范围之内。”说话的时候，刘禧的脸上虽然还带着丝丝笑意，不过这话说出来的语气不容他人反驳。

“那就算了，老人家我也是有点家底的人了，问天楼那点东西未必在我老人家的眼里。”归不归脸上没有一丝一毫不悦的表情，之前他可是在妖王那里狠敲了一笔。现在小半个妖山的家当都在他的洞府里，问天楼再怎么样也不会有超过妖山的家底。

“你们就打算在这里一边吹海风，一边干说吗？”这时候，百无求很是不耐烦地看了面前几个人一眼，对二位东家说道，“要是不打算管饭你们就说一声，给老子一艘船，我们自己回去。现在老子才明白你们哥俩怎么这么有钱了，这都是从客人嘴里省出来的是吧？你们以为天底下谁都和你们一样，喝海风就能喝饱吗？”

“这就是我们俩的不是了，酒宴早已经准备好，久未见几位，只顾着说话，慢待几位了……”刘禧哈哈一笑，随后走在前面领路，将他们几个人带到了之前招待波斯使团的迎宾馆。

刚刚走了没几步，吴勉和归不归好像突然感觉到了什么，两个人不约而同转身向着身后的海面看去。孙小川看到他们俩的动作之后，微微有些疑惑：“两位这是怎么了？看到什么还是听到什么了？小川我的胆子小，你们两位都是神仙一般的人物，可别吓唬我们凡人百姓。”

“你见过有长生不老的凡人百姓吗？”归不归嘿嘿一笑，随后继续说道，“也没什么，就是想看看你们这座财神岛距离陆地到底有多远。”说到这里，老家伙顿了一下，看了看身边的吴勉之后，补了一句：“还真是不近……”

虽然吴勉、归不归都没有多说什么，不过两位东家还是记在了心上。在去迎宾馆的路上，孙小川暗暗向管家下达了在码头上增加人手巡逻的命令。巡逻的人马当中要增加修士，不管发现什么异常的事情，都要第一时间上报。

到了迎宾馆之后，酒宴已经摆下。这些人认识多年，也不用多客气。刘禧客套了两句之后，众人便开始吃喝起来。

酒过三巡之后，小任叁又和以往一样把自己灌得大醉。小家伙涨红着小脸趴在老家伙的大腿上，笑眯眯地对他说道：“老不死的，这次赔了吧？在船上受了那些管事的贿赂，还想要留他们一条活路……这次好了，被打脸了吧？啪啪啪，生疼吧……”

“人参你真是喝醉了，他们能用什么来贿赂老人家我？都是些凡世间的银钱，真缺那俩钱的话，他们两位东家能看着不管吗？”归不归嘿嘿一笑，脸上没有一点尴尬的表情。顿了一下之后，他继续说道：“我老人家也是好心，本来想着放生几条性命的。既然他们的罪过太大，那么还是按他们泗水号的家法办吧……人参！你往哪里吐……”

说到一半的时候，趴在他大腿上的小任叁酒劲上涌，肚子里的那些东西一股脑儿都吐在了归不归的裤裆里。

就在归不归被孙小川带下去换衣服的时候，码头管事一溜小跑，到了离墨身边，在他的耳边低声说了几句。本来回到财神岛刚刚松了口气的离墨脸色再次变得难看起来，他几步走到刘禧的身边，在大东家的耳边低声说道：“码头有两队巡逻的护卫过卯未回，现在找遍了码头，也没有找到那两队人……”

第三十三章　波斯商船的厄运

“到底还是出事了……”刘禧深深地吸了口气，看了一眼像没事人一样的吴勉。顿了一下之后，他对离墨说道：“你传我的话，撤回所有巡逻的护卫，不要再去寻找失踪的两队人马。从现在起，关闭岛上所有的商铺，他们的损失算泗水号的。把所有人都聚集起来送往海神庙中，所有的护卫都派去守卫海神庙。请周昌和戴忠仁两位修士分别守护两处庙门……”

离墨领命之后，有条不紊地去传达刘禧的命令。周昌和戴忠仁两位修士都是多年前请来的修士，上次能在外岛一举全歼了波斯军队，两位修士是立了首功的。虽然比不了吴勉、归不归这样的大修士，不过在近年出现的修士当中，这两个人已经算是当中的魁首了。

离墨去传令的时候，孙小川嘻嘻哈哈的声音再次传了出来：“一会我让厨子给任三爷烧一碗醒酒的鱼汤，这是我们大厨子的绝技。在活的海鲈鱼鱼身种上几十颗带芯莲子，再用鸡汤煮了，清汤中的海鲈鱼身上就像长满了眼睛一样……百无求少爷这是怎么了？也喝多了？正好让厨子多煮几碗鱼汤，几位一人一碗……”

这话说出来，别说已经开始作呕的百无求了，就连走到门口的离墨听着浑身上下也在起鸡皮疙瘩，他们这些人的脑海里都不约而同地出现了李易被鱼啃噬的惨状。

这时候，孙小川已经坐在了刘禧的身边。泗水号的大东家将刚才从离墨嘴里听到的事情对孙小川说了一遍，孙小川才收敛了嬉皮笑脸的样子，和刘禧耳语了几句之后，吩咐伺候的侍女和仆人退下。随后他起身走到了吴勉和归不归二人的面前，将刚才从刘禧那里听到的消息说了一遍。

“海神庙是除了内岛之外岛上最大的处所了。稍后我会安排人在里面清点人头，外来的人在里面无所遁形……”孙小川介绍了海神庙之后，微微犹豫了一下，继续笑嘻嘻地说道，“本来不想麻烦你们几位的，不过看起来不麻烦也不行了。现在十有八九是外敌登岛，几位都是菩萨心肠，自然不会袖手旁观的。”

“不是老人家我不帮你，实在是之前刘禧东家说得有道理。你们岛上有岛上的规矩，什么义务什么保护的，我们怎么说也是岛上的客人，让我老人家去和别人拼命，这有点说不过去吧？”说话的时候，归不归冲刘禧笑了一下，随后继续说道，“再说了，就算一两个小毛贼，也不会是你们的对手。内岛还有一个‘镇岛之宝’，有什么事情把她请出来。老人家我就不说了，只要这次不请自来的人不是大方师徐福，谁也不敢说对你们的‘镇岛之宝’有必胜的把握……”

“是，归、吴两位先生远来是客，我们怎么可以这么失礼？”刘禧微微一笑之后，拦住了还要说话的孙小川，随后继续说道，“我们继续饮酒，外面的事情自然有人去办，不可以慢待几位贵客……”

说完之后，刘禧连连向吴勉、归不归敬酒，两杯酒刚刚下肚，走出去不久的离墨再次回到了这里。这次他的脸色有些发白，也顾不得什么礼节了，上来之后先是看了吴勉、归不归一眼，随后也不避讳他们两个人，对刘禧和孙小川两个人说道：“波斯财政大臣的船队已经回到了码头，三艘船……没有一个活人……”

就在刚才离墨前去传达刘禧之命的时候，得到了另外一个令人毛骨悚然的消息。本来昨天已经离开了财神岛的波斯财政大臣的船队，不知道怎么又行驶了回来，现在就在码头之外的海域上面漂着。本来离墨以为这三艘船和失踪的护卫有关系，当下来不及通禀两位当家，他先使用术法到了船队的主船上查看，却见到了宛如地狱的惨状。

主船上面到处都是波斯人的尸体。这些波斯人死因各异，有的是被利器斩首而亡，有的肚子被剖开内脏流了一地，还有的被大火烧成了焦尸。其中有几个年轻一点的波斯人被扒光了衣服，身子被穿在旗杆之上。饶是问天楼楼主的弟子出身，见到这个场景，离墨心里也有些发颤。

另外两艘波斯商船上面也是大同小异，三艘大船上面已经找不到一个活人。联想到刚才巡逻护卫失踪的事情，离墨不敢怠慢，急急忙忙跑回来向两位东家禀报……

这支船队是代表波斯新王前来示好的，现在人都死光了再没有什么说法的话，为了面子波斯帝国也要再次发来大军攻打泗水号。就算现在的波斯国王是泗水号扶植起来的，也几乎不可避免。如果新王在朝局当中对泗水号太软弱，恐怕会威胁到他的王位。

听到波斯商队都死光了的时候，刘禧陷入了沉默。顿了一下之后，他起身走到归不归的面前，恭恭敬敬地施礼说道：“归、吴两位先生之前助我泗水号免受波斯乱军的屠戮，刘禧还没有答谢。从今日起，泗水号一分为二，刘禧、孙小川得一半，吴勉、归不归得另外一半，如何？”

“老人家我心里没有你们的银钱，当初你们泗水号的本钱还是我老人家帮着弄来的。”归不归嘿嘿一笑之后，继续说道，“真需要金银的话，皇帝老子的钱库就是为我老人家开的。”

“你怎么不说波斯国王家的钱库也是老家伙你开的？”吴勉慢悠悠地说了一句之后，起身向大门外走去，边走边说道，“老家伙，不去看看你们家钱库的人怎么样了吗？”

归不归本来还惦记着楼主的宝藏，想趁机去看一眼有什么稀奇的天材地宝，现在这个吃软不吃硬的白发男人主动过去，老家伙的如意算盘这就算是落空了。不过归不归也没有什么异样的表情，嘿嘿一笑之后，跟着白发男人一前一后从迎宾馆中走了出来。

片刻之后，吴勉、归不归两个人已经出现在波斯人的大船上。和离墨说的一样，三艘大船上已经看不到一个活人。不只是船上，因为刘禧之前的命令，码头上也见不到什么人，更加衬托出波斯商船的阴森。

两个人在三艘商船上面转了一圈之后，刘禧、孙小川二人已经乘船赶了过来，在离墨等人的护卫下登上了主船。看了一眼面前的惨状之后，刘禧皱着眉头对吴勉、归不归二人说道："李甲已经告诉了我李易和冯张的事情，以你们二位看来，这会不会和逃匿了的冯张有关系？"

"殿下你还是先从身边的人开始查起吧……"归不归古怪地笑了一下之后，继续说道，"有人假借你们二位东家的名义，将这三艘波斯商船请了回来，并在马上就要抵达港口的时候突然发难，三艘商船上共二百一十五个人无一幸免。"

说话的时候，老家伙将手里一张染血的羊皮纸递给了刘禧，上面用波斯文写着刘禧、孙小川两位邀请波斯使节塞山回到财神岛，有要事和塞山商量。笔迹和刘禧的一模一样不说，上面还盖着刘禧的印章，也是真假难分。

看着刘禧紧皱眉头的样子，归不归古怪地笑了一下，说道："要不是老人家我还懂几句波斯文，也发现不了这个……"

第三十四章　生子

刘禧原本以为让两队巡逻护卫失踪的人是之前逃遁的冯张，不过并没有当他是多大的隐患。毕竟岛上有当初方士一门的广字辈的广悌坐镇，一般的修士来了也是有去无回。他已经派出人马回到陆地去查冯张的底细，连刘禧这么精明的人也不会把匈奴大户冯张和中原修道的修士联系在一起。

现在看来，他的财神岛上有一股隐藏的势力已经冒头。将波斯商船调回来的字迹和他写的一模一样不说，上面的私章分明就是真的。刘禧的印章有三道只有他自己才能辨认出来的暗纹，这个连孙小川都不知道，而羊皮纸上面的暗纹清清楚楚，绝对就是自己的私章无疑。

刘禧想不出来谁有这个本事，能接触到他的私章。他以为经营得风雨不透的财神岛竟然会有这么大的隐患，一想起来这位昔日的淮王就是一身的冷汗。

将羊皮纸递给了孙小川，刘禧深深地吸了口气，刺鼻的血腥气让他的眉头皱了起来。沉默了一会儿之后，刘禧对归不归说道：“归先生，您看什么人有这么大的胆子，明知道您和吴勉先生在这里，还会做出这样的事情？”

“别那么客气，他们箭在弦上，有没有我们几个，这支箭都要射出来。”归不归看着刘禧嘿嘿一笑，随后继续说道，“老人家我一不是岛上的人，二没有在岛上住太久，殿下，你问错人了。不过老人家我倒是要给你提一个建议，上面的印章是真的吗？如果是真的，这个印章要快点作废了，不然的话小心有人用印章调动你的私军来打你。”

没等刘禧接话，抱着小任叁的百无求抢先说话了：“姓刘的、姓孙的你们俩这是得罪谁了？老子是妖都下不了这狠手，你们俩是把人家孩子扔井里了？不过报仇找你们俩就好了，弄死这么多波斯人做什么，给你们看他有多大的本事？”

归不归嘿嘿一笑，看着正冲他瞪眼睛的百无求说道：“傻小子，如果有人打了你爸爸我一巴掌，你又打不过人家，报不了仇怎么办？”

百无求会错了意，瞪着老家伙说道：“老家伙你在说席应真吗？咱们说好了啊，你我是父子关系老子咬牙认了，可你别给老子惹这样天大的祸。席应真真给你一巴掌，老子除了默默地看着还能做什么？给你报仇？不想要老子这个儿子了你就直说，别拐弯抹角的……”

“呸……谁说那个爸爸了。”听到百无求说到席应真，归不归一缩脖子，吐了口唾沫之后，继续说道，“真是他动手的话，老人家我还敢指望你来报仇？傻小子，弄死这么多波斯人是在立威。再说，死了这么多人，刘禧、孙小川哥俩在波斯国王那里也不好交代，处理得不好还会给泗水号带来灭顶之灾。”

归不归和百无求说话的时候，孙小川已经看完了羊皮纸上的内容。他和刘禧交头接耳地说了几句，随后吩咐离墨去海神庙那里，防止有人趁两位东家在这里的时候，再在海神庙惹出什么祸端。

随后众人回到岛上，刘禧、孙小川各自写信给波斯国王以及国中重臣，第一时间向他们解释这件事情。两位东家在信中推测是往来波斯和中土的海盗所为，保证在短时间之内将残害波斯使团的凶手抓住。两位东家会亲自将此人送到波斯国王的面前，请国王陛下处理。

除了给国王和重臣的信件之外，孙小川又给在波斯境内的泗水号西号的管事写信，让他们花钱疏通朝廷几派的大臣，千万不能因为使团被屠杀这件事，给泗水号造成什么不良的影响。

一切都处理完毕之后，刘禧和孙小川这才从身边开始排查，将所有可疑的侍从和管家都暂时软禁起来，等到真相大白的时候再把他们放出来。

看着刘禧、孙小川身边的亲信都被带走，百无求突然说道："老子记得孙小川你身边还有个波斯小娘们儿的，怎么？舍不得那个小娘们儿了？上次老子就看你们俩不地道，是不是有一腿了？"

"阿一古拉不会是内应的，她现在是我的夫人……"说到当初那个由刺客变成自己贴身护卫的波斯女奴，孙小川的脸上就出现了一丝异样的笑容。顿了一下之后，他继续说道："我们的女儿刚刚出生，她现在正在内岛照看孩子，不方便出来拜见各位，还请各位见谅。"

"你说你老婆给你生了女儿……"听到孙小川说到这里的时候，归不归好像听到了什么了不得的事情一样。他重新上下打量了孙小川一眼，随后继续说道："确定那孩子真是你亲生的吗？别那么看老人家我，没有那个意思……说说，你都干什么了，能把孩子生出来……"

"就干了应该干的事儿，您老人家别打听得那么细好不好？给点面子，怎么说我也是这里的半个主人。"平时嬉皮笑脸惯了的孙小川这时候难得红了脸，讪笑了一声之后继续说道，"老人家，咱们还是先办点正事，找到了谁在幕后作乱之后，我也给您弄俩波斯美女，让小川我尽尽孝心。"

"老人家我说的不是那个，这件事完了，你要好好给我老人家说说你是怎么生出孩子来的。"听到孙小川有了孩子之后，归不归的脸色便一直有些古怪。他们这种服用了长生不老药之人，生孩子几乎是不可能的。要不然的话，当初归不归的弟子鹏化殷也不会娶了十几个老婆，几百年都没有折腾出一个孩子来。

说完之后，归不归冲刘禧、孙小川哥俩说道："老人家我给你们俩出个主意，这件事情明显是有人里应外合做的。现在外岛上的人都被关在海神庙里，你们身边也都换了人，外合的人找不到内应，一定会在岛上制造混乱和恐慌。与其这样，还不如你们自己把海神庙的人放出来。内应外合了看看他们还会怎么样？见招才能拆招。要不然的话，天天给你们送这么一船的波斯死人，你们哥俩大概也受不了……"

归不归的办法有些冒险，不过现在似乎也没有什么更好的法子了。这样的大事都是刘禧做主的，昔日的淮王想了半晌之后，冲孙小川点了点头。两位东家略一合计之后，对身边的管家下了令，让离墨甄别完庙里人身份之后，便将海神庙当中的男人都放出来，说波斯使团的船队在海上遇到了海盗，三船人死得干干净净，让这些人都出来帮忙。离墨则派人暗中查看有没有什么人有异常的举动。

没过多久，一大群人出现在码头上，他们分成几拨，在离墨等人的指挥之下，将波斯大船拖到了码头的泊位。随后众人上船，将船上的死尸搬运下来。有没见过世面的，见到这场景之后都扒着船帮哇哇大吐起来。

离墨等人冷眼旁观，却没有发现什么不对的地方。三艘船上的死人都被清理了下来，因为这些死人都是要送回波斯的，于是离墨选了一处干燥一点的所在，挖下深坑并铺了厚厚的石灰，将这些尸体暂时安置在这里。

之后三天，岛上什么事情都没有发生。这让刘禧、孙小川有些摸不着头脑，里应外合之人到底想要做什么？

第三十五章　倾巢而出

到了第四天一早，恶事发生了。之前刘禧、孙小川派到波斯的快船出现在码头，和之前的波斯使团商船一样，这艘快船孤零零地漂在码头前方的海域，半晌都没有要驶进码头的迹象。

这是个不详的信号，孙小川赶紧派人上船查看，果然船上的水手加上泗水号的信使二十一个人无一幸免，都死在了船上。

和之前波斯使团的情况有些许不同，这些人的肚子都被利器豁开塞满了粗盐，里面的内脏已经无影无踪，从相关痕迹来判断应该是丢到海里喂鱼了。刘禧、孙小川写的信件混在粗盐当中，在船老大和信使的肚子里面被找了出来。

亲自登船看到了这种惨状之后，刘禧的眉头皱得好像一个疙瘩一样，这位曾经的淮王自打出世以来，还从来没有遇到过这样的事情。到现在为止死了两百多人，却丝毫没有头绪。幕后之人只是将来往财神岛的人杀死，除了那两队巡逻的护卫之外，也没有再对岛上的人造成什么危害。

孙小川向刘禧建议派出船队在财神岛附近的海域巡逻，被昔日的淮王否决："没有意义，连对头是谁都不知道，派出去的人也是白白送死。看他还有什么动作，他的目标是你我，别人都是枉死……"

又过了一天，一艘从中土而来的货船出现在码头附近的海域。这段时间岛上人心惶惶，谣言四起。见到有船出现而不入港之后，看守码头的人急急忙忙向两位东家禀告。

最不想发生的事情还是发生了。离墨亲自登船检查，和其他几艘大船一样，船上的水手和泗水号押货的管事、伙计已经死得一干二净。这些尸体的头颅都被砍下，尸体扔在一起，头颅用钉子钉在了甲板上，九十八个头颅钉成了一座人头塔……

这次刘禧连登船检查的心思都没有了。孙小川一个人检查回来之后脸色铁青，往常和归不归一样嬉皮笑脸的样子已经消失得无影无踪。这个时候也没有什么可隐瞒的，当着吴勉等人的面，他将自己看到的一切告知了大东家刘禧。

刘禧沉默了半晌之后，对吴勉、归不归说道："现在已经差不多清楚了，那些人是要围困财神岛，将我们逼到绝境。不过淡水我们可以自给自足，岛上种植的庄稼出产足够所有人的吃喝。如果这样也算围困的话，到底谁先被困死也说不定。"

"是困住，不是困死……"吴勉说了一句之后便不再说话。归不归嘿嘿一笑之后，接话说道："或许他们本来还有困死你们两位东家的意思，不过看到我们四个登岛，他们便改了主意。其实你们两位东家都明白的事情，一定要从老人家我的嘴里再说一遍吗？"

顿了一下之后，老家伙继续说道："说到底，是之前对付波斯军队的时候，你们二位露了财神岛的底。这次下手的人应该是早就准备对你们下手的，不过被波斯人抢了先。后来看到波斯人被摧枯拉朽地打败之后，这些人才想了这样的一个主意。他们只是围困住财神岛你们二位东家，然后再派其他人将你们留在波斯、中土两地的商号、货栈抢到手中。等到你们能出财神岛的时候，泗水号已经被他们变卖殆尽，你们二位也只剩下一个财神岛了……"

归不归说完之后，刘禧、孙小川二人都沉默了。这时候，老家伙嘿嘿一笑，继续说道："如果老人家我猜得不错，他们还有第二个打算。

岛上的人受不住惊吓的话，要么赌一把抱团一起离开，赌赢了就能逃出生天。要么拼了，用你们两位东家做筹码，和外面的人谈判。你们俩死，总比他们死要好得多。”

“不会，那些人都是靠泗水号吃饭的，我们没了他们的饭碗也没了。”孙小川这句话说得没有什么底气。顿了一下之后，他继续说道：“再说岛上还有护军，内岛还有那位老人家。谁会来招惹我们？”

“有谁知道广悌？不知道的威胁就算不上威胁。”归不归古怪地看了孙小川一眼之后，继续说道，“其实你心里什么都明白，就是嘴上不承认。你不说，那老人家我来替你说。你们的护军是花钱雇的，人死了钱还不一定是谁的，到了紧要关头命才是最重要的。老人家我说的是他们自己的命……”

“归先生说得没错，不过他们的算盘打得再好，还是没有算准一件事情。”刘禧的脸上终于露出了一点笑容，说道，“他们没有算到几位会突然到访财神岛……”

接下来的几天，虽然暂时没有货船往来财神岛，不过岛中已经人心惶惶，谁也不知道那些屠戮船员的人什么时候会杀到岛上来。岛上的居民已经开始三三两两地私下嘀咕，两位东家到底惹了什么人，会有这样的后果。

而刘禧、孙小川两个人似乎也没有什么好办法，他们放出去一条空船，在船上留了书简，写明泗水号准备了万两黄金的见面礼，要和对方见面。不管对方有什么条件，都可以见面商谈。

这艘空船早上放了出去，晚上又回到了码头。孙小川命人将小船拖到岸上，船上面的书简还在，只是书简上面被泼了鲜血。意思已经很明白了，对方是想让两位东家见血，没有打算和解。

不知道这个消息怎么走漏了出去，没过多久岛上的居民便开始乱了起来，一些人去找刘禧、孙小川二人讨要说法。两位东家直接躲到了内岛，将所有的护军都调到了内岛守护。岛上居民冲击内岛几次未果之后，便不再指望两位东家还有办法能解开困局。

这些居民开始想办法。一天之后，他们学着两位东家的办法，也放出去一条小船，上面留下书简说明他们已经不再是财神岛的人，请手下留情放他们一条生路。如果可以的话，他们会在第二天乘船离开财神岛。至于刘禧、孙小川两位东家的事情，就不要连累到无辜的人。

小船第二天被送了回来，上面的信件已经消失，原本用石头压着书简的位置放着一个干瘪的桃子。意思已经很明显了——你们逃吧……

看到桃子之后，众居民都松了口气。他们的家当早已经准备好，第二天一早，码头上大大小小的百余艘船只一股脑地从财神岛驶了出去。本来这么多船怎么也要一整天才能撤光的，现在逃命要紧，到了中午码头上已经看不到船只，外岛看不见活人了。

在财神岛外三十里的位置，停泊着十一艘大船。主船上的一个人使用术法见到了几十里外的这幅景象。等到这百余艘船只彻底离开了财神岛之后，这人冷笑了一声，说道："派快船跟着他们，只要他们真的回到陆地便不要惊扰。如果他们绕了一圈准备对付我们的话，还是老规矩，一个不留……"

一个身穿轻甲的军人下去传令的时候，这人对着船舱笑了一下，说道："静相大师，您真的不打算趁着这个机会，将这些人也屠戮干净吗？他们在泗水号的庇护之下经营多年，人人都是富甲一方。百余艘大船……这样的肥肉真的不动手吗？现在改主意还来得及……"

"我家师父已经定好的计策，将军你真的要改动吗？"说话的时候，一个二十岁左右的比丘尼从船舱当中走了出来。顿了一下之后，比丘尼继续对将军说道："看到的就是真的吗？可以去问问冯张……"

第三十六章　外岛陷落

比丘尼说话的时候，已经换上了修士装束的冯张跟着走上了甲板，对将军说道：“师兄，还是听静相大师的吧。当初如果不是我假死，一样会着了吴勉幻术的道。那幻术解不开的……”

法名静相的比丘尼再次说道：“刚才将军亲眼看到的，百余艘大船并非是四散奔逃，而是形成一个船队向陆地进发。如果吴勉、归不归他们混在船队当中，将军您派再多的人也是去送死而已。吴勉一人独挡数万妖物可不是被人当作笑话来说的……”

“如果他们并不在船队当中呢？”将军看着这个相貌可以说是妖艳的比丘尼，怪笑了一声之后继续说道，“钱抢不到也就算了，如果他们还和刘禧、孙小川在一起，我们又该怎么办？”

“那就继续按原定的计划来，”静相微微一笑之后，继续说道，“我们继续锁住这座小岛。再过几天，波斯使团没有按照预定的计划回去，泗水号截留使臣的谣言便会散出去。到时候趁着波斯大军到来，我们将中土、波斯两地的泗水号都收入麾下。到时候我家师父所行的大事便有了依仗，你们弟兄俩也成了富可敌国之人。只要按着我家师父的计划去办，成功就在眼前……”

“那我就看什么时候大事能成。”随后，将军又对冯张说道：“三天之后，你趁着夜黑风高潜入岛上，去找我们的人探听吴勉、归不归的消息。如果他们俩真不在岛上的话，不用等到波斯大军，我们先洗劫了这座财神岛。刘禧、孙小川在这里经营了数百年，可不能就这么便宜了波斯人。”

听了将军的话，静相的眉头便皱了起来。本来她还想劝告几句，让将军的人马休养生息，等到波斯大军和泗水号两败俱伤的时候再进去收拾残局最好。不过话到了嘴边，比丘尼还是将话又咽了回去，微微一笑，随后转身回到了自己的船舱里。

三天之后，冯张趁着潮汐潜进了财神岛。不过此时的外岛已经没有一个人。他来到和内应之人约好的地方，等到天亮也没有见到有人来接头，无奈之下只能在天黑之前匆匆忙忙地跑回到船队当中。

没有找到内应之人，也好理解。毕竟外岛的人一个不剩都走光了，内应之人留在这里，就等于告诉别人自己的身份。外岛大逃离时，内应者应该跟着人群一起逃离了，因为时间紧急他来不及通知船队的人。想通之后，冯张也不觉得这件事有什么可疑。

这十多艘大船一直在海上停留着。十几天之后，跟踪出逃船队的快船回来了，说船队已经到了陆地。船上的人到了码头之后便四散奔逃，都不敢和码头上泗水号的人说句话，生怕再受连累。这些人没有任何再回来的迹象，将军这才松了口气，这个隐患总算是彻底消除了。

不过波斯那边却始终没有什么消息。比起中土，财神岛离波斯更近。他们的使团到期未归，波斯国竟然没有一点举动。而且将军安排在波斯国的人应该早就开始散布谣言了，为什么波斯国一点动静都没有？

船队又等了十几天，将军开始发觉事情似乎有些不对头。没有等来波斯大军的船队倒也罢了，为什么连波斯、中土两地的商船都看不到一艘？财神岛是波斯、中土两地的货物中转站，这么长的时间，除了开始还有一艘货船被他们屠干净之外，为什么这么久都没有看到第二艘货船？

没有等到货船也就算了，又过了十几天，从中土、波斯两地传来了消息，将军在陆地上抢夺泗水号商铺、货栈的人马受挫，突然有一批人马好像从天而降一般，打退了他的人不说，还将他们抢夺到手的商铺又夺了回去。

在中土、波斯袭击的人马当中，带头的两人竟然都是白头发的男人。从传回来的画像来看，竟然是刘禧和孙小川两个人。这两人一个在中土、一个在波斯，将他们的人杀得人仰马翻。最让人难以置信的是，刘禧的身边跟着一个老得不像样子的老家伙和一个黑铁塔一样的大个子，而孙小川的身边则是一个脾气有些刻薄的白发年轻人和一个喜欢喝酒的八九岁娃娃……

这些人已经跟着逃离的人马一起离开了海岛！而将军他们还像傻子一样守在这里这么多天，再过几天等到刘禧的大队人马杀回来，他们这万儿八千人怎么可能是吴勉、归不归他们这些人的对手？

当下，将军什么也不等了，想明白之后马上传令手下军士攻岛。刘禧、孙小川他们不在岛上，岛上的财宝他们总是带不走的吧？那他就来替他们收着！

十一艘大船直奔码头，上岸之后一万多人马向着内岛扑去。外岛的瓶瓶罐罐他们已经看不上眼了，当下拿着岛中接应之人描绘的地图，一路向内岛冲了过去。他们要赶在刘禧、孙小川带着吴勉、归不归回来之前，将内岛能拿走的财宝都拿走。

不过从外岛到内岛的距离实在不近，这些军士又没有马匹，只能一路跑着到了内岛那座好像皇宫一样的庄园门前。一万多军士将庄园围住之后，将军一声令下，大军好像潮水一样涌进了庄园当中。

冲到第一进庭院当中的时候，这里还是没有看到一个人，不过珍贵的金玉之器倒是不少。将军、冯张等人一边安排人去寻找两位东家的宝库，一边将眼前这些珍宝都收罗起来。大鱼和虾米都不能放过，守了这么久都没吃好喝好，这下正可以打牙祭了。

当将军带着人冲到第二进庭院门口的时候，发现这进庭院的大门异常坚固，众人撞了半天也没能将大门撞开。最后将军派人翻越墙头，准备从里面将门打开。

第一个翻墙进去的军士，半天都没有回应。将军以为他看到了什么奇珍异宝，被迷了眼睛，当下又派第二个人翻墙进去。不过这人和第一个人一样，翻墙进去之后便没了动静。就这样，一连派了三四个人进去，都好像泥牛入海一样，消失得无影无踪。

这时候，将军也开始心虚起来。他将目光对准了自己的师弟，不过冯张的胆子也不比他大多少。于是将军一声大吼："大家一起往里冲啊，泗水号的财宝就在里面！"

众军士一拥而上，还没等扑过去，两扇汉白玉石包金的大门自动打开了，几个白头发的男人夹杂在一群奇形怪状的人当中，出现在众军士的面前。众军士本来都以为里面什么人都没有的，想不到这些人竟然出现在这里，一时都呆住了。

"终于见面了，难得你们会在海上等这么久……"一个面带几分威严之气的白发男人冲将军、冯张笑了一下之后，继续说道，"冯张？不对，你不是冯张。我和冯张虽然没有见过几次，不过你绝对不是他……你这是什么易容之法？连归、吴这样的大修士都没有发现你的破绽？"

"别给他脸上贴金，他那是天生的相貌。"另外一个刻薄相的男人讥笑了一下之后说道，"应该是这个人和冯张天生便长得像，他这才杀了冯张，取代他来这里做内应，是吧？"

将军看着面前这些人，好像看到了鬼一样，说道："不可能……外面的人不可能骗我……"

第三十七章　不对等的决战

“是幻术……”“冯张”冷冷地看着对面的几个白发男人，有些自嘲地笑了一下之后，对吴勉说道：“你用幻术让我们以为岛上的人都走了，其实都是假的。没有人离开海岛，什么都是假的……连给我们报信的人都是……不可能有那种幻术……”

说到最后，“冯张”连连摇头。如果这样的幻术能影响到几十里之外，吴勉和归不归早就杀到他们的船上去了。难不成是他留在陆地上的军卒被泗水号收买了？传来的都是假消息……

“静相……”再想找那个出谋划策的比丘尼时，她已经不知道去哪里了。刚刚登岛的时候，这个小尼姑还在他的身边，她什么时候消失的？他们师兄弟二人竟然没有一点察觉。

“众将士！取一个首级赏黄金千两，孙、刘二人的首级赏万两！”将军已经顾不得什么幻术了，眼前他有万余人马，就算对手都是神仙一般的大修士又怎么样，总能给他争取一点逃走的时间吧？他们师兄弟二人经高士传授过遁法，一人属火，一人属水。只要能找到水源、火种，二人便有逃遁的把握。

除了少数人之外，这万把人几乎都不知道面前这几个人的底细。他们能被蛊惑来财神岛本来就是奔着发财来的，现下听到首领开出了这些人的价钱，眼红的已经举起刀剑对着这几人扑了过去。他们也分不清谁是刘禧，谁是孙小川，见人就劈，反正一会提着人头去领赏钱的时候就看各自的运气了。不过就在他们扑过来的同时，却没有注意到两位主将已经开始悄悄地后退了。

军士扑过来的一瞬间，归不归嘿嘿一笑，伸出一只手掌对着这些军士虚推了一把。随后，一阵惊人的狂风吹过来，冲在最前面的数百人被狂风吹走了。后面的人也被吹得连连后退，一万余人竟然被归不归一个人挡住了。

站在归不归脚下的小任叁看出了便宜，往常对付大修士的时候，这个小家伙也插不上手，现在面前都是和平常老百姓差不多的兵卒，小家伙便忍不住了。他直接跳到归不归的肩头，张嘴一个火球喷了出去。火球在归不归的御风术操控之下，瞬间便扩张数十倍。面前的千余兵卒转眼便都被烧着，倒在地上不停地惨叫。

将军是火遁的高手，可惜他已经离开了大火的范围，想要回去借火势遁走已经来不及了。这时候他们二人已经趁乱逃出了这座庄园，两个人不敢稍作停留。将军喷出一个巨大的火球，正准备借着自己控火之法逃遁的时候，一个人影突然抢先从火球当中走了出来，一巴掌打在将军的脸上。将军眼前一黑，便什么都不知道了。

“冯张”见自己的师兄连还手的余地都没有就被打倒，他的心里就是一哆嗦。一巴掌打倒将军的人是白头发的吴勉，“冯张”完全没有一丝一毫的胜算。当下“冯张”转头就跑，庄园旁边有一条小溪，只要跳到了溪水当中，就算是吴勉也没有办法把他追回来。

眼看“冯张”只要一纵便可以跳到溪水当中的时候，“冯张”突然感到脖子一凉，刚才一巴掌打晕将军的吴勉瞬间已经到了他的身边。吴勉那把非刀非剑的贪狼已经架到了“冯张”的脖子上，接下来就是他那独有的刻薄声音：“再往前走一步，你就可以自己了结了……”

“冯张”吓得一动不敢动，黄豆大小的冷汗瞬间便冒了出来。吴勉用刀刃刮了刮他脸上的汗珠，古怪地笑了一声之后，说道：“你修炼过什么古怪的水遁之法？给你个机会，试试能不能汗遁……”

“这世上哪有汗遁？”“冯张”的眼睛盯着在他眼前直晃的刀锋，咽了口唾液之后说道，“我知道不是你们的对手，留我一条命吧，我把水遁之法告诉你。看在我们师尊的分上……”

他的话还没有说完，后脑突然挨了重重一击，“冯张”眼前一黑便什么都不知道了。他晕倒前听到的最后一句话是：“小爷叔，你和他磨叽什么？挖个坑一起埋了……”

再睁开眼睛的时候，“冯张”并没有被埋。他被绑在一间黑屋子当中，远处的一只大水桶里面泡着他的师兄。两个人的面前绑着六个人，虽然没有什么灯光，不过借着窗户外面的月色，还是能认出这六个人就是他们安排在泗水号里的内应。其中一个人还是刘禧的贴身管家，这六个人都被牛筋绳绑了起来，嘴里塞了核桃，有话都说不出来。

看到“冯张”醒了过来，看管他们的昆仑奴喊人来将他们几个押到了刘禧、吴勉等人的面前。

“还有什么好说的吗？”刘禧冲这几人冷笑了一声之后，在一位护卫的陪同下走到了管家的身边。他对还在瑟瑟发抖的管家说道：“刘吉，五年前你海难未死，被我们的货船救了上来，现在看来也是计划好的，是吧？也难为你这一步一步爬到管家的位置了。其实你偷印是画蛇添足，能接触到我私印的人只有那么几个，怎么查你都逃不掉的……”

除了管家之外，刘禧又说出了其他五个人的姓名。这五个人分布在岛中的各个所在，难得这位大东家能认出他们是谁。这些人也都是“冯张”兄弟俩派到岛上的内应，这么大的一座海岛只靠刘吉一个人是不够的。

“如果没有出人命的话，我也不会对你们起杀心。要不是因为你们，那几艘船上的人也不会被屠戮了。他们的死你们多多少少也要承担一点责任，对吧？”说到这里，刘禧叹了口气。顿了一下之后，他叫过来一个昆仑奴：“给他们留一个全尸，这些人死后尸身挂在码头上，没有我和孙东家的命令，任何人不可以把他们放下来。”

这些人的嘴里都塞满了核桃，想要争辩却什么都说不出来。随后他们被几个昆仑奴拖走，就在院子里面，当着这些人的面被绞死。

管家等人被绞死之后，刘禧这才回头看着“冯张”和将军两个人说道：“现在该说说你们俩的事情了，你们都穿着官军的甲胄，不知道我们泗水号得罪了哪位大人物？”

“先说说你们两位是谁，和大术士是什么关系……”归不归打断了刘禧的话。嘿嘿一笑之后，他对“冯张”说道：“你在海上用的遁法是大术士席应真一脉的，是吧？当年老人家我亲眼见过大术士使用过这样的水遁之法，这个是瞒不过我老人家的。”

“是，我们兄弟二人是应真先生的弟子。”浑身上下湿淋淋的将军有气无力地回了一句，顿了一下之后，继续说道，“看在应真先生的分上，饶了我们俩一条命。你杀了应真先生弟子的事情是瞒不住的，如果他老人家知道……”

没等将军说完，归不归嘿嘿一笑，对身边的小任叁说道：“人参，你和他们俩说说，你管大术士叫什么来着？”

“还能叫什么？他管我们人参叫儿子。这个是席应真老头儿自己说的，我们人参可是从来都没有答应。”小任叁翻了翻白眼，继续说道，“如果让席应真老头儿知道你们要用他儿子来炖鸡……”

第三十八章　元昌的弟子

将军姓贾名仁，“冯张”是他的亲弟弟，真名为贾义，兄弟二人都是益州大商贾贾荟的儿子。三十年前这兄弟俩在家乡益州路过一个酒肆的时候，被里面一个醉醺醺的老头看中，说一定要收他们二人为徒，教授术法。

当时贾仁、贾义也没把这个老头子当一回事，只以为这是一个喝醉酒的老头。没有想到的是，看到这兄弟俩小瞧他，白发老头便施展了一手，当着益州老百姓的面颠倒了日夜。本来还艳阳高照的天空突然漆黑一片，吓得贾氏兄弟以为天神下凡，这才不再犹豫，将这个自称席应真的老术士请到了家里。

没有想到第二天酒醒之后，老术士仔细看了一眼这兄弟俩的天赋，便不打算认账了。不过这个时候兄弟俩跪在他的面前，死活不让这位老术士走。席应真要走几乎没有人能拦得住他，不过这位大术士是极为看中道统的，要不然也不会在和一个弟子解除师徒关系之后，才收第二个弟子。

当下席应真也是头疼，便应付着教授了自己独门的水遁法、火遁法，和一些类似养生的简单术法。留下了口诀和修炼方法之后，这位大术士便离开了益州，当时和这兄弟俩说好了，让他们俩勤学苦练，一年半载之后他是会回来检查的。然后一晃三十年，贾氏兄弟便再也没有见过这位师尊。

这三十年里兄弟俩没有闲着，他们俩专攻火遁法、水遁法的修炼，已经能施展得出神入化了，就连席应真也不敢说施展两种遁法的能力在他们兄弟俩之上。晋末八王之乱的时候，兄弟俩被东海王司马越招入麾下，不久之后贾仁充当了东海王的火急先锋，而贾义掌管司马越手下的三万水军。

有了两位大将辅佐，东海王一连打败了长沙王司马乂、成都王司马颖、河间王司马颙。可惜东海王最后在远征匈奴石勒的时候病死了。司马越一死，晋哀帝搜罗东海王的罪状，随后发大军围剿东海国军民。贾氏兄弟看到不妙，便急急忙忙驾船带着一万多名部属逃走了。

当时天下已经大乱，没有看清形势之前，贾氏兄弟俩不想轻易给人卖命，就开始在海上做起了无本的买卖，劫杀往来的商船。他们是军士出身，将人命看得轻，抢劫了财物之后基本上是屠船不留一个活口。那段时间里，泗水号的商船也被这兄弟俩劫掠了不少。

当时刘禧、孙小川也为这一股海匪头疼，刘禧还想好了计策，准备请广悌出山，替他们除掉这个祸端。不过就在这个时候，这股突然冒出来的海匪竟然消失得无影无踪，再也没有出现过，想不到这个时候会突然进攻财神岛……

贾氏兄弟俩说完自己的经历之后，贾仁赔着笑脸对小任叁说道：“任叁兄弟，看在咱们应真先生的分上，你求求他们几位，饶了我们兄弟俩。我们把遁法交出来……”

“还没说完正事，遁法什么的不着急。”没等任叁说话，归不归笑眯眯地打断了贾仁的话。嘿嘿一笑之后，老家伙继续说道：“你们的事情还没有说完，刚才小娃娃你提到了静相这个名字。再说说这个静相吧……”

差不多五年前，贾氏兄弟俩在海上带着船队“做买卖”的时候，劫掠到了一艘富丽堂皇的海船，当时正值八王之乱差不多到了尾声，而匈奴人进犯中原作乱的时候。就算是皇帝也不可能会有这样富丽堂皇的大船，当时贾氏兄弟还以为这是泗水号两位东家的大船，只要劫持了他们兄弟俩，就算金山银海泗水号也要拿出来赎人。

不过等到贾氏兄弟率船队到达大船前，才发现船上的竟然都是佛家子弟。驾船的水手都是光脑袋的和尚，甲板上众僧人和比丘尼簇拥着两个和尚。虽然船上的不是泗水号的两个东家，不过一看也是有钱的和尚，不抢白不抢。

等到动手之后，贾氏兄弟才发现打错了算盘。两个和尚还没有动手，下面这些僧人和比丘尼已经让人吃不消了。看着这些出家人在船上斯斯文文的，杀起人来不比他们这些杀人越货的海贼弱。几个比丘尼竟然凿沉了他们的一艘大船。

贾氏兄弟俩见状，急急忙忙过去帮忙。兄弟俩本想着凭借人多可以将这些出家人一举消灭的，没有想到他们俩还没有杀到两个大和尚面前，便已经被这些僧人和比丘尼生擒了。

这兄弟俩当时身边没有火种、水源，以为弄不好这次性命就要交待在这里了。没有想到他们俩被押送到两个大和尚身边的时候，其中一个年纪大一点的和尚却让人给他们俩松了绑。

随后，这位大和尚自我介绍了一番，他和身边那位身穿华丽僧衣的和尚正是当时最负盛名的两位高僧——广孝和元昌。他们俩这次出海也是去寻找泗水号东号的所在，不过因为没有海图和向导最后无功而返。

现在看到贾氏兄弟的大海船和手下兵卒，广孝大师有意收他们俩为徒，教授一些奇妙的术法。虽然这位广孝大师久负盛名，无奈他们哥俩还有一位更加有名的师尊。当下，贾仁将自己师尊席应真的名号抬了出来，随后和自己兄弟又施展了一番遁法。两人在海中和控火术之下几乎没有弱点，这样的术法施展开来连广孝大师都自愧不如。

虽然死了不少手下，不过见对方的术法太高，贾氏兄弟就靠着这点遁法完全不是他们的对手。贾氏兄弟决定示好，和两位大和尚化敌为友，于是留在了这艘大船上。元昌吩咐摆下酒宴。吃喝了一阵之后，广孝提到了泗水号的财富，这两位成名的大师竟然也眼红泗水号富可敌国，正说到了贾氏兄弟俩的心坎里。

看到他们志趣相投，广孝出了一条计策，可以图谋泗水号的财富，不过需要贾氏兄弟俩大军的配合。当时他们定好的计策是里应外合，先派人隐藏在岛上。两位大和尚不好出面，由贾氏兄弟俩挑选一艘大船伪装成泗水号的货船，开往财神岛。船进了码头之后，上面的军士突然发难，攻下码头之后，其余的船只一起冲入财神岛。一万多名曾经的兵卒攻打一个小小的财神岛那是绰绰有余……

没有想到的是，就在他们行动之前，财神岛发生了波斯军队突袭的事情。财神岛摧枯拉朽一样将数万波斯军队全歼，那个场面吓到了贾氏兄弟。不过广孝、元昌却并不在意，广孝又生了一计：围困财神岛，等到他们出尽底牌之后再一举歼灭。

因为岛上已经有了他们的内应，当下贾氏兄弟想要在中土的众管事当中选择一个人作为接应。这个时候突然发现凉州的大管事冯张和贾义长得几乎一模一样，如此便省了他们的事。贾义先是易容变成另外一个人守在冯张身边，大概半年之后，感觉差不多学会了冯张的处事风格和小动作之后，便杀了他取而代之。随后贾义慢慢将冯张身边的老人都换成自己的人。贾义、冯张长得实在太像了，几年过去，别说外人了，就连冯张的老婆都没有发现这个睡在一张床上的男人换了一个。

贾义不在船上，贾仁有事找不到什么人商量，元昌又把自己一个叫作静相的女弟子留在了贾仁的身边，负责他们之间的联络。

第三十九章　泗水号的靠山

后面的事情都在眼前了，冲在最前面的还是贾氏兄弟俩。那个叫作静相的比丘尼不知道什么时候看到不对，已经脚下抹油溜了。所有的黑锅都是贾氏兄弟俩背了。

“原来这里面还有广孝和元昌，老人家我就说，你们这点人马怎么敢来围困财神岛？”归不归嘿嘿一笑之后，对他们哥俩说道，“明白了，这笔账我们算在广孝、元昌的头上。找到他们俩之后，我老人家一定想办法给你们报仇。那个谁，老人家我替你们东家做主了。和刚才勒死的那几个人一样，送这两位走吧。下手利索点……”

贾氏兄弟开始以为什么都说了，面前的老家伙就会饶了他们，想不到老家伙一点通融的意思都没有。兄弟二人只能抓住最后一根救命稻草：“饶我们俩一命……看在应真先生的面子上……饶我们俩一命吧……”

“不提那个爸爸，老人家我差点就把他忘了。”归不归古怪地笑了一下。随后，他对身边的小任叁说道：“小家伙，这事还是你来办的好，刚才我老人家说的话你再重复一遍。记得啊，以后那位大术士问起来，就说是你说的啊……”

这个时候的小任叁不知道在哪里喝了酒，醉醺醺地看了归不归一眼，说道：“我们人参知道……黑锅替你背了……弄死他们俩，算在我们人参头上了……那个谁，就是你……再弄一坛子酒过来，要你们东家昨晚喝的那个，别想用什么刷锅水来糊弄我们人参……”

有了小任叁的话，算是彻底解决了席应真那边的隐患。这俩弟子他不认归不认，可由不得别人来杀，不过有他儿子这句话便消了这个祸端。当下，两个昆仑奴一人抓着一个，将贾氏兄弟俩往外面的院子拖。

别看这哥俩杀人连眉头都不皱一下，对付波斯商船和泗水号货船他们都变着法地杀人。现在轮到他们俩了，这哥俩好像杀猪一样号叫着。眼看着就要断气了，两个人折腾得越来越厉害。正是好死不如赖活着，能多活一刻算一刻。眼看就要被拖出去了，贾仁抱住了门框，大声叫喊道：“等一下！你们该问的都问了，我们是不是也能问几句？就算死了我们哥俩也要当个明白鬼……求求你们了……让我们俩死前明白这是怎么回事吧……”

刘禧微微笑了一下，说道：“那就让你们俩多活一刻。说吧，想要问什么？”说话的时候，这位昔日的淮王对着昆仑奴使了个眼色，让他们俩暂时把手里的人放下来。

贾氏兄弟喘了几口粗气，磨蹭了半天之后，看到刘禧的脸上有些不耐烦，贾仁这才再次说道：“就一个问题，你们明明都在这里，那么陆地上的刘禧、孙小川、吴勉、归不归又是怎么回事？到底你们哪个是真的，哪个是假的？我留在陆地上的人虽然不是什么厉害的人物，可也不是一般人能对付得了的……”

“原来你还是不死心，看到我们当中少了一个人没有？李甲哪里去了？”刘禧微笑着看向贾氏兄弟俩，顿了一下之后，继续说道，“你这是被吴勉先生的幻术吓怕了，不过这里面从始至终都没有什么幻术。当初外岛的人之所以敢逃走，是因为我需要把李甲藏在他们当中。你的人应该会跟踪他们的船队，是吧？那么有没有看到李甲悄悄从船上跳下去，使用术法去了东海，找了一个欠了我们泗水号人情的先生帮忙去了？”

说到这里，刘禧脸上的笑容更盛，看了一眼一边的吴勉、归不归之后，他继续说道："是这样的，不久之前泗水号帮他在寻找一个叫作陆刚的方士。加上之前的贸易，那位先生多少欠了一点人情在我这里。我让李甲去请他帮忙，他便派了几位弟子去中土和波斯，将商铺和货栈什么的又夺了回来。当中要了一点小花招，请先生将那几位弟子变幻成我们几个人的样子，让你以为这座财神岛已经变成一座空岛了，现在明白了吗？你们输在那位先生手里，不冤……"

"你们竟然请了徐福帮忙……"贾仁的眼睛已经直了。他们哥俩怎么说也是在海上讨生活的，当然知道东海徐福是一个禁忌，就算饿死也不能去东海海域做买卖。刘禧说到离墨去东海，他马上便猜到刘禧是去找谁帮忙了。当下，贾氏兄弟面露死灰之色，心里明白就算现在席应真亲自到了这里，也不可能救下他们俩了。

"再没有什么要问的了吗？"刘禧淡淡地笑了一下之后，冲着再次抓住贾氏兄弟的昆仑奴点了点头。随后就见他们抓住了杀猪一样乱叫的贾氏兄弟俩，一人拿一根绳子，当着在场所有人的面，将他们二人活活绞死。

两个人死后，攻入财神岛的一万一千三百六十一个人，除了那个逃了的比丘尼之外，全部被处死。随后刘禧下了命令，将这一万多具尸体的人头砍下，尸身焚烧之后骨灰直接洒入大海。剩下的人头平均分配钉在乘载他们而来的十一艘海船上，再将海船送入海中，让往来财神岛的人看到，这就是打泗水号财富主意之人的下场。

一万多个人头砍下来也要一阵子，孙小川让人将这些死尸运到外岛之后再动手，小心血腥气味熏到了内岛里面的"镇岛之宝"。除了少数女人和作为卫士的昆仑奴之外，其余留在庄园的人几乎都开始调马车前来运尸，一万多具尸体运了三天两夜才运到了外岛。

刘禧、孙小川在庄园里面设宴款待吴勉、归不归他们四个。酒宴刚刚开始，广悌身边的小女童就从竹林当中走了出来。几年不见，她已经长成大姑娘了，只是跟着广悌久了，再次看到这么多大男人，姑娘还是有些脸红。她怯生生地走到刘禧的面前，从怀里拿出一封信函交给了这位大东家："这是姑姑给您的信函，看完之后还请东家您回话，姑姑在等我回话呢。"

刘禧打开信函刚刚看了一眼，脸色便有些异样地看了姑娘一眼，说道："广悌先生还说什么了？"

"姑姑说她闻不得血腥气，不过也知道你们这是迫不得已，这才算了，下不为例。"姑娘看了刘禧一眼，随后继续说道，"您还没给回话呢，姑姑还在等着您的回话……"

"就按广悌先生的意思办。"刘禧犹豫了一下之后说道，"你回去向先生复命，就说广悌先生交代的事情，刘禧、孙小川一定办好。只是现在泗水号的船只未归，稍后等到大船回来修整一番之后，便可以载着先生去拜访故友。"

"故友？老人家我不是在这里吗？"归不归笑嘻嘻地冲小姑娘招了招手，说道，"干吗那么见外？你回去和广悌说一声，我老人家现在就去看她。让她准备准备，把头发好好梳梳……"

"我家姑姑还真提到归不归老先生您了。"姑娘笑着向后退了一步，说道，"姑姑说，你也老了，也开始占起徐福大方师的便宜来了。姑姑还说，要是没有什么天塌下来的大事，还是不见面的好……有这个时间，先把两个和尚的事情弄明白……"

第四十章　离岛前夕

距离财神岛几十里之外的海面上，一艘孤零零的小艇上，惊魂未定的静相正对面前一个三十岁左右的和尚说道：“这么长的时间没有看到那些海匪，他们应该是凶多吉少了……”

静相面对的和尚正是当时最有声望的两个和尚之一的广孝。和尚哼了一声之后，对比丘尼说道：“你再重复一下那个女人都和你说了什么？慢慢地想，想不起来宁可不说。”

比丘尼回忆了一番之前的景象之后，说道：“弟子跟着贾氏兄弟俩向着内岛走了一半的时候，一个女人的声音在弟子的脑海里响了起来。她说那里不是我一个女人应该去的地方，让弟子快点离开……”

想起当时的场景，静相的头皮便一阵阵发麻。那个声音实在是太真实了，就仿佛是一个她看不到的女人趴在她耳边说的一样。深深地吸了口气之后，比丘尼继续说道：“当时弟子迟疑了片刻，面前便出现了一幅虚幻的景象。贾氏兄弟带去的人马都葬身在火海当中，贾仁、贾义身首异处。一个老得不像样子的老人用一把非刀非剑的法器砍下了弟子的首级……当时弟子确实感觉到脖子一阵痛楚……”

说话的时候，静相转身背对着广孝，低下头让这位高僧去看她的脖子。就见在她粉白的脖颈上出现了一道红色的印记，看着确实像极了一道刚痊愈的刀口。这还不算，在静相脖后的衣领上能清晰地看到鲜红的血渍，看得广孝直皱眉头。这时候比丘尼继续说道：“当时脖子后面是可以摸到鲜血的，弟子也是吓傻了，这才悄悄脱离了贾仁、贾义的队伍，一路回到码头的，想不到在码头就见到您老人家了。”

“你做得没错，如果不是当机立断回来的话，你可能就死在岛上的了……”广孝看了一眼比丘尼之后，继续说道，“今天在岛上看到的、听到的都不能对外人讲起。记住了，就算是你另外一个师尊元昌也不能说。如果他问起来，你就说是贾仁、贾义怕你去分他们的财物，从头到尾都没有让你登岛。你发现事情不对之后，这才去找元昌报告的。明白了吗？”

这个叫作静相的比丘尼虽然也是元昌的弟子，不过却好像更听广孝的话。她恭恭敬敬地答应了之后，跟随广孝坐小船到了一艘大船上。

与此同时，财神岛内岛的庄园当中，出来传话的小姑娘已经回到了竹林深处。看着她离开之后，归不归嘿嘿一笑，对刘禧说道：“怎么？你们的‘镇岛之宝’要离开了？没有了广悌，你们兄弟俩睡觉都不安稳了吧？这样，我们四个在你们这座小岛上住个五百年也不是不可以，你们负责食宿的话可以考虑。”

“归先生误会了，广悌先生只说去访旧友，可没有说不回来了。”刘禧微微一笑之后，继续说道，“在这座小岛上待得久了，谁都想出去走动走动。之前广悌先生并不是没有走动过，只是这次走得有点急而已。”

“广悌出去过？”归不归摸了摸自己没有几根头发的秃脑袋，看了身边的吴勉一眼之后，继续说道，“还以为她守在这里，永远都不会再出去了。老人家我受累打听一句，她什么时候离开过这里？”

刘禧想了一下之后，说道：“上次你们几位离开之后不久，广悌先生也跟着离开了。不过她老人家没过多久便又回来了，应该是被外面的什么事情气到了，回来之后她的心情似乎不是太好……”

刘禧还要继续说下去的时候，刚才出来送信函的小姑娘又走了出来。她有些无奈地看了大厅里的这些人一眼之后，对刘禧说道：“姑姑说了，她的事情不劳刘禧东家您到处去说。本来给您信函就是让您自己看的，现在归不归知道，就等于天下人都知道了。姑姑请刘禧东家您谨言慎行。”

刘禧这么一个泗水号东家，被一个小姑娘说得哑口无言。苦笑了一声之后，这位昔日的淮王站了起来，对着小姑娘行了半礼，说道：“刘禧无意冒犯，还请老人家原谅。从现在开始刘禧一定谨言慎行，不再胡说八道。”

小姑娘再次离开之后，归不归嘿嘿一笑，冲表情有些尴尬的刘禧挤了挤眼睛，说道：“老人家我们几个还是搬到外岛去居住的好，要不然的话，过不了两天，广悌连你这里都住不下了。殿下，广悌走的时候，如果还有见见我老人家的意思，你就带个话，我们和她一起走也行，算是给她送行也行。”

又客气了几句之后，吴勉、归不归带着两只妖物离开了内岛，在孙小川的陪同下，乘坐两位东家的马车，向着外岛行进。

看着他们远去的马车，刘禧的脸上露出古怪的笑意。他自言自语地低声说道：“到底是归不归，几句话就明白过来了……”

马车上，百无求正对自己这些人被“赶”出庄园有些不满。他对自己的“亲生父亲”说道：“老家伙，有好好的宫殿咱们不住，又被人撵到海边去喝海风了。老子就不明白了，上次咱们也不是没有在里面住过，和那个叫广悌的小娘们也处得挺好……这事不对，刚才那小丫头的话里可说着你了。你老实说，当年老家伙你还是方士的时候，是不是对那个小娘们动手动脚了？要不人家怎么那么烦你……”

“呸……你以为老人家我是那个大术士爸爸吗？你爸爸我这辈子就对不起你妈了。”归不归说话的时候，都不敢看着百无求的眼睛。错开了眼神之后，老家伙继续说道：“傻小子，你以为刚才刘禧怎么敢把广悌给他的信函说出来？那就是故意说给我们听的，顺便探探我们的底细，看我们会不会代替他们的‘镇岛之宝’在这里住一段时间，直到广悌回来为止。小川，我老人家说得没有错吧？你们家殿下就是这个意思吧？”

“你们两位都是聪明人，我哪里知道怎么回事？”孙小川油嘴滑舌的，笑了一下之后，继续说道，“老实说，泗水号大事都是殿下说了算。您老人家也知道，小川我就是一个笨人，你们让我干吗就干吗。其实吧，广悌大姐也应该出去看看。我还想让我媳妇儿也跟着一起去长长见识。她一个波斯人，又是个女的，跟着广悌老神仙吃不了亏。”

“你们一个比一个滑头。”归不归嘿嘿一笑之后，继续对孙小川说道，“大的那个就来探老人家我们的口风，小的把自己的老婆都打发过去，到时候广悌的一举一动都在你们的掌握之下，就算有事你们也能提早应对。老人家我真是老了，再过几年可能连你们的话都听不懂了。”

归不归的话刚刚说完，就见吴勉从怀里摸出一个小小的瓷瓶递给孙小川，说道：“回去的时候，把这个交给广悌。”说完之后，吴勉又闭上了嘴巴不再说话。

孙小川有些发愣地看了一眼手里的瓷瓶，随后赔着笑脸对吴勉说道：“那这话小川我要怎么跟广悌先生去说？就说是吴勉先生您给她的？”

“就说是当年这个老家伙调戏她的赔礼。”百无求还是不信他的“亲生父亲”和广悌清清白白。当下他盯着老家伙说道，“老子不信你当年什么都没干过……”

第四十一章　离岛之宴

吴勉、归不归几人被安置在外岛的迎宾馆当中。十几天之后，之前逃出去的岛中众人又陆续乘船回到了财神岛。他们就好像什么事情都没有发生一样，又开始了以往的生活。

又过了十几天，波斯国派官员来调查波斯使团被劫杀的事情，刘禧、孙小川亲自解释了使团遭海盗抢劫、杀害的“真相”。波斯官员在财神岛附近已经发现了那十一艘钉满头颅的大船，知道这是两位东家杀光了那些海盗替使团报仇之后，官员代表波斯国王向两位东家表示感谢。

在岛上被两位东家款待了数日之后，波斯官员才带着泗水号的馈赠心满意足地离开了财神岛。波斯官员离开之后，孙小川又置办了一份可供数千人日常生活之用的礼物。他带着离墨一起，乘二十艘大船离开了财神岛。二人也不说去了哪里，七天之后的早上带着空船返回了财神岛。

孙小川返回的时候，正赶上归不归带着两只妖物在码头上钓鱼。看到这位二东家上岸之后，二愣子对自己的“亲生父亲”说道：“老家伙，孙小川、离墨他们俩这是给徐福送礼去了吧？不是老子说你们那位大方师，不是说他的术法天下第一吗？那么有本事的人连这么几船的便宜都占？要是广仁的话，说什么也不会舍下脸占这个便宜吧？”

“难得傻小子你开始动脑筋了，再过几年你是不是就要设套让爸爸我钻了？”归不归笑了一声之后，继续说道，“在哪里说哪里的话，以前徐福在陆地做大方师的时候，有修道门派送的礼物也会收，不过不会照单全收。他会假模假样地从里面收点便宜的东西，然后再回赠几倍的礼物。不过现在他在海上，哪里还有心思摆这个谱？给什么都要，回礼什么的也不用想了，总不能回几条咸鱼吧？咬钩了……人参你快点收竿……”

孙小川本来还想回来之后找吴勉、归不归他们客气几句。不过他这边刚刚上岸，内岛的鼓语就到了，鼓语传来信息让孙小川马上去内岛，刘禧东家有事情要问他。

在岛上待了这么久，归不归多多少少也能听懂一些鼓语，找了侍候他们的仆人又问了几句之后，冲百无求嘿嘿一笑，说道：“广悌知道孙小川去见徐福了，徐福那个老家伙教了这些弟子，也就广悌最有良心了。收拾一下吧，晚上刘禧、孙小川要请客，要给广悌饯行了……”

和归不归预想的一模一样，孙小川直接骑快马飞奔到了内岛。到了中午时分，内岛又传来鼓语，外岛的大管家赔着笑脸找到了吴勉、归不归等人，说是两位东家请吴勉、归不归他们四位进内岛赴宴。鼓语当中还说有要事要和他们详谈，请四位务必赶过来。

当下，二人二妖乘坐马车在天黑之前到了内岛。刘禧、孙小川两位东家在庄园的大门口相迎，客气了几句之后，直接把他们带到了中厅当中。这里已经摆下了酒宴，只不过让百无求有点失望的是，摆在桌子上的都是素菜，唯一一个跟荤菜扯上关系的也就是一个蛋羹了。

“你们哥俩喂兔子呢？还是把我们爷们儿当兔子喂？”百无求当场就瞪起了眼睛。孙小川嘿嘿一笑，凑过来对他们几个人说道：“今晚广悌先生也会出席，她老人家这些年一直吃素。我们大家迁就一下她老人家，这顿饭之后小川我再开宴席，现在已经在杀猪宰羊了，送走广悌先生之后，我们就开荤席……”

已经这样了，百无求也说不出来什么。众人客气了几句之后，一个熟悉的声音在门外响了起来：“让各位久等了，归师兄，你也在这里……”后半句话有几分嫌弃的意味，话音未落，一身白色方士服饰打扮的广悌在那位姑娘的陪同之下，走进了中厅。

“广悌，好久不见了，是不是今晚一聚后，咱们又要分别了？”归不归倒是不在意广悌话语里的口气，嘿嘿一笑之后继续说道，“其实你如果不嫌弃老师兄我的话，我们倒是可以一起走，一路上也好有个照应……”

“这么多年，广悌独来独往惯了，不劳烦师兄了。”广悌终于对归不归客气了一句之后，转头对面无表情的吴勉说道，“多谢吴勉先生相赠的丹液，让广悌再次入世心里也有了一点底气。”

吴勉看了归不归一眼，随后对广悌说道：“不客气，你还是去谢归不归吧，是他炼制出来的，我只是慷他人之慨而已。”

一句话说出来，广悌好像有了要把丹液还给归不归的冲动，现场的气氛多少有些尴尬。这个时候，刘禧、孙小川对了一下眼神，泗水号的二东家便笑嘻嘻地吩咐开席，后面的热菜陆陆续续端了上来。

刘禧带头说了几句客气话，大概的意思就是广悌先生明天就要离开财神岛了，今晚设宴为她老人家饯行。当下大家意思着喝了一杯淡酒，气氛多少有些缓和了下来。

“广悌，老人家我多句嘴，你这是想要去找徐福大方师？怎么，孙小川这次带回来什么话了？”归不归笑嘻嘻地看了一眼广悌之后，继续说道，“不是老师兄我泼你冷水，广仁已经把东海都转遍了，徐福那个……大方师也没有见他。你们四个人里面只有一个广义运气好点，被……”

“广义已经回到陆地了。”广悌看了归不归一眼之后，用筷子夹起一颗莲子放在嘴里细细地品着，随后继续说道，“孙小川带回来的消息，说徐福大方师有事情交代广义去办，不过归师兄你还是误会了，我已经没了重回徐福大方师法驾前学法的奢望了。只是在这里闷了，出去走走而已……”

说话的时候，广悌突然转了话题，看着归不归淡淡地说道：“还有一件事情要请教归师兄，上次我拜托师兄的事情，不知道有眉目了没有？”

“上次你有事情拜托我老人家？怎么不记得了……”看着广悌的脸色变了，归不归这才嘿嘿一笑，继续说道，“想起来了，是如何消除长生不老之身那件事吗？老人家我回去想了一下，倒是有几个法子可以做到。早年间我老人家也有变回常人的想法，不过这样的方子实在有些不牢靠。这样，你再等等，有了这样的法子老人家我一定奉告。”

“那就有劳归师兄了。”广悌面无表情地说了一句之后，又看了吴勉一眼。随后她对刘禧、孙小川二人说道：“多谢两位东家收留广悌这么多年，这些年来广悌没有为两位办过什么事情，却受到如此厚待，心里不安。如果陆地上的泗水号有什么事情要我去办的，两位只管说出来，广悌一定照办。”

“其实也没有什么大事，能办到的事情我们哥俩怎么敢麻烦您老人家。”孙小川学着归不归的样子笑了一声之后，继续说道，“还有一件小事，您也知道小川我几百岁了才得了一个女儿，自然是爱如掌上明珠一般。小川我斗胆，想请老人家您再收个弟子。不为别的，等您再回到财神岛的时候，身边能多个出来联络的人，女娃娃总是方便一点的。管家，把我们家孙吉祥抱过来，请老人家看看这孩子有没有这个福气……”

孙小川的话刚刚说完，归不归嘿嘿一笑，对这位泗水号的二东家说了两个字：“滑头。”

第四十二章　广悌离岛

说话的时候，阿一古拉已经抱着孩子从外面走了进来。孙小川的女儿还不满周岁，生得粉粉嫩嫩，由于混血的关系加上遗传了母亲的相貌，小小年纪就已经是个美人胚子。

孙小川给自己的女儿起了孙吉祥的名字，小吉祥出生后的那几天，广悌曾出来给孩子看过面相，断定了这孩子有大富大贵的命格，而且命中旺夫，谁娶了这样的媳妇过门，做官则位极人臣，经商则富可敌国。

后来百无求道破了这个天机：呸！这个老子也能算出来，摊上这样的老丈人，家里金山银海地供着，想不旺夫都不行。孙小川家的丫头，一般老百姓家里谁娶了她，都是祖上积了大德。

不过这个时候把小婴儿抱出来，却让广悌为难了。按道理她这么多年在人家财神岛白吃白住的，怎么也应该表示表示，收下孙小川的女儿为徒也不算什么。不过当初她就是受够了才将自己的弟子一个一个送走，然后隐居在这里的。广悌又不像吴勉那样刻薄，当下便微微露出一点为难之色来。

归不归这个老人精看出了广悌的为难之处。老家伙嘿嘿一笑之后，看着迟迟不肯表态的广悌说道："要不这样，这女娃娃算是广悌你和老人家我共同的弟子。等到她会说话的时候，我老人家给她开蒙，你教她点我老人家不方便传授的术法。平时这孩子也不用伴师，跟着她的父母生活就好。能学到多少本事就看她的造化了，反正她爹爹有本事挣钱，也不靠她养家。”

“这样也是一个办法。”广悌知道再推辞不掉，当下便认了归不归的说法。女方士在自己的头上抹了一把，扯下三根白头发交给孩子的母亲，说道：“我的手上也没有什么值钱的东西，就留下三根头发给孩子做个见面礼吧。等到她成人的那一天，我会把这三根头发亲自给她种上的。”

“还以为能给什么，原来就是三根头发……”看到广悌给的是头发之后，百无求有些不屑地撇了撇嘴，说道，“还以为能给个什么厉害的法器，就算以后驯夫的时候也用得着嘛。就三根头发，换来这么多年白吃白住……唔……呜呜呜呜……”

说到一半的时候，二愣子的嘴巴突然闭上，随后他的两片嘴唇就好像粘住了一样，任凭百无求怎么张嘴，都无法发出一点声音来。这时候，眼尖的人才发现是一根好像丝线一样的白头发穿过这妖物的两片嘴唇，将嘴唇“缝”了起来。

百无求甚至连疼都没有感觉到，嘴巴便被一根白头发“缝”了起来。当下他急急忙忙抓着归不归的手，让这个老家伙去看他的嘴巴。归不归苦笑了一声之后，对好像什么事情都没有发生过一样的广悌说道：“别跟小孩子一般见识嘛，有什么都看在老师兄我的面子上了。饶了他这一次，回去我重重地责罚他。”

广悌这才看了百无求一眼，再次梳拢了一下自己的头发。就在她做出这个动作的同时，“缝”在百无求嘴上的那根白头发瞬间消失。百无求再也不敢胡说八道，捂着嘴巴逃了出去。

广悌在财神岛居住多年，刘禧、孙小川自然知道这三根头发是什么。当下孙小川的眼睛几乎都要冒出光芒来了，阿一古拉则代替小婴儿对广悌行了师礼。行礼完毕之后，广悌回头对归不归说道：“归师兄，现在该你了，看看你有什么宝贝要送给这孩子。”

“老人家我有什么？她爹爹和她大爷都是第一等的有钱人。”归不归嘿嘿一笑之后，从手指上摘下一个小小的白玉戒指，走过去套在了女娃娃的大拇指上，说道，“这东西跟着我老人家也有四五百年了，今天就便宜这个小家伙了……等到她术法有成之后，老人家我亲自教她如何使用。”

看到归不归将手上戴的戒指送到小姑娘手上的时候，吴勉微微迟疑了一下。这枚戒指还是老家伙当年和他一起，在辽西郡燕哀侯的假坟墓里面找到的。这么多年老家伙一直将它戴在手指上，从来没有看到过他如何使用，想不到这次他竟然把戒指舍了出来。

广悌看到归不归将这枚戒指给了女娃娃，没有说话，只是古怪地看了老家伙一眼，似乎有些不敢相信他会把戒指送出去。这也难怪，广悌在财神岛上待久了，不知道吴勉、归不归从妖山上面得了一大笔宝贝，之前的东西已经不在这个老家伙的眼里了。

随后孙小川代替孩子向归不归行礼，这次简短的拜师仪式便算结束了。广悌明天一早就要远行，当下客气了几句之后，便离开这里回去休息了。孙小川的老婆阿一古拉也要结伴同行，本来孩子年纪太小她不适合远行，不过广悌是他们泗水号的“镇岛之宝”，而孙小川、刘禧两个男人又不适合相随，无奈之下只能劳烦她一个波斯女人同行了。虽然舍不得孩子，无奈没有更加合适的人选了。

广悌离开之后，剩下这些人草草地吃喝了一顿之后，也都各自散了。本来还为百无求和小任叁准备了一顿荤宴，二愣子因为嘴唇受伤也没了这个心思。小任叁还没等到荤宴开席，他已经再次把自己放倒了。

第二天天还没亮，广悌、阿一古拉乘坐的马车便从内岛向着外岛行进。归不归拉着两只妖物和刘禧、孙小川两位东家相随，中午之前便赶到了码头。本来还有一顿临行前的酒宴，不过广悌嫌麻烦便取消了。

广悌说要出去走走，泗水号则派出了几十名侍女，在阿一古拉的统领之下，侍奉在广悌的左右。加上泗水号明里暗里的人，足足有几百人在广悌的周围活动。能做到广字辈的身份，都不会是笨人。广悌看出来却没有说破，那些人也没有恶意，既然想要跟着那就随他们的便吧。

到了午时，大船便驶离了码头，没过多久便消失在了海面上。抱着孩子的孙小川想起自己的媳妇还在船上，便重重地叹了口气。将孩子交给奶娘之后，他凑到归不归的面前，说道："老神仙，您老人家和广悌先生以前就是同门，现在又都是我姑娘的师尊。您老人家说说，广悌先生大概什么时候能回来？"

"你也有心里没底的时候？"归不归嘿嘿一笑，说道，"不是老人家我说你，还以为连老婆都舍出去了，一定是做好了准备，想不到泗水号的二东家也不过如此啊。事不关己，高高挂起，可一旦轮到你头上，小娃娃你也乱了。等着吧，广悌不适合外面的世界，没有几天她就会烦了腻了的，到时候你就能看见你们家孩子她妈了。"

不过归不归这话说得有点满了，没有想到，过了一年广悌众人都没有回来。广悌走了之后，归不归，吴勉等人便成了"镇岛之宝"留在了财神岛。不过泗水号的消息倒是不停地传回来，说方士广悌带着阿一古拉正在某处游玩，或者重回广悌曾经去过的地方。

过了一年，吴勉、百无求和小任叁差不多也待得有些烦了。就在这个时候，海上突然行驶过来一条不属于泗水号的大船，远远地便能看到大船当中散发着一股浓浓的妖气……

第四十三章　五叶天铸草

这艘大船根本听不懂岛上发出的鼓语，不过又明显有过进入财神岛的经验。在没有岛内人指挥的情况下，竟然从容不迫地将大船驶进了码头的泊位。

因为不知道这艘大船是什么来头，外岛几百名护卫都冲了出来，手拿刀剑等着船上的人下来，担心这艘船上会有类似贾氏兄弟俩那样的修士。管家还将在外岛游玩的吴勉、归不归也都请了出来，有他们这样的人在场，岛上众人的心里才算有了底。

等到吴勉、归不归带着两只妖物出现在码头的时候，正赶上船上的人踩着跳板下来。从船上一共走下来一人一妖，走在前面的是百无求的大哥百疆，跟在他身后的竟然是那位赖在妖山，治好了妖王的神医国手白重。

这一人一妖见到吴勉、归不归几个也有些意外，百疆看了一眼正在冲他傻笑的亲弟弟百无求之后，对吴勉、归不归说道："想不到我们在这里又见面了，之前陆地上没有你们的消息，还以为几位躲起来在炼器炼丹，却想不到你们几位在这里躲清静。也好，外面已经成了乱世，这里倒算得上是一片世外桃源。"

"我们这些人在这里不稀奇，不过你们俩出现在这里就有些奇怪了。"归不归嘿嘿一笑之后继续说道，"老人家我可不相信你们俩是来找我们的，是要找两位东家购买什么天材地宝吗？你们可别说妖山的那点家底都被老人家我折腾干净了。”

“归老先生您猜对了一半，我们这次的确是来向两位东家购买东西的，只不过要买之物怎么也算不上是天材地宝。”白重笑呵呵地接了一句话。顿了一下之后，他继续说道：“我们要购买的是天铸草，那算不上是天材地宝吧？”

天铸草严格来说是一种可有可无的草药，这种草药没有什么针对性的病症，只是因为性凉，一般都是用来给热药去燥的。平时天铸草并不少见，大城镇的药铺都买得到。这么平常的草药，他们也要特地来财神岛找吗？

看到吴勉、归不归脸上都是不解的表情，白重继续解释道：“是这样，妖王陛下的眼疾需要五叶的天铸草来治疗。中土我们已经转遍了，都只找到三叶的。听说波斯能够找到五叶的天铸草，我和百疆将军这才前来麻烦两位东家的。”

“老妖王的眼疾还没有好吗？”归不归皱了皱眉头，看着白重说道，“不是说眼疾只是暂时的吗？几天就会好的。这都几年了，老妖王的眼睛一直都看不见？”

白重叹了口气，说道：“当初经过我的治疗，妖王陛下本来已经能够视物了。不过后来查到那次反叛他最心爱的妃子也参与其中，正要去抓这个妃子的时候，那位妖妃先下手为强，摔死了妖王六个刚刚两三岁的太子、公主。惊怒交加之下，妖王的眼疾复发。这次比较严重，想要彻底治愈，除了我调配的汤药之外，还需要五叶天铸草……”

没等归不归说话，一边的百无求先开口说道：“百疆，不能说咱们都是一家人，老子看到不对的地方就不说了。你们既然知道五叶的天铸草在波斯能找到，那就直接去波斯啊，干吗把时间都浪费在这里？你们有时间绕道来到财神岛。说不定已经在波斯找到了五叶的那个什么什么草……”

“白重先生需要一万五千斤的天铸草……”百疆有些无奈地看了自己的弟弟一眼，叹了口气之后，耐着性子继续解释道，“一万五千斤的五叶天铸草，精炼出三两三钱二分的药引。就算是波斯国盛产这种五叶天铸草，你以为我们一两天便可以找到一万五千斤的五叶天铸草吗？术业有专攻，我当然要请泗水号专业的商贾去波斯采办了。”

“一万五千斤最后就要三两三？不是老子说你们，你们也太败家了……”百无求瞪着眼睛看向百疆、白重二人，他自己是想象不到这是一个什么概念。

“也不是一万五千斤的天铸草都用来一次精炼，这种事情我也是从先祖的医经当中看到的。”白重笑了一下，随后继续解释道，“需要三千斤天铸草经过蒸煮、晾晒、回流、精炼几个步骤才炼出三两三钱的药引。我也是担心有什么意外，一次精炼不成，这才多预备了一些，有备无患。”

双方说话的时候，管家就在一边听着。听到这两个人只是来购买波斯的五叶天铸草的时候，管家这才算是松了口气，吩咐手下人用鼓语向内岛传递消息。知道是妖山来客，两位东家自然不敢怠慢，用鼓语吩咐管家好好招待，两位东家随后就到。

事情也是巧了，这一人一妖下船的时候，孙小川正在赶往外岛的路上。听到又来了贵客之后，孙东家吩咐车夫快马加鞭，一个多时辰之后，这位财神岛的二号人物便出现在了外岛。

之前孙小川是见过百疆的，后来也对这位大妖调查了一番，知道了他的来历之后更加不敢怠慢。经过归不归介绍，他知道了这位叫作白重的也是妖王身前的红人。当下孙小川直接将他们二位请到了迎宾馆当中，一边摆下酒宴招待贵宾，一边等待刘禧的到来。

百疆、白重他们俩的心思不在喝酒上，百疆也没有多啰唆，直接说了需要出产在波斯境内的五叶天铸草一万五千斤的事情。

“五叶天铸草？小川我好像真的在波斯见过。管家，把药材的账簿取来。”到底是做大生意的，百疆一说，孙小川就知道他们要的是什么了。取来账簿之后，果然在波斯境内的药材买卖当中，找到了天铸草的名字。随后，孙小川又找了药草图谱，证实在波斯国买卖的天铸草都是五片叶子的。

看着百疆、白重一副恨不得马上飞到波斯的样子，孙小川安慰了几句，随后吩咐管家使用加急的鼓语将收集一万五千斤天铸草的事情传下去。鼓语靠海上泊船传递，用不了几天便会传递到波斯境内。按照泗水号的速度，一个月之内一定会见到装有一万五千斤天铸草的大船赶过来。担心白重着急，孙小川还特意在鼓语中说明先带三千斤天铸草过来，说不定白重一次就能成功呢……

孙小川的命令传下去不久，泗水号的大东家便到了迎宾馆。孙小川处理得当，也省了刘禧不少的麻烦。当下泗水号的大东家重开酒宴，再次为这一人一妖接风洗尘。

几杯酒下肚之后，吴勉放下酒杯，难得主动地对这一人一妖说道：“你们出来了，妖王怎么办？他的眼睛瞎了，百疆这样的亲信也不在身边。他不是想开了，打算靠着儿子们护驾吧？”

“那个哪叫想开了？分明就是想不开。”归不归嘿嘿一笑，继续说道，“老妖王的那些孩子，说句难听的，生下来就都掐死，指不定真有几个孝顺的枉死。不过要是隔一个掐死一个的话，那一定有不少漏网的。”

说到妖王的儿子们，百疆也很是无奈：“陛下已经调回了镇守疆界的四帅，加上疆盟太子辅佐，再不会出现那次的事情了。”

百无求听到之后，问道：“等一下，镇守妖山边界的不就是那俩老头子吗？怎么又出来四帅了？”

“四帅镇守的是和冥界交界的地方。”百疆慢慢地说道，“他们镇守的叫无边冥界……”

第四十四章　归不归的朋友

几天之后，泗水号的鼓语传了回来，因为波斯国大旱，天铸草歉收，现在西号旗下所有的商铺开始不计成本地收购，预计也不可能凑足一万斤。稍后西号会将收购到的三千斤天铸草先行运回财神岛，他们会在波斯、天竺、色雷等国家继续收购。不过一万五千斤全部运到，大概也需要半年的时间。

半年的时间有些超出了百疆和白重的预期，本来这一人一妖以为到了泗水号之后，这一万五千斤天铸草的难题便能迎刃而解。没有想到的是，泗水号这里也遇到了麻烦，不过好在总算有三千斤的天铸草可以应急。

又过了五天，第一批三千斤天铸草运到了财神岛。百疆、白重不敢有丝毫耽搁，先行带着三千斤天铸草回到妖山。临走之前百疆拜托两位东家，如果剩下的天铸草到货了，请他们派可靠之人送到妖山脚下。百疆还将自己妖将的玉牌留下当作信物。妖山众人看到玉牌，不敢为难送货的人。

这一人一妖带着天铸草离开不久，西号那边又传来了新的消息，说在天竺发现了大量的五叶天铸草，现在西号已经收购了三万斤，正在运往码头，三天之内便可以从天竺国的码头装船发货。现在正巧有季风，算起来不用二十天便可以送到东号的财神岛。

将西号的信笺递给归不归，刘禧苦笑了一声之后说道："他们两位的运气不知道是好还是不好。波斯大旱，却在天竺丰收，要一万五千斤的天铸草，我们却找到了一倍有余。他们要是再晚走三天，便不用这么着急赶路了。”

“都是妖王的命。”归不归嘿嘿一笑之后，对刘禧说道，“殿下，老人家我给你提个醒，妖山的事情从来都不简单。你这个靠山牢不牢靠，看准了才好。”

刘禧微微笑了一下，随后说道：“妖山一线千百年来都是行商之人的禁忌，如果我们泗水号能打破这层禁忌，到时候类似石崇、贾仁、贾义这样的人便再也不敢来窥探泗水号，现在出力也算为后世千年买来太平。”

刘禧说话的时候，孙小川已经安排了管家去传递鼓语，让百疆、白重他们俩放心先回妖山救急，剩下的三万斤天铸草两位东家会亲自押送，管保万无一失。

听着孙小川吩咐管家，百无求的眉头就皱了起来。等他说完之后，二愣子对孙东家说道：“你们俩东家亲自押货？那么我们几个怎么办？你们俩把老子扔在这孤岛上，自己上岸享福去了？姓孙的，没那个好事啊。你们俩必须留一个在岛上陪我们，要闷大家一起闷死……”

“不是我们俩，是我们……”孙小川嬉皮笑脸地对二愣子说道，“这件事情太大，关系泗水号以后的前途。小川我和殿下虽然托你们几位的福，变成了长生不老的身体。不过真遇到什么事情，还要靠别人帮忙。您说说看，真让我们两个手无缚鸡之力的人去押送货物，您几位看着忍心吗？”

“小川你还能趁机找你们家娘子，是吧？这个你怎么忘了说？”归不归嘿嘿一笑之后，看了一眼闭着眼睛好像睡着了一样的吴勉，继续说道，“在你们这岛上待了一年多，也该出去走动走动了。不过话说回来，在外面遇到了广悌，她肯回来的话，我们几个也该功成身退了吧？”

听到归不归有了彻底离开的打算，刘禧、孙小川二人对了一下眼神。比较起来，广悌的性格虽然有些不太好相处，不过总比吴勉噎死人的脾气要好得多，而且不用担心她会动心眼。而和归不归相处一年以来，和这个老家伙说话都要加倍小心，不知道哪句话就被他套住了，刘禧、孙小川心里都有一种感觉，和这个老家伙相处久了，弄不好哪一天泗水号的买卖就要姓归了。

“这怎么说话的？好好的您怎么就说这个了？”孙小川叹了口气后，继续说道，“您几位这才来了几天？当初小川我和殿下还以为您能在我们这个小岛上住个百八十年的，这就要准备给您四位修建一座大宅院了，您突然说这个，小川我心里还真有点不好受……”

“你要再敢这么说话，归不归就真敢在这里住上百八十年。”这时候，吴勉睁开了眼睛，对有些尴尬的孙小川说道，“准备一下吧，货船到了，我们直接就走……”

到了第二十天，从天竺国运来的三万斤天铸草到了财神岛。孙小川派人查验的同时，吴勉、归不归带着两只妖物已经上了两位东家专属的大船。几个时辰之后，货物清点无误，刘禧、孙小川两个人这才带着几十个昆仑奴和波斯侍女一起上了船。

和两位东家上次出海的派头一样，除了这艘大船之外，还有十几艘船在周围护卫，只不过这次护卫的中心改成了那艘来自天竺的货船。

十九天之后，船队顺风顺水地到了南海郡的码头。这里已经提前准备好了一百多辆马车。为了妖山的货物，泗水号抽调了十五队运送货物的护卫，光是这些护卫便有千把人。

现在天下大乱，群雄四起，随便立个山头就敢称帝。北方城镇大多已经落入了匈奴、鲜卑等胡人之手，南方的地盘还掌握在汉人的手中。不过胡人也好，汉人也罢，都是要给泗水号面子的。这支庞大的车队一路向着妖山的位置进发，也没有遇到什么异常的事情。

由于这次的车队实在太庞大，没有哪个城镇能容纳这么多的马车，于是一路上都是在野外宿营。不过由于准备得充分，众人并没有觉得如何辛苦。这样一路走了两个月，再有一天的路程，车队便能到控龙岭的脚下了。

由于快到妖山的地界，泗水号的人开始紧张起来。当天晚上扎营休息的时候，将护卫分成了几组，围着车队来回巡逻。虽说这些天铸草是给妖王治眼睛的，不过谁也不知道会不会有妖物偷偷下山，突然袭击。

整个车队被护卫举着火把团团围住，到了深夜这边还是亮得好像白昼一样。

到了子时，空气当中突然传来一个缥缥缈缈的声音："归不归……老朋友，好久不见了，出来见一面吧……归不归，你在吗？出来见见老朋友……"

大半夜的，几乎所有的护卫听到了这个声音，却没有人能辨别声音是从哪里传出来的。这里距离妖山这么近，大半夜的听到这鬼叫一般的声音，众护卫心里都禁不住直哆嗦。

"老家伙，就你这德行还有朋友？"这时候，百无求在帐篷里面爬了起来，看着和自己一个帐篷的归不归，继续说道，"老子还以为你只有亲戚，没有朋友的。你那个朋友是个瞎子吗？"

"老人家我的朋友遍布五湖四海，不过外面说话的真不算是我老人家的朋友。"归不归说话的时候，脸上露出一丝古怪的表情。顿了一下之后，老家伙将衣服穿好走出了帐篷，对着空气说道："咱们不是说好了，老人家我什么时候死了，再见面的吗？你怎么这么着急……"

第四十五章　崔玉

“还是见一面吧……”空气中的声音顿了一下之后，继续说道，“这么多年不见了，上次还是老八范无救见过你一面。你们俩是有私仇的，他的话我不会听。现在我倒是有两句话，你还是听听的好。”

归不归嘿嘿一笑，回头看了一眼吴勉和百无求、小任叁。刘禧、孙小川二人在这里，他和吴勉不能同时离开。当下他对自己的便宜儿子嘿嘿一笑，说道：“傻小子，陪着你爸爸我出去活动活动？”

“你敢不找老子吗？你一旦死在外面，老子这么多年不是赔了吗？”百无求大大咧咧地站了起来，走到归不归的身边，继续说道，“老家伙，老子不管你在外面又惹了什么祸，记住了，一会打得过要打，打不过就拼命。老子和你同归于尽都准备几百年了，差不多就要应在今天了吧？眼看着好日子要到了，老子的小心肝开始扑通扑通地跳个没完……”

看着百无求兴奋得脸上冒出了红光，归不归心里便直冒凉气。要不是小任叁不合适，他是真的不想带着这个二愣子过去。别一会对方还没怎么样，这妖物先翻脸了。不过看他兴奋的样子，老家伙又不好说什么，只能在心里暗暗祷告，百无求千万别没事找事……

归不归带着百无求走出帐篷的时候，冷不防身后的吴勉说了一句：“别走得太远。”

老家伙回过头来冲白发男人嘿嘿一笑，说道：“不会太远的，这三更半夜的老人家我也怕走丢了……”说完之后，归不归带着自己的便宜儿子从车队这里走了出去。空气当中的那个声音好像在指引道路一样，带着归不归和百无求向着大道下面的一条岔路走了过去。

这一人一妖走了不久，就见前面出现了一堆蓝莹莹的火苗。蓝色火苗的后面是一个四十岁左右的中年男人，这人一身白衣，头发披散在身后。借着蓝色火苗能看到此人的面容白得有些过分，嘴唇却好像抹了极红的胭脂一样血红。大半夜的看到这样的装扮，一般人不用走近，就已经开始哆嗦了。

“既然人都来了，为什么不走近一点好说话？”中年男人冲归不归父子俩招了招手之后，继续说道，“当初在世间找不到你，还以为你被徐福灭口了。后来听说你被关在苗疆百年，我还想过去找你的，不过一直没有时间……”

这人说话的时候，归不归已经带着百无求向前走了几步。这个时候，二愣子才发现这个男人的眼中竟然没有黑眼仁，他睁开的眼睛像是镶进去一个白色的蜡球一样。他看着百无求笑了一下，说道：“我的眼睛有些怪异，没有吓到你吧？”

“别那么客气，你全身上下就没有不怪异的地方。”可能是觉得自己的“亲生父亲”就在身边，百无求说起话来毫不顾忌。大不了和老家伙同归于尽嘛，又不是什么坏事。“就是你找我们家老家伙？现在他人来了，有什么话就赶紧说。这大半夜的你不睡觉，老子还要……”

“老人家我这傻小子天真烂漫，崔玉老兄你可不要怪罪于他。”看着百无求骂街的势头起来，归不归急忙抢先说了一句。笑了一声之后，他将百无求拽到自己身后，随后对这个叫作崔玉的“人”继续说道：“这么多年不见了，老兄你怎么又想起了我老人家？是不是又有什么好事要便宜老人家我？”

“你是超脱生死的人，我这里哪里还有你要的便宜？”崔玉微微地笑了一下，说道，“不说废话了，看在以往的交情上，你不要去管妖山的事情。天铸草让他们送上去就好，你们几个还是不要再上妖山了。我能坐上现在这个位子，归不归你是帮过忙的。我现在还你这个人情，这次妖山上的事情，你们不要插手。要不然的话，纵使你们有长生不老的身体，也要消亡在妖山……”

“广悌也入世了。”没等崔玉说完，归不归突然没头没脑地说了这么一句。这几个字说出来之后，这个白色眼仁的男人竟然忘记了后面要说什么。看到他的反应之后，归不归嘿嘿一笑，随后继续说道：“外面的货主叫作刘禧、孙小川，他们俩这么多年一直收留广悌，孙小川的孩子还是广悌的弟子。老兄你猜猜看，如果他们二位在这里发生了什么意外，广悌会就这么算了吗？”

“广悌……”说到那位女方士的时候，崔玉脸上的表情起了变化。他好像是想起了什么往事，不过片刻之后还是重重地叹了口气，对归不归说道：“我是好心来劝你的。归不归，这次的事情太大，你惹不起。如果你还听我的话，就赶紧离开这里，不要再往前走了。”

“你这话说了一半，如果你是老人家我，你会怎么办？”归不归笑嘻嘻地看着面前的崔玉，顿了一下之后，继续说道，“到时候刘禧、孙小川他们哥俩进了妖山再遇到什么事情，你让老人家我怎么和广悌交代？广悌的弟子问起她爸爸哪去了，我老人家怎么说？去你崔玉大爷那里领孟婆汤了？这不是挑拨你和广悌的关系吗？那种事情老人家我可干不出来……”

“那么说来，你真的要蹚这个浑水了？”崔玉叹了口气，“那只要你答应我一件事，别把广悌牵连到这里来，我就在当中保刘禧和孙小川的性命，这个可以办到吧？”

“听你的，大家认识这么多年了，老兄你说的话还是管用的。”归不归笑了一下之后说道，“不过你这话只说了半截，老人家我实在是难受，能不能再多透露一点，妖山上到底发生了什么事情？”

“我已经犯了大错，归不归你还要我错上加错吗？”崔玉重重地叹了口气，看在广悌的面子上，继续说道，“妖山现在已经今非昔比，你们如果要上去，还是尽早下来的好。我能说的只有这么多，你们走吧，记得你答应我的事情……”

“这就不少了。”归不归嘿嘿一笑之后，拉着自己的便宜儿子边走边说道，“走了，下次再有什么同归于尽的机会，爸爸我一定给你留着。不过咱们商量一下，你爸爸我的心里没底。咱们说好了，你弄死爸爸我，再自杀可不算是同归于尽……”

“老子就知道又被老家伙你算计了。”百无求有些不耐烦地看了自己的“亲生父亲”一眼，恨恨地说道，“下次再有这样的事情，别找老子。这大半夜的又不是和你一块去死，老子何苦来……”

说话的时候，归不归和百无求这一对父子吵吵闹闹地向着帐篷的方向走去。看着他们俩的背影，崔玉苦笑了一声之后自言自语道：“这都多少年了……广悌……”

片刻之后，归不归带着百无求回到了泗水号的队伍当中。刘禧、孙小川二人在众人的簇拥之下等着这一人一妖回来。当下两个人都凑了过去，询问归不归出了什么事情。

老家伙古怪地笑了一下，说道：“听老人家我的，马上把广悌叫来，越快越好……”

这句话还没有说完，空气当中传来了崔玉怒不可遏的声音：“归不归！你不得好死……”

第四十六章　大阴司的烦恼

广悌的行踪都在泗水号的掌握当中，虽然不明白有他们两位大修士在场，为什么还要去请广悌，但刘禧、孙小川还是听了归不归的话，派人去请女方士前来。

第二天，马车车队继续前进，直到到达控龙岭五十里外的空地上，才停下来等着广悌前来。不过就在当天夜里，一个昏迷不醒的人突然从天而降，落在了刘禧、孙小川的身前。这正是早前被孙小川派去请广悌前来的人，好在他只是晕倒，并没有再受其他的伤。

“这个人的阳寿不到，我留他一条性命。山下还有他的同伴，你们一起都带回去吧。如果再有下一次，我可以亲手让他成为枉死鬼……”空气当中传来了崔玉的声音。顿了一下之后，他的声音低沉了几分，继续说道：“归不归！你一边答应我不把广悌卷进来，一边又鼓动去请她。你不怕报应来了栽在我的手上吗？”

“昨晚还咒老人家我不得好死，现在又说报应？”归不归嘿嘿一笑之后说道，“我老人家本来就是长生不老之身，早已越过了生死边界。再说老人家我和广悌是旧日同门，我想当年的小师妹了，见一面也是人之常情吧？倒是崔玉老兄你，已经阴阳两隔了还不死心吗？”

崔玉的声音停了片刻之后，再次响了起来，说道：“那你们就继续派人去请，丑话说在前面，再有人敢去烦扰广悌，就等着去做枉死鬼吧。我乃地府大阴司之首崔玉，想要尝试一下的话，枉死不算，下一世还要托生为畜生。不信的话那就试试看。”

“好一个地府大阴司之首崔玉，吴勉不信，可以试试吗？”白发男人冷笑了一声之后，手腕一翻，贪狼法器突然出现在他的手里。随后他对正前方虚劈了一刀，整片树林应声被削掉了上半截。看着整片的树墩，吴勉冷笑了一声，说道：“躲得还算快……”

一句话说完，吴勉转身对刘禧、孙小川二人说道：“广悌的地址拿来，我去替你们请……”

“等一下！”没等吴勉说完，空气当中崔玉的声音再次响了起来。见到这个白发男人要用五行遁法去请广悌，那他还有什么能力阻止？当下崔玉顾不得什么了，急忙说道：“我们再谈谈，我在昨晚的所在等你。归不归你带着这个人来，放心，我不会趁机为难别人的。”

“就算老人家我不放心你，也放心广悌的。”归不归嘿嘿一笑之后，对着吴勉使了一个眼色。本来以为这个白发男人会和自己一起去见崔玉的，没有想到吴勉好像没有听到一样，收了贪狼之后，转身回到自己的帐篷当中，边走边说道：“老家伙，你自己去。”

归不归也知道吴勉的脾气，当下嘿嘿一笑，直接越过自己的便宜儿子，对脸色红扑扑的小任叁说道：“人参，跟着老人家我去走走，顺便给你醒醒酒……”

在百无求发火之前，归不归已经抱着宿醉未醒的小任叁绕过自己的便宜儿子，再次回到了那天晚上和崔玉见面的地方。就见白色眼仁的崔玉站在之前的位置，冷冷地看着这一大一小。

在崔玉破口大骂之前，归不归先是嘿嘿一笑，好像没事人一样说道：“别那么看着老人家我，我老人家本来也是为了你好。把广悌叫过来，你还能再见她一面，也没说让她进妖山啊，你就不识好人心了……”

“广悌如果上了妖山，刘禧、孙小川还有他们的人都要把命留在山上。”咬着牙忍到归不归说完之后，崔玉狞笑了一声，说道，“我宁可后世用千百年来给广悌赔罪，也不愿她身犯险地！还有昨晚你的儿了和这个人参娃娃都要把命留在这里。”

“你这话说得老人家我都忍不住想要夸你了……”归不归嘿嘿一笑，说道，“来，我老人家给你介绍一下，这位小少爷是大术士席应真的少爷、老人家的干儿子小任叁，老兄你回去打听一下，席应真爸爸是不是收了一个人参娃娃做儿子。”

席应真不仅没有几个活人惹得起，就连他这样的大阴司都不敢轻易招惹。听到“席应真”三个字之后，崔玉便知道自己刚才说的话兑现不了。看着他纠结的样子，归不归嘿嘿一笑，抱着醉态可掬的小任叁走到崔玉的身边，笑眯眯地对他说道：“不想把广悌牵扯进来，总要有什么理由吧？你也知道她的脾气，那三千烦恼丝一甩，老人家我都拦不住她。”

崔玉深深地吸了口气，牵扯上广悌让他有些乱了方寸。他自己又想不出什么头绪，看了一眼趴在归不归怀里酣睡的小任叁，最后索性将不该说的也说了出来：“话出我口入你耳，我不希望再有第三个人知道。地府和妖山的决战要开始了，之前妖山内耗太严重，加上妖王已经伤了元气，这次他没有胜算……”

说到这里，崔玉便住了口不再说下去。归不归虽然还想知道一点详细的内幕，不过这位大阴司死活不再往下说。崔玉恨恨地瞪了老家伙一眼，说道：“如果你敢把广悌牵扯进来，你是长生不老，但你的那些子子孙孙总不是长生不老的吧。他们的魂魄落在我的手上，遭受的罪过都是因你而起……”

“他们该死的也死得差不多了，存世的都不知道隔了几代。你敢说他们是我老人家的种，老人家我都不怎么敢认。”归不归笑了一下之后，对脸色由白转青的崔玉继续说道，“看在广悌的分上，老人家我有件事情要提醒你。当初妖王可是和徐福立下过盟约的，你们地府不会真当那个老家伙死在海上了吧？”

“妖王和徐福的盟约……”崔玉一瞬间便明白了归不归话中的意思，不过他还是有些疑惑，“徐福出海数百年，要回来的话早就回来了。还会等到这个时候吗？”

“你好好想想，这些年来天下大事有哪一件他错过了？”归不归再次笑了一笑之后，说道，“他出海真的需要三千童子吗？这些年他派到陆地上的也死了几个。回去查查谁叫鲸鲛，谁叫元纲。你也去打听一下这些年徐福都做了什么。当年的盟约是他亲自和妖王定下的。妖山出事，他就算不露面，手下的三千弟子也会倾巢出动的。”

“妖王疆氏的气数已尽，就算徐福亲自前来，也扭转不了这个局面。”崔玉冷笑了一声，继续说道，“该说的我都说了，只要你们不把广悌牵扯进来，想要怎么做请便……”

说完之后，崔玉面前的蓝色火苗突然蹿了起来。他向前一步走进了火苗当中，跟着这蓝色火苗一起消失在了空气当中。就在崔玉消失的一瞬间，空气当中又传来他的声音：“看在相识一场的分上，我最后说一句。别看妖王和徐福订了盟约，他对人世也是有野心的。说起来，人世和地府离得更近一点吧……”

崔玉消失的一瞬间，小任叁也睁开了眼睛，看着刚刚大阴司消失的位置，打了个哈欠之后，醉眼蒙眬地说道：“刚才我们人参在做梦吗？是不是有个死人说他和活人比和妖更近？死都死了，就别掺和活着的事了……老不死的，人参我接着睡会，不吃早饭了，你们明早别叫人参我……”

归不归嘿嘿一笑，看着再次酣睡的小任叁，说道：“睡着的人参说醒了的话，醒着的大阴司倒开始说梦话了……”

第四十七章　崔玉和广悌

抱着小任叁再次回到刘禧、孙小川的驻地之后，归不归被两位东家带到了他们的帐篷当中。天快亮的时候，老家伙才从帐篷里面走了出来。随后孙小川吩咐早餐之后继续向控龙岭进发。

早饭之后，吴勉、归不归和两只妖物上了和刘禧、孙小川一模一样的马车。这么多天来，他们都在一辆马车上，不过这几天的事情明显够两位东家消化一阵子的，他们俩也要商量一下后面的事情。

从昨晚归不归回来之后，百无求便一直对他爱搭不理的。老家伙时不时逗逗自己的便宜儿子，二愣子好像没有看到一样，学着吴勉的样子，对着老家伙翻起了白眼。倒是酒醒了的小任叁在缠着归不归打听：“老不死的，听说你昨晚把我们人参抱走了，是不是打算把我们人参卖了？幸亏你后来良心发现，要不然的话你就等着我们家老头儿扇嘴巴吧……”

解释了半天之后，归不归才说明白自己没有把这个小家伙卖了的意思。刚刚把人参娃娃安置好，吴勉突然看了他一眼，说道：“是不是应该说说崔玉了？你不会想等到了妖山之后再说吧？”

“这个你不问，老人家我也是打算要说的。”归不归嘿嘿一笑，说道，“说起来崔玉也算是徐福名下的弟子，论起来广仁都要喊他一声师兄……”

崔玉主修的通灵之法乃家传，他八岁之时锋芒初露，十岁的时候因为请了通县望族一位亡故二百余年祖先的魂魄上身，断了分家产的官司而名声大噪。当时还请了地府的阴司前来观看，一时之间，他隐隐和方士一门刚刚崭露头角的徐福齐名。当时这个十岁的小孩子心中还瞧不起那位方士徐福，以为这个方士只是靠着宗门势大才有这么大的声势，真实术法未必强过他。

后来随着年纪越来越大，崔玉更是自我膨胀起来，自以为是同辈当中术法第一人。方士一门特立独行，和修士并无辈分瓜葛，崔玉便将自己纳入徐福一辈中。在他十六岁的那一年，他终于有机会进了方士一门，见到了那位传说中的少年方士。

客气了几句之后，便有人撺掇崔玉和徐福比试术法。徐福本来还想拒绝，无奈崔玉好胜心太盛，竟然去找了徐福的师尊邱武真大方师，当着其他同来修士的面，要求和徐福比试术法。碍于这么多修士的面子，邱武真无奈之下只好答应。当下由方士、修士两家各出一个题目，要求徐福、崔玉他们二人完成。谁先完成并无误的，谁就是胜出之人。

连续两个题目徐福都是小胜，崔玉输得心里不服气，当下又提出要和这位徐福方士以术法相搏。邱武真担心和修士伤了和气没有答应，没有想到输不起的崔玉竟然暗中偷袭徐福，却被徐福所伤，被远远地打了出去。

徐福不经意间将崔玉打败，足见二人的术法相差巨大。崔玉这才知道自己以往的见识只是井底之蛙，徐福的术法比他的强太多太多。被人救起来之后，崔玉知道凭着自己家传的术法，不可能和这个年轻的方士抗衡，于是他便有了拜在邱武真大方师门下学艺的打算。

可惜崔玉晚了一步，年前邱武真刚刚对外宣布将不再收徒传道。他想要拜在方士门下，除了徐福之外，也只有精卫等他压根瞧不上眼的方士。权衡利弊之后，崔玉最终决定拜在徐福门下，只不过他还有家业要处理，于是和徐福定下了拜师的事宜，等他处理完家业之后，再回到方士一门正式拜在徐福门下。

不过等崔玉回到家中，要和家业做个了断的时候，碰巧这一代家族的族长犯了过失被罢免。从辈分和艺业来说，崔玉都是当仁不让的新一任族长（人小辈大）。而且这一代中除了崔玉之外，大都是庸庸碌碌之辈，实在找不出人来接替他做这个族长。

无奈之下，崔玉只有断了拜在徐福门下学艺的念头，留在家族当中做了族长。第二年，方士一门传来消息，徐福已经收了首徒广仁。崔玉心里虽然可惜，还是备下了重礼，送到方士门中作为贺资。虽然他不再是徐福的弟子，可是每逢年节还是备下厚礼，亲自去方士宗门拜见徐福，顺便向口头的师尊请教术法上的学问。

又过了几年，徐福陆陆续续又收了其他的弟子，广义、广孝、广悌和归不归等人相继拜在了徐福的门下。这些人当中由于归不归是徐福少年之时的玩伴，故而被其他人高看一眼。连入门最早的广仁都要尊称他为归师兄，而弟子广悌则受其他同门的照顾最多。

这一年，崔玉带着礼物再去拜见徐福的时候，无意中在宗门里见到了女方士广悌。只是一面之缘，广悌的影子便进到崔玉的心里出不来了。为了能天天见到这位广悌师妹，崔玉竟然赖在方士宗门一年多。被族人催得烦了，他便将族长的位子让给了一位资质平庸的胞弟，他自己则一直赖在方士宗门里，打算重新拜在徐福门下，近水楼台先得月，可以天天守在广悌身边。

此时徐福已经坐上了大方师的位子，说他和崔玉的师徒之缘已尽，他的弟子们正在修道，崔玉先生如果没有什么大事，还是不要来得这么频繁。大方师虽然已经下了逐客令，不过崔玉还是不死心，在暂时离开方士宗门之后，又隔三差五地找理由回来，就为了见广悌一面。

后来徐福被他弄得烦了，当下命门里所有的女弟子都进到方士宗门不对外开放的内堂修炼。崔玉不是方士，无法进入内堂，无奈之下只能离开方士宗门。

从此之后，崔玉便好像换了个人一样，少年时期的灵性、天赋消失得无影无踪。他每天愁眉苦脸的，除了叹气，便是默不作声地把玩着广悌曾经接触过的事物。而他往日兴盛的家业，也被新族长折腾得七七八八，再没有他做族长时期的风光。

几年之后，家族遇到不测，在齐国抓捕一只鬼魅的时候，族长被鬼魅杀死。族中群龙无首，便有长老找到了崔玉，请他再次出山担任族长。崔玉也是没有事情可做，便答应再做族长。

不过这次他做族长之后，便感觉到了有些力不从心。虽然也勉勉强强处理过几件鬼魅大事，外人看来崔家又有恢复往日昌盛的征兆。不过他自己心里明白，他再也不是当时那个雄心勃勃的崔玉了。

又过了几年，齐国王宫闹鬼魅，宫廷方士总管失手死在了鬼魅手里。齐王心中对方士一门不满，便请了治鬼声望极高的崔家前来收治鬼魅。崔玉带着族人赶到之后，摆下了阵法准备要消除鬼魅。

没有想到的是，就在紧要关头，崔玉突然失手，竟然当着齐王的面，被鬼魅偷袭得手。鬼魅咬破了他脖子上面的大血管。这时宫中一片大乱，好在徐福大方师带着几位弟子赶到，救下了齐王，又施展术法将鬼魅化为了虚无。

而奄奄一息的崔玉终于在死前最后一刻，看到了朝思暮想的广悌，带着满足的神情离开了这个世界……

第四十八章　妖山与地府的恩怨

从始至终，广悌都没有对崔玉表现出一点点的感觉。不过他死后女方士却有些失落。不管怎么说，崔玉的死多多少少都和她有些关系。如果当初广悌直接拒绝他，不让他再有什么妄念的话，或许就不会发生今天的惨剧。

因为崔玉成名太早，少年之时便在地府有了名声。因而在他死了之后，地府之主亲自出现，前来带走崔玉的魂魄。当时见到徐福，地府之主也有些意想不到。

大方师和地府之主之前就打过交道，当下客气几句总是免不了的。当时徐福已经变成长生不老之身，不在地府之主的管辖之下。因而就算是地府之主，对待大方师也是无可奈何。

当时，地府和妖山刚刚经过一场大战，双方都伤了元气。地府接二连三地损失了几位大小阴司，这次地府之主亲自前来带走崔玉的魂魄，便是看好他的实力，接崔玉过去接替某位阴司的位子，再磨炼一阵之后便可以将其升为大阴司了。

徐福和地府之主在交谈当中，有意无意地透露出当年崔玉和他齐名的往事，让地府之主当场改了主意，直接给了崔玉大阴司的位子。因为崔玉在通灵之术上造诣非凡，没过多久他便成了大阴司之首，地府当中的大人物。

说完了崔玉的身世之后，归不归叹了口气，说道：“崔玉成为大阴司之后，老人家我和他还打过几次交道。当时他还向我老人家打听广悌的事情，后来听说广悌成为长生不老之身之后，他便没怎么出现了。不过崔玉还是记着徐福那个老家伙的好处，后来方士一门和地府的数次摩擦，都是这位大阴司帮着缓和的。要不然的话，就算方士一门有几个长生不老的白头发，其他的门人总是脱不了生死之关，到时候落在地府阴司的手里也是麻烦。”

“老不死的，你说这几年广悌想要弃了这长生不老的身体，是不是心里还在惦记这个崔玉？”这时候，小任叁听着来了兴致。这个小家伙只要听到和男女纠葛有关的事情，眼睛便开始发亮。他咯咯一笑之后，继续说道：“崔玉也是，还以为能在下面等到广悌，谁能想到她就这么长生不老了。”

“人参，你可别当着广悌说这话。不是老人家我吓唬你，你们家席应真对广悌没辙。”说到这里，归不归古怪地笑了一下，随后继续说道，“当初席应真爸爸喝多了，对着广悌说了两句荤话，那位女方士就足足折磨了大术士一年。你干爹的毛病你知道，他不怎么打女人，只能看见广悌就逃，最后还是百里熙找了广仁说情，才摆平那件事。后来那件事成了广悌的禁忌，没人敢在她和席应真爸爸面前提起。”

听了归不归的话，小任叁吐了吐舌头，说道：“敢情我家老头还有这么一段呢，我们人参就说他那么好色，怎么从来不打听广悌的事情……”

“再说说地府和妖山的事情吧。”吴勉有些无聊地看了归不归一眼，这个白头发男人生性便有些排斥这样的故事，好不容易耐着性子听完之后，对老家伙说道：“之前听说过地府、妖山和人世的罗圈架，不过到底怎么一回事谁也说不清楚，看来老家伙你知道很多我都不知道的事情。”

“其实也没有什么，就是妖山和地府谁都看谁不顺眼。然后呢，有几个坏人掺和进来了……”说到这里的时候，归不归回头看了一眼，确定马车周围没有闲杂人等之后，才下了一个禁制，让赶车的车夫都听不到他在说什么。

按理来说地府是和人世相通的，却和妖山没有什么关系。可以变化人形的妖物死后并不是去地府轮回投胎，而是有它们自己的专有渠道，直接再去牲畜道轮回。有极个别的妖物死后，魂魄会找到地府的通道，在地府当中抽掉妖气，投胎转生成人，只是这样的事例太少。在妖物们看来，人不过是它们的饵食，它们又怎么会愿意投胎成人呢？就好像人死后不愿意去投胎为牛羊，两者是一样的道理。

而且妖物生性就能克制鬼物，偶有摩擦，人数相仿的时候，基本上都是妖物获胜。不过地府当中的鬼物数量实在是多得惊人，妖物见识到了地府鬼物的数量之后，也不敢轻易去招惹地府。

在地府和妖山的夹击之下，人便显得有些吃亏了。它们两边相安无事的话，倒霉的就只能是夹在当中的人了。不过有些聪明人会时不时挑拨一下地府和妖山之间的关系。从首任大方师燕哀侯开始，方士一门便开始挑拨妖山和地府的关系。这两家乱起来之后，人世间相对也安定得多。

到了徐福这一代，大方师还亲自上过妖山和妖王结盟。虽然缔结的盟约是什么到现在也不是很清楚，不过从那个时候开始，妖山和地府便好像有了不死不休的世仇一样。双方都派出大军守在妖山和无边冥界的交界处，从盟约缔结之日起，双方大战百余场，互有胜负。

这也是妖王一直被诟病的原因之一。有无数妖物对妖王进言，妖山和地府本来就没有什么大的恩怨，为什么我们要成为人世的一道屏障？就算要和地府相斗也不是现在，妖山应和地府一同杀到人世间。双方大可以在人世间划界，分别划定各自的势力范围。那么多的人足够妖物、鬼物们大快朵颐了。

平时多智的妖王一说到这里就变成了一根筋的犟老头，不管谁说都没有用。这也是他数次被儿子、重臣谋逆的根源所在。

不过崔玉说地府这次好像有了必胜的把握。本来他好心前来提醒，却被归不归戏弄了一番。看样子应该是地府想借着妖王撤回把守妖山、地府边界的妖将的当口，对妖山发动突袭。但是百疆早已经回到了妖山，按道理妖王也该重新布防。这个时候地府动手，还会有什么作用吗？

最后归不归补充了几句："当年徐福和妖山缔结盟约的时候，老人家我是跟着一起的。不过结盟的时候，所有的人、妖都被赶了出来。除了徐福和老妖王自己之外，谁也不知道所立的盟约是什么。看起来这次马上就要知道了……"

"老家伙，老子问你一句，如果妖山被地府什么的灭了，会怎么样？"这个时候，百无求终于忍不住对归不归开口说了一句。不过他马上又补充了一句："别以为昨晚的事情就算完了，老子怎么你了，你带着任老三都不带着老子，这件事情不说清楚就没完。以后你别说老子是你的儿子，就说老子是你远房的兄弟……"

"呸，傻小子你就做梦吧……"归不归啐了一口之后，继续说道，"说起来也没有什么，人死之后化鬼物，本来也是一家人。不过如果地府一家独大的话，就会干预到人世的运道。商周交替的时候，曾经有过极短的时间，有诸侯国被地府控制。诸侯王不奉人世间的法度，私自改国号为冥，并为求死后消灾再投胎到诸侯之家，用活人生祭地府之主。当时周天子发现得早，联络了方士、修士才灭了冥国……"

说话的时候，车队前面发出鼓语。随后，离墨凭空出现在他们的马车旁边，对车厢当中的几个人说道："前面有妖物拦道，说要见吴勉、归不归，妖王有旨意给你们……"

第四十九章　再进妖山

拦住车队众人的正是妖王派去看守控龙岭和妖山的太子疆缘，他原本也是妖王众多不受待见的太子之一。之前苏天谋反的时候，疆缘也是出了一点力的，只不过这位太子见风使舵，在局势未明之前先偷偷溜出了妖山，虽然有功却无赏，最后只有一位疆盟占了便宜。

疆盟重新做回太子不说，还深受妖王的器重，现在他就侍奉在妖王左右。妖山已经放出风声来了，妖王归天之后，天下群妖之王的位子是要传给疆盟太子的。现在疆盟太子府的门前已经妖满为患了，只是疆盟吃住都在妖王身边，压根就没有去过自己的太子府住过一天。

远远地看到吴勉、归不归的马车行驶过来之后，疆缘哈哈一笑，骑着胯下的妖兽迎了上去。还有十几丈的距离之时，疆缘从妖兽的身上跳了下来，迎着马车步行过去。

“疆缘奉了妖王陛下的旨意，前来向归、吴两位先生传话。”看着两个人都没有什么异常的表情之后，这位太子殿下继续说道，“陛下听说两位先生携数万斤天铸草前来，陛下心中甚喜。为表感谢之意，请几位先生留在这里。那数万斤天铸草稍后自有妖族带上妖山，不敢再劳烦两位先生和泗水号的大驾。”

“你们妖物的话，老人家我是越来越听不明白了。”归不归嘿嘿一笑之后说道，“什么叫作为表感谢之意，请老人家我们留在这里。还有你们妖物自己下来带天铸草，这个又是什么意思？人家泗水号什么时候说白送了，你们好好的妖物什么时候开始干土匪的活了？”

“这是妖王陛下亲自下的旨意，不瞒您说，疆缘我也有些想不明白。”疆缘尴尬地笑了一下之后，表情变得有些肃穆，“不过旨意就是旨意，陛下的旨意看得懂要遵守，看不明白也要遵守。”

“什么时候妖王也有你这么孝顺的儿子了？他是不是也不敢肯定，才把你留在边界等亲爹来找你？”这时候，一向不主动说话的吴勉突然开了口。如果说这话的人不是白发男人的话，疆缘这个时候已经冲上去和他拼命了。

苏天谋逆的那次，吴勉一个人挡住了数万的妖兵妖将，他几乎已经成了继徐福之后第二个传说。被这种人怼一下就怼一下吧，当下疆缘苦笑了一声之后说道：“就算当儿子的也未必知道父亲是怎么想的，不过陛下的旨意还是要遵守的。陛下因操劳而生了疾病，我当儿子的无法在膝下尽孝，这样遵旨也是好的。”

“说得好，爸爸的旨意儿子来遵守就好，外人还是算了吧。”归不归嘿嘿一笑说道，“三万斤的天铸草不远万里从天竺运来，你们妖王忘了买人家的东西是要给钱的，我老人家可忘不了。疆缘，不用你操心，替泗水号拿到三万斤天铸草的钱，就算你们妖王留我们几个，也没人打算留在这里了……”

疆缘脸色纠结，他赔着笑脸对归不归说道：“您老人家还是不要为难我了，疆缘怎么说也是来传旨的。陛下一震怒，第一个受罚的就是我了。”

“把心放回肚子里，白重亲手收到这三万斤天铸草，我们自然就会离开。”归不归笑了一下之后，继续说道，“这些天铸草是干吗用的你也清楚，我们千山万水赶到你们王宫，谁敢保证这些天铸草不被人动手脚？一旦妖王用了这个药引之后直接归天了，这个罪名是你担还是我们担？都不用做手脚，在里面混上几把三叶天铸草就行。你想想看，三万斤草药，谁有本事一根一根地查，更别说少了几片叶子。到时候这些天铸草没制成药引，总要有个背黑锅的吧？你最近照镜子了没有，没发现你的印堂发黑，特别适合背黑锅吗？”

几句话说完，疆缘脸上的表情大变。他自己都不相信这一路会走得顺利，苏天虽然死了，不过想要把妖王从王位上拉下来的妖物还不少，如果他在押运天铸草的过程当中出现什么意外的话，八成真和归不归说的一样，这个黑锅要他这个不受待见的太子来背了。

“回去和你爸爸说，就说走岔了，我们谁也没有碰到谁……”吴勉难得又多说了一句。这个时候，归不归的目光有意无意地在百无求的脸上扫了一下，嘿嘿一笑之后，说道：“听他的话吧，我们谁也没有遇到谁。这个罪过起码不至于用命来填。”

看到疆缘还在犹豫，百无求直接从马车上站了起来，对着后面的车队一挥手，吼道：“后面的都跟上了！这就要进控龙岭了，再往前就是妖山，你们都跟紧了！小心跟丢了被喂了妖！”

看着后面的车队向他这边围拢，百无求回头对还没有决定好的疆缘说道：“有什么事情让妖王找老子，要杀要剐老子替你。你这点尿性还敢自称妖？老子也怀疑了，你妈生你的时候，你爸是不是几年都不在家了？”

疆缘是妖山的太子，自然知道百无求在妖王心目中的分量，不敢对百无求还嘴，只能默默看着车队从自己面前经过。直到所有的车队都从他面前驶过之后，这位太子长长地出了口气，看了一眼头顶上已经开始堆起阴云的天空之后，自言自语地说道：“真的要变天了……是不是等到天晴之后再回去？”犹豫了半晌之后，疆缘想起之前因为胆小错过的机会，当下一跺脚，还是远远地跟在车队的后面，向着妖山的方向进发。

再往前走就是控龙岭的地界了，和上次一样，在这人世和妖山的分界岭陆陆续续遇到了几只妖物。车队的护卫、伙计的脸上都开始流露出一丝惊恐的表情。车队也开始收缩，生怕有落了单的马车被妖物拦下。

一路往前走，终于到了妖山的入口，这里还是当年那两只妖物在把守。有了上次的一面之缘之后，加上还有大妖百疆的腰牌，这里的守卫并没有为难他们，便放行让车队进入了妖山。

严格来说，这里的守卫只是阻拦一些没有妖王手谕而私自下山的妖物，并没有要认真阻拦人入妖山的意思，更何况这些人的手里还有大妖的腰牌。车队很容易便进入了妖山，当下，车队众人见到妖山的景象之后，也开始啧啧称奇。

有了上一次的经验，由吴勉、归不归的马车带路，车队开始向着妖山王城进发。这一路上有大批妖物听说千八百号人的队伍上了妖山，都从四面八方赶来看热闹。车队众人再次心惊胆战起来，他们刚走了几十里路，周围便跟着数万只流着口水的妖物。只要有一只妖物带头振臂一呼，这几万只妖物便会一拥而上，将车队的人吃个干干净净。好在有妖认出了吴勉、归不归之前来过妖山，知道这两个白发男人的厉害，才勉强忍住了自己的口腹之欲。

眼看前面也涌过来数不清的妖物拦住了去路，就在吴勉考虑是不是要用贪狼开路的时候，一个骑着妖兽快速奔过来的妖物，冲到了数万妖物当中，大声喊道："这些人居心不良，胆敢对陛下不利，大家动手把他们撕成碎片！生嚼活吞了他们……"

第五十章　再见妖王

一只妖物出头，周围几万妖物便好像发了狂一样，开始对着车队嘶吼着。胆大的妖物开始试探着去抓车队的护卫，如果不是护卫们逃得快，已经有人死在这些妖物的嘴里了。

而这些车队的护卫们反应也快，见到形势不妙之后，马上将马匹围成了一圈，护卫和伙计躲在里面，形成一个堡垒一样的形状。不过外面的妖物数十倍于他们这些人，一旦形势恶劣，一时半刻他们便会全军覆没。

这个时候的刘禧、孙小川二人脸色也开始有些难看起来，二人本来都以为进了妖山之后，百疆、妖王会派出手下来迎接。现在没有迎接倒也罢了，就算有吴勉、归不归这些大修士保着不至于出现生命危险，不过之前设想的要打通妖山附近的商路也是不可能了，现在能把带进妖山的人全部带回去便是大幸了。

就在群妖鼓噪着准备冲进来的时候，天空中突然响起一阵一阵的雷声。随后无数道橘红色的雷电从天而降，瞬间好像笼子一样将整个车队都罩在了里面。有数十个已经冲到近前的妖物被雷电击中，留下了几十具焦尸，才让后面的妖物停下了脚步。

这时候，数百个一模一样的吴勉凭空出现在群妖的面前。他们人手一把贪狼法器，一脸嘲讽地看着面前已经鼓噪起来的妖物们。眼看一场单方面的屠杀就要开始的时候，空气当中响起了炸雷般的声音：“都住手！他们都是陛下请来的贵客，你们惊扰了贵客，让陛下的颜面何在？

罪民！都来以死谢罪吧……”

最后一句话出口的时候，群妖的头顶上突然出现了一个黑洞，随后不停地有身穿甲胄的妖兵妖将从里面扑了出来，对围着车队的妖物杀了过去。这些妖兵妖将都是妖王的护卫，被砍杀的妖物们连还手的勇气都没有。片刻之后，留下了两千具尸体，妖物们便四散奔逃得无影无踪了。

这时候，一个身穿黑甲的妖将从黑洞当中走了出来，正是和白重一起带着三千斤天铸草先回妖山的百疆。这位大妖脸色铁青地看着满地妖尸，让手下的妖兵打扫战场之后，他走到已经收了幻术的吴勉、归不归身边，说道：“为什么不听疆缘太子的话？本来你们是可以置身事外的。现在这个时候你们搅进来，我根本无暇分心照顾你们的安全。”

“你什么时候照顾过我们的安全了？”吴勉直接一句话怼回去之后，用他特有的笑容冲大妖笑了一下，继续说道，“如果你晚来一步，地上的尸体不会只有这么一点……”

最后这句话说完，百疆眼角的肌肉不受控制地抽动了两下。这个时候，归不归带着两只妖物走了过来。嘿嘿一笑之后，他对百疆说道：“什么疆缘太子？老人家我们没有遇到啊，这位太子爷是不是走岔了？你也知道控龙岭外面的路七拐八弯的，谁知道那位太子是不是去喝花酒……”

归不归说话的时候，吴勉已经收了术法，天空中罩子一样的雷电瞬间消失。刘禧、孙小川在离墨和众护卫的簇拥之下，走到了百疆的身边。泗水号的大东家笑着对百疆说道：“多谢百疆先生出来相迎，泗水号幸不辱命，已经备足了三万斤天铸草。不知道白重先生之前带走的三千斤天铸草有什么成效没有？妖王陛下的眼疾可有缓解？”

怎么说泗水号也是来为妖王治病的，以后极有可能还要再打交道。当下百疆也没有为难两位东家，还难得地冲刘禧笑了一下，说道：“多谢刘禧东家的关心，白重之前带回来的天铸草并没有炼制成功，不过他说已经找到了窍门。这一批天铸草到了之后，应该很快便能为陛下治疗眼疾。”

两位东家和百疆客气了几句之后，孙小川便提出让自己带来的车队车夫、伙计和护卫先行离开妖山，他和刘禧、吴勉、归不归等人轻装去拜见妖王陛下，只是担心那些伙计们下山的时候遇到什么意外，请百疆派下妖兵妖将护送。

这么多人进妖山，百疆也很是头疼，当下派出了五百妖兵的队伍护送泗水号的人出妖山，怕路上有红眼的妖物前来抢人。百疆当着吴勉、归不归等人的面，对护送的妖兵妖将下了命令，沿路只要有妖物赶来抢掠，都格杀勿论。如果这些护送的妖兵动了歪心思，事后查明背有人命的妖兵妖将在其同族当中挑选一只妖物一并处死。

百疆交代完之后，五百名妖兵便护送着泗水号的人向山下赶去。这个时候，百无求凑了过来，对自己的大哥说道：“其实吧，你们吓唬吓唬就得了，干吗弄死这么多的妖？上次死的妖都是一堆一堆的，大家都是妖，老子看着就心疼。”

“你太久不回来，已经忘了妖山是什么样子了。”百疆看着自己的弟弟，叹了口气之后说道，“现在不让它们知道事情的严重性，这一路上只要有机会，它们就敢劫掠落单的人。就好像一群牛羊从人世走一圈，过不了几天它们就会被人吃光，道理都是一样的。”

说话的时候，百疆带来的妖兵妖将已经接管了车队，将上千具妖尸都扔到了路边之后，先挑选出三千斤天铸草快马运给白重，随后百疆带队向着王城的方向进发。

和鬼鬼祟祟地进妖山不同，吴勉、归不归在妖兵妖将的护卫之下，押运着天铸草浩浩荡荡地向着王城的方向进发。虽然百疆惦记妖王的安危，有些心不在焉，他手下的妖将又不想和人有什么牵连，除了知道吴勉、归不归的厉害不敢造次之外，对待其余的人比如两位东家都有一种不可一世的优越感，不过比起归不归、吴勉当初的妖山之行已经强太多了。

向王城行进的路上，时不时便能看到有大队大队的妖兵妖将向着西北的方向进发。问百疆，这只大妖并没有直接回答，只是找了别的话题岔了过去。不过吴勉、归不归和两位东家的心里都明白，这定是在向无边冥界的边界增兵。看来和崔玉说的一样，妖山、地府的决战几乎就在眼前了。

百疆找了近路行进，几天之后便到了妖山的王城。和上次吴勉、归不归前来的时候比较，现在的王城冷清了不少。原本开门做买卖的店铺也有不少都关了门，大街上的妖物都是行色匆匆的，似乎都不想在大街上久留。

他们到达王城的时候，正巧遇到白重派出去的妖物信使。第二次炼制天铸草还是功亏一篑，不过这次白重距离成功只差了一步，相信第三次成功的概率会大很多，让百疆快马先送来三千斤天铸草再说。

打发了信使之后，大队人马直接到了王宫，将小山一样的天铸草堆在了白重面前。他怎么去炼制药引不用细说，只说百疆带着吴勉、归不归和泗水号的两位东家到了妖王那座牢不可破的宫殿之前。

“老朋友来了，他们几位不用禀告，直接进来就好。”妖王的声音从宫殿当中传了出来。在百疆的带领之下，众人进入了当初几万妖物都没有攻下来的宫殿当中，就见老妖王半躺在一张床榻上，他的四周站着四只陌生的妖物……

第五十一章　军报

还没有进入到宫殿里面的时候，众人便闻到了一股浓浓的药香。妖王在另外一个人参娃娃曹石头的搀扶之下，向着大门口这边迎了过来。

这个时候，众人才看到妖王的头上绑着一条湿湿的布条，正好遮盖住了他的眼睛。宫殿当中浓浓的药香竟然是从这布条上面散发出来的，难得这么小的布条，却能散发出这么浓郁的药香。

现在的老妖王和当初意气风发之时相比，好像换了只妖物一样。当初的妖王身材高大伟岸，现在他瘦了一大半，身上的衣服应该是新换的，不过看起来空荡荡的就好像是别人的衣服一样。对比当初，现在的妖王好像个骷髅架子一样，归不归都收敛了脸上的笑容，悄无声息地叹了口气。

“让百疆他们把草药带进来就好，你们何苦多跑这一趟？”妖王笑呵呵地对着大门口的众人说道，“不过来了也好，等我的眼睛好了，第一眼就能再看见你们，总比看见我那些假惺惺的儿子要强。”

妖王说这几句话的时候，那位从杂役复位太子的疆盟正赶了过来，站在吴勉、归不归等人的身后。听到自己父亲的这几句话，疆盟的脸色有些尴尬，他在众人的身后进退不得，苦笑了一声之后有些不知所措起来。

“陛下您这说的是什么话？您老人家的儿子多，自然免不了良莠不齐。老人家我也想有个儿子折腾折腾，没有那个福分啊。”说话的时候，归不归笑嘻嘻地走过去，拉住老妖王另外一只胳膊，继续说道，

“别的不说，疆盟太子总是孝顺的，之前可都是他在您身边侍奉，您最后才化险为夷的。”

老妖王叹了口气，说道：“也就是那孩子顺眼一点，这么多年是有些亏欠他了，以后慢慢补偿吧……”一句话说得后面的疆缘太子红了眼睛，他好不容易才止住了眼泪。

老妖王拉住了归不归的手之后，笑了一下，说道：“归不归你在这里，吴勉应该就在身边了吧？小任叁……在这里，石头，带着你小任叁兄弟去吃果子。老爷爷我的样子吓人，别吓到了这个小家伙。”

曹石头点了点头之后，放开了老妖王的手，走到小任叁的身边，对他低声说了几句什么。小任叁当年是被曹石头欺负惯了的，再次见到他心里有些打怵。不过小任叁这些年也跟着归不归学习了不少术法，腰板多少也硬了一些，当下小嘴一撇跟着曹石头离开了宫殿。

“都进来说话，上一次王宫被毁，现在正在重建，到处都是沙土，进来说话……”老妖王一手拉着归不归，一手拉着吴勉，好像一个喋喋不休的老头子一样，拉着他们向宫殿里面走去。百疆则好像影子一样，始终站在老妖王的身后，就好像当初吴勉、归不归初次遇到他和妖王那时一样。

“陛下，老人家我给你介绍两个真正的有钱人。”走到妖王的床榻边之后，归不归将刘禧、孙小川叫了过来，继续说道，“这两位就是泗水号的当家了，这次陛下你能找到这么多天铸草，那可都是他们哥俩的功劳。为了陛下你，整个泗水号什么都不做了，把波斯、天竺翻了个底朝天，这才弄到这么多天铸草。白重要一万五千斤，他们可是足足多预备了一倍。”

“多谢两位东家了，百疆回来都和我说了，整个中土都找不到五叶天铸草，想不到你们却在天竺找到了。”妖王笑着点了点头，冲刘禧、孙小川走过来的方向继续说道，“两位东家真是有心了，这样，稍后我让百疆打造一块腰牌，只要带着腰牌的商队，妖山会派出妖物护送，妖山边界八千里只要有腰牌便可以畅通无阻，两位东家，如何？”

刘禧、孙小川本来想着可以借路通商就行，想不到妖王竟然亲口答应派出妖物护送。放眼天下还有哪家商号有这种能力？当下刘禧、孙小川对着老妖王一阵歌功颂德。

刘禧、孙小川二人说完，老妖王哈哈一笑，将身边的四只妖物召唤到了身边，指着这几只妖物的大概方向说道：“既然归不归你介绍了两位贵客，那我也给你们介绍介绍镇守妖山、地府的妖将，徐来、胡风、断崖和孙武宗……你们来见见归不归，孙武宗，我记得你们俩有过一面之缘，是吧？”

“是，当初徐福、归不归上妖山的时候，我在镇守控龙岭。”孙武宗回答了一句之后，看着归不归继续说道，“那次我给徐福定了三道难题，原本是想为难一下那位大方师的，没有想到最后却让他的弟子归不归破了。后来我被调到了地府边界，上次归不归再进妖山的时候，就没有机会见面而错过了。”

“老人家我就说上次怎么没有看到孙武宗，原来你被调去镇守边界了。”说到这里的时候，归不归嘿嘿一笑。随后他将目光转移到另外三位妖将的身上，顿了一下之后，继续说道：“徐来、胡风、断崖三位之前虽然没有机会见面，不过当年大方师徐福也是对我老人家说过三位大名的，想不到老人家我还有机会能和几位见面。”

听到大方师徐福提到过他们，徐来、胡风、断崖三只妖物的脸上都流露出洋洋自得的表情，能被徐福夸奖他们这一世也不算白活。

这时候，从宫殿外面走进来一个端着托盘的女妖。女妖手里的托盘上放着一个药香四溢的铜碗，她就好像没有看到吴勉、归不归这些人一样，径自走到了妖王的身边，说道：“陛下，吃药的时辰到了，送药的蜜饯您是要梅子、杏脯还是姜糖？”

听到女人说话的声音之后，妖王便苦笑了一声，说道："难为白夫人你了，这些年你们家夫君熬药你来送。等我好了之后，就放你们假，你跟着你家夫君去人世间看看……把药碗放下吧，一会我和贵客们说完，再喝也来得及……"

"上次您就是偷偷倒了的，您可不要怪我……"女妖古怪地笑了一下之后，端起药碗放在老妖王的嘴边，另外一只手捏住了他的鼻子。老妖王只能无奈地张嘴，任由女妖将一碗药汤都灌了下去。随后女妖从托盘当中捏了一块杏脯放进了老妖王的嘴里，说道："我给您做主了，这是蜂蜜腌制的杏脯，我看着都想吃。"

女妖进门的时候，吴勉、归不归就觉得她有些眼熟。听到妖王称呼她白夫人的时候，两人才想起当年正是这个女妖迷住了白重，让他这么多年安心地留在妖山。这么说他们俩已经成亲了，女妖成了白夫人，白重做了妖山的女婿。

看着妖王喝完汤药皱眉的样子，吴勉、归不归和两位泗水号的当家对了一下眼神，正想要找个借口离开这里的时候，冷不丁听到了百无求的声音："老头！你不是把老子忘了吧？从进来老子就在等你叫我，你眼瞎了记性也不好了吗？"

"大胆！百无求你在和谁说话！"听到百无求嘴里不干不净，他哥哥百疆脸色便难看了起来。就在他要过去责打自己弟弟的时候，被老妖王拦住："是……百无求？唉，白重的汤药力道太大，我的记性真是越来越不好了……"

这话刚刚说完，宫殿外面由远至近传来一阵大喊大叫的声音："军报！军报……"

片刻之后，一员妖将冲到了宫殿外面，跪在地上对着里面继续大声喊道："军前急报！无边冥界十万冥兵越界，军前激战，守将匡未战死……"

第五十二章　前线失守

“匡未死了……”妖王轻轻地叹了口气，随后对跪在宫殿外面的妖将说道，“战况呢，到什么地步了？”

“妖风亭、百界岭失守，我军现在正在凤元里坚守。四方城洨河将军已经前去增援，军情紧急，洨河将军让末将前来求援，援军务必马上赶到战场……”妖将说到这里，深深地吸了口气，继续说道，“凤元里如果失守，下一个就是四方城。如果四方城失守，地府的冥军便会直取王城……”

“我知道了，你一路辛苦，下去休息吧。”妖王脸上没有什么表情，这个态度让宫殿外面的妖将有些预料不及。他迟疑了片刻之后，对着里面的妖王继续说道：“陛下，守卫无边冥界的大军被您抽调了一半守卫王城。当务之急，还请陛下发还大军前去迎敌。如果晚了，四方城失守，王城便无险可守……”

“我说知道了……”听到妖将有抗旨不遵的兆头，妖王说话的语气便阴沉了几分，“如何抗敌我自有分寸，不需要你来提醒，下去休息吧。”

妖将还是不甘心，不过这个时候已经有守卫宫殿的禁卫前来将他带走。

“不要碰我！”妖将大吼一声之后，抽出自己的妖刀对着已经走到他身边的禁卫比画了一下。见他做出这个动作，守卫宫殿的禁卫便如临大敌一般。当下所有的禁卫分成两队，其中一队牢牢地将妖将围了起来，另外一队冲到了他和宫殿之间，尽最大的努力将妖将与妖王分开。

“元斩！你要谋逆吗？”这个时候，禁卫总管百疆也冲了出来，盯着不知是气得还是吓得浑身发抖的妖将，喊道，“你有军前急报，才破例让你带刀觐见陛下。我知道你是为陛下分忧昏了头，军前增援的事情陛下自有圣断，你还不跪下谢罪吗？”

“今天没有见到援军出发，我就没有打算活着出去……”说话的时候，妖将元斩将手里的妖刀架在了自己的脖子上。这个动作做出来的同时，元斩两行热泪已经流了下来，他边哭边说道：“陛下……洨河将军不敢带走四方城的兵甲，他只带了五千家族私军。过界的十万冥军只是先锋，后面无穷无尽都是后备的冥军。洨河将军那点人马受不住的……今天不用妖法发出援军的话……陛下，四方城守不住……王城岌岌可危……妖山也保不……”

他的话还没有说完，宫殿外面突然响起喊叫的声音：“军报……军前急报！”喊话的同时，另外一个浑身上下都是伤的妖将在一众禁卫的簇拥下闯了进来。这员妖将满脸怒气地看着跪在地上引刀向颈的元斩。深深地吸了口气之后，这员妖将跪在地上对着宫殿里面的妖王喊道：“军前急报，洨河将军率妖兵决战十万冥军先锋惨胜。无边冥军再出十万冥军增援，洨河将军孤军无援之下战死尽忠……元斩，洨河将军让你回来求援，援军……”

这妖将的话还没有说完，元斩大叫了一声，随后双眼之中流下了血泪。当下他有些发狂地大叫了几声之后，另外一只手绕过脖子后抓住了妖刀前段，两手用力之下，将自己的头颅割了下来。

元斩在脑袋落地之前，瞪着满是血泪的眼睛，冲宫殿里面大喊了一声：“元斩首级在此，看陛下何时发兵……”随后，元斩的头颅向着宫殿，怒目圆睁着，好像要看着妖王什么时候发出援兵一样。

这句话吓得周围的禁卫连连后退，却让另外一位妖将痛哭不已。元斩砍下头颅的时候，另外这位妖将已经猜到这里出了什么事情。大叫了一声之后，这位妖将抽出了自己的妖刀，二话不说学着元斩的样子将自己的头颅也斩了下来。

也不知道是不是巧合，这颗头颅直接滚到了元斩头颅旁边。头颅落地之前这妖将也大声吼道："默丈首级在此，请陛下发兵……"

这个时候，距离两个头颅最近的几个禁卫回身对着宫殿里面的妖王哭喊道："请陛下向前线增兵……"说话的时候，他们抽出各自的妖刀，对着各自的脖子就要抹过去。

妖王虽然看不到这里出了什么事情，不过禁卫总管百疆看得很清楚。当下他代替妖王对众禁卫喊道："都给我住手！元斩、默丈之外，所有禁卫胆敢自尽便以谋逆论处！谋逆是灭族之罪，你们想要被灭族吗？"

一句话说完，本来已经准备动手了结自己性命的禁卫这才都住了手。随后，百疆让其他禁卫将他们带了下去，又收殓了元斩、默丈二位妖将的尸体。等到百疆回到宫殿的时候，就见徐来、胡风、断崖和孙武宗四员妖将已经齐刷刷跪在了老妖王的面前。

"陛下，请让我回到战场。守卫王城的妖兵不用征调，我只带走家族五千私兵即可……"

"陛下让我回去吧，我也是只带本族三千私兵，不敢调动守卫王城的妖兵……"

四个人争先恐后地对着妖王请战，他们说了一通之后，百疆已经在老妖王的耳边说了刚才两位妖将在宫殿外面自杀的事情。其实不用百疆多嘴，唯一能在王宫使用妖法的妖王已经感觉到两员妖将气息的消失。

"不用多说了，你们都留在王宫当中。我已经看不见了，你们再离开这里，王宫出了意外我怎么办？"妖王轻轻地叹了口气之后，继续说道，"你们都留在这里，等我的眼睛能够视物之后，你们再带着手下的妖兵去和冥军一决雌雄。不过我的眼睛只要一天没有恢复如初，你们就要在这里守护我一天。妖风亭、百界岭和凤元里我输得起，只要恢复我的目力，再夺回来就是了！”

往常雄心万丈的妖王这个时候竟然变成了这个样子，吴勉、归不归相互对了一下眼神。随后，百疆好像什么事情都没有发生一样，重新调配禁卫看守宫殿。而妖王推说自己累了，吩咐所有人都离开这座宫殿，他要休息一下了。

当下，百疆将宫殿当中所有人都请了出去。老妖王独自留在宫殿里，只是所有的人都没有看到，就在宫殿大门被关上的一刹那，老妖王脸上的表情变得狰狞起来……

“一开始，我老人家还以为刚才那个妖王是替身傀儡。”走在去寝室的路上，归不归对吴勉说道，“不过那俩妖将割了首级之后，老人家我知道我算错了。里面的那个从始至终就是妖王，没有哪一个替身见到这样的场面，还能这么沉得住气。老妖王眼睛盲了，城府却更深了。”

“老家伙，你可拉倒吧。老妖王的城府是不是深了老子不知道，不过老子知道他是老糊涂了，连老子他都记不得了。”这个时候，百无求恨声继续说道，“你们一个一个都记得住，怎么到了老子这边，他就想不起来老子是谁了？不是当初死乞白赖的非要把女儿嫁给老子的时候了。”

“傻小子，妖王不记得你，才是真正为了你好。”归不归笑了一下之后，继续说道，“后面的事情，他自己都看不明白，和你撇清关系，那是为了你好……”

归不归的话还没有说完，就听见不远处传来一阵孩子惨叫的声音。叫声第一次响起的时候，吴勉、归不归和两位当家的都没在意。这里是妖山的王宫，这样的事情太平常了，不过接下来再听到这样叫声之后，百无求的脸色变了：“老家伙，挨打的是你三哥……”

第五十三章　大军集结

顺着声音赶过去的时候，便看到两个人参娃娃已经扭打在了一起。严格说起来是曹石头骑在小任叁的身上，一巴掌一巴掌地打在小任叁的脸上，嘴里还骂骂咧咧地喊道："几年不见都学会偷袭了……说，跟谁学的这个臭毛病？还会吐火球烧人参了……"

小任叁虽然被揍得鼻青脸肿，不过曹石头比他也强不了多少。曹石头身上的衣服都被烧掉了，上半身焦煳一片。空气当中弥漫着一股甘甜的香气，如果是人或者一般的妖物被烧成这样，周围已经是一股焦煳的臭气了。

曹石头是老妖王喜爱的孩子，其他人不适合动手，只能是百无求过来，伸手抓着曹石头的脖颈，将这个小家伙轻轻扔到了一边："小孩子怎么说话呢？从小不学好，学什么不好学骂街？骂街也是你能学的？跟在妖王老头的身边，也学点他的好……呀！小东西你敢咬人……"

百无求正一本正经教训曹石头的时候，冷不丁被曹石头冲过来狠狠地咬了他手臂一口。随后小家伙一溜烟逃了出去，一边逃一边大声喊道："你们就不要脸吧，一群人欺负一支人参。小任叁！有种别走……只要在妖山上，人参见你一次揍一次。有本事别带帮手……"

"有本事你回来！曹石头，下次你就是烧烤人参了……"鼻青脸肿的小任叁擦了擦嘴角的鲜血之后，冲曹石头的背影奶声奶气地骂了一通。等他转回身来的时候，他又变成了另外一副样子，张开他藕段一样的小胳膊，哇的一声哭了出来："活不了了……我们人参被欺负了……被曹石头揍了啊……他说还不算完，先揍我们人参……下一个是老不死的，然后是白头发的刻薄鬼啊……这都是曹石头说的……可不是我们人参瞎编的啊……你们要给我们人参做主……你们不管，我们人参可就去找席应真老头了……"

听着小任叁哭闹，归不归哈哈笑了一下，将这个小家伙抱了起来，说道："等着，老人家让老妖王打曹石头的屁股给你出气。不过话说回来，你们不是去吃果子了吗？怎么好端端的又打起来了？"

说到这里，小任叁便支支吾吾起来。这个小家伙虽然是个鬼灵精，不过终究不是归不归这种老狐狸的对手，归不归几句话便把他的实话套了出来。之前小任叁都是被曹石头欺负的，这次有了归不归教的术法，他心里也有了底气。被曹石头带走之后不久，小家伙便对着曹石头使用了控火之术，直接将一个火球喷在了他身上。

好在小任叁只是想吓唬吓唬他，并没有使用更加厉害的术法。曹石头一开始也的确被吓到了，不过等他反应过来之后，他马上冲了过去，对着小任叁一顿胖揍。

就在众人哭笑不得的时候，就见百疆带着浑身上下焦煳的曹石头走了过来。

看见自己的大哥过来，百无求马上凑到了小任叁的身边，说道："完了，任老三你偷袭人家，现在人家大人来找你了。看吧，我大哥这是过来逮你的，妖王老头要打你的屁股了。"两句话吓得小任叁脸色煞白，从不怎么靠谱的归不归怀里滑了下来，躲到了白头发刻薄鬼吴勉的身后。

转眼之间，百疆带着曹石头到了众人身前。大妖轻轻推了曹石头一下，说道："有什么话你自己来说……"

这时候的曹石头好像受到了什么天大的委屈一样，眼睛通红地看了面前这些人一眼，哽咽着说道："刚才我揍了任叁，我错了，给你们赔罪了……"说到最后的时候，眼泪已经止不住地流了下来。

这个举动明显是百疆逼着他做的，周围侍候的妖物看得心里不是滋味，小孩子打架还要逼着回来道歉，至于吗?

曹石头抹眼泪的时候，百疆向前走了几步，面无表情地对吴勉、归不归等人说道："小孩子打打闹闹，石头已经悔过，就这么算了吧。"说到这里，大妖顿了一下，看其他人没有什么异议之后，继续说道："稍后陛下会摆下酒宴，招待归、吴两位老朋友，和刘禧、孙小川两位新朋友，请你们一定赏光。还有，现在妖山的局势不稳，酒席散后我便会带你们下山，十年之内不要再轻易上山。百无求，你也好自为之吧。"

说完之后，百疆看了自己的弟弟一眼，好像还有什么话要嘱咐百无求，不过话到嘴边又咽了回去。轻轻地叹了口气，他拉着还在哭泣的曹石头转身离开了。

"什么时候百疆开始这样了?以他以前的脾气，怎么可能逼着曹石头来给任老三赔不是?"看着自己大哥的背影，百无求对归不归说道，"现在地府的大军都要冲到王城了，妖王老头子还有心情喝酒?不是老子说他，这个老头心也太宽了一点吧。"

"如果不是大军压境了，老妖王也不会现在就摆酒席。"归不归看了吴勉、刘禧和孙小川三个人一眼之后，继续说道，"傻小子，你真的以为晚上的酒席是给我们接风的吗?你想多了……"

归不归说话的时候，刘禧和孙小川二人交换了一下眼神。随后，孙小川笑嘻嘻地对老家伙说道："老神仙，我和殿下不比你们这些神仙，要不我们还是先走一步吧，反正妖王陛下的酒席也不是为我们俩摆的。您老人家受累和妖王陛下说一声，派个妖将什么的送一下小川我和殿下下山。"

"晚了……"归不归冲孙小川嘿嘿一笑，随后继续说道，"当初是你们吵着闹着要上山的，现在才走来不及了。不过你们俩把心放回肚子里，你们都是长生不老、生死之外的人，就算冥军打过来，也不会把你们怎么样的。”

在王宫侍从的带领之下，众人去了寝室休息。差不多天色擦黑的时候，百疆亲自来请，说酒宴已经摆下，请众人过去赴宴。

等到吴勉、归不归众人再次回到宫殿的时候，发现徐来、胡风、断崖和孙武宗四将坐在了妖王的身边，宫殿当中摆下了餐桌。听到百疆禀告吴勉、归不归众人已经赶到，老妖王在孙武宗的搀扶之下，从床榻上站了起来，对着大门口的方向说道：“说是为了你们接风的，因为一点事情耽误了，不要怪罪我这个老头子。我的眼睛不方便，百疆替我招待几位贵客，酒宴开始吧……”

一声令下，便不停地有侍从端进来一盆一盆的妖山美味。虽说都是以肉食为主，不过妖王的御膳还是精致很多。

白天的事情好像没有发生过一样，妖王不停地招呼百疆代表他给吴勉等人劝酒布菜。只不过一想起白天元斩、默丈二妖将在门外把各自的脑袋割下来，众人便没有什么胃口，只有百无求、小任叁两个没心没肺的还在笑嘻嘻地吃喝着。

酒过三巡之后，殿外突然走进来一个全身重甲的妖将。他直接跪在妖王面前，旁若无人地说道：“陛下，王城十万守军已经集结完毕，不知大军何时开拔？”

“再稍等一下，我还有一件事要做，这件事不做的话，我可不安心把十万大军交出去……”妖王古怪地笑了一下之后，扭头冲四大妖将的方向说道，“来不及通知你们四个，我已经集结大军了。除了这十万大军之外，还有九万大军正在向四方城行进。你们四妖谁愿意为两路主帅？除了暗通地府的那个，谁都可以为帅……”

第五十四章　地府的内应

这话说出来的时候，四大妖将的身子同时震了一下，几乎是一样的反应，先是以一种不可思议的目光看了妖王一眼，随后又用防备的眼神看着身边其他三妖。

“我知道你们当中一妖已经被地府收买，许诺了死后可去地府抢夺魂魄，下一世便可以转世为人。我说的话没有错吧？”说话的时候，这个老妖瞬间又变回当初刚毅不可夺其志的妖王。顿了一下之后，他继续说道：“这个没有什么好奇怪的，地府能在我的身边埋下钉子，为什么我不行？”

妖王说到这里，呼吸有些急促起来。他身后的百疆急忙从怀里拿出一个小小的瓷瓶，抓过妖王的手，往他的掌心倒出一颗小小的药丸。妖王闻了闻药香之后，张嘴将药丸吃了下去。

缓了口气之后，他继续说道：“不过那只妖也是够小心了，三百七十年了，我只是知道有这样一只妖，却始终找不出来。那只妖物每次和地府联络，都轮流着冒用你们四只妖的名字……我不下十次想办法要钓他出来，不过那只妖实在是太狡猾了，每次到最后都是功亏一篑，最后还赔了我数百只妖物的性命……百疆，再给我一颗丹药……”

装着丹药的瓷瓶就在百疆的手上，不过大妖却犹豫了一下，并没有将药丸倒在妖王伸出来的手掌当中：“白重嘱咐过的，三天一丸是极限。您现在已经是一天一丸，早就超过了极限，陛下保重妖体……”

“你真的要我再重复一遍吗？”妖王的声音冷了下来，百疆额头上的冷汗冒了出来。最后他趁着妖王不注意，用手指碾碎了一颗丹药，两个手指头捏捏揉揉，将半个药丸搓圆之后放在了老妖王的掌心当中。

又吞下半颗丹药之后，妖王对着四妖的方向继续说道：“本来我还想把你们都留在我的身边，慢慢地把那只妖物找出来。现在等不及了……知道你被调到我的身边，地府也开始有所动作了，如果还是找不到你的话，纵有数十万妖军却没有主将统领也是枉然……”

“妖王那个……陛下……”这个时候，实在忍不住的百无求突然开口说道，“你让老子插句嘴吧，那什么……老子知道你是挑错了主帅，把这点家底都喂给了冥军。这样的话，你干脆分四路元帅吧。”

“傻小子别乱说话，一路分成四路，那倒省了冥军的事了。”归不归干笑一声之后冲妖王说道，“陛下您不用理会傻小子，乡下孩子没有见过世面，您继续说后面怎么样了。”

“乡下孩子……”妖王古怪地笑了一声之后，回到了刚才的话题，“现在地府的冥军正在围困四方城，没有多少时间让我继续和你们耗费下去了。时间紧迫，我只能这样了，疆盟，把准备好的鸩酒拿上来，送他们几位上路吧……”

老妖王说话的时候，疆盟太子端着四杯酒走了上来，在每位妖将的面前都留下一杯酒之后，这才回到了自己父亲的身边。

“这四杯酒是我为你们精心准备的，当年我举事夺妖王大位的时候，也给自己准备了这样的一杯酒。不过我的运气比你们好，最后也没有喝的机会。”想起当年夺下妖王大位的惨烈，妖王轻轻地叹了口气，随后继续说道，“你们喝了这杯鸩酒，我便会亲自统帅十九万妖兵前去四方城增援。将冥军赶回地府之后，我便也喝下一杯鸩酒，到下面向其他三位妖将赔罪。疆盟，我死之后你来接替妖王大位，你能坐稳这个位子吗？”

这句话吓了疆盟一跳，这位新晋不久的太子没有想到妖王这个时候会说这个，当下脸色煞白地跪在了妖王面前，好不容易才平复了一些，说道：“妖王大位只有陛下可以担当，请陛下不要再说这样的话，疆盟听到已经是死罪……”

“我们是妖，就算可以活得久一点，终究也是要死的。这没有什么好回避的……”妖王轻轻地对疆盟说了一句。随后，妖王继续对徐来、胡风、断崖和孙武宗四将说道：“你们还在等什么？我的大军集结完毕，你们四个死了我才能安心带着大军出征。你们不敢为了我死一次吗？”

“陛下，徐来不怕死。只是请你在我死后，不要为难徐来的家眷、族人。”说完之后，徐来端起酒杯一饮而尽，随后将酒杯扔在地上，闭着眼睛等死。

“这鸩酒叫作刻缘，喝了之后只要一刻钟便和这一世的缘分尽了。徐来你不要紧张，一刻钟之后你也只是先走一步，不久之后我会下去陪伴你们的。胡风、断崖、孙武宗，请吧……”

剩下的三位妖将见到已经有妖带头，当下也是各自说了一番遗言之后，便都将面前酒杯中的鸩酒喝得一干二净。随后，四只妖物几乎都是一个姿势，闭着眼睛盘腿坐在地上，等着一刻钟之后生命走到尽头。

转眼间一刻钟过去了，四只妖物还是好端端地坐在原地。他们感到自己的身体没有什么异样的感觉之后，纷纷睁开了眼睛，疑惑地看着坐在当中的妖王。这个时候，妖王突然哈哈大笑，对着四妖说道：“你们都是我的心腹爱将，我又怎么舍得你们去死？鸩酒是假的，是我宫中收藏的佳酿兑了一勺醋，喝起来是不是味道怪怪的？没有办法，我也没有喝过鸩酒，实在不知道鸩酒是什么味道。”

“妖王……那个陛下？你这样是不是有些过分了？”这时候百无求再次忍不住，对着妖王大声吼了起来，“老子先不说你这么玩行不行，妖山本来就你最大，你想做什么就做什么，你酒池肉林天天睡娘娘没人说你。不过现在大敌当前，你还有心思这么玩闹，这就说不过去了……”

“玩？百无求你真的以为我是在玩吗？”说话的时候，妖王很是怪异地笑了起来。笑容还没有消失，妖王的脸色已经铁青。他对着四妖将的方向说道：“孙武宗！你跟了我一千余年，最后却是你做了地府的内应。我有什么地方对不起你，还是下辈子能做人对你就那么重要？”

这句话说出来，孙武宗脸上满是惊恐的表情。当下这员妖将跪在妖王的身前，颤着声音说道：“陛下明察，孙武宗不敢和地府有丝毫瓜葛。不说远的，就说五年前我率领一万妖兵突袭无边冥界，亲手了结大阴司萧无病……”

“就凭这件事，刚才你喝酒之前我都没有丝毫怀疑过你。”妖王冷笑了一声之后，继续说道，“不过就在我确定你才是地府内应的时候，那一瞬间我什么都明白了。萧无病本来就是死间，一个大阴司换来妖山覆灭，地府不亏本……”

说到这里，妖王顿了一下，重重地叹了口气之后，继续说道：“知道你错在哪里吗？你有地府的承诺死后可以投胎成人，四只妖物当中只有你一个不怕死。在喝下鸩酒的瞬间，他们三妖都是满脸的愤恨、不甘，只有你瞬间现出解脱的神情。他们都以为自己死定了，不管是人还是妖，死了便说不了假话……”

听到这里，孙武宗便有些歇斯底里起来：“陛下，你不要听百疆挑拨！他窥伺我四妖将之一的位置已久，他是在骗你……”

“谁说是他告诉我的，不能是我亲眼看到的吗？”说话的时候，妖王解开了自己眼睛上的布条，露出一双闪着精光的眼睛，看着孙武宗继续说道，“为了你，我装了几年的瞎子……”

第五十五章 继位者

看到妖王炯炯有神的眼睛之后，孙武宗瘫倒在地。他虽然妖法了得，不过在王宫当中使用不了妖法，在唯一可以使用妖法的妖王面前，孙武宗就好像一只待宰的羔羊。

“为了一个内应，做了几年的瞎子，值得吗？”这个时候，吴勉看着已经“复明”的妖王。顿了一下之后，他继续说道：“这么说起来，无边冥界的争端也是你棋盘上的一步棋了？还有死在边界的几万妖兵和那些妖将，你真的不怕为了挖出这个内应，葬送了整个妖山吗？”

“怕，我怕得要命。”妖王冰冷的目光从孙武宗的身上转移到了吴勉的脸上，喘了口粗气之后，继续说道，“不过这根鱼刺卡在我的嗓子里太久了，如鲠在喉的感觉有几百年了。我在或许还能镇得住他，若有一天我死了，接替妖王大位的妖有没有本事压住他，我就真的不知道了。就算冒险，就算会葬送数万妖兵妖将的性命，我也要将他挖出来，我的时间……不多了……”

说到这里，妖王貌似无意地看了还是一脸懵懂的百无求一眼，顿了一下之后，他继续说道：“为了下一位妖王能够顺顺利利地继承大位，就算搭上我的性命，我也要尝试一下……”

妖王说完之后，孙武宗的脸色由白变红，好像喝醉了酒一样，盯着妖王说道：“我命既然如此，那么也不用奢求什么了，要怪只能怪那个废物苏天。当初他如果能再坚持一天，我便可以打开边界，放冥军进来了。”

“我知道苏天背后一定有妖撑腰，其实那个时候我就应该明白过来你是内应的。”妖王走到孙武宗的面前，顿了一下之后，继续说道，“苏天造反的那一天你不当值，没有办法打开边界，可惜当时我没有想到这里……”

“看在我马上就要丢了性命的分上，再告诉我一件想不明白的事情。”孙武宗打断了妖王的话，有些放肆地笑了一声之后，继续说道，“如果刚才那杯假毒酒没有把我挖出来，那么陛下你打算怎么办，给我们真的毒酒吗？”

“我会把你们一个一个放到战场上，看着你们去和冥军拼命。”妖王冰冷的语气当中感觉不到一丝生气。扭头看了其他三妖一眼之后，妖王继续说道：“有一句话我没有说谎，如果最后都没有把孙武宗挖出来，你们死后，我真的会下去向你们赔罪的……”

妖王最后一句话带着一种难以言说的落寞，竟然使站在他身后的百疆连连喘着粗气。百疆再也受不了这种感觉，他向前几步，挡在妖王身前，将妖刀架在孙武宗的脖子上，说道：“下辈子你就算变成人，也会被妖吃掉。我会亲自吃了你，把你吃得干干净净。”

话音落下的同时，百疆手起刀落，将孙武宗的脑袋砍了下来。好好的一座宫殿瞬间弥漫着一股血腥味，不过宫殿的主人却丝毫不在意。看了一眼滚落的头颅之后，妖王对守候在身边的太子疆盟说道：“传令，十万妖军进入阵法当中赶到四方城。王城当中所有府邸的私军全部征用，如果有不遵从军令者，就地斩决不赦……”

疆盟领命之后，妖王又走到剩下的三位妖将身边，说道：“让你们三位受委屈了，现在我们一同前往四方城。消灭了地府冥军之后，我再向你们赔罪……”

那位叫作徐来的妖物说道：“陛下不要说这样的话！如果是我做决定，或许百十年前便将所有怀疑的妖将都解决了。不能因小失大，因为几个妖将便毁了妖山的万世基业。”随后剩下的两只妖物也在附和徐来的话，都在表示自己这条命比起妖山不算什么。虽然三妖说的一个比一个好听，不过心里到底怎么想的，谁也不清楚。

这时候，有侍从过来清理了孙武宗的尸首。妖王又走到了吴勉、归不归和两位泗水号东家的面前，说道：“本来我不想让几位参与进来的，几位上了妖山之后我又不好说破，真是怠慢了几位。尤其是两位泗水号的东家，妖山上共有三十八处金矿，送你们泗水号三处，就当给你们压惊了。现在不怕了吧？”

“有这么多黄金，天塌下来小川我和刘禧都不怕了。”孙小川脸上好像笑开了花一样。之前泗水号已经富可敌国了，现在加上这几处金矿，富裕的程度都可以比得上几个国家了。

这时候，有妖军的将领进宫禀告，说大军向四方城移动的阵法已经准备完毕，现在需要妖王亲自过去启动阵法，这些妖兵妖将便可以瞬间到达四方城，和地府的冥军决一死战。

听到妖将的禀告之后，妖王点了点头，随后回头冲百无求和小任叁说道：“你们俩也是妖物，现在妖山面临生死存亡，你们听我的命令不听？听我的命令，便和我们一起去打退地府的冥军。不听我的命令，和归、吴二人回到人世间后，再也不要自称为妖，拿自己当作人……”

“老子是妖！妖里面你最大，老子不听老头子你的听谁的？”“我们人参是妖！谁敢欺负我们妖，就和他们干！”听了妖王的话，百无求、小任叁二妖便激情昂扬。小任叁直接跳在桌子上，龇牙咧嘴的，好像随时就要出去拼命一样。

“陛下好算计啊……”这个时候，归不归古怪地笑了一声之后，说道，“老人家我养了百无求和任叁这么多年，被你一句话就带走了。他们俩去不去，陛下是不是应该和老人家我商量一下？”

“归不归，你刚才没有听到百无求、任叁说的话吗？他们是妖，妖山有难，他们俩没有理由不出力。”妖王冷冰冰地看了归不归一眼之后，继续对百无求说道：“你既然听我的命令，我说的话你便都要遵守，是不是？”

百无求有些不耐烦地说道：“这不是废话吗？老头你就说，让老子去和谁拼命吧！老子不去拼命，就不是爹生娘养的。老家伙，一旦老子死在你前面，什么同归于尽的也就算了。你自己再找个老婆，生个儿子养老送终吧……”

“好，既然你肯遵我的命令，那就听好了……”妖王从自己的手上取下一枚指环，放在了百无求的手上，说道，“从此刻开始，百无求你便是妖山王储，如果我有不测，我死之时便是你继位妖王之日……”

说到这里，妖王也不管宫殿当中惊呆了的人、妖，顿了一下之后，他继续说道：“在场的妖、人都是见证，如果有其他的妖物在我死后敢窥探妖王大位者，便是妖山万恶不赦之徒。窥探王位者灭全族，全族妖物尸身喂猪狗……”

刚刚妖王还要把大位让给疆盟太子，这才过了多大一会，妖王大位便落到了百无求的手里。不过比起妖王以往的做派，似乎让百无求继位才更加合情合理。不过这几句话却让百无求吓傻了，缓过来之后，二愣子对着妖王连连摆手：“拉倒吧，你敢给老子可不敢收。不是和你吹，老头你信不信，你的这点家底不出两年，老子就能给你败光了……”

妖王冲百无求微微一笑，说道：“由不得你了，就算你败光了妖山，那也是天意，你还是妖王……”

第五十六章　战四方

百无求骂街天下无敌，心计却没有多少。看着自己的便宜儿子有些不知所措，归不归凑过来刚刚要替他说几句，却被妖王几句话拦了回去：“阁下是妖吗？如果不是妖的话，请免开尊口。我与妖山储君正在商讨共同御敌之策，如果妖山灭亡，下一个沦陷的就是你们人世。”

说到这里，妖王顿了一下，随后对归不归说道：“如果你还是要开口的话，那么我也要说说其他的事情了。这孩子不知道很多事情……”

听到妖王这要挟的口气，归不归到了嗓子眼的话又咽了回去。这个时候，吴勉慢悠悠地站了起来，用他特有的语气对妖王说道：“大战在即，你不会嫌给你卖命的人多吧，这里现成有两个，要吗？”

“求之不得……哈哈哈……”老妖王一阵哈哈大笑，随后对吴勉说道：“有你们二位相助，就算冥军千千万万都不在我的眼里。我们一起前往四方城，将地府的小鬼杀个干干净净！”

“现在老人家我能插句话了吧？”看着妖王不再为难他，归不归这才笑眯眯地凑过来，说道，“我们俩给陛下您卖命没有问题，泗水号的那俩东家就不用提枪上阵了吧？陛下或者让他们留在王宫，或者派出手下护送他们俩回去……”

归不归说话的时候，两位东家长长地出了口气，他们俩虽然也算是有见识的，刘禧还是前朝诸侯王出身，不过这些年二人的精力都花在经商上，就算和波斯、中土有所摩擦也是在小范围之内。现在妖山、地府大战已经超出了二人的认知范围，这是超出了国与国之间的战争，完全就是两个种族的大决战。

“让两位东家留在王宫吧，现在妖山所有的兵丁都要去和地府小鬼作战。等到把那些小鬼赶回去之后，我亲自护送两位东家下山。以后还要和泗水号继续通商，为后世儿孙们开一个先例。”妖王一边说话，一边招手叫来侍女，带着刘禧、孙小川和离墨等人去偏殿休息。没有妖王的旨意，任何人都不得去骚扰两位东家。

处理完王宫的事情之后，已经有妖将将妖王的盔甲捧了出来，服侍妖王换上了盔甲。随后，妖王从王宫走了出来，就见无数妖兵妖将已经集结在王宫的大门口。他们身后是两个巨大的黑洞，这个应该就是妖族传递兵将的阵法了。

妖王这几年一直在王宫里深居简出，妖山已经在流传妖王归天的谣言，只是太子们秘不发丧，为争王位打成了一团。如果不是这样，前方与冥军大战也不会接连惨败。大军刚刚集结之时还是妖心惶惶，以为是哪位太子得了大位，要来接管王城大军。

现在看到妖王从王宫当中走了出来，十万妖军欢声雷动，异口同声地大喊：“陛下万岁……万岁……”

“你们等急了吧？我也等急了……”妖王站在早已经搭好的高台上，对着下面的妖兵妖将高声说道，“地下的小鬼已经打到了四方城下，如果他们破了四方城，便可以直取王城。我们妖族什么时候被小鬼这么欺负过？我们是妖！是吸收了日精月华，被上天选定的妖！

“从来就只有我们到处去杀去抢，人也好鬼也好，只是我们的口食，什么时候轮到他们在我们妖的面前作威作福？既然地府的小鬼挑起事端来，那么我就带着你们杀进无边冥界，把里面的小鬼杀得一个不留！让那些刀口余生之鬼想起这个场面就直发抖，永远绝了他们再次挑起事端的心思！”

说到这里，妖王深深地吸了口气，随后对着下面的妖兵妖将大声吼道："跟我杀敌！将地府的小鬼彻底屠戮干净！"

这句话吼完，下面十万妖兵妖将同时大声喊道："跟随陛下！将地府的小鬼杀个干干净净……"

妖王将妖兵妖将的情绪调动到了顶点之后，吩咐手下的妖将起兵。在徐来、胡风、断崖三将的带领之下，十万妖兵妖将迅速转身穿过了后面两个巨大的黑洞，瞬间便到了四方城的战场。

虽然这运兵法阵神奇，不过十万妖兵妖将也要运送一阵子。这时候，归不归凑到吴勉的身边，小声嘀咕着："说实话，如果不是咱们家傻小子牵连在里面的话，老人家我看冥军和妖兵打起来可不是什么坏事啊。他们两败俱伤最好，如果一个彻底灭了，另外一个惨胜，我老人家也能接受。可惜了这么好的机会，傻小子也被牵连在里面。"

吴勉看了归不归一眼，说道："现在说这个？一会你还要去替妖王卖命。不过我还是有点好奇，当初徐福和妖王到底签了什么样的盟约？能让妖王替他守着无边冥界这么久……"

"不知道啊……"归不归嬉皮笑脸地对吴勉说道，"不过到了这个当口，当初的盟约也应该露出来了。毕竟妖王如果不在盟约可就作废了，指望那傻小子承认盟约，可以啊，老人家我倒要替他看看是什么样的盟约。是吧，我的儿……"

"老家伙，老子可没说要继承妖王王位啊，你想多了。"凑过来的百无求接了话，"先说好了啊，老子也不干什么妖王。老子的眼没瞎，妖王老头这么多年容易吗？防儿子就像防贼一样，还装了几年的瞎子。老子现在这样多舒服，想骂谁就骂谁，谁敢还嘴就揍他。打不过不是还有你们吗？"

归不归嘿嘿一笑，冲二愣子说道："谁以后再敢说你傻，老人家我去替你骂他。"

百无求瞥了归不归一眼，说道：“老家伙，骂街你不成，差得远了……”

他们说话的时候，第三个巨大的黑洞开启，加快了妖兵妖将进发的速度。穿戴上盔甲的疆盟奉了妖王之命，请吴勉、归不归二人带着百无求和小任叁跟随妖王一起进入阵法。

片刻之后，十万大军已经到了四方城下。只不过他们还是来晚了一步，四方城刚刚被冥军攻破。现在冥军正在屠城。站在城门外的妖兵听到里面同族的惨叫，好像疯了一样开始攻城。

城中的冥军反应也很迅速，几乎所有的冥军都冲到了城楼上，阻挡妖兵攻城。眼看攻打了两个时辰，仍没有攻下四方城，徐来、胡风、断崖三将便把攻城的妖兵都召唤回来，重新在四方城下摆下阵势，等着妖王的进攻策略。

没过多久，妖王的旨意到了，十万妖兵分成两队，分出六万妖兵作为先锋阵开始二次攻城。就在攻城战最激烈的时候，四方城的上空出现了一个巨大的黑洞，随后无数妖兵从黑洞当中跳了下来，手握妖器，和攻城的妖物一起里外夹击守城的冥军。

虽然攻入四方城中的冥军也有十多万，不过还是被城里突如其来的妖军打乱了阵脚。加上妖物本来就能克制鬼物，没过多久四方城的城门被攻破，潮水一样的妖军涌入城中，和城中的妖军一起将冥军杀得大败。

冥军增援赶到的时候，四方城已经再次落到了妖军的手中。冥军尝试攻城无望之后，便退潮一样退回到凤元里的高山上，准备在这里和妖军对峙。四方城中妖军清点人数，十万妖军损失了将近两万，率军冲到四方城的妖将胡风战死……

第五十七章　决战之前

妖王率领大军进驻四方城，清点城中活着的妖物，除了几万妖兵的尸体之外，活着的只有不到二百妇孺。这些妇孺也还是大战开始之时，来不及逃走藏在地窖当中才幸免一死的。而城中发现平民的死尸有一千多具，这些尸体上的伤口都是致命的，很明显冥军入城之后没有给妖物平民活路的机会。

妖王下旨，将所有平民的死尸都安置在四方城的广场，让手下的妖兵妖将轮流去悼念。同时下旨，不接受冥军降兵，抓到之后直接格杀。

重新夺回四方城之后，九万援军也已经赶到了这里。而且妖山当中各位太子、忠臣的私军也都纷纷来到了前线。虽然妖王没有下旨，这些妖山的大人物不可以直接前往这里，不过现在都知道了妖王的眼睛没瞎，他们便又纷纷冒头表忠心来了。这些私军加在一起也有三万多，算得上是一股不小的力量了。

两军会合之后，妖王将几位妖将和疆盟、百无求等妖物都召集到了自己的军帐当中，商量如何进攻凤元里高山。

相比较四方城，凤元里易守难攻。这座高山只有前后两条山路可以上下，山路两面都是好像刀砍斧剁而成的光滑峭壁，根本找不到其他上山的路径。只要守住了必经之路，就算妖王手下还有百万雄兵也极难攻上凤元里。当初冥军是直接放火烧了凤元里，烧死了山上的守军之后才夺下的高山。冥军知道自己是如何夺下的高山，早已经将山上还没有烧毁的树木砍伐光，并在山上挖掘了数道壕沟准备抗击妖军。

天亮之前，凤元里高山之下便集结了五万妖军。在主将徐来的指挥之下，数万妖军一边呐喊着，一边顺着山路向上猛冲。冲到了半山腰的时候，山上的冥军开始将早已经准备好的滚木、礌石浇上火油点着之后对着冲上来的妖军砸了下去。

由于只有一条山路的缘故，冲到一半的妖军避无可避。先锋部队被滚木、礌石砸死的不计其数，第一次攻山妖军留下数千具尸体之后，以失败告终。

守在妖王阵营当中的百无求看得龇牙咧嘴，对归不归说道："怎么不用昨天那一招？直接把大队从山上放出来，上下一起动手，老子就不信了，山上的小鬼们还能守得住。"

归不归笑眯眯地看了一眼面沉似水的妖王，看到他没有心思为百无求解惑，这才笑眯眯地说道："傻小子，山上的冥军太密集。这边放出妖军，还不够他们杀的。只有冲上去的妖兵占了上风，吸引住了冥军的注意之后，这才可以在山上放出奇兵，明白了吗？"

虽然战事失利，妖王却没有放弃的意思，他将所率领的二十万左右的妖军全部集结在山下，将凤元里高山下的路口围住。看样子妖王这是打算围困凤元里高山，不过后面冥军大队很快便可以赶到，等到大军在山上集结，从上往下，只要一个冲锋，妖王守在下面的大军便会被撕开一个口子。到时候大军扑下来，妖王便败局已定。

一直等到天色擦黑，也始终不见妖军再有什么动作。就在山上的冥军认定了妖王只是要围困住他们的时候，白天留在山上的几千具妖军的尸体，突然开始有了动作。趁着夜色掩护，这些"尸体"慢慢地向着山上的冥军靠近。

"尸体"动了的同时，山下堵住要路的妖兵当中突然骚乱起来。好像是几支队伍的主将出现了争执，本来团团围住要路的妖兵分成了几个阵营，开始有了摩擦，随后摩擦越来越大。

山下的异常情况也引起了山上冥军主将的注意，他冷笑着对手下说道：“看到了吗？妖到底还是妖，脱不了这一身的野兽之气，这样两军大战的当口，竟然还会内讧。看来不用我们去打，他们便可以自伤八千。你们都看好了，如果他们打得厉害，我们就冲下去吃了山下妖军，说不定还能活捉妖王……不对！那些死尸有诈！”

说到一半的时候，几千具妖军“尸体”已经聚拢到离山上冥军大营百十来丈的位置。冥军主将借着大营前点着的鬼火灯，才发现尸体的异象。几乎就在冥军主将发现不对头的同时，几千具妖军“尸体”同时向着冥军大营扑了过去。最前面的妖军手持铁锤、巨斧等妖器，还没等冥军反应过来，已经冲进大营当中，和冥军打斗到了一起。

“尸体”冲进冥军大营的同时，本来还在“内讧”的妖军突然集结，迅速向着山上发起攻击。这次进攻冲在前面的妖物都是以行动迅速著称的妖族，几乎只看见残影便已经冲到了半山腰。

虽然这次进攻一开始给冥军造成了一阵混乱，可惜冲到冥军大营的妖军实在太少。而且山上的冥军主将很快便反应过来，组织手下的冥兵掩杀这些假扮成尸体的妖军。不久，几千妖军一个个地倒下了。有冥军前哨发现了已经冲到山腰的妖军先锋，开始准备第二拨滚木、礌石，向着山腰的妖兵砸下去。

就在这个时候，冥军大营当中突然出现了一个巨大的黑洞，随后潮水一样的妖军从里面冲了出来。如果不是因为刚才假扮成尸体的妖军给冥军造成了混乱，就算是这些突袭的妖军也不能给冥军造成什么伤害。冥军主将早已想到了对付这奇兵的办法，只是己方的阵脚已经乱了。等到他再去组织人马迎击的时候，山下的妖军前锋已经冲了上来，顿时妖军、冥军纠缠到了一起。

山下的妖军不断地冲上来，加上妖物天生就能克制鬼物，因而固守山顶的冥军节节败退。等到他们想要撤退的时候，发现已经有第二个黑洞出现在他们的退路上，无数的妖军从里面杀了出来。这场大战杀到了天亮，这时候山顶的几万冥军已经被屠戮干净。

虽然这次妖军获得大胜，不过那些伪装成尸体立下汗马功劳的几千妖兵也全都丢了性命。加上从黑洞杀出来的攻山先锋，此战共战死了将近一万妖军。

打扫了战场之后，这次攻击的主将徐来请妖王和众将登上了凤元里的山顶。众妖看着对面被冥军占领的妖风亭、百界岭，已经能看出这两个位置正在集结大批的冥军，看样子应该是要来增援凤元里的。只是他们没有想到妖王这么快便将凤元里重新夺了回去。

“传我的旨意，将四方城、凤元里的死鬼全部扔到山下，淋上火油在援军面前烧光……”妖王冷笑了一声之后，继续说道，“大军在山顶集结，如果地府的小鬼要攻山的话，我们从上往下打，击溃他们之后顺势收回百界岭。”

不过让妖王始料不及的是，已经集结好的冥军大队听到凤元里被妖王夺回之后，直接退到了妖风亭，将百界岭让了出来。看样子，冥军这是打算在妖风亭和妖军决一死战。

妖风亭是妖山和无边冥界边界的第一道屏障，说是屏障却没有任何险要可守，只是一马平川的平原上孤零零地立着一座亭子。现在无数的冥军已经集结在此，他们放弃了百界岭，打算仗着兵力上的优势，和妖军进行最后的决战。

被百万大军包围的妖风亭当中，站着几个人，为首的正是劝告吴勉、归不归不要进妖山的大阴司崔玉……

第五十八章　大战在即

崔玉对身边的一位阴司说道："还有多久，才能把无边冥界的通道彻底打开？"

阴司赔着笑脸说道："三天之内，无边冥界和妖山的边界便会彻底打通。到时候妖山便是无边冥界的一部分，我们会断了妖物投胎的阵源。到时就算是妖物转世投胎，也要经过我们地府了。"

"三天？我没有那么多的时间给你，只有两天。"崔玉阴沉着脸对要争辩的阴司说道，"别看我们的大军数倍于妖军，妖物天生克制鬼物，加上这里现在还是妖山的地盘，在通道没有彻底打通之前，谁也不敢说一定会……"

崔玉的话还没有说完，正对着妖风亭的天空当中突然出现了一个黑洞。崔玉身边的鬼将已经摸清了妖王惯用的路数，见到黑洞出现之后，众鬼将开始将精兵调往黑洞的下方，等着从里面跳出来的妖王的精锐之兵。

不过让他们意想不到的是，黑洞打开之后，半晌都没有见到有妖兵妖将从里面跳出来。就在这些鬼物等得有些不耐烦的时候，从黑洞里面不停地有碎尸掉下来。尸体碎块伴着鲜血浇了下面的鬼物满身满脸。

"这是你们留在我那里的同伴，现在还给你们……"空气当中传来了妖王的声音。冷笑了一声之后，妖王继续说道："稍后我会把你们也像他们一样剁碎了，交给地府之主。你们和妖不一样，人死后变鬼，鬼死后变聻。连鬼体都保不住的话那就变成虚无了。你们值得吗？”

看到周围的冥军脸色难看，崔玉对他们说道：“阎君法外施恩，这次征战妖山而亡的鬼物，阎君都会为他们重塑鬼体，后世托生到富贵人家。有奇功者会托生于帝王之家……”

“富贵人家，帝王之家……”妖王冷笑了一声之后，继续说道，“难怪现在天下大乱，一个中土分成了十几国，原来都是地府之主为了给你们腾出位置来。好，我就看看天下能不能容得下你们这些孤魂野鬼！”

话音刚落，黑洞中的碎尸倾泻了出来，好像下雨一样。转眼之间，鬼体的碎尸竟然将一座妖风亭埋了起来。在妖王的一阵大笑当中，黑洞消失得无影无踪……

好在周围的冥军众多，片刻的工夫又将妖风亭清理了出来。亭中的几位阴司脸色铁青，一位高大的阴司对崔玉说道：“今晚我带着冥军去给妖王回礼，拿不回来徐来、断崖的首级，我便和他们同归于尽！”

“先把正事做好。”崔玉看了这阴司一眼之后，说道，“我们这次不是来和妖物们拼命的，等到边界的通道被彻底打开，妖物还不是任由我们宰割吗？传我的话，将这些碎尸的首级找到，身子就地焚烧就好了。”

说话的时候，崔玉的眼睛盯着远处凤元里高山的位置，自言自语道：“你们真的想给妖族陪葬吗？归不归，你明明知道这次没有胜算的……”

崔玉自言自语的同时，凤元里山顶上的妖王也在看着崔玉所在的方向。他的背后并排站着吴勉、归不归两个人，其余的妖将、护卫都在远处。妖王故意赶开了他们，因为他和归、吴二人的谈话不可以传到众妖的耳朵里。

“归不归，你看这次我们妖族和地府小鬼决战有几成的胜算？”妖王回头看了一眼老家伙之后，继续说道，“刚才我已经下了旨意，妖山当中除了待哺的幼儿之外，剩下所有的妖物都要向这里进发。虽然他们不是兵将，不过妖就是妖，血管里面流着的就是好斗的鲜血……”

等到妖王说完之后，归不归嘿嘿一笑，说道：“这次在陛下的地盘上，冥军的数量虽然众多，不过毕竟天时地利上吃亏。依老人家我来看，此战陛下打得虽然艰苦，不过胜算要远超冥军……”

“那么你呢？也是认为我们妖族必胜吗？”没等归不归说完，妖王便直接绕过了老家伙，对正在冲归不归翻白眼的吴勉继续说道，“在吴勉你看来，我们妖族的胜算有多少？”

“胜算？那两个字和你们妖物有关吗？”吴勉用他特有的说话方式，狠狠噎了老妖王一下之后，继续说道，“冥军虽然远来，不过他们为了这一天已经准备了多少年？你连儿子都信不过，真的能相信这些领兵的妖将吗？你心里没有怀疑过他们？你不怕冲在前面的时候，背后被谁捅了一……”

“别说了——就当我没有问过你……”妖王苦笑了一声之后，继续说道，“本来还指望让你说几句好听的，不管真的假的起码也能让我宽宽心。你不说还好，说完我如果再想不开一点，刚才直接就自尽殉国了。”

“陛下又何尝不是在等着吴勉说破呢？难道还真的以为老人家我会实话实说？”归不归笑眯眯地插了一句嘴。顿了一下之后，看到妖王并没有什么异常，老家伙又说道：“老人家我再说两句，对方只有一个大阴司露面了，手里应该还有没露出来的底牌。陛下你也一样，手里也有瞒着我们的底牌。大家都没有交底，您问老人家我们谁能赢？不过既然陛下您不说，我老人家也不打算问。反正老人家我向着陛下您，就算您只有一兵一将，在我老人家看来也是您能赢。”

“底牌——你们马上就知道我的底牌是什么了。”妖王的嘴角微微上扬，露出一丝不易察觉的微笑。笑意转瞬即逝，妖王回身将百疆叫到了身边，当着吴勉、归不归二人的面，对着大妖说道：“不等其他的妖物了，明天一早，大军分成五队，运用阵法在东南西北和妖风亭五路齐攻。务必将冥军撕开一个口子，将无边冥界的边界重新封起来。到时候这些冥军回不去无边冥界，便只有死在我这妖山上了。”

听到妖王的话，百疆竟然少有地沉默了一下。犹豫了片刻之后，他对妖王说道：“陛下，我们只有二十余万兵马，妖风亭周围的冥军数倍于我军。这二十万的家底如果被拼光，我们就连还手的余地都没有了。”

“你有更好的办法吗？”妖王看了百疆一眼之后，继续说道，“照我说的做吧，现在的局势已经不在我或者地府之主的控制之下了。现在我们俩都被捆绑在一架战车上，只有我或者他从车上摔落下来，才能彻底了结……传令吧，你再犹豫的话，我可就是被甩下的那一个了……”

百疆向来都是视妖王为神明的，这么多年一直是妖王身边最忠心的妖物。当下他也不再犹豫，开始传令天亮发起总攻。不过看到对面黑压压的冥军，百疆自己都不相信妖王会赢，大妖已经做好了在妖王死后自尽的准备。

几个时辰之后，天开始微微发亮。就在这个时候，妖风亭的位置和周围四个点的位置再次出现了巨大的黑洞。这次没让冥军等太久，黑洞当中好像潮水一样的妖兵对着下面的冥军冲了过去。

而冥军也好像一直都在等候着妖兵出现一样，黑洞出现的同时他们将手里的长矛长枪对着黑洞下方。于是，首先冲出来的妖兵直接便被长矛刺死，直到长矛上面串了一串妖兵，妖军才算冲到了冥军当中。

第五十九章　崔玉的依仗

片刻的混乱之后，冥军也都反应了过来，他们开始组织起来，在鬼将的带领之下，向妖军反扑过来。虽然黑洞当中不停地有妖物跳出来，无奈周围的冥军实在太多，转眼之间便被无数的冥军吞没。

妖王提前设想好的突袭没有得到预期的效果，数万妖军转眼便被吞没。这个时候，妖风亭所处的地面突然没来由地猛烈震动了一下，随后身穿盔甲的妖王在百疆、疆盟及众禁卫的护卫下出现在妖风亭前方，并朝着几位阴司所在的妖风亭冲了过来。

这支妖军是整个妖山当中的精英，外面一圈的禁卫手中都拿着一块半丈有余的乌金盾牌。当方队向前冲过去的时候，禁卫直接用盾牌便可以将外面的冥军撞开。当下，这支队伍硬生生在无边无际的冥军当中撕开了一道口子。

妖风亭当中的几位阴司这个时候也都换上了盔甲，其中一位对大阴司崔玉说道："这是妖王最后的手段了，我们先暂避锋芒，等到他们拼得差不多的时候，我们再一举将其歼灭。妖王一死，妖山便不攻自破了。"

"要离开的话你们离开就好，我在这里恭候妖王陛下。"崔玉看着越来越近的禁卫妖军，对打算逃离妖风亭的阴司说道，"这么好的一出戏，你们真的要提前离场吗？再过几千年也未必有这样的机会。"

看到自己手下的冥军根本拦不住妖王的禁卫军，几位阴司哪里还敢停留，纷纷离开了妖风亭，独留崔玉一位大阴司孤零零地守候在这里。

看着这一队妖军越来越近，大阴司冷笑了一声，对妖风亭外的几员冥将说道：“开始吧，让我看看你们为了妖王都准备了什么。”

几员冥将对着崔玉行礼之后，转身将守在妖风亭四周的冥军召唤了过来。这些冥军和他们的同伴不一样，身穿黑色的轻甲，脸上戴着骷髅面罩，手里拿着的竟然是人世间方士、术士才会使用的法器。

冥将一声令下，这一队冥军就向着禁卫妖军冲了过去。到了近前之后，这一队冥军竟然摆开了阵法，对着面前的妖军使用了只有方士才会使用的降妖阵法。

随着一阵巨响，阵法当中爆发出一股克制妖物的巨大力量，瞬间将妖军外面一圈手握盾牌的禁卫打倒。打开了一道口子之后，阵法的第二道攻势开始了。又是一阵巨响，里面百多名禁卫身中术法，倒地身亡。

没有了外面盾牌的护卫，冥军终于找到了突破口冲进妖军当中。就在这时，妖军阵地中发出一阵一阵野兽的嚎叫声。冲到前面的冥军听到这个声音之后，身体不由自主地僵直起来。趁着这个机会，禁卫当中刺出无数根长矛一样的妖器，瞬间将围过来的近千名冥军刺死。

前面摆下阵法的冥军正打算再使用术法的时候，禁卫当中窜出百十来道黑影。这些黑影冲到了冥军当中，瞬间将他们的阵法冲散。阵法被打散了之后，这些冥军却并不慌乱，竟然化整为零，三三两两地结队，继续对着冲过来的禁卫妖物施展阵法、方术。转眼之间，冲过来的禁卫妖物已经都被屠戮干净。随后，冥军再次集结，发起进攻。

就在这个时候，禁卫的方队当中传出归不归那老狐狸的声音。在一片闹哄哄的打杀声中，老家伙的声音竟然格外清晰：“霍胄，还记得你师尊老人家我吗？还以为你都转世投胎几次了，想不到还能在这里见到你。还有你，赵尔格，你们以为戴上面具，老人家我就认不出来你们了？

“真是想不到你们竟然重塑了肉身，不错嘛，术法比起当年也算精进了不少。听到了我老人家的话还不住手吗？贾昆仑、邓先龙、苏兆、方有屋你们几个兔崽子，等着老人家我一个一个喊名字吗？是方士一门的向前一步……”

归不归的话刚刚说完，真的有两三个冥兵不由自主地向前了一步。不过他们三个马上便明白过来，脸色一红，又退回到阵法当中。

“崔玉，你敢截住方士、修士的魂魄，给他们重塑肉身来替你们阴司卖命。你也是修士出身，真的以为徐福会死在海上不回来了吗？”说话的时候，禁卫的队形打开，那个老得不像样子的归不归从里面走了出来。在后面禁卫的护卫之下，归不归看着妖风亭中的崔玉继续说道：“这里面还有孙荷香，崔玉你可真有本事，连广悌的弟子都敢打主意。”

“他们活着的时候是方士、修士，不过既然死了，便和你们无关。我不是也一样吗？”站在妖风亭中的崔玉冲着归不归笑了一下之后，继续说道，“归不归你是长生不老的，不过你身边的人可不是。你想看着他们死后在地府受尽磨难吗？我知道你会在魂魄上打上印记，方便你们可以随时找到那个魂魄的转世。我不需要如何难为那个魂魄，只要抹了你的印记……”

“那我们就是不死不休了，我很不喜欢你说话的样子……”这时候，禁卫队伍再次分开，白头发的吴勉扛着他的贪狼法器慢慢地走了出来。白发男人站在归不归的身边，看着妖风亭中的崔玉，用他特有的语调继续说道：“本来我是打算看热闹的，现在看起来要先闹一下了。有句话提前告诉你，找不到我要找的人，我会下去向你的主子要，让他做好准备。”

“这样的话徐福都不敢说。”崔玉冷笑了一声之后，对那一支方士、修士的队伍说道，“做好你们自己的事，我们说好的，谁能拿到妖王的首级，地府之主便会抹掉他在生死簿上的名字。想要长生不老并不是只有徐福那一种法子。”

听了崔玉的话，这一队冥军便再次准备对着妖军禁卫施展术法。归不归看着吴勉的脸色越来越难看，便小心翼翼地叮嘱道："给老人家我一个面子，里面有我老人家的徒子徒孙，给个面……"

"你说晚了……"没等归不归说完，吴勉手里的贪狼已经对着那一队冥军劈了过去。那一队冥军以为看在归不归的面子上，白发男人不会和他们动手，没想到吴勉竟然完全不把老家伙的话当一回事，直接一刀将他们的阵法打散。最后只留下两个看着獐头鼠目的修士尸体，和一堆横七竖八修士的残肢。

"你真的以为长生不老就是死不了吗？"看到自己用来对付妖王的杀器被吴勉破坏，崔玉的牙齿咬得咯吱咯吱作响，指着吴勉二人说道，"他们俩同妖物一样，都杀了吧。"

一句话说完，周围无边无际的冥军便冲着吴勉、归不归两个人扑了过来。这次还没等吴勉动手，归不归古怪地笑了一下，随后对崔玉说道："本来还想给广悌一个面子的，现在看起来这个面子老人家我省了……"

说话的时候，老家伙突然对着妖风亭的方向举起了两只胳膊，随后两只胳膊开始慢慢地向两侧平拉。崔玉是在方士一门泡了小半辈子的人，自然明白老家伙这是要干什么。当下他也顾不得什么，施展术法从妖风亭当中遁走。

老家伙的动作做出来之后，一股惊天动地的力量从归不归的双臂当中爆发出来。随后，眼前数不清的妖物连同那座妖风亭都消失得无影无踪……

第六十章　进推

“归不归你疯了吗！你到底是人还是妖！”空气当中传来崔玉气急败坏的声音。顿了一下之后，他明白过来，对着还没有反应过来的众冥兵喊道：“不能让妖物到地府边界……”

崔玉说话的同时，从天上黑洞中出来的几路妖兵不再是没有章法地胡乱攻击。这几路妖军开始向着归不归开出来的这条路冲了过去，禁卫距离近，则冲到了最前面。可惜这里还是距离地府边界太远，而远处的冥军好像潮水一样将被归不归打开的通道重新合拢。如果不是忌惮归不归刚才那一下破空，这条路早已经消失在无数的冥军当中了。

这个时候，妖军禁卫的队伍也变换了打法。外围的禁卫已经丢掉了手里的盾牌，换上了刀斧之类的短兵器，一路快速向着妖山、地府边界的位置冲了过去。遇到冲上来的冥军，禁卫们完全不顾自己的死活，放开了手脚，拼着受重创，也要了结冲上来的冥军。只要还有一口气在，妖军禁卫们咬着牙也要向前冲。外围一圈的禁卫个个身负重伤，一手托着露出来的肠子，一手握着刀剑猛冲猛砍的禁卫不在少数。

一个禁卫倒下的同时，另外一个禁卫马上补上这个缺口。冲出一段距离之时，前面的缺口已经被冥军补上，而禁卫这里也少了一半的妖物。不过冥军也被这些拿自己性命不当回事的妖物吓住了，再往前冲的时候，已经不像之前那么凶猛了。

“众儿郎！轮到本王来给你们开路了，让出路来！”禁卫中心传来了妖王的一声断喝。随后，身穿重甲、双手挥舞着一把巨大骨刀的妖王从里面冲了出来。妖王现身的时候，他身上连妖带刀都散发着一股浓重的黑气。

现身之后，妖王直接冲到冥军数量最多的位置，手握骨刀对着他们劈了下去。一阵雷鸣之声掠过，妖王身上的黑气好像随着这一下子甩了出去一样，瞬间扑到了冥军队伍当中。接触到黑气的鬼物都发出一阵阵尖厉的惨叫声，眨眼之间这些鬼物的身体好像被泼了腐蚀性极强的硫酸一样，开始冒烟、溃烂。随后这些鬼物失去了对身体的掌控力，倒在地上，化为血水。

黑气好像一条皮鞭一样被妖王操纵着，不停地抽打在众冥军的身上。转眼之间，成片成片的冥军倒在地上惨叫着。这凄厉的声音已经压过了妖、鬼之间的喊杀声，震慑得其他冥军不由得胆寒。

这时候，众禁卫在大妖百疆的率领之下，掩护在妖王的身后。虽然这些冥军小鬼还没有伤害妖王陛下的本事，不过这样也是以防万一，谁又知道崔玉这样的大阴司是不是已经设下了对付妖王的陷阱?

在妖王的带领下，数千名禁卫的队伍还在向着妖山、地府的边界冲去。不过其他几路妖军的运气便没有那么好了，东、南两路妖军已经全军覆没，几万妖军转眼便被数不清的冥军消灭得干干净净。

其余的冥军看出了妖王禁军的弱点，妖王虽然刚猛，不过他后面的数千禁卫却露出了疲态。有数次妖王不得不放慢冲杀的速度，回身将陷落在冥军中的禁卫救了出来。这样几次之后，这些禁卫只剩下了两成。按照这个速度，还没到边界，禁卫便会消耗殆尽。

远处的崔玉看清了形势之后，传令放弃妖王，所有冥军主力的目标改成这些禁卫。杀光了这些禁卫，妖王就算有通天的本事，在百万冥军当中也不可能再有什么作为。到时候他耗尽了妖力之后，就等着被宰割吧。

就在潮水一样的冥军向着仅剩的千把个禁卫扑过去的时候，崔玉身边的冥军突然大乱，就见那个头发雪白、带着几分刻薄相的男人出现在这里。他举着手里的贪狼，对着崔玉劈了过去。大阴司知道这法器的厉害，当下使用术法，将周围所有的冥军都拉到了自己的身前。

几百个鬼物替崔玉挡住了这一刀，不过就是这样，这一刀还是劈开了崔玉身上的甲胄。如果不是他逃得快，这个时候已经被劈为两半了。吴勉好像认准了崔玉一样，举着手里的贪狼接二连三地向着他劈了过去。

崔玉的身法快得出奇，几次躲开了吴勉的贪狼，只留下替他挡刀的几千具冥军的尸体。这也不是说吴勉的术法到了化境，而是冥军的数量实在太密集，闭着眼睛劈一刀也能了结几百冥军。

“崔玉先生休慌，我来对付这个白头发的小子。”这个时候，一位同样身穿盔甲的阴司冲了出来。这个不知道天高地厚的阴司手里举着一根哭丧棒，对着吴勉的脑袋砸了下去。

这位阴司是地府之主的护卫总管，平时并不常参与人世间的事情，但这次和妖山的决战事关重大，地府也是倾巢出动。这位阴司虽然听过一些关于吴勉的事情，不过心中觉得这些人说得过于夸大了。他只是这些年新出头的修士，术法再厉害也不过就是火山那样的水平，再厉害还能高过广仁吗?

这位阴司一直对吴勉不服，今天看到这白发男人也就是仗着自己的法器犀利这才占了便宜，丢了法器未必厉害到哪去。当下阴司觉得自己露脸的机会出现了。如果今天露脸干掉了这个白发男人，那么他晋升为大阴司，和崔玉等大阴司平起平坐，也不是什么困难的事情了。

吴勉本来和崔玉也没有什么过节，只是恼怒他敢用妞儿的魂魄来要挟自己，这才三番两次地来找崔玉的麻烦。现在看到一个阴司拦住了自己，吴勉二话不说举起贪狼便对着这个阴司劈了下去。

吴勉和阴司距离太近。阴司看到白发男人依然用他惯用的伎俩，便举起自己手里的哭丧棒想要招架。他的法器是地府之主所赐之物，可不是什么破铜烂铁能够斩断的。不过就在他做出格挡的架势之时，面前突然刀光一闪，随后就见那把非刀非剑的法器已经到了自己的眼前。

飞过来的贪狼无声无息将阴司手中的哭丧棒一分为二，随后势头不减，刀锋落在阴司的头上，削掉了他的半个脑袋。

正欲遁走的崔玉见到吴勉撒手扔法器，当下他以为自己的机会来了，也顾不得死了的阴司，回身便向着法器离手的吴勉扑过去。就在这个时候，白发男人的手腕一抖，还没有落地的贪狼又回到了他的手中。

吴勉这个动作太迅速，崔玉反应过来之时，急忙在空中调整了姿势，抓着一只鬼物扔了出去，同时借着这个力道再次窜到鬼物当中东躲西藏。

没有了崔玉的干扰，妖王带着手下的禁卫继续向着边界的位置冲过去。只是冥军实在太多，早已经将归不归开出来的那条路堵上。看这个形势，过不了多久妖王身后的禁卫差不多就要拼光。妖王能不能冲到边界，他自己心里也没底。

“陛下，要老人家我再给你开一次路吗？”归不归也到了妖王身边，手里紧紧握着那个将他的术法填满的储金。

看到妖王全神贯注地看着面前的目标，归不归嘿嘿一笑，再次像刚才那样，举起双臂放在自己面前，对着面前已经被他这动作吓傻了的鬼物们说道：“我老人家就不和你们客气了……”

第六十一章　十个

一向不肯用险的归不归这次之所以胆子这么大，就是仗着手里还有储金。自从找回了术法之后，他便将这些储金里面的术法蓄满。为的就是有朝一日被逼急了，放几个破空这样的大招，而不至于将术法掏空之后脱力晕倒了。

和老家伙术法被封印时用别人蓄进储金的术法不同，现在储金当中的都是归不归自己的术法，运用起来更加得心应手。这边使出破空刚刚抽干了老家伙的术法，那边储金便将术法瞬间蓄满。

刚才破空的力量着实吓到了这些冥军，况且破空本来就带着诛邪的功效。虽然被打飞的鬼物都没有留下尸身，不过冥军当中已经开始流传，这个老家伙不是把鬼物打飞了，而是直接打化了，这些鬼物灰飞烟灭化为虚无了。

冥军之所以敢这样和妖军拼命，完全就是靠着打赢了之后得到一份大富大贵转世投胎的机会。现在别说什么大富大贵了，弄不好会直接化为虚无，这让周围的冥军不由自主地要躲开归不归双手张开的方向。前面的冥军躲开之后，后面的同伴不知道出了什么事情，也跟着纷纷躲开。归不归还没有出手，竟然已经分出来一条通道。

妖王看出时机到了，没等归不归动手，他已经带着禁卫的残部向冥军自己让出来的通道冲了过去。他不断将黑气甩出去开路，向着边界的位置冲杀了过去。这时候，在他身后的众禁卫当中，可以看到中间被簇拥着的百无求。周围有聪明一点的冥军将领已经隐隐明白了过来，这些禁卫要护卫的根本就不是妖王，而是都被围在当中的百无求。

这个时候的崔玉已经没有能力继续指挥冥军，他正被吴勉追得到处跑。他只要动作有少许迟钝，便会引来白发男人的攻击。虽然冥军的数量要远远超过妖军，不过已经开始变得混乱，看起来百万冥军竟然挡不住以妖王为首的千把禁卫，前方的鬼物都开始有了自保的打算。

眼看妖王带着众禁卫快速突进，距离边界只有几百丈的距离时，边界的位置突然出现了十多个人影。为首一个高大的人影对着妖王的方向喊道："疆卞，你的大势已去，只有这点人马，你重新堵住边界又能如何？后面百万冥军你能杀得过来吗？看在老朋友的分上，我劝你一句，降了吧……降了你还是妖山之主，天下群妖之王……"

看到边界出现的人影之后，妖王带着禁卫停下了脚步，眼睛盯着说话的人影说道："妖山？被你们地府统治的妖山吗？我是天下群妖共主，不是你阎君册封的妖王。既然你出来了，那我们之间几千年的恩怨也应该有个了断！"

说到这里，妖王突然对着身后大吼了一声："你们护住新主，我死之后他便是天下群妖的新主。百无求！妖山交给你了……"

一句话喊出来之后，妖王手握骨刀向着对面的十几个人影走了过去。他每走一步，身体便高大了几分。走出百十来丈之后，妖王的身体已经变得三丈有余高了。他手里的骨刀也跟着一起变大，随随便便一挥，便有一大片冥军被削成两截，只是本来还在刀上挂着的黑气已经消失得无影无踪。

看着妖王走过来，为首的高大人影微微摇了摇头，随后转身对还在不停逃窜以躲开吴勉攻击的崔玉说道："我的大阴司，你在演猴子戏吗？如果现在有镜子的话，我真想让你看看自己的丑态——你们去帮帮他……"

高大人影的话音一落，他身边的十几个人影一起向着吴勉奔了过去。看着他们冲过去之后，高大男人这才轻轻地叹了口气，随后对越走越高大的妖王说道："疆卞，妖山现在没有和我们冥军一战的能力了。这些年你们的内耗实在太大，当初妖山也是有百万妖军的，现在只有这么点了。稍后你是不是还要将老幼妇孺也都派上战场？最后他们都死光了，妖山不还一样归了我的地府吗？你在，不管这里谁来统治，起码还可以叫作妖山……"

"阎君，你真的以为我不知道是谁一直在挑唆我的儿子、大臣们反叛我吗？"妖王冷笑一声，说道，"没有你给他们当后台，他们就算是杀了我，又有什么本事坐上妖王位置呢？"

说话的同时，妖王用骨刀一扫，削了面前几百名鬼物的脑袋，随后用刀尖指着面前的人影——阎君，继续说道："想要把无边冥界扩张到整个妖山吗？先了结我……"说话的时候，妖王的身体化作一团黑气向着阎君扑了过去。

"要和我同归于尽吗？晚了，你不是当年的疆卞，我也不是那个时候的阎君……"阎君冷笑了一声，手里凭空出现了一面白骨幡。迎着妖气扑过来的位置，他将白骨幡挥舞了过去。

黑气和白骨幡撞到了一起，黑气瞬间凝结成妖王的样子，随后妖王被白骨幡上的力量打得向后飞去。而白骨幡也被震得四分五裂，手握白骨幡的阎君向后连连退了四五步。好不容易站定之后，阎君满身满脸都浮现出血脉纹路，其中有不少的血管已经向外渗血，看着恐怖异常。

而妖王倒地之后便没有再起来。这时候，后面的禁卫冲了过来，将妖王团团围在了里面。为首的百疆和疆盟二人手握妖器，护卫着昏迷不醒的妖王不断向后退去。

过了半晌，阎君这口气才缓了过来。他看着妖王倒地的位置，轻轻叹了口气，说道："直接就是同归于尽的招式，如果他还是当年的妖王疆卞，这个时候我们俩都已经归天了。归不归你看够了吗？我们是有过一面之缘的，你不会以为我把你忘了吧？”

阎君这句话说完的同时，归不归从禁卫当中走了出来。老家伙就好像换了一个人似的，收敛了脸上的笑容，一本正经地对着阎君施礼，说道：“方士一门大方师徐福弃徒归不归，给阎君陛下见礼。自从您接走大阴司崔玉那次，归不归再没见过陛下，心里想念得很……”

“哪有大活人天天想着我的？你是超脱了生死的人，不在我的管辖之内。”阎君轻轻地笑了一声之后，继续对归不归说道，“你和白发人去说，我不难为你们。我知道你们有几个交好的妖物，这样，你们可以带着十名妖物离开妖山。从此之后妖山便和你们无关，怎么样？”

阎君这么说话，是因为看到他带来的十几个大小阴司都冲了过去，却依然不是吴勉的对手。只是刚才是白发男人追着一个崔玉跑，现在是白发男人幻化出十几个一模一样的吴勉，追着十几个大小阴司在跑。如果不是这些阴司格外小心，现在已经不知道死了多少个了。

阎君自恃身份，又不能冲过去带着十几个阴司一起打吴勉。眼见大胜已定，他索性卖给他们一个面子，猜想这个老家伙还要和他讨价还价，如果条件不是太离谱，他就直接应了。

没有想到的是，归不归直接回头对吴勉说道：“阎君让你停手，说换十个妖物让我们带走，干吗？”

吴勉用他特有的语调回答道：“他可以带十个阴司离开，老家伙你问问他，干吗？”

阎君听了哈哈一笑，对归不归说道：“既然这样，回去和徐福说，他的面子我给过了……众冥军！一个不留……”

第六十二章　王储

阎君一声令下之后，百万冥军齐声怒吼，一改之前怯阵的作风，潮水一样向着战场上最后的千把个禁卫和孤零零的吴勉冲了过去。白发男人瞬间便被淹没，随后那个位置好像开锅了一样，不停地有冥军冲进去，又不停地有鬼物的碎尸从里面翻滚出来。

而禁卫在归不归的保护之下，暂时得到了喘息的机会。老家伙学着吴勉的招数，使用引雷之法引得无数道天雷打下来，形成一个满是电弧组成的牢笼，将涌过来的冥军暂时阻挡在牢笼外面。

不过这些冲过来的冥军好像没有看到一样，不要命一样向着牢笼冲过去。所有接触到雷电牢笼的鬼物都被烧成了焦炭，片刻之后，无数焦尸已经堆积得好像小山一样了。尽管如此，还是不停地有冥军翻过焦尸堆向着里面的禁卫扑过去。慢慢地，原本还是无比耀眼的雷电牢笼也开始暗淡了下去。

“归不归，你是长生不老，可不是不会死。为了这些妖物就和我作对，值得吗？”阎君看着雷电牢笼里面的禁卫和归不归，顿了一下之后，继续说道，“你们方士一门之前就得罪过我，拉拢妖族和我作对，如果你们今天死在这里，你猜猜看我会怎么对付你们？”

“阎君，老人家我驳您一句，我老人家早已经不是方士一门的人了。”归不归恢复了往常嬉皮笑脸的样子，冲阎君继续说道，“徐福得罪了您，您别算在老人家我的身上。还有一件事要提醒您，尘埃落定之前，谁也别说大局已定了。”

“这样都还不算是尘埃落定吗？”阎君冷笑了一声之后，继续说道，“我知道疆卞还有底牌没有亮出来，不过他那个样子还有力气亮底牌吗？我想象不到还有什么事情能够扭转这个局面。归不归，你以为凭着你和那个白头发就可以扭转局面吗？没有那种可能了，给疆卞留点妖族的种子吧。就算地府占了妖山，也不会把所有的妖物都赶尽杀绝的。到时候妖山还是妖山，我也不会派冥军过来。只是他们死后轮回要经过地府了，除此之外和以前再没有丝毫的区别。”

归不归笑眯眯地摇了摇头，说道：“老人家我不是妖山的，不敢担这个责任。阎君，您还是等妖王醒了之后再和他说吧。当初徐福都不敢担这个责任，更别说现在的老人家我了。”

“疆卞还会醒过来吗？”阎君古怪地笑了一下，说道，“这个妖王醒不过来，还有别的妖王……你是叫疆盟吧？刚才我和归不归说的话你听到了吗？我不想再重复第二次，你答应我的条件，疆盟你就是妖王了。这样的机会可不是什么时候都有的。”

疆盟好像没有听到一样。附近的冥将主动过来讨阎君的欢心，对着禁卫当中的疆盟又重复了一遍阎君刚才的话。半晌之后，疆盟才说道：“连生死都掌握在他族的手里，就算我做了妖王，还有脸面对天下群妖吗？还有一件事，阎君陛下，我王出战之前已经订好了王储。你找错人了……”

“什么？王储不是你？”这些冥将话语当中带着吃惊的语气。顿了一下之后，他们又继续说道：“不是你……那位王储在坐镇王城吗？你的兄弟当中有继承妖王资质的还没有被妖王杀干净吗？”

“王储就是老子！阎王爷，别以为你把妖王老头干挺了，老子就怕你。你臭不要脸的带兵过界来打杀妖族，你还有理了？”这时候，终于忍不住的百无求开口说道，“阎王爷，你也别高兴得太早，你今天能灭了妖族，明天就有人能下去烧了你的地府。不信你现在就回去等着挨刀，再过个一万八千几百年的，看看会不会有人那么干！”

“你是百无求？我听说过你。”阎君也在妖王的身边安插了细作，自然知道百无求是谁。只是他想不到妖王会将大位传给这个传闻中有些傻愣的妖物，这还是从妖王太子的嘴里听说的百无求有些傻愣，应该也不会是假的。当下阎君继续说道：“既然是这样，那也罢……众冥军！他的法阵坚持不了多少时间了。继续往前冲，抓到妖王不论生死都算是首功一件！”

最后一句话说完，围着禁卫的众冥军又开始激动起来。在冥将的指挥之下，冥军再次向着雷电牢笼扑了过去。这时候的牢笼已经暗淡之极，看样子经不起几次便会被冥军攻破。

阎君远远地看着，并没有着急的意思。在他看来，这里除了老妖王之外，再找不到配和他动手的妖了。加上现在已经稳操胜券，他过不过去的意义都不大。当下他只等着归不归的法阵被攻破，冥军将里面的妖物一举消灭。看样子归不归和白头发的男人或许有机会逃遁，现在的阎君并不在意这个，毕竟逃走两个人也掀不起什么大风浪。

冥军在牢笼旁留下数不清的焦尸以后，那道雷电组成的牢笼也被消耗完，消失得无影无踪。虽然里面的禁卫依旧骁勇善战，每一个禁卫倒下，冥军都要付出两三个鬼物的代价，不过面对的冥军实在太多，被屠戮干净只需片刻。看着禁卫越来越少，百无求早就按捺不住了。他一把推开保护自己的几个禁卫，从地上捡起一把不知道是谁的妖刀，大叫了一声之后，对着冥军扑了过去。

“傻小子！这不是你能动手的时候……”看到百无求冲了出来，归不归惊出一身冷汗来，当下便对着百无求冲了过去。看到数不清的冥军已经冲着百无求去了，归不归没有丝毫犹豫，身子一闪，挡在了百无求身前，再次对着冥军们使出了破空。

一声巨响之后，归不归面前的冥军都被破空吹飞。就在他使用储金准备蓄满术法的时候，眼前人影一闪，地府之主阎君已经到了他的跟前："归不归，你这么干以大欺小了吧？我来做你的对手……"

说话的时候，阎君对着老家伙喷出一口罡气，归不归还没来得及续上术法，对这口罡气完全没有抵抗之力。随后，归不归一口鲜血喷了出来，身子好像断线风筝一样远远地飞了出去。另外一边的吴勉感觉到了这里发生的事情，使用腾空之法，快速向着归不归落地的位置飞了过去，赶在众冥军扑上去将老家伙撕碎之前护住了他。

"老子都舍不得打我们家老家伙！你敢动手……老子和你拼了！"看到归不归被打飞出去，百无求的眼睛好像要冒火一样，对着阎君扑了过去。百疆看到之后，也急忙跟着冲了过去，希望还能救下自己兄弟一命。

阎君本来自恃身份，不愿和百疆、百无求兄弟俩动手，不过他心里也好奇百无求的身份，他凭什么让妖王将妖山交付到他手上的。有关百无求是疆卞私生子的消息阎君也听说过，不过他可不相信妖王昏聩到了这种程度。要说妖王最不缺的，就是儿子了……

看着两个妖物已经冲自己扑了过来，阎君微微一笑，伸出一根手指对二妖说道："能让我再用上第二根手指，就算你们赢……"最后一个字出唇的时候，阎君对着百疆弹了一下手指，瞬间将他远远地打飞了出去。

"现在没有人来打扰我们了，说说你和疆卞的关系，为什么他……"阎君的话还没有说完，突然发现面前这个傻乎乎的妖物好像有了什么变化……

第六十三章　端倪

阎君的眼前一花，一个百无求怎么变成了两个？而且两个妖物怎么还分开了？后面一个百无求闭上眼睛倒在了地上，前面一个百无求冲自己怪异地笑着。感觉到身后另外一个自己已经倒下之后，这个百无求笑眯眯地看了阎君一眼，随后自言自语道：“地府之主……难怪百无求以为自己死定了，吴勉、归不归都不在身边……难得他会主动把我叫出来……这么早，我还没有睡够……”

看着这个分离出来的“百无求”，阎君的眉头已经皱了起来。刚才的妖物身上有一股古怪的气息，而面前这个和他一模一样的妖物身上竟然感觉不到一丝一毫的妖气，如果是在另外一个地方，阎君还会以为他是人……

“你真是个奇怪的妖物，是我孤陋寡闻吗？竟然看不透你的来历。”阎君对“百无求”无视自己的存在有些耿耿于怀。不过他是地府之主的身份，在他的眼里够身份和他动手的，整个妖山也只有一个妖王疆卞而已。一个古怪的妖物还不值得地府之主为了他亲自动手……

顿了一下之后，阎君继续说道：“妖王把王储之位给百无求，也是因为你？如果说你是疆卞的私生子，这个我多少有点信了。说吧，你到底是……”

阎君的话还没有说完，这个笑眯眯的“百无求”突然消失了。还没等阎君明白过来，还在不停攻击禁卫的冥军当中突然爆发出一阵轰鸣声。随后这些冥军突然木雕泥塑一样，一动不动地僵在原地。

这个时候，禁卫们已经只剩下几百人了。眼看妖物就要全军覆没的时候，突然看到这些进攻的鬼物僵住了，这些禁卫不知道出了什么事情。因为杀得极为疲惫，在百疆的招呼之下，仅剩的几百禁卫聚拢过来，将昏迷不醒的妖王围在当中。只要还有一线生机，就要保住妖王。有吴勉、百无求在，谁知道稍后会不会有奇迹出现。

“就打算这么放过他们吗？”远处的吴勉已经使用腾空之法飞到了半空中，看到禁卫只是呆愣地看着没有还手能力的冥军而没有动手，白发男人用他特有的语调继续说道，“你们是吃素长大的妖？”

两句话点醒了这些妖物，当下几百只妖物禁卫手握妖器对着一动不动的冥军开始屠戮起来。几百个禁卫瞬间干掉了上千个鬼物，最后还是远处的冥军回来增援，这才救下了妖物们来不及屠杀的冥军。

而阎君完全不把死掉的冥军当回事，他的眼睛在木雕泥塑的鬼物当中转了几圈之后，突然冷笑了一声。随后，他的身体突然化为一团烟雾，将“百无求”消失位置的附近几丈处都包裹了起来。烟雾开始慢慢地收拢，最后重新变化成阎君的样子。只不过烟雾再次凝结成人形的时候，他的手中已经抓住了另外一个人的手腕，正是那个突然消失的“百无求”……

“你不是妖物，刚才也不是妖法……”阎君盯着面前的“妖物”，顿了一下之后，一字一句地说道，“我还真是小看了你，也小看了疆卞……你到底是什么来历？”

“我是谁还能瞒得住阎君你吗？”“百无求”哈哈一笑之后，继续说道，“你怂恿妖山太子谋反，他们就没有和你说过有关我的事情吗？妖王的私生子……他们就只和你说了这点事情吗？可惜了，疆卞还有几个看得顺眼的儿子，可惜他留不住……”

能大呼妖王名讳的，基本已经可以否定是疆卞的子嗣了。不过这样一来，“百无求”的身份反而更加扑朔迷离。阎君盯着这个不带一丝妖气的妖物，心里好像有个什么事情能和他的身份对上。不过想了半天，阎君还是想不起来那件事情是什么。

“既然陛下你还是认不出来，那么你慢慢想。我累了，要回去休息了。不要打扰我……”说话的时候，“百无求”笑眯眯地将手腕一翻，只见他的手竟然瞬间从阎君的手中挣脱了出来。这个结果让地府之主自己都意想不到，他实在想不明白明明是加着暗劲的，为什么这个“百无求”能这么轻松地挣脱出去。

“还是说清楚再走吧……”看着“百无求”对他好像没了兴趣之后，阎君的手里重新出现了一条人骨鞭，对着“百无求”的背影甩了出去。阎君并没有想对“百无求”如何，只是想在动手的时候看清他的底细，下手的时候只用了三成力。没有想到的是，人骨鞭打在“百无求”身上的同时，阎君突然感觉到自己的后心一阵剧痛，随后他一口鲜血喷了出来。

刚才人骨鞭明明打在了“百无求”的身上，为什么他什么事都没有，而受伤的却是自己？好在刚才他并没有下杀手，否则的话，这一下就会让他身受重伤。不过这口血喷出来的一瞬间，阎君心中突然明朗，对着“百无求”的背影说道：“难怪疆卞要将这个妖山都送给你……”

“你搞错了……”“百无求”好像什么事情都没有发生一样，回头看了一眼阎君之后，说道，“妖王要送的不是我，是另外一个百无求。让你的人离开吧，我可不想你的鬼物伤了另外一个自己……”

“太晚了，我谋划了五百年，不会因为一个你突然出现，就放弃整个计划。”说到这里，阎君冷笑了一下，随后回头看向边界的位置，说道：“我改变主意了，将无边冥界的饿鬼、修罗都放出来。从今天开始，妖山改名叫作空冥山，空冥山不需要再有妖物出现，杀！一只妖物都不留！”

阎君的话刚刚说完，边界的位置便响起了重物撞击的声音。每一次撞击，整个妖风亭的位置都剧烈地颤抖个不停。听到这个声音之后，已经走到另外一个自己身边的“百无求”皱了皱眉头，回头看着阎君说道：“赶尽杀绝，这个就是地府之主的手段吗？”

“那是因为之前我不知道你是疆卞手里的一张牌，如果知道你在妖山的话，我可能不会费心费力地折腾这几百年了。”阎君对“百无求”说道，“不过既然已经走到了这一步，便没有什么回头路了。杀光了妖山群妖，疆卞就算有你这张底牌也没有什么作用了。”

“杀光妖山群妖？那可不行……”听了阎君的话之后，“百无求”慢慢地转过身来，对阎君说道，“既然这样的话，那我就当作是还给疆卞一个人情吧。阎君，你有继承王位的接班人吗？没有的话，我给你一个时辰的时间选一下。”

“接班人？没有那个必要。”阎君冷笑了一声之后，还要再说点什么的时候，感到眼前闪过一道人影。“百无求”已经到了阎君的面前，他张嘴对着地府之主喷出了一个黑色的火球。

阎君见到黑色火球之后，不敢大意，正要闪身躲避。这个时候，一个黑色的火球瞬间变成数十个火球，随后这些火球相互撞击，数十个火球几乎同时爆炸。巨大的威力将站在周围的冥军直接掀翻，阎君有些意想不到，也被气浪顶得向后退了几步。

阎君还没有站稳，“百无求”又出现在他的面前，再次喷出一个火球来，阎君已经没有了躲避的余地。

第六十四章　盟约

火球飞到阎君身前才爆炸。和刚才的火球不同，这个火球炸开之后好像一层薄膜一样，瞬间将阎君包裹在了里面。

“你以为这样的火能烧死我吗？”虽然身上已经被火焰包裹了起来，阎君还是没有丝毫惊慌。他冷冷地看着“百无求”，继续说道：“我不是疆卞，不需要你来兴旺……”

说话的时候，阎君引来天空中的一块雨云。一声雷鸣之后，倾盆大雨从天而降。本来阎君以为这样就能浇灭火焰，没有想到的是，雨水浇在他的身上之后，瞬间燃烧起来。这雨水竟然好像火油一样瞬间蔓延到各处，将阎君四周的冥军都点着了。

而不远处的妖军禁卫，却丝毫不受这火焰的荼毒。他们也被大雨浇灌着，但是火焰到了他们这里之后，便被大雨熄灭。只是眨眼的工夫，禁卫四周的冥军便被成片成片地烧死，仅剩的几百个禁卫却丝毫没有受到影响。不过众妖也被眼前的这个景象惊呆了。

随着雨势，大火正在妖风亭周围迅速蔓延。阎君没有办法，只能散了天上的雨云。等到雨势停下的时候，除了阎君之外，妖军禁卫附近已经看不到还有活着的冥军了。而阎君还在被火焰炙烤着，虽然这对他来说构不成什么伤害。

“好手段……”阎君看着站在他面前无动于衷的“百无求”，冷笑着说道，“是琉璃火吧，你炼制过这种业火，让它遇水而生，闻妖气而灭。难怪疆卞会选你接他妖王的位置。”

“你说错了，我再提醒你一次，下一任的妖王虽然也叫百无求，不过却不是我。”“百无求”怪笑了一声之后，回头看了还昏迷不醒的另外一个自己一眼，随后继续说道，“你们都小看他了，能和我同一个名字的妖物，会是这样庸庸碌碌的吗？天下妖物千千万万，我为什么要和他共用一个身体？”

“你是在暗示我要了结他吗？”阎君冷笑了一声之后，对笑容已经消失的“百无求”说道，“既然这样，那我就不客气了。你和他都是我诛灭妖族过程中的心腹大患，让你们俩存活在这世上，你让我如何安心——鬼蛭何在？出来替我了结这些妖物，诛妖当尽，一个不留！”

“尊阎君法旨！”空气当中传来一阵尖细的声音，答应了一声之后，从边界的位置突然冲出一团黑云，向着妖军禁卫这里扑了过来。“百无求”看到之后皱了皱眉头，身子一晃正要前去阻拦的时候，冷不丁被阎君拦住了去路：“你的对手是我，我不是妖物，不受你的牵制……”

说话的时候，阎君的七窍喷出一股白色的烟雾，瞬间笼罩在他的身上。阎君身上的琉璃火迅速被这烟雾压灭，随后白色烟雾开始凝结成白色的盔甲和阎君手中闪烁着异样光芒的长剑……

“你不是妖物那又怎么样？”话音落时，“百无求”一声长啸，随后再次向阎君喷出一个火球。火球喷出之后瞬间爆炸，化为一股黑烟，将“百无求”笼罩了起来。

随后，黑烟迅速向外扩张。片刻的工夫，包括禁卫所在的位置都已经被黑烟笼罩了起来。就在此时，地府边界扑过来的黑云也冲进了黑烟当中。就见黑烟当中一阵电闪雷鸣，无数道白色的闪电在里面狂劈，黑烟当中开始有凄厉的叫声传了出来。在电闪的光亮当中，禁卫们可以清晰地看到无数个恶鬼一样的人影在向他们这边扑过来。

白色的闪电不停地将这些恶鬼打倒，不过这些凭空出现的恶鬼好像无穷无尽一样，打倒了一个之后，后面又有无数的恶鬼继续扑过来。而且被打倒的恶鬼不久之后又爬了起来，继续向禁卫这边扑过来。

“带着陛下离开这里！”百疆心里明白大势已去，现在只能想办法先保住妖王的性命，带着禁卫先退回到四方城，等待后续的增援赶到，再想办法夺回失地。不过大妖的心里隐隐有了这次妖山恐怕要覆灭的感觉，虽然他心里不想承认，不过看来这件事似乎已经不可避免。

剩余的几百名禁卫几乎都带着重伤，行动自然迟缓不少，因而还没有将妖王和百无求拖出去多远，先头的几个恶鬼已经赶到了他们的面前。

“你们先走！我来断后……”一句话喊出来的同时，百疆已经挥舞着妖刀向着恶鬼们扑了过去。不过这些恶鬼的力量远远超乎大妖的想象，他和冲到最前面的一只恶鬼对砍了一刀，两个相互缠绕，同时被打飞出去，谁也压制不了谁。眼看后面还有几十个恶鬼扑过来，就要将大妖乱刃分尸的时候，一道熟悉的刀风扫了过来，将冲到最前面的几只恶鬼打倒在地。

“皮还是蛮硬的……”一个带着刻薄语调的声音传了过来。随后，黑烟当中出现了那个扛着贪狼法器的白发男人吴勉。白发男人挡在了百疆的身前，刀光一闪，砍掉了最前面两个恶鬼的脑袋。看到贪狼还可以克制这些恶鬼，吴勉这才慢悠悠地对着扑过来的恶鬼继续说道：“正好贪狼少个刀鞘，这些恶鬼的皮合用。”

说话的时候，吴勉的身影从原地消失，随后便看到扑过来的恶鬼平白无故地掉了脑袋。有几个漏网之鱼再扑向百疆的时候，吴勉的身影瞬间出现，一刀劈倒了这些恶鬼之后再次消失。等到这几个恶鬼爬起来之后，脑袋也莫名其妙地掉了。

百疆知道这是吴勉的速度太快的缘故。当下他也顾不得许多，继续带着妖王和百无求向外突围。有吴勉在身后，他的心这才稍微安稳了一点。

黑烟外面，阎君和“百无求”也动了手，他们两个的身影相互纠缠着，在外人看来就是几道残影在来回飞舞。每次他们的身影一接触的时候，妖风亭这里都要剧烈地震动一下。

看得出来他们俩相互有些忌惮，还在相互试探。几次之后，“百无求”已是隐隐压了阎君一头，有几次和阎君交手，都是差一点就能重创阎君。有一次要不是阎君有白甲护身，现在已经分出胜负来了。

这时候，远处的冥军已经开始向着禁卫这边扑了过来。就算百疆能带着妖王、百无求从恶鬼的手中逃脱，面对这无穷无尽的冥军，他们也是没有办法招架的。眼看百疆的禁卫有些力不从心的时候，他们的头顶上出现了一个黑洞，不停地有身穿方士服饰的男男女女从里面跳出来。

“妖王陛下，徐福大方师的弟子广仁、火山率方士旧部前来应盟约……”众方士当中为首的二人正是两位大方师广仁、火山，两人周围足足有几千方士。这些方士有小半吴勉在方士宗门见过，还有大半他没有什么印象，不过这些方士基本上都见过这个白发男人。

“原来当初徐福和疆卞立的是这个盟约！”阎君冷笑了一声之后，闪身脱离了和“百无求”的纠缠。刚才的数次动手已经让他惊了一身冷汗，广仁率部出现，在某种意义上来说，也算是将他救了出来。

“阎君，方士与妖山立有盟约。妖山、地府若出现异象，方士当竭尽全力前来相助。宗门虽然没有了，方士还在，想要从这里过去，请踩着我们的尸体前行……”

第六十五章　阵法制敌

“有盟约又怎么样？你们来得太晚了……”阎君冷笑了一声之后，对着身后一声大吼：“开通无边冥界！将里面的魂魄全部放出来……就算徐福亲自到这里，看见遍地的魂魄又能如何……”

“两位大方师，你们这次来得早啊，人还没有死绝你们就到了，你们什么时候这么快了？”吴勉砍翻了几个恶鬼之后，翻着白眼对广仁说道，“再晚来一点就可以一次性解决三个烦恼的，可惜了，就差了那么一点点。以后你可能做梦都在可惜失去了这么好的机会。”

“吴勉！广仁大方师率众前来搭救你们的性命，还有什么不满意的吗？”火山怒喝了一声之后，看到自家师尊制止他的眼神，才很是不甘心地咽下了这口气，随后开始指挥众方士抵御攻过来的冥军。

这次的方士是有备而来，他们三人一组结成阵法，几组人马又再次组合结阵。最后除了广仁、火山几个指挥阵法的人之外，几乎所有的人都填充到了这个巨大的阵法当中。

阵法将众禁卫围在当中。等到四面八方的冥军冲到近前之时，在广仁、火山的指挥之下，阵法开启，一股力量呈扇面一样攻击出去。冲在最前面的冥军应声倒地，在一阵一阵的惨叫声中，冥军的身体开始冒烟，随着火光一闪瞬间着起了大火。

着火的冥军以不可思议的速度被烧成了一把飞灰。一阵大风吹过来，漫天都是这样的飞灰。虽然冥军不停地变成这样的飞灰，不过他们的数量实在太多，前仆后继地冲过来，杀得阵法当中的方士都有一种怎么杀也杀不完的错觉。

而这个时候，看到广仁、火山出现，“百无求”的眉头突然皱了起来。他似乎不打算和这些方士有什么瓜葛，犹豫了一下之后，还是回到了另外一个百无求的身边，顺着他的姿势坐了下去。就在两个百无求重叠的一瞬间，两只妖物合二为一，刚刚冒头的“百无求”连同他带来的黑雾一起消失得无影无踪。

二愣子睁开了眼睛，看着还在昏迷中的妖王和大哥百疆之后，想了半晌才想起自己晕倒之前发生了什么事情。当下他一下子站了起来，对着空中大声吼道：“老家伙……你人哪去了？别扔下老子自己偷偷跑去投胎……你别吓唬老子……”

喊了不知道多少声都不见有回应，好在身边的百疆告诉他归不归那个老家伙没事，这个时候不知道躲到哪里去了。按照老家伙的脾气，这里的事情一解决他就差不多要出来领功了。百无求一直当百疆也是归不归的儿子，对自己亲大哥的话深信不疑。等到打完了才出来领功劳，老家伙是干得出来的。

“原来你们早就准备好了！那你们试试能不能挡住我……”一句话说完，阎君已经向着阵法这边冲了过来。他看得很清楚，这个阵法的威力虽然巨大，不过由于内部的组成过于复杂，只要撕开一个口子，打掉里面几组人马便可以破了阵法。破了这套阵法后，里面的方士再厉害也不是百万冥军的对手。

“你的对手是我！”没等阎君冲到阵法跟前，那个满头白发、扛着贪狼的男人已经到了他的面前。白发男人这句话说出来的同时，他手里的贪狼已经对着阎君劈了过去。

吴勉的本事在当世之人当中，绝对可以排进前五。可惜阎君已经不能用当世之人来形容，贪狼劈到他身体的同时，他身体直接化成两道黑色的烟雾，绕过吴勉。

绕过吴勉之后，两道黑烟凝结成两个一模一样的阎君，速度丝毫不减地向着广仁、火山主导的阵法扑了过去。广仁此时已经将阵法的主导权交给了火山，转身迎着阎君冲了过去。

和广仁同时扑过来的还有他那两把短剑。这两把短剑闪电一般在两个阎君中间来回穿梭，好像没有遇到任何阻力一样。短剑虽然在阎君身上留下了几个透明的窟窿，却始终不能对他造成什么影响。短剑离开之后，被刺破的透明窟窿又马上恢复了，不见任何伤势。

眼看阎君就要扑到阵法当中的时候，他面前的阵法突然分开，露出已经躺在地上、抬起双臂的归不归。老家伙什么时候混进方士队伍当中的，阎君竟然一点都没有发觉。不过他要做什么，阎君是看得清清楚楚。

这个时候，归不归的两只胳膊已经快速拉开。随后，一股排山倒海的力量席卷过来，瞬间将两个一模一样的阎君打飞了出去。看到得手之后，归不归长长地出了口气，冷汗已经将他的衣服湿透。如果刚才失手的话，他会在脱力之时面临阎君的攻击。而在阎君的全力一击之下，归不归就算是长生不老之身，也没有一丝生机。

这个时候，百无求也看到了动手打飞阎君的是自己的“亲生父亲”。当下二愣子急急忙忙地冲着这边跑了过来，将已经站不起来的归不归扶了起来，说道：“老不死的，老子还以为你撇下老子自己去投胎了，敢情你又在这里阴人了？不是我们当儿子的说你，下次给老子一个暗示，要不谁知道你是不是已经到了奈何桥在等着喝汤？”

“傻小子……你先松手……”归不归上气不接下气地看着自己这便宜儿子，瞪大了眼睛继续说道，“老人家……我的东西要掉了……你先松手……”这时候，百无求才发现自己拽着的归不归手里好像攥着什么东西。

百无求松手之后，归不归这才将手指缝间快要滑落的储金抓好，随后用尽全身的力气吸收着储金里的术法。这个时候，阵法还在继续。阵法周围几百丈内都是被烧成灰烬的冥军骨灰，而远处的冥军隐隐有了止步不前的意思。照着这个速度杀下去，用不了一天一夜，便可以将所有的冥军杀光。

“你们以为这样就算完了吗？”空气当中再次响起了阎君的声音。随后，他再次出现在众人面前几十丈的位置，不过此时他身上的白色盔甲已经消失得无影无踪。虽然他身上看着没有什么明显的伤痕，不过他的脸色异常惨白。

“还记得我刚才说的话吗？边界已经打通，从此之后无边冥界就要延伸过来，会有数不清的孤魂野鬼杀过来……”阎君说话的时候，他身后边界的位置发出一声巨响。随后，大地开始猛烈地颤抖起来。只见阎君身后有数不清的魂魄从里面冲了出来，好像巨浪一样向着这边扑了过来。

“迎着这些魂魄走，必须把边界封起来！”广仁一声大吼之后，阵法当中所有的人都在以一种相同的步伐平行移动，向着对面边界的位置走了过去。这些方士就好像训练过无数次一样，步伐没有丝毫凌乱，一边前行一边继续对着扑过来的冥军施展术法。

终于，阵法的先头部队已经和从无边冥界冲出来的冥军交上手了。还是和刚才一样，随着阵法的施展，前面冲出来的魂魄直接被打成了虚无。虽然冲出来的孤魂野鬼数量众多，不过在阵法的作用之下，完全不会对里面的禁卫、妖王造成任何威胁。

“不要去和疆卞较劲了，妖山上的妖物都是你们杀戮的对象。”阎君看着不得其法的冥军和鬼物，冷笑了一声之后，继续说道，“将整个妖山灭族……”

第六十六章　痴

得了阎君的命令之后，冥军和鬼物这才反应过来，放过在阵法当中的众妖军禁卫和妖王疆卞，潮水一样向着四方城的位置扑了过去。妖王是下令妖山全部妖物都要过来增援的，算起来增援的妖物已经到了四方城，如果这些妖物和这些冥军、鬼物相遇，那么妖物是没有一点胜算的。

就在这个时候，广仁也跟着变了阵法。一座大阵瞬间分开，几千个人变成几百个三人一组的小法阵。除了留下三百多个方士护卫妖王和禁卫之外，其余方士组成的小阵法向着冥军、鬼物的中心散开。虽然没有了之前那种阵法的威力，不过化整为零分散成几百个小法阵之后，灵活性却大大提升了。

转眼间几百组法阵杀过去，将冥军、鬼物的队伍撕开了几个口子，随后继续向着纵深处冲杀着。等到几个小法阵在冥军、鬼物的队伍中相遇，这几个小法阵又组合成一个十几个人的法阵。这样一来法阵的威力又成倍地提升，因而一路杀过去，彻底打乱了妖物、冥军的阵脚。

而广仁、火山等术法高深的方士也使用腾空之法飞到了半空中，直接以术法对着冲在最前面的鬼物、冥军攻击出去。这些方士也是拼了，一看到有鬼物、冥军突破了阵法，广仁、火山二人就会冲到他们前面，使用破空将他们打飞。两位大方师身上虽然也带着填补术法的法器，无奈鬼物、冥军的数目实在太多。

虽然阎君没有动手，只是在观望局势，不过有崔玉等大小阴司指挥鬼物、冥军从不同的位置进攻，让本来人数就不多的方士们疲于奔命。加上这些大小阴司也加入了战团，以小队法阵作战的方士已经有了伤亡。

就在方士们快要顶不住的时候，鬼物、冥军的头顶前方再次出现了一个巨大的黑洞。随后，另外一批由方士、修士和术士组成的人马冲了出来。这次冲出来的人马足足有上万人，为首的三人分别是曾经的广字辈的三大方士——广义、广悌和已经做了和尚的广孝。

这一万余人出现以后迅速摆出了阵势。众修士、术士摆起了各自的独门阵法，迎着鬼物、冥军的先头部队攻击了过去。一时之间，战场上火球、雷电溅得火光四起。还有不少身穿袈裟的僧人在妖僧元昌的带领之下，使用操控傀儡之法，控制了几百个身穿黑衣的傀儡向着鬼物、冥军的方向冲了过去。

几乎所有的修道门派都派出了人马。他们结阵攻打鬼物、冥军的时候，广字辈的四大方士连同火山一起冲到了冥军阵营中，冲着那几位大小阴司去了。这四个方士都是术法顶尖的人物，不是这些阴司们惹得起的。于是，他们一冲到冥军阵营当中，所有的大小阴司都开始向着阎君的位置逃去。只有一个阴司例外，他正痴痴呆呆地看着唯一一个广字辈的女方士——广悌。

没有了这些大小阴司的指挥，鬼物、冥军们便又乱了起来。冲到前面的不断倒下，冥军的攻势也迟缓下来。这个时候，后面继续冲过来的冥军没来得及刹住脚步，将前面的同伴推倒、踩踏。一时之间，死在同伴脚下的冥军、鬼物不计其数。冲锋在前的冥军当下乱成了一团。

“广悌师妹……好久不见了……”看着广悌就在附近，崔玉直接将附近的冥军推开，痴痴迷迷地向着广悌的方向走去。而看到这位大阴司之后，广悌的脸色也微微有了变化。皱了皱眉头之后，广悌厉声对崔玉说道：“崔玉！你还是人的时候，你我便没有什么交集。现在你我人鬼殊途，你还有什么痴心妄想吗？”

崔玉连声道歉："是……是……崔玉不敢再痴心妄想，广悌师妹你不要生气，千错万错都是我的错，你千万不要气坏了身子……"虽然广悌是在斥责他，不过听在崔玉的耳朵里好像听到了世上最美妙的音乐一样。

不管怎么说，当年这个男人的死多少和自己有点关系，因而广悌对他也下不了手。当下，广悌并不理会这位大阴司，而是对着其他的鬼物、冥军冲杀了过去。不过崔玉并不打算放广悌离开，这么多年不见，再见面大阴司自然不会轻易让她离开。

"混账！你们怎么敢阻拦广悌大方士的路……你还敢还手……你过来，不要等广悌大方士过去，你自己过来让广悌大方士去杀。"崔玉最后竟然一路护着广悌向着纵深处冲杀。好几次女方士身陷险境，都是崔玉打跑了冥军，救了广悌。

"崔玉，你在干什么！"看到自己的大阴司失魂落魄的样子，阎君怒不可遏地对着他大声吼道，"事到如今，你还在做白日梦吗？快快了结了广悌。她的魂魄到了地府以后，我直接把她送给你就好。你还在等什么！"

崔玉现在眼里都是广悌，在听了阎君的话之后，他满脸都是纠结的表情。顿了一下，崔玉只能象征性地对着广悌打了过去，就这样嘴里还在不停地提醒广悌："广悌师妹，你要小心了……这不是我的本意……快点向后闪避……小心……"

看着崔玉的样子，阎君气得脸色涨红。崔玉是他用顺手的大阴司，但眼下只能派出另外一位阴司，去将崔玉召唤回来。这阴司为了讨好阎君，没有直接叫回崔玉。而是直接奔到广悌的身后。他本来想着干掉这个女人，崔玉便会回心转意，弄不好这个大阴司的位置也要让给他。

这阴司冷不丁到了广悌的身后，正打算来一下子的时候，便听到身后传来一声怒吼："你怎么敢偷袭广悌师妹？她仙女一样的人物，岂容得你对她……"话音未落，崔玉的巴掌已经举了起来，对着这位阴司的脑袋拍了下去。“噗”的一声闷响，这位阴司的脑袋被打成了一团血雾。

“崔玉你疯了吗？为了一个女人，你就要反叛我吗？”阎君冷冷地说了一句之后，对着身边的众阴司说道：“从现在开始，崔玉不再是我地府的大阴司。你们谁去了结了他，崔玉大阴司之首的位置就是谁的。”

这句话一出，阎君身边的几个阴司便冲了出来，朝崔玉、广悌的位置扑了过去。只是看在以往都是阴司的情分上，这些阴司并没有直接冲到崔玉身边，而是纷纷向着广悌打了过去。

“你们还想干什么？”看着这些大小阴司冲着广悌扑去，崔玉的脸色大变。他也不顾往日同门的情分，向着这些大小阴司扑了过去。现在别说这些大小阴司了，如果广悌说要他去和阎君打斗，崔玉也没有丝毫犹豫。

当下崔玉直接扑了过去，他一手一个将周围的阴司打了出去。随后他冲过去挡在了广悌身前，一边护着广悌一边说道：“一会儿你先走，我来给你开路……”说话的时候，崔玉使用术法打倒了身边的冥军，想要带着广悌跑到广仁、火山师徒俩的身边。

就在这个时候，天空中突然“轰隆”一声，一道碗口粗细的闪电打了下来。崔玉一愣神的工夫，一道黑漆漆的刀锋穿过了他的胸膛。随后，他倒在地上，连挣扎一下都没有，就气绝身亡了。临死之前，他的最后一句话：“快走……快点离开……”

第六十七章　替你报仇

崔玉倒地的同时，广悌的心里震动了一下，这位大阴司临死的时候脸上还留着一丝笑意，这是多年愿望满足之后的一丝笑容。而他周围的冥军不知道出了什么事情，也跟着乱作一团。

这时候，杀死崔玉的阴司举起手中的黑刀冲着广悌去了。如果再趁势将这位女方士杀死的话，阎君一定还会再奖励他，把地府某处划给他作为私地也不是不可能的事情，那样的话在地府当中他便是阎君之下第一人了……

他这一刀对着广悌的脑袋劈了过去，眼看刀刃已经到了女方士的额头，却好像被什么看不到的法器挡住了一样，始终压在广悌的头顶寸进不得。旁边过来助攻的另外一位阴司看得清楚，挡住黑刀的竟然是女方士的一根白发。而这个时候的广悌还在痴痴地看着崔玉，好像没有注意到眼前发生了什么一样。

黑刀阴司还想继续砍杀广悌，就在他举刀用尽全身力气准备再来第二下的时候，挡住他刀的白发突然射向黑刀阴司。白发从他的左眼穿进，在脑中搅个天翻地覆之后，又从阴司的右耳耳道飞了出来，转眼回到了广悌的头上。黑刀阴司倒在地上抽搐起来，七窍不停地有鲜血冒出来。不过谁都不知道他的致命伤在左眼眼球的一个小小血点当中。

黑刀阴司倒下的时候，广悌还是一动不动地站在原地看着崔玉。助攻的阴司看出来便宜，便举着手里的长剑对着广悌的脑后砍了下去。就在他出手的一瞬间，广悌满头的白发随风飘动起来。女方士白发飘动的同时，挥剑的阴司身体颤抖了一下，随后直挺挺地倒在了地上。和刚才阴司不同的是，他的眉心出现了一个小小的血点。

不远处的火山看到广悌还是木雕泥塑一样站在原地，担心她有什么意外要过去帮忙。这个时候，听到半空中传来广仁的声音：“不要过去！火山，你们远离广悌……”

广仁的话刚刚说完，广悌满头的白发又飘舞起来。随着她长发舞动，周围的冥军便开始不停地倒在地上。有一个来不及逃走的修士也跟着一起倒在地上，气绝身亡。

看到情况不妙，不管是方士、修士，还是冥军，都开始四处奔逃。以广悌为中心出现了一个百余丈的无人地带，而女方士还是木雕泥塑一样看着地上的崔玉。

“广悌……醒过来吧……”这时候，广仁从半空中落了下来。他看着痴痴迷迷的广悌继续说道：“他的死和你没有关系，你不是杀他的人，也不能为他做什么。就当做了一场噩梦，醒过来吧……”

广仁说话的同时，他那两把短剑飞快地在他身前来回穿梭。无数道火花在大方师的面前闪过，广仁好像没有看到一样，再次对广悌说道：“噩梦结束了，醒过来吧……三千烦恼丝现在已经不受你的控制了，他不是你害死的，你不需要自责……”

“我可以为他报仇……”广悌终于抬起了头，顿了一下之后，她的目光转到了远处阎君的位置，继续说道，“我不愿为一人一事烦恼，却躲不开尘世间的纠缠。崔玉两世为我而死，前一世我无能为力，这一世我也该为他做点什么了……”

说话的时候，广悌迈步向着阎君的方向走去。随着她的前进，百丈之内的冥军一个一个地倒下。广仁犹豫了一下之后，传音招来了广义、广孝二人，广字辈的四个人联手向着阎君的方向一路砍杀了过去。

这四个人联手，一路上的冥军根本没有还手之力。远处的阎君冷冷地看着，冷笑了一声之后，对面前的众冥军喊道：“你们都闪开了，让他们过来，我要看看徐福留下什么来招待我……”

阎君发话，众冥军像潮水一样地散开，将通道留给了广字辈的四个人。阎君看了一眼身边的大小阴司之后，说道：“你们压住阵脚，别让疆卞趁乱逃走。”一句话说完，阎君的身影已经在原地消失，瞬间出现在广字辈的四个人面前。

阎君手里再次出现那把黑色的长剑，举剑对着四个人劈了过去。一剑挥过去的同时，长剑化作了一团青烟瞬间消散在空气当中。长剑消失的同时，四个人的面前寒光闪烁，有无数金属碎片凭空出现，对着他们射了过来。

广悌的发针和广仁的两把短剑拦住了这些碎片，广义、广孝二人趁着阎君空着手，各自举着长剑法器对着他冲了过去。两个人的攻守带着阵法，两把长剑刺过去，竟然带出一股强大的吸力，阎君不由自主地迎着剑尖走了过去。

眼看长剑就要刺中阎君身体的时候，阎君两只手迅速抓住了两把长剑的剑身。他的两只手瞬间燃起了大火，火势迅速蔓延，将他笼罩在了里面。

“业火？看来你们真的是早有准备……”阎君冷笑一声之后，冷冰冰地说道，“不过你们来得晚了，如果刚才看到琉璃火都对我无可奈何，还会这样献丑吗？都退下吧！”

最后一个字出唇的同时，两股巨大的力量从阎君的双手传导到了广义、广孝二人的手臂上。两个人的身体瞬间被这股巨大的力量掀翻，他们俩还没有落地，阎君手里抓着的两把长剑已经对着广义、广孝二人甩了出去。

阎君长剑出手之后，猛一回身对着已经到了他身后，举着火剑正要迎头砍下的火山喷出一团黑气。这黑气不偏不倚正好落到火山的头上，然后从他的七窍、头上的毛孔当中渗透进了身体里面。一瞬间的工夫，面如死灰的火山倒在地上，他的脸色基本上已经和死人一个样子了。

“这就是徐福的四大弟子吗？联手还不算，连徒孙都出来偷袭，他教的好弟子。”阎君冷笑了一声之后，回身向着广字辈的四个人走去。这个时候，广义、广孝已经从地上爬了起来。两个人都放弃了长剑，各自取出了新的法器。

这个时候，广仁、广悌已经将阎君的长剑碎片打落，四个人以广仁为首站在一起，摆出了一个古怪的阵法。阎君遍识天下阵法，唯独没有见过他们四个人这样的阵法。广义、广孝和广悌三个人将手里的法器交缠在一起，并将法器的前端抵在大方师广仁的后心。

“他们在把术法传递给你？你要小心一点，听说他们三个人都在窥视你的大方师之位，只要三件法器有一件向前进了半分，大方师就要少一人了……”阎君冷笑着看向他们四个人，身体却有意无意地偏离他们四个人的方向。

就在阎君做出这个动作的同时，广仁身前一直都在快速移动的两把短剑突然合二为一，组合成了一把新的短剑。一声爆响之后，这把短剑向着阎君射了过去。

短剑的速度太快，阎君看到的时候已经来不及躲避了。当下短剑直接射进了这位地府之主的前心，在他的胸口炸出一个大洞之后，从他背后飞了出去。

阎君直挺挺地站在原地，看着面前的四个方士，顿了一下之后，冷笑着说道：“这就是徐福交给你们最后的大杀技？你们……”阎君的话还没有说完，脸色突然变了，他将目光转到了广悌的身上，继续说道，“发尾针……你把发尾针藏在短剑当中，短剑是幌子……”

第六十八章　徐福的算计

说话的时候，阎君的身子晃了几下，他的七窍已经有鲜血渗了出来。不过阎君就是阎君，晃了几下之后他还是稳稳地站在原地。喘了口粗气之后，继续说道："我很想知道你们败了、死了，徐福知道之后会有什么反……"

一句话还没有说完，阎君全身上下的血管突然爆开。他浑身上下一片血肉模糊，这位地府之主向后连退了几步，好不容易站稳了脚跟，没有摔倒在地。

广悌冷冷地看着已经说不出来话的阎君，说道："你不是最喜欢断人生死吗？现在生死在别人的掌控当中，滋味如何？"

说话的时候，广悌想起了为她惨死的崔玉，便压不住怒气，催动发尾针在阎君的血脉当中一阵乱搅。这位地府之主碎裂的血脉当中不断有鲜血涌出来，阎君的牙齿咬得咯咯作响，用尽了全身的力气才控制住没有叫出声来。

这个时候，阎君身后的大小阴司指挥着冥军向这边冲了过来，无论如何也要将阎君抢回来。不过当他们冲到百丈之内的时候，便开始一个一个地倒下毙命。所有毙命的冥军身上只在某隐秘处有一个血点。偶尔出现几个漏网之鱼，也被广仁的两把短剑要了性命。

看到众冥军完全不能靠近这几个方士的身边，十几个大小阴司混在冥军当中，瞅准了机会向着阎君这里冲了过来。广悌没有分心理会他们。广义、广孝二人从阵法当中抽离出来，两个人还有一套对付鬼物的小法阵，施展下来便要了三个小阴司的命，重伤了一位大阴司，然后和剩下的八九个大小阴司缠斗在一起。看形势用不了多久便可以将他们全部了结。

“收手吧，现在退回去还来得及……”广仁看了一眼被方士拖走的火山，确定了自己的弟子没有大碍之后，这才对阎君继续说道，“我们奉徐福大方师的法旨，只要阎君你能退回到地府边界之内，并保证不再侵犯妖山、人世，今天的事情便到此为止。阎君还是阎君，妖王还是妖王，与我人世间和睦相处……”

“来……不及了，离弦之箭……或者命中目标，或者……半路夭折……没有第三条路选的。”阎君缓了口气之后，说道，“今天……我有些佩服徐福了，想不到他……早就想好了会有今天的事端，千年之前便想好了对策。这一点我不如他，不过你们也不要高兴得太早。胜负已定言之过早了……”

说到最后的时候，广悌突然一口鲜血喷了出来。随后就见顺着阎君破碎的血脉，有无数条白色的发丝被鲜血冲了出来。除此之外，阎君的胸口、小腹上也相继有白发刺穿了皮肤，从里面滑落了出来。只是这片刻的工夫，阎君竟然已控制住了血脉和拴住内脏的发尾针，将它们逼了出来，还间接伤了争夺发尾针控制权失败的广悌……

看到发尾针被阎君逼了出来，广仁脸上的神色大变。当下他急忙召回两把短剑，正要再次施展阵法的时候，才反应过来广义、广孝二人已经不在阵法当中，广悌也受了重伤，阵法根本无法开启。无奈之下，广仁只有硬着头皮指挥两把短剑攻向阎君。他身上同时浮现出一个巨大的人形黑影，广仁带着人影冲阎君扑了过去。

“广仁，你就这么点本事吗？刚才我的话收回，这一千年的谋划还是出了你这个纰漏。”阎君闪电一般出手，将两把短剑分别挡了回去。

随后他也迎着广仁的方向扑了过去。虽然片刻之前他还在生死之间徘徊，现在动手的时候却看不出来一点迟缓。

阎君冲到近前的时候，突然喷出一口鲜血在黑影的身上。被地府之主的鲜血喷到，黑影的行动瞬间迟缓下来。只是瞬间的迟缓已经够用了，阎君竟然一把抓住了黑影的脖子，随后张嘴对着已经冲到身前的广仁喷出一团黑雾。

危急之下，广仁急忙闪身，这才躲开了阎君喷过来的黑雾。阎君冷笑了一声之后，另外一只手抓住了广仁，两只手同时用力撕扯。在大方师的一阵惨叫声中，阎君硬生生将黑影从他的身上剥离了出去。

将好像虚脱了一样的广仁扔到地上之后，阎君掐着黑影的手上出现了一团蓝盈盈的火球。火球瞬间蔓延到黑影上，阎君掐着人形黑影，看着它一点一点被大火烧得越来越小，最后化为了虚无。

人影被烧掉之后，广仁也跟着一起倒在地上晕死了过去。这一切都发生在转瞬之间，等到广义、广孝赶过来的时候，广仁、广悌二人已经晕倒在地。阎君对付广义、广孝这二人也没有费什么气力，三两下之后，广字辈的四个人都已经倒在了地上。

四个人都倒地之后，阎君也好像虚脱了一样坐在地上，他的脸上开始有鲜血一样赤红色的汗珠不停地流淌下来。刚才他使出了全部的力量，才将广悌的发尾针逼了出来，如果这四个人当中有一个人还能坚持片刻的话，那么现在胜负或许就要颠倒一下了。

看到阎君转眼之间便料理了这四个人之后，死里逃生的几个阴司一瘸一拐地走了过来。当下他们打算护卫着阎君离开这里，料想这些已经没有大修士的人也挺不了多久。现在边界还在源源不断地放出鬼物，消灭整个妖山也只是迟早的事情。

就在阴司们将阎君扶起来的时候，空气当中突然传出来一个带着刻薄语气的声音：“你们这就走了？不留点什么吗？比方说命……”说话的时候，扛着贪狼法器的吴勉和老得不像样子的归不归一前一后地将阎君和阴司拦住。白发男人看了一眼倒在地上的四个广字辈方士，随后继续说道："你不是眼里只有方士吧？论起来我也做过几天方士的……"

"广仁他们四个都不能把我如何，你真的以为你比他们都强吗？"阎君一把将扶着他的阴司们推开，随后继续对吴勉说道，"天底下有谁拿你们当过方士？为了给徐福卖命，落得和广仁他们一样的下场，值……"

"老人家给你提个醒，阎君在拖延时间。"看着阎君漫不经心的样子，站在后面的归不归突然哈哈一笑，对吴勉说道，"他老人家现在也是强弩之末了，虽然老人家我不想夸广仁他们，不过说实话，他们四个能把阎君逼到这个份儿上，已经很不容易了……"

"那让我也来夸夸你们吧……"阎君说话的时候，迈步慢慢向着吴勉的方向走了过去。他第一步刚刚迈出去的同时，已经开始调动身上仅存不多的术法，打算和刚才一样，以迅雷不及掩耳之势快速干掉吴勉、归不归两个人，如此还是有几分胜算的。

阎君迈步的同时，已经施展了缩地之法。当他脚尖落地的时候，便会突然出现在吴勉的身前，对这个白发男人发起突然袭击。干掉了吴勉之后再回头对付归不归，只要避开这个老家伙的破空，对付他也不是什么难事。不过就在阎君抬脚的一瞬间，事态开始向着他意料不到的方向发展了。

阎君抬脚的同时，完全没有注意到一只粉白的小手已经抓住了他的脚踝。在地府之主意想不到之下，他身子突然前倾，随后身子踉跄了一下。同时他眼前一花，一个白头发的男人已经横着贪狼到了他的身前，就等着他收不住脚步，冲过来，将脖子送到贪狼的刀口下……

第六十九章 阎君的疑惑

现在的阎君已经疲惫至极，加上之前和四大方士相斗时重伤未愈，竟然稀里糊涂地就着了道。好在地府之主的反应也够快，见到吴勉已经横刀在他面前的时候，猛地施展术法，将身体幻化成一团烟雾。虽然还是被贪狼一分为二，不过转瞬之后烟雾又重新凝结成了阎君的身体。

惊魂未定的阎君刚刚站稳，突然听到身后一阵巨响。回头看时，就见归不归趁着那几个大小阴司的注意力都在阎君身上的时候，悄无声息地对着他们施展了破空之法。这些阴司瞬间便被破空的力量打飞了出去，捎带着还扫光了对面无数冥军。

吴勉、归不归和那个不知道从哪里冒出来的小手好像排练过多次一样，动作配合得行云流水，几乎找不到一丝破绽。三个人当中，白发男人负责吸引他的注意力，小手来给他下绊子。等到他们俩得手的同时，谁也没有注意到的归不归下黑手将他手下的阴司打飞。

阎君大大小小的阵仗也经历过无数，像之前那样四大方士联手迎战的情况也遇到过不少，不过这样阴人的打法还真是第一次遇到。当下他气得脸色涨红，对吴勉、归不归说道："你们这样也配称为方士吗？方士什么时候开始这样下三滥了？"

"阎君，你这话老人家我就要受累驳一下了。"归不归一边暗暗地给自己补充术法，一边笑嘻嘻地对地府之主继续说道，"刚才广仁他们也是四个打你一个，现在我们这里还少了一个。凭什么只许他们群起而攻之，就不许我们三个一起请教阎君你的术法了？地府当中哪条王法写着，允许广字辈的四个人优先了？”

阎君此时已经是疲惫不堪，本来还想着让那几个阴司来替他盯一会儿的，没有想到转瞬之间便发生了这样的变化。当下他除了硬着头皮和这几个人继续相斗之外，也没有别的办法了。现在他只求可以速战速决，在脱力之前先一步结束战斗。

他见对面白发男人的术法隐隐还在广仁之上，归不归那个不要脸的老家伙一招吃遍天下，认准了破空，都不是那么好对付，那么他只有先解决地下绊倒他的那双小手了。刚才他已经感觉到了一股妖物的气息，妖王都被他打倒了，其他的妖物自然更不在话下。

归不归说话的时候，阎君已经将术法渗进了地脉当中。老家伙的话还没有说完，他已经开始催动术法，瞬间这片地面好像地震一般地动山摇。不一会儿地面出现了十几道宽大的裂缝，随后地下的泥土都被翻了出来。不过不管阎君如何折腾，始终没有见到刚才将他绊倒的那双小手的主人出现。

看到阎君有所动作之后，吴勉、归不归对了一下眼神，此时的老家伙已经再次蓄满了术法，两个人几乎同时向着阎君扑了过去。吴勉挥着手中的贪狼再次对着阎君的脖子砍了下去。阎君见状，眉头一皱，冷笑了一声：“幻术……”

说话的时候，阎君转身再次幻化成了烟雾，烟雾向着另外一边没人的位置扑了过去。一声巨响之后，吴勉凭空被打了出来。如果不是阎君忌惮他手中的法器，这个时候已经重创了这个白发男人。不过就是这样，吴勉还是一口鲜血喷了出来，身子飞出去几十丈远，撞倒了一片冥军之后，他才踉踉跄跄地爬了起来。

瞬间打飞了吴勉之后，幻术生成的白发男人和归不归二人同时消失。这时，烟雾又凝结成了阎君的身形。随后阎君对着另外一边劈了一掌，老得不像样子的归不归也凭空被打飞了出来。和吴勉一个下场，撞倒了一片冥军之后，归不归才晃晃悠悠地爬了起来。

“我是掌管阴阳两界的阎君！这点不入流的术法不要在我面前显摆。”连续两下打倒了吴勉、归不归之后，阎君又重新找回了信心。他冷笑了一声之后，继续说道：“不要要什么心机了，堂堂正正地来战一次。让我来……”

阎君的话还没有说完，他的眼前一花，突然看到脚下又伸出一双好像藕段一样粉嫩粉嫩的小手，对着他的脚踝拉去。刚才阎君就是这样吃的暗亏，当下他不由自主地向后退了一步，避开了这双小手。

不过就在阎君后退的同时，他脚下的地面又伸出了一双一模一样的小手。阎君明明知道眼前的这些小手都是幻术，不过想起刚才差点丢了性命的那一幕，还是惊出了一身的冷汗。

惊慌之下，这位地府之主的左脚竟然绊倒了右脚，身体瞬间失去平衡向前倒去。这时，他看到了举着贪狼扑过来的白发男人。不过阎君到底是见过大阵仗的，立即再次运用术法，将身体化成了一团烟雾。不过这次吴勉也有了经验，看到阎君有所动作的一瞬间，已经将手里的贪狼对着这位地府之主甩了出去。

一道血光闪过，虽然阎君最终还是变成了烟雾，不过等到他退到安全的位置，再次幻化成人的时候，胸口已经是一片鲜红，留下了一道深可见骨的伤口。如果刚才他的速度再慢一拍的话，现在他已经被分成了两截。

惊魂未定的阎君瞪大了眼睛，盯着已经将贪狼重新召唤到手中的吴勉，说道：“你和归不归刚才是故意让我看破幻术的，是吧？”

“幻术是什么？我从来没有听说过。”白发男人用他特有的眼神看了看阎君，继续说道，“刚才是你自己绊倒的，不要什么事情都赖在我的身上。”

这时候，倒地的归不归也站了起来。老家伙嘿嘿一笑，继续说道：“阎君，您老人家还能坚持多久？差不多就快脱力了吧？还是听刚才广仁的话，你先回到地府休养。继续现在这样的话，我老人家都不敢保证你还能坚持多久。”

“不劳费心……”阎君深深地吸了口气之后，继续对归不归说道，“开弓没有回头箭，我和广仁说过了。要么你们打败我，要么我来扫清你们这几块阻挡冥军进入妖山的绊脚石。除此之外，没有第三条路。”

“那就没有办法了。”吴勉看了一眼有些力不从心的阎君，顿了一下之后，继续说道，“看看这支箭会飞到哪里去吧，这次我不再要花招，也没有什么幻术……”

说话的时候，吴勉扛着贪狼向着阎君的方向走了过去。地府之主深深地吸了口气，也迎着白发男人走了过来。后面的归不归本来还想继续拉着小任叁一起，三战阎君的，不过吴勉已经对他做了暗示，不让老家伙多生事端。白发男人要独自对付这位阎君。

他们俩走了几步之后，两个身影同时在原地消失。一阵一阵的巨响在归不归的耳边响起来，小任叁从另外一处的地面露出了脑袋，对归不归说道：“老不死的，吴勉干吗费这个事？像刚才那样我们一起上不就得了吗？老阎王未必能撑多久……”

“你以为老人家我拦得住他吗？”归不归苦笑了一声之后，继续说道，“由他去吧，阎君也支撑不了多久。现在老人家我明白了一点，当初徐福为什么会选中吴勉了。那个老家伙在海上钓鱼，对陆地上的事情却什么都算好了。”

第七十章　以卵击石

阎君有些古怪地看向朝他走过来的白发男人，他有些想不明白吴勉为什么不凭着幻术和归不归等人联手对付他，却要单人匹马地过来和他决斗。这样对吴勉没有一点好处。毕竟虽然他遭受了重创，不过对付吴勉这样的修士应该还不是问题。

更让阎君匪夷所思的一幕出现了，吴勉竟然将他最忌惮的贪狼丢给了归不归，空着手向他走了过来。阎君都不敢相信自己的眼睛，舍弃了幻术和贪狼，这个白头发的男人还有什么底牌吗？

阎君看着越走越近的吴勉，说道："你确定要这样吗？有那件法器你还有一点点胜算，现在你这样就是以卵击石。"

"那要看是以什么样的卵来击什么样的石头了。"冷笑了一声之后，吴勉用他招牌一样的语调继续说道，"没事的时候多碰碰石头，才不会那么无聊……"话音未落，天空中突然响起一阵雷鸣之声，随后无数道碗口粗细的雷电向着吴勉、阎君的位置劈了下来。

在雷电劈下来的同时，吴勉已经有了动作，他竟然主动跳进了雷电当中。在耀眼的光芒之下，白发男人竟然和雷电化为了一体，随后向着阎君的位置猛扑了过去。地府之主的眼睛一花，吴勉幻化的雷电已经从他的身体中穿了过去。

一瞬间，阎君的身体火花四溅，他之前崩裂的伤口不断闪过火花，并有沸腾的鲜血流淌出来。不过这样的伤势对他的影响并不大。地府之主的脸上虽然露出了痛苦的神色，不过还不及归不归的破空给他造成的伤害。

还没等他做出反应，吴勉化身的闪电再次从他身后袭来。这次阎君有了准备，在这道人形闪电穿过他身体的同时，他猛地出手抓住了吴勉化作闪电的胳膊。

之前广仁虚无的人影都能被阎君抓住、剥离，更不要说这样的闪电了。不过就在他抓住吴勉的同时，这条胳膊突然从雷电状态气化，瞬间从阎君的手中消散。片刻之后，在距离他十丈左右的位置重新凝结成了人形。

不远处的归不归看到这个场景之后，怪笑了一声，随后对脚下露出小脑袋的任叁说道："现在老人家我知道他想要做什么了，吴勉的心越来越大了……"

小任叁没有听懂老家伙话里的意思，歪着脑袋对归不归说道："老不死的你上次不是还说吴勉的心眼越来越小了吗？怎么现在又大了？不是我们人参说你，他现在听不到你说什么，拍这个马屁没用。"

老家伙笑眯眯地看了任叁一眼，马上又将目光转移到吴勉的身上说道："我们说的不是一回事，现在他已经这样了，接下来还想要做什么？弑神吗？"

这个时候，阎君也明白了吴勉想要做什么。他冷冷地看着已经再次凝结成人形的白发男人，顿了一下之后，说道："你这是想在我的身上尝试新的术法吗？那我给你点意见，这术法看得下去，不过太华丽了，也没有什么力量。在你临死之前夸奖你一句，够胆量……敢用雷电同化自己的身体。不过破绽也明显，时间久一点的话，不用我动手，你自己已经被雷电烤化了……"

说到这里，阎君看了一眼从边界不停涌出来的鬼物。虽然那些修士还在奋力搏杀，无奈这些鬼物的数量越杀越多。修士们大多已经呈现出疲态，局部区域已经出现了较大的伤亡。

看到大局还在己方的掌控当中，阎君微微笑了一下，随后对吴勉说道：“现在去把法器捡回来吧，我给你时间。凭着你还没有用熟的新术法，你没有一点胜算，叫上归不归和他的人参娃娃，你们还是一起来吧。你自己——没有一点的胜算……”

“卵还没有撞碎，石头着什么急？”吴勉翻着白眼看了看阎君，随后再次向他慢慢走过去，边走边说道，“你说得对，刚才的术法是太华丽了，没有什么力道，那你再看看这个……”

说话的时候，吴勉已经走到了阎君的面前。让地府之主没有想到的是，这次白发男人竟然丝毫没有使用术法的征兆。只见白发男人走到他身边之后，只是伸手朝他的胸前拍去。这个动作既不快也看不出力道，看着就好像是寻常百姓在打架一般。

阎君皱了皱眉头，不明白吴勉想要做什么，当下伸手去抓白发男人已经打到他胸口的手掌。就在阎君的手接触到吴勉的手的一瞬间，一股怪异的力量从白发男人的手上传递了过来。“嘭”的一声，阎君的手掌被这股力量打得变形，鲜血淋漓地向后甩去。不只是这只手，阎君身上大大小小的伤口都开始不停地迸裂出紫红色的鲜血，好像鲜血不流光就不算完似的。

与此同时，吴勉另外一只手握成拳头对着阎君再次打了过去。一瞬间，地府之主已经明白了白发男人仰仗着什么才敢过来和他决斗。当下他不敢去接这一拳，身体瞬间直挺挺地向后平移出了十几丈远。

站定之后，阎君顾不上自己受伤的手掌，吃惊地看着吴勉说道：“徐福竟然把那东西给了你，难怪广仁会这样不堪一击。如果我没有受伤的话，就算你有那东西也……”话说到一半的时候，他突然想起了什么，竟然不敢再和吴勉有任何接触，远远地退去，和白发男人拉开了距离。

“不是说好的，石头不能乱动，要等着卵过来砸的吗？”看到阎君躲开了自己，吴勉拔腿向着他的位置追了过去。刚才白发男人是存了要在阎君身上实验术法的心思，不过领教了阎君最犀利的术法之后，吴勉才明白阎君这个地府之主的名号不是白叫的。虽然看着好像吴勉给阎君造成了不小的伤害，不过阎君转瞬便看出了吴勉的破绽。当下，白发男人便放弃了实验术法的想法，直接用他压箱底的本事去招呼阎君了。

种子作用在阎君身上的效果出乎了吴勉的意料，当下白发男人有了克制地府之主的能力，便开始一路狂奔，追逐阎君。归不归也在后面扛着巨大的贪狼一路跟着，担心白发男人会中阎君的计策。

阎君此时已经重伤在身，先前和妖王决斗已经受伤，然后又在“百无求”的手下吃了亏。接下来他是一路受伤，先被归不归偷袭，连续几次被他用破空伤到，后来又被广字辈的四个人攻击。虽然他最后赢了广仁四人，不过也是惨胜。现在他几乎耗尽了术法，已经不敢轻易使用术法逃生，只能拖延时间。等到冥军彻底击败妖物，大势已定之后，他才会回到地府养伤，以便日后再出来找吴勉、归不归等人的晦气。人世间的这些修士，除了还在海上钓鱼的徐福，和那个经常找不到人的席应真之外，还真找不到让他忌惮的人。

不过重伤在身，阎君的速度开始慢下来。最终，阎君逃到百余妖山禁卫的附近，被吴勉、归不归二人一前一后堵住。老家伙看着阎君全身上下已经没有几块好肉，嘿嘿一笑之后，对他说道：“阎君，你还是听老人家我的话，带着你的冥军回到地府，你和妖王的恩怨日后你们自己解决。现在你已经占不到什么便宜，万一你一个不小心，被吴勉伤到了，到时候地府大门自然关闭，你的冥军还是要死在这里。”

“晚了，他一定要死在这里……”

第七十一章　阎君陨落

说话的是被百疆、百无求兄弟俩搀扶起来的妖王，之前和阎君交手被打晕之后，百疆便一直都在想办法将他唤醒。其间百无求几次想要过去吴勉、归不归那边，都被百疆强行按在这里看护妖王。百疆以为，怎么说自己兄弟百无求身体里面还有另外一只“大妖”，有他在的话，妖王性命也能多几分保障。

直到片刻之前，百疆才将妖王唤醒，正巧吴勉、归不归已经将阎君逼到了他们身边。看着浑身上下都是伤的地府之主，妖王冷笑了一声，说道：“既然来了，就把命一起留下来吧。我妖山几十万的生灵就白白死了吗？你不把性命留下，我怎么去面对几十万的妖物生灵？”

“我的命就在这里，不过能不能拿到就由不得你们了。”阎君冷笑了一声之后，开始催动体内最后一点术法。随着术法的调动，阎君身上的伤势开始迅速愈合。随后，他全身上下的毛孔好像呼吸一样喷出一层雾气一样的青烟，这薄薄的一层青烟紧贴在阎君的身体表面。众人看过去时，发现阎君的身影变得朦朦胧胧了起来。

这是阎君最后保命的术法了，他身上的青烟叫作避尘，可以在接触吴勉的时候，不被他身上的种子力量伤害到。不过避尘也将他仅剩的一点术法锁在了自己的身体里面……

现在这里的冥军、鬼物数量虽然巨大，却没有一个能替阎君抵挡住吴勉一时半刻。这位地府之主只有在短时间之内了结吴勉、归不归二人，才有挽回败局的可能。白发男人和老家伙被解决掉，已经被打残的妖王疆卞也没有什么可惧怕的了。

就在地府之主要动手的前一刻，远处突然传来有人说话的声音：“妖王陛下，还是放了阎君一条生路吧……只要他答应不再惊扰妖山，今天便化干戈为玉帛吧……”

说话的是被门人唤醒的大方师广仁，现在的广仁比起妖王来也好不了多少。他的脸色死灰死灰的，看着和死人一样，身体像一摊烂泥一样被人扶着走了过来。

大方师最大的依仗——法外化身被阎君烧毁，等同于广仁丢了一半的性命。好在附近有不少昔日的门人弟子，看到曾经的师尊晕倒，拼了性命从无数冥军当中杀出了一条血路，再使用了曾经的方士宗门炼制的灵丹将昏迷不醒的广仁救了回来。

都这样了，广仁竟然还替这个差一点就杀了他的地府之主说话：“现在阎君重伤在身，千年之内不会再惊扰妖山。如果现在阎君死在这里，妖王陛下你就算和地府结下了不解之仇，到时候……”

“住口！广仁你还在替徐福平衡妖山、地府的势力吗？”听了这位大方师的话，妖王大怒，说话的时候一点都不顾及现在靠着广仁带来的修士才暂时保住了妖山。顿了一下之后，疆卞继续说道：“现在是不解之仇吗？他杀了我们几十万的妖物，他今天不死在这里，他日我也要带着天下群妖杀进地府当中。广仁，我替你们人世抵挡地府这么多年，你们还要算计我们妖族吗？”

广仁、妖王争执的时候，阎君一直冷笑不语。这么多人只有归不归看穿了地府之主的心思，老家伙嘿嘿一笑，对阎君说道：“您这是又生出不少的术法了吧？差不多够广仁、妖王闭嘴了吧？多攒点术法还要对付老人家我和吴勉……”

“已经足够了！”说话的时候，阎君突然对着归不归扑了过去。这一下子有些出乎老家伙的意料。现在明明吴勉才是阎君的头号强敌，为什么他舍弃吴勉先来对付老家伙？真不怕白发男人抄了他的后路，在背后给他来一下子吗？

果然，阎君对着归不归扑过去的同时，吴勉也对着阎君的背后抓了过去。现在白发男人全身上下都灌注了种子的力量，已迫不及待要发起进攻了。

就在吴勉马上就要抓到阎君后心的时候，原本依附在他身体表面的雾气好像有了生命一样，瞬间转移到了吴勉的身上。吴勉全身被避尘雾气笼罩之后，他体内种子的力量竟然无法突破这层薄薄的雾气。白发男人已经打到了阎君的背后，而阎君却好像什么事情都没有发生一样。

阎君也不理会身后的吴勉，张嘴喷出一把长剑，抓在手里对着归不归的左手斩了下去。不是地府之主不想使用术法了结这个老家伙，实在是他几乎全部的术法都用到了吴勉的身上。不过就是这样，阎君的速度还是快得让人感到不可思议。他看准了老家伙手心里一直紧紧捏着的储金，只要能将储金抢到手，恢复了术法，今天最后的赢家便还是他。

归不归虽然猜到阎君现在差不多到了油尽灯枯的地步，不过看到他电光火石一般冲着自己扑过来还是吃了一惊。尤其是看到地府之主竟然还有能力制住吴勉，这让老家伙不敢硬接这一剑。

就在归不归要施展术法遁走的时候，阎君将嘴里最后一丝术法凝结成一个黑色气团向着老家伙喷了过去。归不归躲闪不及，被黑色气团打中。这个气团并没有什么杀伤力，只是让老家伙的行动迟缓了几分。不过就是这么一点点作用，足够让阎君将老家伙的手臂砍下来，到时候只要再拿到储金，什么妖王，什么大方师广仁，包括吴勉、归不归都要丧命在他的手上。

最后一点术法施展出来，阎君已经到了脱力的临界点，现在他的眼里只有那个动作迟缓的归不归，周围在发生什么事情他都感觉不到了。

眼看这一剑就要劈到归不归手臂的时候，阎君的脖子突然感觉到了一丝凉意，随后他的视角发生了翻天覆地的变化，眼前的归不归好像突然倒在了地上。而他却感觉不到手起剑落斩掉归不归手臂……

不止是归不归，周围所有的景象都好像变了一个角度似的，阎君的视线最终停在众人的脚下，随后一个熟悉的无头身体倒在了地上。一瞬间，阎君明白了过来，自己的脑袋被砍了下来……

砍掉阎君脑袋的是妖王的太子疆盟，他本来一直躲在妖王和百氏兄弟俩的身后。吴勉、归不归出现之后，这位太子便有意无意地向这两位大修士靠拢。本来他是想着在他们身边会安全一点，没有想到最后会是自己砍掉了阎君的头颅。

原本太子以为大局已经在吴勉、归不归二人的掌控当中，看到阎君冲归不归扑来，他只是想在老家伙的面前卖个好，这才抽出妖刀反手向着阎君的脖子砍了过去，没有想到这一刀下去真的劈了地府之主的脑袋。

看着阎君身死，在场所有的人、妖都不相信自己的眼睛。地府之主这么大的人物，最后竟死在一个当了半辈子杂役的半妖手里。就连动手的疆盟也想不到是这个结果，当下他手一松丢了妖刀，愣愣地自言自语："我做的吗？不是……我这是在做梦，一定是在做梦……"

阎君一死，他的术法自然失效，吴勉和归不归二人又恢复了自由。当下老家伙笑嘻嘻地对着也在发愣的妖王说道："陛下，现在你不用担心以后谁来接位子了。这么露脸的儿子，就是老天爷送给你接位的。"

第七十二章　重提划疆

阎君虽然是地府之主，不过也是重塑肉身之后魂魄归体的。他身死之后，周围的冥军也都跟着慌了手脚。这时，广仁吩咐在场的所有修士都齐声高喊阎君身亡的消息。加上亲眼看到这一幕的冥军开始退回到地府的边界，其他的鬼物看到之后也开始信了，随后一窝蜂地往地府退去。这当中踩踏致死的鬼物不计其数……

没过多久，妖王之前下旨增援的妖族老少也纷纷赶到了战场。听说战事已经结束，妖族胜利之后，赶过来增援的妖物开始欢呼雀跃。虽然妖族只是惨胜，不过胜利就是胜利，当下，将边界再次封印住之后，这些妖物们载歌载舞地将妖王迎接回了王城。

本来于情于理，妖王都应该邀请众修士前往王城接受封赏和答谢的。不过现在妖山的部队几乎被拼杀光，若有万把修士在王城闹事，妖王根本就无力弹压。最后这次战事的最大功臣疆盟代表妖王，只请了广仁、火山、吴勉、归不归少数几个人代表众方士、修士前来王城，接受妖王的封赏。

广仁也没有争辩，加上其他的修士也无心在妖山逗留。怎么说这也是妖族的大本营，一起共同抗敌还好说，但若因为琐事而发生矛盾，他们便未必能走出妖山了。

当下，修士们顺着百疆划出的指定路线离开了妖山。这当中除了其他门派的修士之外，就是方士一门的旧门徒，和跟随徐福出海的三千童子变成的方士了。方士宗门还存活的旧门徒虽然没有等到广仁、火山两位大方师再次中兴方士宗门，不过他们都得到了消息，可以跟随那些海外同门一起，前往东海继续留在徐福的门下学道，也算了却了众方士心中的旧愿。

再来说当中的几个大人物。打败了冥军之后，那位妖僧元昌便带着自己的徒子徒孙不见了踪影，而广义跟随其他的方士前往东海去见徐福大方师；广仁找到了广孝，一番长谈之后，广孝和尚也离开了妖山，去向不明。而冥军大撤退的时候，广悌便下落不明了。打扫战场的时候，发现大阴司之首崔玉的尸体不翼而飞。看来应该是广悌带走了崔玉的尸骸，带回到人世埋葬了。

崔玉虽然两世都没有被广悌用正眼看过，不过现在他的尸首却和女方士在一起，也算是多多少少了却了他的一点夙愿吧。

妖王带领自己的残部回到王城的时候，一路受到妖族百姓的热烈欢迎。回到了王宫之后，妖王对此次战役的有功之臣进行了封赏。在妖族撰写的战记当中，广仁他们人间方士、修士并没有什么作为。这次战役的胜利都是妖族上下团结、不畏生死地抵抗地府阎君的结果。最后差不多要胜利的时候，人世的修士才过来露露脸。不过妖王陛下还是宽宏大量的，最后对修士朋友的助拳表示了感谢，并请他们参加了妖族盛大的庆功典礼，并给了这些修士们一些他们梦寐以求的天材地宝作为赏赐。

为了纪念这一次对付鬼物的大捷，妖王的几位重臣为陛下在王宫附近建造一座十三层战史楼。其中十二层都是在描述妖王陛下是如何带领军民臣下，一起奋勇杀退了地府的数百万鬼物。妖王陛下的太子疆盟还一骑当先，一刀将鬼物的贼首阎君砍了脑袋，这才结束了这次大战。

至于人间的修士们，也给了他们半层楼来表彰。简单记述了一下妖山这千百年来为他们抵挡住来自地府的威胁，而人间修士在这次大战当中没有什么作为，大战快要结束的时候才姗姗来迟，战斗当中经常有贪生怕死畏战的情况发生。

妖王休养了十天之后，才将广仁师徒和吴勉、归不归这些人请到了王宫当中。疆卞请他们这些人参加庆功奖赏盛典。当初妖王的老部下差不多已经死光了。三大妖帅都已经归天，妖王下旨让三家当中的长子承袭其父的官职，又重重地赏赐了三帅的家人。

除了三帅之外，其余战死的妖将也都纷纷追封，赏赐其家人。此战之后，妖山大军已经全部拼光，妖王又在下级军官当中挑选了不少人才填充到军队当中。

三帅追封完毕之后，妖王这才开始封赏自己的儿子疆盟。因为他在大战当中立下了最大的一个功劳，当下封赏了疆盟大太子的称号，又让他负责整个王城的防卫，有遇事专断之权。疆盟隐忍了将近一千年，终于有机会拿回本就属于他的东西。

其后就是百无求和百疆兄弟俩了，妖王将守护王宫的内卫、禁卫都交到了百疆手里，又给了他一个大大的官职。至于百无求，让众人都没有想到的是，为了表彰他舍生忘死护驾的功劳，妖王将二愣子收在名下做了义子，又给了他一个太子的名号。最让人意想不到的是，虽然已经没有什么外患，妖王还是在朝堂之上再次下旨，他死后百无求是第一继承人，如果二愣子有什么不测的话，那继承人才会轮到大太子疆盟和其他几位太子来做。

对百无求超乎寻常的赏赐，让刚刚拿回太子身份的疆盟微微皱了皱眉头。比起这个二愣子，他反而好像是外面捡来的孩子一样。

封赏完了功臣之后，妖王又用这次与地府大战作为借口，将几个看着不顺眼的大臣砍了脑袋，顺便清洗了一下妖山的朝堂派系。

一切都处理完之后，才轮到广仁、归不归这些人。除了之前送给广仁当作礼物的天材地宝之外，妖王又将几件祖传的妖器送给了广仁大方师。只是这几件妖器只能当作观赏来用，于对敌并没有什么用处。

客气了几句之后，妖王将广仁、吴勉等请到偏殿。大摆酒宴款待以后，妖王终于对广仁说到了正题：“我和徐福大方师的盟约已经到了时效，不知道那位大方师是什么意思？是想和我们妖山继续订立盟约，还是盟约到此为止？”

广仁微微一愣，他没有想到这个时候妖王竟然会和他说这个，而且广仁也不知道当初的盟约是怎么订的，也不好轻易替徐福定主张。当下广仁只能推说当年的事情他没有参与，不方便给出意见，只能想办法联系徐福大方师，请他给出意见。

广仁的回答在妖王的意料当中，当下疆卞对广仁说道：“如果请徐福大方师拿主意更好，不过此一时彼一时，要是现在的盟约还是按着那个时候的制订，那么我们妖山就太吃亏了。你回去和徐福大方师说，我们妖山经过此战已经伤了元气。需要除了妖山之外的另一处所在调养生息，我们要在人世划出一片疆土，让妖族的老少迁移过去休养生息。也就是很早之前和他说过的划疆而治，这也算是我们妖族给你们看守见不得人的后院的一点补偿了。徐福答应了，我们的盟约才可以续签……”

“划疆而治，这听起来还真是耳熟……”吴勉不冷不热地说了一句之后，翻着白眼继续说道，“妖王，你是看没有地府的威胁，就开始故态复萌了？地府被打断了腿，下一个是不是就是我们人世了？”

第七十三章　广仁的算计

对吴勉，妖王还是有些忌惮的。这个白头发男人不像老家伙归不归，做事没有什么章法可循。一旦真翻了脸，妖王想着自己还重伤未愈，凭着百疆几个根本无法制服这个白头发男人，在自己伤好之前还是对他客气一点的好。

“划疆而治并不是妖族提出来的，当初我和徐福的盟约上就有类似的这一条……”妖王说话的时候，大太子疆盟端着一个墨玉托盘走了进来。托盘上面用白玉石条压着一张锦帛，锦帛上面用朱砂密密麻麻地写着徐福和妖山制订的盟约，当中大半都用金箔贴着，只留下了有关划疆而治的几句话——妖为我族守护冥府，我族应割舍土地为妖居……

上面的字迹归不归是认得的，正是那位大方师徐福亲笔所写。只不过上面贴的金箔用了妖族的密法，归不归暗中试了几次都没有将金箔剥下来。老家伙怕损坏了锦帛，不敢再试。

想不到妖族嚷嚷千年的划疆而治竟然出自这里，只不过这句话没前没后，不知道前因后果也没有办法判定到底是什么意思。看来当初徐福带着三千童子出海避祸，也不单单是为了躲避秦始皇的祸端。

“当初我们的盟约上面可是清楚地写明了的，划疆而治这个说法还是托了归不归你的福。当初我还以为是徐福大方师交代你的，这么多年天下群妖在我的管束之下都不敢私自下山，妖山还替你们人世挡住了地府这么大的祸端。也该到了盟约兑现的时候了吧？”

“徐福大方师不是早就兑现了吗？”归不归嘿嘿一笑之后，继续说道，“这妖山不就是我族舍弃的土地吗？陛下，你们妖山自成一国和划疆而治又有什么分别？我们是过来收税了还是过来征兵丁了？这不就是划疆而治吗？”

“如果妖山都能叫划疆而治的话，那我也不用那么辛苦地制约天下群妖了。”妖王淡淡地看了归不归一眼之后，继续说道，“说好了是我们看守地府通道的代价，现在我们妖山大伤元气，你们却要出尔反尔吗？”

“不是不认，这盟约您把能遮的、不能遮的都遮住了，没有前言没有后语的，谁知道徐福订立盟约的时候有什么前提，后面又有什么条件？”归不归的心眼比蜂窝都多，自然不会被一张盟约摆布。嘿嘿一笑之后，他继续冲妖王说道：“其实吧，陛下您找错人了。当年你是和徐福订下的盟约，自然还是应该去找订立盟约之人的。不是老人家我说您，方士一门早就崩塌了，不过当初和您订立盟约的人还在海上钓鱼。”

“陛下您直接去找他啊，只要徐福一句话——我订的盟约我认，别说什么划疆而治了，就算是你们把皇帝赶走了，陛下您自己称帝都没有问题。反正现在已经乱成一锅粥了，你们妖物坐天下最少还能吓唬那些乱来的。只要有徐福的一句话，老人家我第一个帮你们划疆而治。实在不行我老人家去泗水号借钱，买个十万八万里的地给你们建国玩。”

说到这里的时候，归不归又将被贴满了金箔的盟约拿了起来，放在妖王的面前，说道：“还有一个办法，您就把金箔剥下来，让我们看看里面到底写的什么。看清了来龙去脉，也不是说不能划疆而治。老人家我又不是人世的皇帝，干吗去替他们省地盘？”

听到归不归的话之后，妖王的脸色便阴沉了下来。疆盟明白自己父亲的意思，当下悄无声息地将盟约从老家伙的手上拿走。看着盟约不在归不归的手上之后，妖王这才说道：“能看的部分你们已经看到了，其他的要等徐福同意。他敢让盟约里面的内容公之于众，我倒是没有什么意见。当然了，广仁你也是大方师，你要看的话也不是不可以……”

“多谢妖王的好意，这是您与徐福大方师签订的盟约，我身为弟子不敢私阅。”没等到妖王说完，广仁已经斩钉截铁地拒绝了。顿了一下之后，他继续说道：“有关盟约的事情我会转告徐福大方师，至于划疆而治，广仁不敢越俎代庖。”

看着广仁、归不归两个人一个比一个滑头，妖王知道再提划疆而治也不会得到他们几个人的响应，又不敢将盟约的全部内容给这几个人看，当下只能暂时吃个哑巴亏。现在地府的隐患已经消除，等到他将伤养好，再重新调教出来几十万的妖军，再提划疆而治就不是这样的提法了。

这个时候，感觉出气氛中有些尴尬的疆盟说了几个听来的笑话，算是岔开了话题。正巧那位国手神医白重前来为妖王换药，广仁、吴勉等人这才借机离开了这里。在回住处的路上，归不归笑嘻嘻地对广仁说道：“现在是不是后悔来得太早了？如果你们的援军再晚来一步的话，妖王死在了阎君的手里，现在也不会为了一张千把年前定下的盟约头疼了。”

“我们如果去得晚了，归师兄你和吴勉先生还不是身处险地吗？”广仁微微地笑了一下之后，继续说道，“起码这件事算是解决得还顺利，稍后我要请示徐福大方师，有关划疆而治应该如何处理。”

说到这里，广仁顿了一下，他好像想到了什么，古怪地笑了一下之后，继续说道：“其实这件事也不难处理，令公子现在是妖山的王储，这件事情可以请他代为劝告。也可以等到他即任妖王王位之后，我们再谈划疆而治这件事。”

广仁这就是明显地欺负二愣子了，欺负他没有什么心眼。真到百无求登基成为下一任妖王的那一天，别说什么划疆而治了，他不割出妖山的一块地就算不错了。

归不归嘴上从来不肯吃亏，正要怼回去的时候。说曹操，曹操到。身穿太子服饰的二愣子在一众侍卫的簇拥之下，从远处走了过来。这二愣子心里还有官迷的心思，王莽乱政那会便差点被册封为王爵。现在他是货真价实的太子身份，走起路来装腔拿调，还真有几分王储的派头。

不过看见归不归之后，百无求太子便露出了原形：“老家伙！你们几个死哪去了？让老子和人参这一通好找。要不是看这王宫以后还指不定是谁的，刚才就直接将王宫拆了。啊！广仁、火山你们也在这里？又憋着什么坏主意打算坑我们家老家伙吧？”

听到这里，归不归哈哈大笑起来，看了一眼面露尴尬之色的广仁，笑着说道：“你广仁叔叔听说傻小子你现在做了王储，想给你个见面礼，正在和我老人家打听你喜欢什么。老人家我想了半天，傻小子你就好骂街这一口。不过以前碍于我老人家的面子，你不大好意思直接骂大方师。现在就当作给你庆贺了，请两位大方师站在这里让你骂上俩时辰，没有什么问题吧？”

“你们师徒怎么这么客气？到底是做过大方师的，就是知道疼人……”说话的时候，百无求已经开始脱衣服。他有个毛病，老是觉得脱光了衣服骂街才过瘾。这几天可把他憋坏了，这里虽说是妖山，不过也是王宫庄严之地，加上他王储的身份，再也找不到以前光着膀子堵在人家大门口骂街那种酣畅淋漓的感觉。现在如果让这个二愣子敞开了骂街的话，指不定能把广仁、火山师徒活活骂化了……

第七十四章　躲不过的孽缘

现在的百无求今非昔比，广仁已经不敢轻易招惹。就连一向脾气火爆的火山也把自己的脸色憋成了茄子皮色，他低着头站在自己师尊的身后，在广仁的一再压制之下才没有爆发出来。

“原本是要听百无求太子训教的，不过我们还有琐事要处理，不打扰太子了。来不及向妖王陛下告辞，还请太子殿下代我们师徒向陛下告罪。”百无求的手指几乎要戳到广仁的鼻子，这位大方师脸上还是没有一丝一毫的火气。淡淡地一笑之后，广仁对着百无求行了个礼，随后从容地带着火山离开了这里，直接向王宫门口走去。

“他这是什么意思？老家伙，老子现在都是太子了，不能骂以后给老子卖命的大臣，也不能骂侍候老子衣食住行的宫人，怎么现在连对头都骂不了？那老子这太子当得还有什么劲？还不如跟着你们那会……”说到这里，百无求将自己太子的服饰都脱了下来。

“老家伙，这个什么王八蛋太子老子不干了！老子还跟着你们……”百无求的话吓到了跟随他的侍臣们。当下侍奉二愣子的几十个侍臣吓得都跪在了地上，一个劲地劝说百无求将太子服饰重新穿起来。

“别给脸不要脸啊！松手……别抓着老子的裤子，回去和妖王老爷子说，就说老子受不了当太子的这个气。别以为收老子当个干儿子，老子就不知道他这是在占老子的便宜。”百无求一边嚷嚷着，一边将聚在自己脚下的侍臣们一个一个地推开。

百无求嘴里还在不停地骂骂咧咧："还有你们几个，以为老子没听见你们在说什么吗？谁说的妖王是借机认亲把私生子认回来的？你才是私生子！你们全家都是私生子。你……别看别人，说的就是你！没人说你和你们家邻居长得像吗？从小到大是不是你爸爸一揍你，你们家邻居就在隔壁偷着掉眼泪？"

看着百无求越骂越过瘾的样子，归不归哈哈一笑，拉着差不多快脱光了的百无求，说道："看看这些日子把你憋成什么样子了，傻小子你先过过瘾，骂痛快了咱们就回家去。看看妖王都把你欺负成什么样子了，回去咱们什么都不干，天天找人骂街去，看谁不顺眼，老人家我带着你堵着大门口骂……"

和广仁、火山师徒一样，归不归他们在宫殿里面找到已经酩酊大醉的小任叁之后，这二人二妖便马上不辞而别。

知道广仁、吴勉等人相继离开之后，妖王并没有意外，也没有派人去找妖山王储回来的意思，只是说了"知道了"三个字后便再没有了下文。而另外一位太子疆盟则长长地出了口气，他派出两个贴身的妖物偷偷下山，想要跟踪百无求，看看他到底还有没有继续回来做太子的意思。

第二天一早，疆盟被妖王叫去，也不知道他们父子都说了些什么。足足过了两个时辰，疆盟才从妖王的宫殿里面走了出来，他出来的时候一脸的惶恐，手里还抱着两个妖物的首级，正是他偷偷派下山的那两个妖物。

归不归现在顾忌的只有那位痴缠了他几世的巫教教主。于是，归不归没敢直接回洞府，而是先去了泗水号在南海郡的码头，打听明白几年前的确有一个小姑娘在这里找一个什么人。

小姑娘找不到归不归，在海边大哭了一场之后，不死心又在码头待了小半年，还指望着老家伙能从海外回来。当时只要有大船回来，小姑娘都要在船下等着，直到所有人都下船她还是不死心，要亲自上船里里外外地检查一遍。

船上的水手和船老大都是在海上漂了几个月没有见过女人的，现在看见母猪都是双眼皮的，更别说这么一个水灵灵的美貌大姑娘了。也就是她因为身上带着术法，才没有被人欺负。要是平常的女人，那下场都不敢想象。

她几乎每上一艘船去寻找归不归的下落，就要在那船上大闹一场。这也成了码头上的一景，如果不是主管码头的泗水号管事看她可怜，暗中帮助了她，这小姑娘就算是有术法也早晚在这个男人堆里吃大亏。

就这样闹了大半年之后，一个上了年纪的老妇人来找小姑娘。好像是有什么事情要她回去。看着小姑娘的意思是不想回去，不过老妇人催得急，最后又哭又闹的，还要跳海。就这样，小姑娘迫不得已最后跟着老妇人离开了。

听说离开的时候，小姑娘跪在海滩上放声大哭，最后哭晕了还是被老妇人雇马车将她拉走的。从此之后，小姑娘再也没有出现在码头上。听到这个结果，归不归悬着的一颗心这才放了下来。

不过百无求对归不归的反应很是不以为然，二愣子瞅着自己的“亲生父亲”说道：“老家伙你还有脸松了口气？不是我们当儿子的说你，那怎么也算老子我的小妈了吧？你的年纪也不小了，指望老子照顾你那是不可能的。别看你现在还硬朗，说不定哪天开始你就炕上吃炕上拉了。家里没有个女人真是不方便，你敢把她娶回来，老子就敢管她叫妈。你们俩可别给老子整出一个弟弟妹妹来，指望老子给你看孩子，那可是痴心妄想……”

“呸！你以为天底下哪个吃了长生不老药的人都跟孙小川似的？傻小子，老人家我早就放弃再有子嗣的心了。现在就你一个了，再有孩子找过来，我老人家就当他们都是隔壁邻居生的。”

从码头离开之后，这二人二妖便急不可待地回到了高山上的洞府。几年未归，洞府也没有什么异常，这二人二妖回到洞府后顿觉自在多了。

休息了几天之后，他们又回到了几年前的状态。百无求带着小任叁天天去打野味，逗弄黑猫、财鼠，偶尔去山下的镇子里买一些日常生活用品。吴勉拿着那本谁也看不到字迹的《冥人志》在消磨时间，归不归则清点了洞府里面的天材地宝之后，又开始忙乎起扩建洞府，等着再讹点什么东西存放进去。

转眼过了两个月，到了秋高气爽的日子。小任叁看到漫山遍野熟透了的野果，便又开始磨归不归酿制他拿手的果酒。老家伙磨不过这个小家伙，便开始做酿造果酒的准备。

当下，老家伙将小任叁之前喝光的酒坛找了出来，刷洗晒干后就带着两只妖物漫山遍野地采集野果。

一天中午，两只妖物吃罢午饭之后，百无求便在小任叁的撺掇之下，带着口袋去山上采集野果了。不过这次他们俩刚刚出去不久，便嬉皮笑脸地跑了回来。两只妖物不怀好意地跑到了归不归的身边，小任叁奶声奶气地对着老家伙说道："老不死的，我们家人参的弟妹来了，你不准备准备吗？"

"人参的弟妹……"归不归瞬间明白了小任叁在说什么。当下老家伙直接冲到了阵法处，将洞府的禁制、阵法都打开以后，这才松了口气，回头对二妖说道："那个小丫头又找回来了……怎么还阴魂不散了？都别出去，她找不到我们自然会走……"

归不归的话还没有说完，便听到洞府外面隐隐约约传来了那个小姑娘的声音："归不归……我知道你回来了，我不是来纠缠你的……帮帮我，只有你能帮我了……"

第七十五章　吴勉和归不归的关系

听到小姑娘的声音之后，归不归就是一缩脖子，蹲在洞府门口，好像做贼一样向洞外看了几眼。虽然明知道小姑娘不会看到洞府里面的自己，不过归不归还是看了一眼之后马上就把脑袋缩了回来。

“别说老人家我没有提前警告你们俩啊，这事可不是你们俩能瞎胡闹的。”归不归小心翼翼地看着两个正在看热闹的妖物，生怕他们俩和自己嬉闹，突然冲出去对外面的小姑娘说归不归已经回来的消息。怕他们俩不听话，老家伙继续说道：“你们俩如果敢拿这个开玩笑，傻小子，老人家我就死给你看。一下去就喝孟婆汤去投胎，你下辈子就算不做老人家我的儿子，也还是我老人家的孙子。”

“人参，你也别乐。老人家我是惹不起席应真那个爸爸，不敢把你怎么样，不过这辈子你就别想再喝我老人家独门酿制的果酒了。你就守着那些又辣又涩的酒过下半辈子吧……”

归不归抓住了两只妖物的死穴，当下他们俩也不敢再嬉闹，不过看热闹总是可以的。这时，洞府外面又传来了小姑娘带着哭腔的声音：“归不归……我求求你了，我以后再也不缠着你了……只要你帮我这一次，我后世便再也不纠缠你了……救命啊……”说到最后，小姑娘竟然蹲在地上开始啼哭起来。

看着归不归贼头贼脑的样子，百无求的眉头便皱了起来，说道：“老家伙，一日夫妻百日恩，你差不多就行了，外面那个小娘们儿还哭个没完，你出去看看，能劝一句就劝一句。老子我就不明白了，人家如花似玉的大姑娘都不嫌弃你，你一摊老牛粪还摆什么架子？”

“她要是那么好说话，也不用纠缠老人家我几世了。”归不归叹了口气之后，继续说道，“你们是不知道她是什么样子，这些年还算好点。之前那些年，只要一转世投胎，不管男身女身，她都要来找我老人家再续前缘。那个时候整个方士一门，老人家我就是最大的笑话——吴勉你怎么出来了？你哪去啊？别出去……就当我们还在妖山没回来……”

归不归还没有说完，吴勉已经走出了洞府。他皱着眉头看了一眼还在哭哭啼啼的小姑娘之后，说道：“老家伙死了，三个月之前死在海外财神岛了。他的骨灰埋在财神岛了，想要去见最后一面的话，就去财神岛找两位东家，就说吴勉要他们俩带你去归不归的墓前祭拜……”

白发男人的话还没有说完，就见这个小姑娘白眼一翻，晕倒在他的面前。这下子吴勉有些意外地皱了皱眉头，无奈之下走到女人的身边，号了号她的脉搏之后，回头对洞府里面的两只妖物说道：“人参，把你藏的糖果拿过来，她是饥劳过度而晕倒的……”

“你当我们都是瞎子啊，明明就是被你吓死的。”小任叁一边嘀咕一边去他的洞室抓了一把糖块之后，借土遁之法直接到了吴勉的脚下。白发男人接过糖块，直接将其融成了糖浆，灌到了小姑娘的嘴里。

在吴勉的手段之下，温热的糖浆一点一点进了小姑娘的嘴里。片刻之后，她睁开了眼睛，有些迷茫地看着面前的白发男人。顿了一下，想起了刚才这个男人说的话，当下她的眼泪止不住地流了下来。她哽咽着说道：“他不是长生不老吗……怎么可能说死就死了？他是怎么死的……财神岛在什么地方？我要去看归不归最后一面……我要去看他……”

“等你先把身体调养好再说。归不归长生不老之身都会死，更不要说你了。”说话的时候，吴勉对着小任叁做出了一个数钱的动作。小家伙心领神会地回到了洞府，片刻之后带出来一个足足有四五斤重的金饼。

将金饼塞在姑娘的手中之后，吴勉继续说道："记住了，到财神岛后去找泗水号的东家孙小川，就说我让他带你去给归不归扫墓。他会带你去的……"

姑娘愣愣地看了手里的金饼一眼之后，哇的一声又哭了出来，对吴勉说道："我知道你也在伤心，怎么说你身上也流着归不归一样的血。他不在人世了，你心里也一定很难过，还要过来安慰我。虽然我没什么名分，不过如果你……"

"再敢继续说下去……我就要让你下去和老家伙团聚……"听到女人将他算在了归不归的名下，吴勉的脸色瞬间变了。白发男人也不顾自己是来干什么的，回头冲着洞府的方向喊了一句："老家伙，你出来和她说，我和你是什么关系……"

看到吴勉真急了眼，归不归就算再忌讳这个女人也要出来看看了。当下，就见归不归笑眯眯地从洞府当中走了出来。他慢慢地走到吴勉和女人的身边，嘿嘿一笑之后，说道："还能是什么关系，老人家我的儿子管你叫作小爷叔。我老人家也一直拿你当作长辈的……"

"归不归……你救救我们一大家子吧……"女人看到归不归没有死，还从洞府里面走了出来之后，当下便要向老家伙的怀里扑。被归不归躲开之后，小姑娘的脸上出现了一抹红晕。她抓住了归不归的衣角，带着哭腔低头说道："我实在是没有办法了，没有人能帮我……已经开始死人了，你再不帮我，真的就要死绝了……"

"刚才你说什么来着？只要帮你这一次的话，我们这么多年的瓜葛便烟消云散了？是这个意思吧？"归不归看着吴勉脸上的阴云多少散开一点，这才继续说道，"要是那样的话，老人家我也不是不能帮你。不过你要发个誓意思意思，不是我老人家不相信你，实在是你以前也这样消遣过老人家我。结果忙老人家我是帮了，祸我老人家也是替你兜着，最后到头来该怎么样你还怎么样，一点变化都没有。”

听到归不归让她发誓，小姑娘便好像受了什么天大的委屈一样，使劲地瞪大了眼睛，似乎要将眼眶当中的泪水瞪回去。随后她一万个不服气地看着归不归，说道：“皇天在上，后土在下。我谭清儿在此起誓，如果这次归不归帮我解决大事，有生之年我遇到此人便绕路而行。看到此人便自挖双眼，触碰到此人便自断双臂，与此人说话便剪断舌头，天地为证，如有违反，谭清儿愿受无间地狱之苦。”

说完之后，这个叫作谭清儿的小姑娘抹了一把眼泪，继续对老家伙说道：“现在我可以说了吧？”看到老家伙笑眯眯地点头，谭清儿恨得牙根痒痒，瞪了他一眼后一五一十地将自己身边发生的事情和他说了一遍。

谭清儿是她这一世的名字，这一世她出生在一个破败的孝廉家。她打出生就有前世的记忆，加上从小便开始将她前世学成的术法重新修炼了起来，因而八九岁的时候她便凭着胎里带来的术法，成了远近闻名的天才灵童。

本来家里给她定下了婚事，无奈谭清儿心里一直有那么一个人，便想尽了办法悔婚。看她的年纪一点一点地变大，家里人也是着急。与家人争吵过后，谭清儿便离家出走，在集市上遇到了她几世的孽缘。

后来在码头等归不归的时候，她遇到了前来找她的奶妈，说她家中突遭横祸，让她马上回去……

第七十六章　谭清儿的大仇

谭清儿这一世的家庭虽然是落魄的孝廉之家，不过瘦死的骆驼比马大，加上祖上在汉、晋都做过官吏，在当地也是数得上的人家。谭清儿出世的时候，家中还有几百年前留下来的祖屋，和八十多亩祖上留下来的土地。

就在谭清儿追着归不归一路到了码头的时候，她的父亲突然中风不能言语，家中的一切事物都交到其母王氏的手里。只是王氏不方便抛头露面，便将大小事务都托付给自己的弟弟，也就是谭清儿的亲舅舅王贵仁。

谭清儿的这位舅舅见财起意，趁着谭父中风不能言语，竟然买通了县衙的书吏，做了假的买卖文书，标注几年前谭父已经将祖屋、土地卖给了王贵仁，随后将谭家老少都从祖屋当中赶了出来。

谭家怎么说也是当地的大姓，听说本家大爷被小舅子欺负了，迅速集结了百来号人马，手拿棍棒要去找王贵仁算账。听说谭家大队人马来找他算账，王贵仁吓得直接躲进了县衙。

没曾想谭家在衙役当中也是吃得开的，这大队人马直接冲进了县衙，当着县太爷的面将王贵仁一顿好打，逼着他说出是如何买通书吏做假的买卖文书，欺瞒县太爷的。本来谭、王两家争产，这位县太爷也是吃了王贵仁好处的。不过现在如果偏向王贵仁，弄不好他也要陷在里面。于是县太爷装作如梦初醒，将王贵仁打了四十板子，扔到了大牢里面，把之前属于谭家的财产又还给了谭父。

以为这官司就算是了结了，谭家人欢天喜地地抬着谭父回到了祖屋，喝了一顿酒，又闹了半宿之后便各回各家了。没有想到一个月之后，事态完全扭转了过来。

王贵仁在大牢里面待了半个多月，家里花了大钱才把他赎了出来。他刚刚被人抬回家，便赶上以前喝酒吃肉时认识的游方修士找上门来。王贵仁见到修士，便好像是受了委屈一样，添油加醋地将谭家人是如何骗他买了谭家的祖宅和土地，然后又是如何买通了县太爷将买过来的祖屋、土地抢回去的事讲了一番。

这还不算，谭清儿的这位舅舅又胡编乱造了不少有关谭家为祸乡里、抢男霸女、无恶不作的事，把这么些年他听到有关恶霸的故事都安在了谭家人的头上，听得这修士火冒三丈。修士立马答应给王贵仁出这口气，事成之后，王贵仁会在本地为修士修建一座道场。

当天晚上，修士就在王家作法。日出之前，被王贵仁认定的几个"该死"的谭家人都横死在家中。这些人的死相很惨，都是突然发狂用利刃切断了要害部位而死。其中谭清儿的生父死得最惨，他一个中风无法行动的人，竟然爬了起来手持利刃将自己的心脏挖了出来。

这样的情景，谁看到都明白谭家这是招惹到修士了，而且最近除了王贵仁也没有人和他们有这么大的仇。当下谭家人又集结几百号人杀到了王贵仁家，没有想到还没进大门，带头的几个人便在大门口吐血而亡，吓得剩下的人作鸟兽散。

本来已经盖棺定论的官司再次反转了过来，谭家的祖屋和土地都归了王贵仁不算，谭家的支脉还被罚了一百亩的土地、一千贯钱，这些都归了王家。

有修士撑腰，王贵仁在当地不可一世，将谭家人都赶了出去。谭父死后，母亲王氏因为这个不要脸的亲弟弟没脸再见谭家人，没过多久便上吊自尽了。只有看着谭清儿长大的奶妈知道小姐会术法，或许能够报了这个血海深仇。

谭清儿还在吃奶的时候，便开始修炼前世的术法。成名之后她还教授了奶妈一些粗浅的术法，只是这些术法实在太粗浅，别说替谭家人报仇，就连防身都做不到。不过好在奶妈还是学会了一个和谭清儿联系的术法。于是，她冒着风险一个人走了几千里路，最后在码头找到了待在这里等归不归回来的谭清儿。

开始奶妈担心谭清儿一时接受不了父母双亡的噩耗，只说老爷、太太都病重，请小姐回去照看双亲。想不到谭清儿好像着了魔一样，死活都不肯回去，最后奶妈迫不得已才将她父母横死的消息说了出来。

不管怎么说，谭氏夫妇也是谭清儿这一世的父母，也是看着她一点一点长大的。听到这个噩耗之后，谭清儿这才跟着奶妈回到了家乡。回来之后，谭清儿马上去找自己的舅舅报仇。不过交手之后，她才发现自己完全不是王贵仁请来的修士的对手。如果不是靠着她几世的经验，她早就死在修士的手里了。

归不归没找到，家里的双亲又都被人害死，双重的打击让谭清儿痛不欲生，她和归不归的联系已经断了，又找不到人来帮忙。最后只能回到这一世和归不归相遇的地方，等着他回来。现在她能找到的帮手似乎也只有归不归了。

听了谭清儿的叙述之后，归不归的心反而落地了。老家伙本来还怕这个小姑娘会给他出什么难题，原来只是过来借打手的。在老家伙看来，就没有比这个更简单的事情了，现在术法能在他归不归之上的，满打满算一只手也数过来了。只要不是那个在海上钓鱼的，和那个喜欢打人嘴巴的，其他人还不在老家伙的眼里。

归不归详细地打听了一下那个修士的来历，但谭清儿也说不清楚那个修士的来历。不过不管怎么看，一个游方的修士再厉害，也不会是他们几个人的对手。

当下，归不归再次肯定了谭清儿的话：“真的替你报了仇，你就不会再纠缠我老人家了？别仇我给你报了，你还天天过来堵门，这老人家我可受不了。”

“刚才我已经起誓了，只要归不归你能替我报了这个血海深仇，我谭清儿今生便视你归不归为路人。”谭清儿看了一眼百无求，随后继续说道，“再有纠缠你的行为，我便遭受天谴而死。不过如果你没有替我报仇，前世今生我们的孽缘便要再深一分。”

“只要你不再来纠缠，就是让老人家我屠龙，我老人家的眼睛都不会眨一下的。”归不归嘿嘿一笑之后，对身边的吴勉说道，“本来这样的小事不打算麻烦你的，不过我们四个一起惯了，冷不丁身边少个人，我老人家心里还有点别扭。”

听着归不归客气得不能再客气的话，谭清儿瞪大了眼睛，对归不归说道：“他真不是你儿子吗？当年在前朝皇宫的时候，是谁告诉我他是你儿子来着……”

“我和你去。”吴勉回了归不归一句话之后，转头对着谭清儿说道，“你慢慢想是谁告诉你的，我不急，你能想起来就好……”

几句话让谭清儿的心里直冒凉气。这个时候，归不归名义上的儿子百无求凑了过来，撇着嘴上下打量了谭清儿一番之后，对归不归说道：“老家伙，不光她不能纠缠你，你也别主动往前凑。老子知道，什么事都是凑来凑去凑出来的。老子给你提个醒，妖山上老子还有个娘在等你……坏了，这次怎么忘了去看娘了……老家伙，完事后你还要陪老子回妖山一趟。老子要看看是哪个娘们瞎了眼，看上你了……”

看着谭清儿瞧百无求的眼光不善，归不归苦笑了一声，自言自语道：“怎么右眼眼皮一直在跳……这是谁在算计我老人家吗？”

第七十七章　苏仙师

谭清儿这一世的老家——斫县，距离这里并不近。老家伙雇了两辆马车载着他们一行向着斫县进发。第五天傍晚，马车到了谭清儿的老家。马车先是围着谭清儿的祖宅转了一圈，现在这里住的就是谭清儿的舅舅王贵仁。

除了里面的晦气多了一点之外，并没有发现什么异常的情况。归不归还是不放心，隐匿了身形之后，进到里面转了一圈，也没有发现什么不对的地方。王贵仁正在家里宴请县衙的书吏，听他们俩话里的意思，这俩不要命的竟然将主意打到了县里泗水号商铺的身上。仗着有那个修士做靠山，两个人打算吃掉泗水号的一批货，让他们吃个哑巴亏。

本来听到这里，归不归便可以认定这俩倒霉催的死定了，他老人家可以让泗水号的主事来对付他们俩。不过这件事情牵扯到了他的孽缘，他也不敢托大，竟然放下身段偷听了这两个人的对话。

书吏对从泗水号身上谋利，还是下不了决心。王贵仁给他斟满一杯酒之后，劝慰道："泗水号也是人办的，再大也是民。这个老兄你不用担心，只要我们行事周密，泗水号那俩主事根本不可能知道是你我做的。就算事情败露了也没有什么，咱们背后有苏仙师。谭家怎么样？当初也是咱们县里的一大姓，现在呢？老兄你在大街上走一圈，还能看到几个姓谭的？"

听王贵仁提到那位苏仙师，书吏这才有了点信心，喝下了一杯酒之后，说道："贵仁，我给你提个醒，小心老谭家也找来修士帮忙。你外甥女你还不知道吗？六岁就能吐火球，九岁能祭天雨。十二岁的时候，咱们上一任县太爷家里闹鬼，还是这丫头抓的。当时都传说你这外甥女是骊山老母的弟子，就算斗法输给了苏仙师，一旦她回去请来师门的长辈，到时候苏仙师顶不顶得住可就两说了。"

"什么骊山老母都是骗人的，你别信这个。"王贵仁撕下一条鸡大腿递给了书吏，随后继续说道，"谭清儿这丫头我知道底细，后来他们老谭家找能人给这丫头算了一命，说她上辈子就是修士，投胎的时候没喝孟婆汤，是带着上一世的记忆来的。如果真有同门的话，那小丫头早就回去拉人了。你自己算算都过了多久了？连个影子都没带回来……"

顿了一下之后，王贵仁将周围侍候饭局的下人都轰了出去。看到左右没有了外人之后，他将嘴巴凑到书吏的耳边，压低了声音说道："就算那丫头真的还有师门中人活着，也没有什么。咱们那位苏仙师那就是神仙下凡，我亲眼看到的……真真的。他洗澡的时候，我从窗外看了一眼。他脱了衣服后身上闪着七彩光芒，当时我的眼睛就瞎了，第二天才恢复过来——老兄你躲什么……"

"贵仁，我可不好你那调调，有话你就说，别动手动脚的。"刚才说话的时候，王贵仁就有意无意地去抓书吏的双手。被他挣脱之后，书吏脸色涨红地向后躲了躲。他忌惮王贵仁身后的苏仙师，顿了一下之后，继续说道："好好的你去看人家仙师洗澡干什么？"

"那不是无意当中看到的吗？"王贵仁讪笑了一声之后，继续说道，"不过该怎么说还是怎么说，我老王用项上人头作保，苏仙师就是天上的神仙无疑。我看得真真的……"

听到这里，归不归也没有心思听下去了。他倒不是怀疑王贵仁在替那个姓苏的修士吹牛皮，极有可能是苏修士已经发现了窗外藏着人，这才使用类似幻术的术法迷住了王贵仁的眼睛。连一个乡间豪绅都忌惮的修士，估计也强大不到哪去。

回到马车上之后，归不归将刚才听到的和吴勉、两只妖物说了一遍。白发男人倒没有说什么，百无求哈哈一阵大笑，对着自己的“亲生父亲”说道：“还敢说他是神仙，那个姓苏的是神仙，老子是什么——神魔？老家伙你别听他胡说八道，真是神仙的话还用待在这个小小的县城里？”

“这几年傻小子你尽说聪明话了，再过几年老人家我和你说话，都要多想几分了。”归不归嘿嘿一笑之后，对吴勉说道，“老人家我看也是这样，姓苏的修士没有什么大不了的……”

说话的时候，老家伙看着后面藏在车里的谭清儿，费尽了心力才劝住她没有冲进去杀了王贵仁给她的父母报仇。想到能顺利解决这件事，归不归嘿嘿一笑，自言自语道：“这么多年老人家我也难得能松快一下了，孽缘就是孽缘，这就差不多了……”

从谭家祖宅出来之后，归不归找了当地人打听，又和吴勉去了刚刚建好的道场。两个人装作香客进了道场。这里是用王贵仁以前的房子改建的，虽然看着有些简陋，不过香火倒是旺盛，现在天色已经擦黑，还陆续有香客从里面走出来。

别家的道场都是一早迎接香客，除了初一、十五和天上神明的寿诞，其余的日子基本上中午就看不见人了。可这座道场里面人来人往的，还有不少人赶在吴勉、归不归后面进来上香参拜。

进来之后并没有看到那位姓苏的修士，在这里迎来送往的都是二三十岁的小修士。归不归打听后才知道这些小修士都是当地的百姓，因为这座道场的苏仙师法术通玄，加上对善男信女们有求必应，这才将方圆几百里的香客都招来了。

几个在附近居住的百姓看到有外乡人进来打听，便有些兴奋地将苏仙师的神迹对归不归说了一遍。香客当中有半个月前受了重伤，伤到了脊椎大骨，躺在家里几乎是等死了，听说这里的仙师灵验，便想试试看，请邻居将他抬了进来。在众人的搀扶之下，这人给这里的苏仙师磕了几个头，回家睡了一觉之后，第二天一早竟然可以下床了。本来是躺在床上等死的伤，结果没有几天竟然无药自愈。三天之后这人竟然能下地干活了。

类似这样的事情，随随便便抓过来一个人，他就能说个三天三夜的。凡是被这位苏仙师治好的人，都成了这座道场的信徒。城中的人不管什么时候，只要有时间便来这里溜达一圈。兜里有俩子儿就给点，没钱的直接上炷清香磕个头也就算是个意思。没过多久，有事没事进道场逛逛已经成了当地人的一种习惯。

归不归一连问了几个人，都是这样的说法，老家伙这样的九曲玲珑心都没有看出来什么破绽。

在道场里面闲逛了一阵之后，突然听到有香客喊道："苏仙师回来了！善男信女们去迎仙师啊……不要挤……"

这人一嗓子之后，众香客便好像潮水一样向着道场外面涌去。片刻之后，众人拥着一个三十多岁、长着三绺墨髯的清瘦男子走了进来。听着信徒口称其为苏仙师，应该就是那位替王贵仁除掉谭家的修士了。

那修士身上的气息并没有什么特殊的地方，吴勉、归不归对了一下眼神之后，老家伙在自己便宜儿子的耳边说了几句，百无求的眉头便皱了起来："老家伙你就缺德吧……"

轻轻骂了一句之后，百无求转身大大咧咧地向着修士走了过去，对他说道："那个什么仙师，他们都说你灵。有人说老子生下来就有妖气，你看看怎么把老子身上的妖气除了？"

第七十八章　神明与蝼蚁

那修士上下打量了百无求一眼，顿了一下之后，回头冲自己的善男信女们说道："各位请回，我这里还要处理一件俗事，今天道场暂时关闭。各位想要祈福还愿的，明天请早……"

当地的百姓已经将这位苏仙师当成了神明一般的人物，当下纷纷向修士行礼，随后带着疑惑的目光看着吴勉、归不归和两只妖物。他们都看到这个黑大个是跟着这两个人一起来的，不知道这几个人要做什么。不过苏仙师怎么说也是神明，不会在这几个人手下吃亏的。

看到所有的善男信女都离开之后，修士又打发走了道场当中的小修士。等到整个道场就剩下他自己和吴勉四个之后，这位苏仙师这才微笑着对百无求说道："阁下体生双妖，不知道是你要消除妖气，还是另外那位和你一模一样的妖物要消除妖气呢？"

"什么体生双妖？你在胡说八道什么？"谁都没有告诉百无求他体内有一个和他长得一模一样的妖物，当下二愣子认定了这是一个江湖骗子。他不理会脸色已经大变的归不归，正想要去教训这个"江湖骗子"的时候，突然捂着脑袋有些痛苦地喊道："你说什么？什么叫快点跑，不跑就没命了？你是谁？要什么花招？老家伙……小爷叔，是你们谁在老子的脑袋里面瞎嚷嚷？"

修士笑眯眯地看着百无求痛苦的样子，顿了一下之后，再次说道："看来已经有妖物察觉到我的身份了，出来吧……"

修士说话的时候，百无求脸上的表情已经有了变化。一瞬间，刚才懵懵懂懂的二愣子变回前后三次现身的“百无求”。“百无求”开始慢慢向后退去，一边退一边对修士说道：“我的运气还真是不好，竟然能遇到平妖仙君，满天的神明你可是最让我忌讳的那一个。”

“原来你真的认识我，那就奇怪了，你能认出我来，说明我应该也见过你的。”修士看着面露古怪表情的“百无求”，仔仔细细地打量了一眼之后，继续说道，“不过我却一点都想不起你是什么妖物了，能提醒我一下吗？”

这时候，“百无求”已经退到了吴勉、归不归的身边，叹了口气之后，说道：“恭喜你们，这次惹到了最不应该惹的——神，这位是天上掌管我们妖物的神明——平妖仙君……”说到这里，“百无求”又叹了口气，对吴勉、归不归继续说道：“这次你们把我们俩害苦了，知道什么叫作平妖仙君吗？掌控天下群妖的是妖王，天下群妖的克星是他……”

听到“百无求”的口中说出这个修士竟然是神的时候，吴勉、归不归二人的脸上也都露出了惊讶的表情。天上的神明各司其职，他们在天上平衡着世间万物。神基本上都是修炼得道的修士渡劫之后，羽化飞升而成。神飞升之前已经舍弃了皮囊，除了几个极个别的神明之外，绝大多数的神是不可能再以肉身回到人世间的。

之前吴勉、归不归也见过那个被席应真堵在山洞里面的瘟疫之神，那个虽然也叫神，不过和现在面对的平妖仙君相比那是差了许多。

而这个时候的平妖仙君也在微皱眉头看着“百无求”。“百无求”介绍完他的身份之后，平妖仙君突然想明白了“百无求”的身份：“不对，你不是妖物。你身上的不是妖气……你和我一样，都是天上的神。”

顿了一下之后，平妖仙君对着“百无求”继续说道：“刚才你说满天的神明我是最让‘你’忌讳的那一个，忌讳我的不是你，是他……”

这么多年以来，吴勉、归不归都在猜想“百无求”到底是个什么妖物，为什么妖王宁可杀光自己的子嗣，也要给百无求即位妖王铺路。之前归不归还根据二愣子的出生年月整理出来三个神话故事一样的传说，想不到现在出现了更加匪夷所思的说法，一直躲藏在百无求身体里面的这个一模一样的“百无求”，竟然压根就不是什么妖物，人家分明是神……

现在困窘的就是归不归了。这个老家伙答应了帮谭清儿报她这一世杀害父母的大仇，作为她不再纠缠他的条件。现在要面对的是神明，看来他的余生是免不了被她纠缠了。

好在现在平妖仙君的注意力都在“百无求”的身上。他怪异地看着面前这个黑大个子。想破了脑袋都想不起还有哪个下了凡间的神明能和他对上号。

“你们神仙的事情一会再说，有没有个先来后到？”这个时候，吴勉突然古怪地笑了一声。归不归来不及拉住他，他已向着平妖仙君的位置走了过去，边走边说道：“我们现在算算死在你手上的那几条人命，谭家的人不会就这么白白死了吧？”说话的以后，贪狼慢慢地从吴勉的掌心当中“吐”了出来。

“人命？有那么重要吗？”平妖仙君的注意力终于从“百无求”身上转移到吴勉的身上，淡淡一笑之后，继续说道，“你杀牛、羊吃，有人要你还牛、羊的性命，你也会这么在意吗？在我这个位置看，那几条人命和牛、羊也没有什么分别。”

“还是有点区别的，没有人来找我算牛、羊的命……”吴勉将贪狼紧握在手中，冷笑了一声之后，继续说道，“现在我在和你算谭家人的性命，你不是神吗？让他们活过来。”

“你吃到肚子里面的牛、羊，也会活过来吗？”平妖仙君也跟着冷笑了一声，随后继续说道，“你以为有长生不老之身，便可以不把神放在眼里了吗？神就是神，不是你们这些蝼蚁可以亵渎的！”

一句话说完，平妖仙君伸出一个手指头，对着吴勉虚点了一下。白发男人顺势将贪狼的平面横在自己的胸口，当作盾牌来抵挡。不过平妖仙君这一指似乎没有任何效果，当他将指头收回来后也不见吴勉有什么异常。

就在众人、妖都以为平妖仙君在虚张声势的时候，贪狼突然发出一阵清脆的金属击打的响声，随后就见横在吴勉胸口的贪狼上面瞬间出现了一个小小的窟窿，连带着吴勉的前胸也出现一个贯穿到后背的血窟窿来。

鲜血瞬间从吴勉的伤口喷了出来，将他的前胸染得血红。不只是吴勉，和他站在一条线上的归不归也是一个下场。老家伙的前胸出现了一模一样呼呼冒血的血窟窿，一瞬间便能看出神和他们修士之间的差距。

“现在知道什么叫作神了吗？”平妖仙君冷冷地笑了一下，他已经不屑于将这个白发男人置于死地。在这位神看来，吴勉和归不归已经是他砧板上的鱼肉，他随时随地都可以宰割。

平妖仙君将注意力转回到“百无求”的身上：“你不是最近才下到凡间的，为什么我……”一句话还没有说完，平妖仙君的眼前一花，那个胸前还在不停冒血的吴勉已经到了他的面前，举起被打出一个窟窿的贪狼对着他的脑袋劈了下来。

“你还没说完，神明是什么……”

平妖仙君怎么也没有想到这个修士竟敢对他这个神动手，当下来不及催动神力，只能将身体向后仰，连滚带爬地躲开了吴勉这一下。

第七十九章　弑神的开始

“你想要弑神吗？”躲过了这一下之后，平妖仙君大吼了一声。在他看来，这几个和蝼蚁没有什么区别的人竟然敢对神动手，完全就是不可思议的事情。在他眼里，神要杀人杀了就是，人若要弑神那就是大逆不道、有违天理的事情。

躲过了吴勉这一下之后，平妖仙君瞬间鼓足了神力，正要对着白发男人动手的时候，身后突然传来一阵异响。随后，一股巨大的力量从平妖仙君的背后袭来。一瞬间，平妖仙君已经控制不住自己的身体，巨大的力量推着他向前飞了出去。他已经看到前方不远处的吴勉举起了贪狼，就等着他扑过来，将脖子抹在贪狼的刀锋上。

之前平妖仙君是想将贪狼直接震断的，想不到最后却只是在上面留下一个小窟窿。他虽然是神明，可是脖子未必硬得过白发男人的刀锋。不过神就是神，一瞬间平妖仙君便化解了身后那股巨大的力量，身子直挺挺地站在距离贪狼刀锋一尺有余的位置。

站在平妖仙君背后做手脚的是老家伙归不归，刚才这位神明只是伸了伸指头，他和吴勉便同时受伤。本来看在“百无求”的分上，还有和解的余地。不过现在白发男人的脾气上来了，他和吴勉是一根绳上的两只蚂蚱，既然白发男人先动了手，神也不会放过他。

归不归最近仗着有储金在手，用惯了破空，于是趁着平妖仙君不注意，绕到了他的身后。老家伙和吴勉好像提前排练过多次一样，白发男人一刀逼退平妖仙君的同时，归不归已经对他施展了破空。他这次的目标是平妖仙君，虽然他胳膊拉开的幅度并不大，只是拉开了一道小小的缝隙，不过力道却比以往的破空都要强大。

想不到使用了破空，也只是将这位神明向前推了几丈。看着平妖仙君硬生生停住了脚步，归不归这只老狐狸也开始有些发愣，嘴里自言自语道："这就是神和人的差距……"

就在归不归也不知所措的时候，吴勉已经再次对着平妖仙君挥刀砍了下去。这时候的平妖仙君已经有了充分的准备，看见吴勉挥刀的一刹那，他的身体瞬间向左移动了三丈远，吴勉这一刀落空了。

就在平妖仙君躲开了这一刀准备要反击的时候，吴勉手中的贪狼突然顺势甩了出去。平妖仙君刚刚站稳，眼前刀光一闪，贪狼对着他飞了过来。无奈之下，他只能再次施展瞬移，左边是墙，右边是飞过来的贪狼，他只能将身体向后退去。

就在平妖仙君向后退去的时候，他有些心虚地看了一眼刚才归不归所在的位置。果然，那个老家伙不知躲到哪里去了。一瞬间，他的心里开始不安起来。他一边躲避吴勉的攻击，一边到处去找归不归的下落。生死攸关之间，他分心二用，就算是神也难以兼顾得到。

平妖仙君一边躲开贪狼，一边在防着归不归的暗算，突然感觉到脚下冒出一丝不易察觉的妖气。他低头往下扫了一眼，却是什么妖物、妖器都没有看到。就在他再次将注意力转移到吴勉手中的贪狼上的时候，他的脚底突然传来一阵剧痛，好像被什么利器刺穿了。

"我们人参得手了！你们俩弄他啊……"传出来这声音的时候，小任叁已经再次遁地了。这位神明是能克制妖物的，如果被他逮到可不是闹着玩的。

是龙鳞！看不见法器的样子，应该是龙鳞法器……平妖仙君正要咬牙将自己的脚从法器上面拔出来的时候，感觉身后晃过一个人影，正是刚才在后面暗算他的那个老得不像样子的老家伙。这时候的归不归已经补充好了术法，老家伙再次对着平妖仙君的后背拉开了双臂……

龙鳞法器上面带着倒刺，平妖仙君试了几次都没有将自己的脚拔出来。当下他只能威吓归不归，希望可以争取一点时间。虽然归不归的术法奈何不了他，不过刚才被破空打中的感觉，作为一个神也不想再来第二次了：“你以为这样就能弑神了吗？刚才你又不是没有试过……”

“你在往哪里看？”平妖仙君的话还没有说完，身前突然响起吴勉那谁听了都会觉得噎得慌的声音，“这个时候你东张西望……尊重我一下好吗？”

等到平妖仙君转头的时候，看到吴勉也在做着和归不归一模一样的动作。这个白发男人将双臂举在胸前，随后慢慢拉开。吴勉这是第一次使用破空，虽然没人教过他，不过看归不归施展多了，加上徐福的《冥人志》当中也记载了有关破空的使用方法，他也多多少少会用了。当下便和老家伙一起，一前一后用破空夹击这位神明。

这个时候平妖仙君的脚被钉在地面上挣脱不得，就在他打算豁出去硬拔的时候，前后两股巨大的力量同时袭来。两股破空同时打在一个神的身上，他也算是古往今来的“第一神”了。

这两股力量直接让平妖仙君一口鲜血喷了出来，随后他倒在地上不停地抽搐。一开始平妖仙君还是不停地吐血，到后面吐出来的鲜血当中开始夹杂着暗红色的血块，再往后已经有碎裂的内脏顺着他的嘴巴吐了出来……

“恭喜你们，这次你们真的弑神了……”站在不远处的“百无求”看到这里之后，对已经虚脱倒地的吴勉继续说道，“你不是第一个弑神的人，却是让神死得最窝囊的。看在你们照顾‘我’这么多年的分上，我劝你们一句。你们三个是运气好，碰到的这个神是专门克制妖物的，一开始就逼得他连还手的机会都没有。但天下的神明大都是克制你们人的，下次再遇到就没有这么好的运气了。”

这时候，吴勉和归不归都因为脱力而说不出话来。老家伙正在使用储金给自己补充术法。懂事的小任叁从地下钻了出来，在归不归身上摸出另外一个储金之后，急急忙忙地送到了吴勉的手上。

恢复了术法之后，吴勉这才重新站了起来，看了一眼已经被挤压成肉酱的平妖仙君，才翻了翻白眼将目光转到“百无求”的身上，说道：“别说他了，还是说说你吧。原来你也是神，吃了我们这么多年，怎么也应该说说你是哪位神仙吧？过节祭神的时候，我也能给你多加个果子。”

“我？你不说我都忘了……”“百无求”古怪地笑了一下之后，脸色突然一变，瞬间又变回归不归那个愣愣的便宜儿子。百无求张大了嘴巴，指着倒在地上的平妖仙君的尸骸，说道：“老家伙！你们什么时候动的手？一个小修士至于让你们下这么重的手吗？你们都是正经人，干架揍人能不能也正经一点？别下那么重的手。小爷叔，不是老子说你，没事别和老家伙走得太近，再被他带坏了……”

“你走得还真是快……”看着百无求变回原来的样子，吴勉冷笑了一声。随后他对小任叁说道：“任叁，去把你弟妹带进来，让她看看这个死人是不是她的仇人……”

听到吴勉的话，归不归脸上的表情变得古怪起来，趁着谭清儿还没有进来，对白发男人说道：“刚才‘百无求’说得没错，我们这次只是运气好，碰到了一个不克制我们，又没怎么见过世面的神。我们不是徐福和席应真那个爸爸，弑神的祸端太大，承受不起的……”

第八十章　灭口

一间黑漆漆的房子里摆放着四个座位，其中三个座位上坐着两男一女三个黑衣人。三个人一动不动地坐在各自的位置上，没有任何交流。如果不是这三个人都睁着眼睛，谁看到都会以为他们睡着了。

“轰”的一声，其中那个空着的座位突然化成了粉末，散落到地上。

“平妖殁了……”三个人终于有了动作，目光都聚集到了散落在地的粉末上。顿了一下之后，唯一的女人怪笑了一声，对其他两个人说道：“我就说了这一次不会一帆风顺吧？现在的人真是不得了，连弑神这种事情都做得出来……”

“是徐福吗？”一个男人沉默了片刻之后，对另外一个男人说道，“还有那个叫作席应真的术士，会不会是他们俩做的？”

“不会是他们俩的，徐福还在东海钓鱼，席应真也不会出现在那个地方……”最后说话的男人好像是三个人当中的首领，顿了一下，他继续说道，“不管怎么说，出现了弑神的事情，都不会是什么好兆头。我们的事情暂停，观望一下风向吧。现在死了一个神，上面也不会当作什么事情都没有发生一样。”

“也只能这个样子了。”另外一个男人有些恭维地说道，“小心一点也好，以防他们下来查弑神的事情时牵连到我们。不过平妖刚刚建造的香火之地就这样没有了，还真是有些可惜。”

“总比被上面查到要好，起码我们刚刚开始布局，除了死了一个神之外，损失并不大。”首领说了一句之后，又对女人说道：“冬凤，你现在去消除我们留在平妖身边的痕迹。记得，不管发生什么事情，都不可以惹起事端……”

小任叁将藏在道场外面的谭清儿带了进来，让她辨认已经不成人形的平妖仙君。小姑娘忍着恶心反复看了几遍，才终于认出这摊东西就是当初差点要了她性命的那个修士。

当初归不归并没有拿这位平妖仙君当回事，只是随随便便问了几句，现在知道他是神之后，便要仔细询问当初谭清儿是怎么从他手上逃生的。现在被归不归再次提起来，谭清儿这才反应过来，那次好像是这位苏仙师有意放她走。大概他觉得已经杀了那么多的谭家人，对谭清儿下不去手，便有意手下留情。

不过不管怎么样，王贵仁身后依靠的苏仙师已经死了。现在没有什么可以阻拦谭清儿去找自己的亲舅舅报仇了。当下这个小姑娘一把火点着了这座刚刚兴建起来的道观，随后一阵风一样地杀到自己以前的祖宅。本来后面的事情已经不算什么，不过毕竟刚刚有位神明死在了他们俩的手上，吴勉、归不归二人还是跟过去看一眼才能放心。

不过到了谭清儿祖宅的时候，这里已经是一片火海。几个人冲进火场，发现王贵仁连同他全家老少都已经被大火烧死，还有那个来赴宴的县衙书吏也被大火烧成了焦炭。

祖宅的大火没有什么古怪，归不归也没有发现有什么术法的痕迹。转了一圈之后从火场出来，归不归向周围的邻居打听老谭家这大火是怎么着起来的。根据谭家的一个老街坊所说，差不多就是他们弑神之后不久的那段时间，谭家祖宅突然着起了大火。

因为知道里面住着的是抢了谭家祖宅、田地的王贵仁，这些街坊也没有帮着救火的意思。谭家祖宅是独栋大宅，也没有什么相邻住户，不用担心火势蹿到别人的房子。当下，这些邻居们都出来看热闹，谈论的都是天理循环、报应不爽这样的话。

听了邻居们所言，火势除了烧得快了一点之外，也没有什么特别的地方。不过归不归还是走到了吴勉的身边，两个人小声地嘀咕了几句。最后归不归派出自己的傻儿子去和谭清儿交涉，说他已经帮她报了大仇，现在两债相抵，以后谁也不要再去纠缠谁了。

归不归不好意思独自面对这段孽缘，身边又找不到合适的人，只能把二愣子派出去了。归不归好不容易将事情对百无求说明白了，二愣子也将谭家小姐径直拉到了一边去谈。但是别看百无求骂街天下第一，像谈判这样的细致活让他去做，还是差了一些。

说了半晌之后，百无求垂着脑袋回来了。他对自己的“亲生父亲”说道：“老家伙，那个小丫头片子不认账了，她说姓王的是被火烧死的，而你们约定的是你给他报仇。老家伙你就弄死了一个姓苏的，姓王的账可不能算在你的头上。老子看也是，老家伙，你这活就干了一半啊。要是一进城直接先弄死这个姓王的就好了，现在老子想帮你说话，都不知道要怎么去说。

“不是老子说你，你就认了，把那个小姑娘娶回家也不是不行。不过咱们话说在前面。第一，老子最多喊她大姐，喊她妈你们做梦都不要想。第二，别再给老子弄出个弟弟来。我们哥俩差几百岁，老子丢不起那个人。”

“呸！这么点活你都干不好，以后怎么继承妖王的大位？”归不归愤愤地瞪了百无求一眼。随后他目光在吴勉的脸上转了一圈之后，又对小任叁说道：“人参，你跟着老人家我走一趟。记得啊，别学你大侄子，送走了这位姑奶奶，我老人家年年给你酿果酒。”

说话的时候，归不归拉着小任叁向站在墙角的谭清儿走去。他刚走了几步路，谭清儿背后的那面院墙突然坍塌，将谭清儿埋在了里面。这个突如其来的变化吓了归不归一跳。反应过来之后他急忙飞奔过去，将谭清儿从砖石堆里挖了出来。但这个时候，这位纠缠了他几世的孽缘竟然已经断了气。

一块尖锥形的砖石直接砸在了谭清儿的后脑，将她的脑骨砸出一个大窟窿。就这么片刻的工夫，刚才还指着百无求脖子骂回去的谭清儿竟然香消玉殒了。

归不归都不敢相信自己看到的一切。老家伙仔细察看了一番，缓了半晌才明白过来。他将谭清儿的尸身交到了自己便宜儿子的手上，随后向吴勉走了过去："有人在灭口……本来应该想在前面的……大意了……"

"有人灭口？你想说灭口的是神吧？"吴勉面无表情地看了被百无求抬上车的尸首一眼。刚才谭清儿被埋在砖瓦之下的时候，他已经明白出了什么事情，不过周围找遍了也没有发现什么。现在看着好像变了一个人似的归不归，吴勉继续说道："你能弑第一个神，就能再弑第二个，这件事不会就这么完了吧？"

"完？现在是不死不休了……"归不归看着躺在车里一动不动的谭清儿的尸首，顿了一下之后，继续说道，"你说得对，不就是弑神吗？有了第一个，就有第二个……"

向周围看热闹的邻居们打听清楚谭家的祖坟在哪里之后，归不归在当地买了一口上好的棺木，又准备了全套的陪葬，将谭清儿埋在了谭家的祖坟当中。

之后，吴勉、归不归几个人在当地的客栈租了几间厢房住下来，慢慢打听那位王贵仁和苏仙师是怎么相识的，想要从这里找到那位平妖仙君的线索。不过打听之后才知道，所有和平妖仙君有关的人都已经在谭清儿出事的前后死光了……

第八十一章　三分之一

所有的线索似乎都在谭清儿死的这一天断了，不只是人，他们死后魂魄也马上被送到了地府。以现在吴勉、归不归和地府的关系，去地府查的话基本上就不用出来了。

不过归不归却不打算就这么算了，他开始在被灭口那些人的亲属和亲近的人当中询问。老家伙舍得花钱，从这些人的嘴里零零星星听到了一点有关那位苏仙师的情况，最后一点一点将所有听到的串起来，就成了一个连贯的故事。

王贵仁两年前就认识了那位苏仙师，只不过他当时还只是一个天天在姐夫家里蹭饭的小混混。据王贵仁发迹之前的朋友所说，好像苏仙师当年来斫县摆过几天的卦摊，只是生意不太好，摆了三天的卦摊一个客人都没有。最后还是要去赌钱的王贵仁在他的卦摊前路过，花了俩子儿让苏仙师算了一卦。

苏仙师竟然算出从他进赌场开始，押大小的押口会连开九把大。王贵仁虽然不是很信，不过还是给了苏仙师俩大子的卦资。

等到王贵仁一踏进赌场，便听到押大小的宝官大声喊道："四五六十五点大……"

一句话吓了王贵仁一大跳，虽然他心里不怎么相信，不过还是将自己带来的二十八个大子都押到了大上。开宝的时候果然是大，当下王贵仁来了精神，将赢的钱继续押在大上，八次下来二十八个大子竟然变成七贯钱。

王贵仁从生下来后就没见过这么多的钱，本来还想博一把小的，不过没有苏仙师的指点，犹豫了半天还是没敢下手。王贵仁扛着这七贯钱找到了正准备收摊的苏仙师，将他死拉活拽地请到了酒馆里。

那次喝了酒之后，王贵仁的运气便开始好了起来。他以前赌钱输了，将家里的房子卖了还债，于是赖在姐夫家里蹭吃蹭喝死活不走。从那天起，王贵仁几乎逢赌必赢，还开始做起了小买卖。没过一年，他便将早年赌输了卖出去的房子又赎了回来。

后来王贵仁的酒肉朋友趁着他喝醉的时候，问过他怎么这两年突然就转运了。当时王贵仁亲口说的，有个修士给他改的命，作为回报，等到王贵仁真正发迹之后，要替他建造一座道场。只不过那个时候王贵仁小打小闹的，也就是赎回了房子混了个温饱，想要给仙师建造道场，那可不是二三百贯钱就能办到的。

听了王贵仁和平妖仙君的相识过程之后，归不归又向这人询问那位苏仙师是不是一个人，有没有什么同门来这里找过他。

“听贵仁那死鬼说过，好像有几个人来找过那位苏仙师……”这人说话的时候，归不归已经递上去一个金饼。黄金这东西还真是有助于提高记忆力的。当下那人将两年前王贵仁和自己说的话都想了起来。他一边将金饼收好，一边继续说道：“贵仁说了，苏仙师走的时候他去送的，就在城门外，还有两男一女三位仙师在等着……”

“还有三位仙师啊……”归不归的眉头当场便皱了起来，后面再问这人也问不出来什么了。现在除了打听清楚平妖仙君是如何和王贵仁结识的之外，最有用的消息也就是这一女二男了。

向归不归透漏消息的人也算是个漏网之鱼了。一年前，他和王贵仁闹翻了，到临县投靠亲戚去了。还是听说有人花钱打听王贵仁生前的琐事，他才跑了回来，想不到几句话便换来了他后半生的荣华富贵。

打听清楚之后，吴勉、归不归留在这里也没有什么意思，当天便结了客栈的账，乘坐马车离开了斫县。差不多三天之后，泗水号将烧毁的房子买了下来，准备在原址翻盖一座新房，作为泗水号在斫县的新商铺。

不过在清理废墟的时候，商铺伙计在王贵仁没有着火的寝室地下，挖出了一口柳木包铜的大箱子。箱子里面是当初老谭家转让房子、土地的契约和大大小小五六个马蹄金，还有几件像样的首饰。除了这些之外，竟然还有王贵仁所写的关于那位苏仙师的秘闻。书简中详细地写了他是怎么和苏仙师相识，又是怎么靠着苏仙师慢慢发了小财，将自己输掉的房子赎了回来等等。

除了这个之外，王贵仁还写了苏仙师不是一个人前来斫县摆摊算卦的，还有二男一女三个和苏仙师一样的人物，在书简中还详细描述了其他三人的相貌特征。后面王贵仁又写他怀疑他们四个人都是他国派来的细作，要他建造道场是为了联络情报所用。如果日后他死于非命，一定是这四个人灭的口，让家人看到这封书信之后要马上报官。

泗水号的管事看到之后不敢犹豫，急急忙忙将箱子送到了官府当中。由于王贵仁和苏仙师的死的确有些蹊跷，当下县官向州郡衙门发出公文，请求画影图形，捉拿这三个人。一时之间，王贵仁生前所写书简的内容已经在斫县传开了。现在就等着州郡衙门画影图形，缉拿他们三个人了。

三天之后的夜里，斫县县衙当中，一个身穿黑衣、二十岁左右的女人凭空出现在了这里。女人的心情好像不是太好，进了县衙之后便一直在嘟囔个不停："谁能想到王贵仁会著写书简，这个应该怪到平妖的头上吧？凭什么拿我撒气？我倒是想把整个县城的人都灭了口，你又说动静太大，担心上面察觉……"

说话的时候，女人已经到了县衙的库房。之前从谭家老宅找出来的箱子就存放在这里。女人没有推门，直接穿墙而过。只看了一眼，她便找到了自己要找的东西——那一口柳木包铜的大箱子。

“平妖这个废物，找的都是什么人？一个神竟然被凡人百姓坑了，幸亏他死了……”说话的时候，女人扭断了箱子上面的锁头，打开了箱子，准备看看王贵仁到底在上面写了什么。

不过只是看了一眼，女人便知道上当了。当初平妖仙君告诉王贵仁的是连开十三把大，而王贵仁将这件事告诉自己酒肉朋友的时候，担心朋友问他借钱就少说了几把。那他自己写的东西没必要作假，这分明就是有人设计将平妖的同伙引诱过来……

不管怎么说，前几天平妖仙君才亡殁，女人不敢在此地久留，便马上施展神力欲从这里出去。没有想到的是，她身体里面的神力竟然调集不起来。等女人想要从库房硬闯出去的时候，才发现库房里面多了一个看不到的牢笼，将她关在了里面。

“别费心思了，这个是老人家我想出来的锁仙阵。”这个时候，归不归的人影出现在大门口，他看着里面的女人，继续说道，“当初徐福有个老对头飞升了，担心他回来找麻烦，徐福这才弄出个对付神仙的法阵。想不到第一个用上的竟然是我老人家。”

“这么说平妖就是死在你的手里了？”女人咯咯笑了一阵之后，说道，“不过别以为杀了一个跑腿的平妖，就以为自己是弑神者了。我就在里面，杀了我这样的神，你们才算是弑神。”

“你们是三个，单单杀了你又有什么作用？”归不归嘿嘿一笑之后，继续说道，“你死了，其他两位神又怎么会来救你出去？弑神就是弑平妖仙君，弑你？老人家我可是舍不得……”

“胃口太大了，三个神一起？我一个你都应付不了……”

第八十二章　不一样的神

“小浪蹄子，别占我们家老家伙的便宜！”这个时候，百无求从后面走了出来，瞪着被困在阵法里面的女人，说道，“说，老家伙那个相好的，是不是死在你的手上了？”

“愣小子，你进来，姐姐告诉你……”女人冲着百无求招了招手，顿了一下之后继续说道，“姐姐看你虎头虎脑的挺招人喜欢，就告诉你一个，来，进来，姐姐和你说。你听到了不要和别人去讲……”

“呸！老子是正经妖怪，凭什么你让干吗就干吗？小浪蹄子，别人成仙都是修炼出来的，就你是不正经修炼的吧？你以为老子和你们那些神仙一样吗？呸，当老子是什么了？”百无求不是傻子，站在自己“亲生父亲”的身后，对着阵法里面的女人继续破口大骂。饶是里面的女人也是经历过千难万险才飞升成仙的，也没有和百无求这样的人打过交道。

在二愣子的眼里，骂街从来不分男女老少的。他越骂越兴奋，也开始不忌讳地带出来了荤句。就算里面关着的女人是神，听了百无求的话也是脸上一片绯红。当下她恨不得冲出去撕了这只妖物，却苦于徐福设计的阵法太犀利而出不去。她想要骂回去，一是实在张不开这个嘴，二是也自恃神明的身份，不想和这样粗野的妖物一般见识。

现在的县衙当中已经没有其他人。之前归不归请泗水号的主事帮忙，请了这里的县太爷去城外游玩，包括衙门周围的百姓，也都被带到了城外安置，这几天都不会回来。故而这里虽然吵翻了天，也没有引起外人的注意。

看着阵法当中的女人不再理会自己的便宜儿子，归不归嘿嘿一笑，拦住了百无求，对女人说道：“你我都在等着其他两位神明过来，趁着还有时间，说说你们几位下凡是想做什么，消磨消磨时间。反正你的同伴来了，我们这样的凡人就是待宰的羔羊。说说也是无妨的……”

女人轻蔑地看了归不归一眼，随后将身子转了过去，不再看向门口的这对父子俩。归不归说得没错，只要她的两个同伴赶到，他们这些人便都要任由神明摆布了。到时候这一对父子俩要留给她，她要把他们俩撕成一块一块的。

看到女人不搭理他们父子俩，归不归嘿嘿一笑，对自己的便宜儿子说道：“傻小子，这么多年了你骂街就不能出点什么新花样吗？不能跟一般百姓一样，动不动就从父母下手。你爸爸我都听腻了，来点新花样，也让里面的女神仙见识一下。”

“老家伙，干架老子不如你们几个，骂街你们就差远了。老子骂街什么时候让你丢过人？”百无求有些不服气地看了归不归一眼，随后转过身对着里面的女人继续骂了起来。

二愣子再开口，便显出他的特色来了。百无求脱了上衣，光着膀子朝里面的女人骂起街来。女人本来也是凡人得道成仙的，最是讲究天人合一。当初她修炼的时候也是将天下万事万物都看淡了的，外面纵然天塌下来也不会影响到她。想不到现在被百无求这么一顿骂，女人便面红耳赤。没过多久，她便坐不住了，跳起来对门外的归不归说道：“你让他住口！想知道我们下凡为什么来吗？我说，你先让他住口……”

归不归嘿嘿一笑，做手势让百无求住口，随后笑眯眯地看着女人，听她说出下凡的原因。

女人本来还想要随便编点什么的，不过想到八成骗不过面前这个老家伙，弄不好还会弄巧成拙，再让这个妖物一通骂，那她就真的要疯掉了。于是，她实话实说了："事情的根源还在你们人世间。几百年前，西方释教东侵，世间愚民信佛毁道。我们本来都是修道的凡人成仙，靠的就是人世间的供奉、信仰维持。因为供奉都转到佛教那边，天下的道门神仙也趋于末世。我们私下凡间，就是要开创新教，维持上面的供……"

"够了……"没等女人说完，空气当中传来一个阴沉的声音。随后一个清瘦的男人凭空出现在归不归的身后，他完全不把归不归父子俩当回事。看也不看这父子俩，直接走到库房门口，对女人说道："冬凤，你竟然把这样的事情说给凡人听。我们私自下凡已经是大罪，你还要罪上加罪吗？"

看到这个男人到来，冬凤好像看到了救星一样，说道："赤胆，看住外面这一人一妖，千万不能让他们俩逃了。你不可以杀他们俩，这父子俩是我的……"

"你什么时候开始命令我了？"赤胆有些不悦地看了冬凤一眼。随后他慢慢转过身来，看着归不归、百无求父子俩，说道："刚才本来是你们最好的机会，要么逃走，要么偷袭，想不到你们竟然什么都没做。是要投降求饶吗？"

"求饶你个大姨夫！"没等归不归说话，百无求已经忍不住骂道，"你们想要求饶也要问问我们这边干不干？我们家老家伙这么一大把年纪了，刚刚有个知冷知热的丫头瞎了眼，自动找上门来要给老子当后妈，想不到你们说弄死就弄死了。你知道现在找个看得顺眼的后妈有多不容易吗？现在跪在老子的面前，先正反给自己十个嘴巴，然后自己掏刀了结自己，这件事就算完了……"

百无求连珠炮一样，根本不给男人还嘴的工夫。赤胆听了之后怒极反笑，回头对冬凤说道："冬凤，你刚才说的什么？当你没说过。这只妖物是我的，只能我来杀，你不可以染指……"

这句话说出来的时候，赤胆突然对着百无求一巴掌拍了过去。就在他动手的同时，一个白发男人的身影突然出现在他的身边，举起那把非刀非剑的贪狼对着他劈了下去。

吴勉出现得太快，赤胆好像完全没有防备。眼看这一刀就要劈到他身上的时候。他好像闪电一样，徒手抓在了贪狼的刀锋上。随后，一股巨大的力量从他的手上传递到了吴勉身上。

吴勉被震得一口鲜血喷了出来，身子向后飞了出去。等到赤胆回过头来再想对付百无求的时候，才发现旁边的归不归对着他拉开了胳膊。赤胆认得归不归的招数，当下身子快速移动，偏离了老家伙胳膊拉开的方向，同时将手里吴勉留下的贪狼对着归不归甩了过去。

归不归这时候已将破空施展出了一半，眼看就要发力的时候，见到赤胆将贪狼甩向了他。此时若终止破空，对归不归也是一种伤害。当下老家伙也是豁出去了，将胳膊拉出一个大半圆，全力使出了破空。随后，周围的房子倒塌了一大片，那把贪狼也被弹飞了出去。

眼前的这位神明比平妖仙君厉害得多，如果平妖仙君能有他一半的本事，那天就是吴勉、归不归他们倒在地上了。这个时候，赤胆狞笑了一声，随后向着归不归、百无求的位置走了过去。他走到一半的时候，仗着龙鳞法器护身的小任叁从地下探出了脑袋。不过看到面前的景象之后，小家伙吓得一缩脖子，瞬间又遁回到了地下。

就在小任叁遁回地下的同时，赤胆低头向他刚才出现的地面看了一眼，随后再次看着面前的归不归，说道："你们还有什么花招，一起使出来。能弑神的人，不会那么简单的。"

第八十三章　硬拼

这个时候的归不归已经说不出话来了，他还在脱力当中，正努力将储金当中的术法转到自己身上。

“储金？难怪你敢一上来就使用破空，有点心机。不过力量悬殊，不是一点心机就可以弥补的。”赤胆说话的时候，目光已经转移到一边的百无求身上。皱了皱眉头之后，他说道：“为什么你身上还有另外一种气息？体生双妖……不对，你身体里面另外一个不是妖……”

说话的时候，赤胆的脸色变得凝重起来。他看着有些莫名其妙的百无求，再次说道：“藏在你身体里面的那个不是妖，是神……我还是第一次遇到这样的事情。原来平妖不是被人所弑，而是死在尊神你的手里。阁下是哪位神祇？不知道可不可以露面让我见识一下真容？”

“骂谁呢？骂谁神经？别以为老子听不出来！”百无求明知自己绝对不是赤胆的对手，不过想让他闭嘴那是绝对做不到的。虽然听不明白赤胆说的是什么，但是二愣子在阵势上绝对不能输：“有本事你就一个一个把我们都弄死，留一个活口算你没有本事。天底下老子什么都怕，就是不怕死，想着和我们家老家伙同归于尽也不是一天两天了……”

赤胆皱了皱眉头，心想原来这是个浑妖。不过这妖物身体里面的确有一丝不易察觉的气息，这气息和他很像，是神明无疑。但他想不到除了他们四位神明之外，还有哪位神祇也偷偷下凡了。

确定百无求身体里面暗藏一位神明之后，赤胆也不敢再为难归不归。犹豫了一下，他转身向库房走去。毕竟对方还有一个不肯露面的神，他要先救出冬凤，多一个帮手也好。

赤胆飞升之前便精通阵法，归不归摆的这个锁仙阵是难不倒他的。这个阵法虽然从里面无法突破，不过只要有外人在阵外施法，便可以轻松破坏这个阵法。吴勉、归不归都没有余力阻止赤胆，只能眼睁睁地看着他走到了阵法前。片刻的工夫，他便找到了阵法最薄弱的地方。

"阵法真是巧妙，是那位徐福大方师想出来的吧？能拘神的阵法，我看见了都想夸他两句。"赤胆站在阵法前，指着地面上一处很随意的凸起继续说道，"徐福当初有没有和你们说过，只要破坏了这里，阵法便不攻自破……"

说话的时候，赤胆已经将神力灌注到阵法的薄弱点。随后一阵轰鸣声响了起来，整个县衙都跟着颤抖了好一阵，看样子那个谁也看不到的牢笼已被破坏。冬凤狞笑着从里面走了出来，说道："小兄弟，刚才你是怎么说姐姐的？一会你要从头到尾再说一遍，说得不清楚，姐姐可是要罚你——怎么回事？外面怎么还有一层阵法？赤胆，我们怎么出去？"

赤胆也发觉了什么问题，他抬手在冬凤接触到的位置摸了一下。果然，里面看不到的墙壁消失了，不过这个库房的外围又出现了另外一层看不到的墙壁。前后两道阵法也就相差一丈有余，正好将他们俩再次装在阵法当中。

"这是子母阵……"赤胆看着外面笑吟吟的归不归，深深地吸了口气，说道，"看来你的心机不只那么一点点，不过你这阵法是困阵，力竭之后自然会把我们俩放出去的。你想想看，那个时候我们俩会放过你们吗？"

"那你猜猜看，天上其他的神明知道你们私下人世，再起新教偶像哄骗世人，你猜猜其他的神明会怎么做？"归不归嘿嘿一笑之后，继续说道，"等到第三位神明过来，老人家我便焚烧天表，把你们几位的姓名、做过的事情都焚烧给天上的神明。到时候你猜猜会治你们什么罪名？”

归不归说话的时候，吴勉也从远处走了回来。虽然刚才他受伤不轻，不过仗着自己长生不老的身体，这个时候已经恢复得差不多了。看了一眼和冬凤关在一起的赤胆，白发男人冲老家伙说道：“还有一个，别大意，小心阴沟里面翻了船。”

“他们是神明，你让老人家我大意，我老人家也不敢啊。”说话的时候，归不归擦了一把冷汗。刚才将赤胆蒙进阵法那一会，老家伙浑身上下已经被冷汗浇透了。本来他算着怎么样也要和这位神明大战一场，最后可能有话要问他们几个，赤胆会留他们几个半条命。然后，赤胆先把自己的同伴冬凤放出来再说。想不到沾了自己便宜儿子的光，居然轻轻松松便将赤胆骗进了子母阵当中。不过现在想起来，归不归还是一阵后怕。

就在归不归刚刚松了口气的时候，空气当中传来了有人拍巴掌的声音，随后又一个男人的声音响了起来：“赤胆，现在知道小看这些凡人会有怎么样的下场了吗？平妖就是吃了这个亏，冬凤没有吸取教训，你也是个睁眼的瞎子……”

声音没有固定的方向，吴勉、归不归两个人听到之后，马上背靠背站着，眼睛一眨不眨地看着面前的景象。老家伙趁机往白发男人的手里塞了一枚储金，低声说道：“最后一枚了，这位神提前来了，现在只能硬……”

归不归的话还没有说完，他和吴勉当中的位置传来刚才那个人说话的声音：“没有机会硬拼了……”

话音刚刚落下，归不归和吴勉两个人中间的位置突然爆发出一阵巨响。归不归、吴勉二人躲闪不及，满身是血地向着各自的前方倒去。看到两个人倒在血泊中之后，一个身穿白色方士服饰的中年清瘦男人出现在二人刚刚所在的位置。看到两个人已经没有了知觉，清瘦男人伸出手指对着赤胆、冬凤二人所在的位置点了一下。

“轰隆”一声巨响，赤胆、冬凤二人身前那道看不到的墙壁终于消失，两个人从里面走了出来，站到了清瘦男人的背后。三人呈品字形站在吴勉、归不归二人的身前。

“你们是长生不老之身，如果这样就死了，那就太无趣了。起来吧，我动的手，自然知道力道。你们死不了……”清瘦男人说话的同时，两只手对着吴勉、归不归二人挥了一下。随后，他们俩分别向着相反的方向滚了开去。

将两个人分开之后，清瘦男人这才松了口气，看了正在追赶归不归的百无求一眼。随后，他对赤胆说道：“你看出了什么？妖的身体里面为什么会有神的气息？虽然很弱，不过是神明无疑。”

“你看错地方了……”吴勉突然从地上跳了起来，他的手腕一抖，贪狼凭空出现，并对着身穿方士服饰的男人甩了过去。吴勉则冲着赤胆扑了过去，同时他的身后猛地出现了一道黑影。黑影以不可思议的速度从白发男人身上分离，向着赤胆扑了过去。而赤胆一动不动地看着吴勉，任由黑影先一步将他笼罩在里面。

“法外化身……你这样的年纪能有这样的化身已经很了不起了，可惜你有一道逾越不了的鸿沟！”一句话说完，将赤胆笼罩在里面的黑影瞬间四分五裂，好像被什么东西搅得稀烂。随后黑影化为黑烟，消失在了空气当中。

黑影消失的一瞬间，吴勉惨叫了一声，随后“扑通”一声倒在了地上，眼前一黑便什么都不知道了。

第八十四章　大方师伊秧

吴勉晕倒的同时，归不归慢悠悠地坐了起来。现在的老家伙已经没有了动手的意思，他看着晕倒的吴勉，摇了摇头之后，对赤胆说道：“你说得对，实力悬殊，光有心机没用……”

说话的时候，归不归在百无求的搀扶之下，晃晃悠悠地站了起来。看了一眼一脸关切的二愣子之后，老家伙一把将自己的便宜儿子推开，说道：“你在这里等着爸爸我，说不定今天就能随了你的愿。说好了，你先下去就在奈何桥上等着。”

安置好百无求后，老家伙走到了三个人的身前，对那个身穿方士服饰的头目说道：“方士弃徒归不归见过伊秧大方师，老人家我还是方士的那会儿，听说您和首任大方师燕哀侯一样，渡劫失败之后转生了。如果不是今天遇到大方师您，老人家我现在还被蒙在鼓里。”

“你就是归不归？心机不少，眼力也不错。很好……”身穿方士服饰的伊秧淡淡地笑了一下，说道，“不过既然我已经飞升，便和方士一门再无半点瓜葛。记住，今天你不是死在大方师伊秧手里，而是飞升仙人伊秧的手下。明白了吗？”

“您都这么说了，老人家我还有什么不明白的？”归不归叹了口气，回头看了有些焦急的百无求一眼，随后继续说道，“仙人，既然我老人家的性命在你的手上，老人家我最后还有一个不情之请，您几位就放过后面的妖物吧。您也看出来了，这孩子不是一般的妖物。一旦在您几位手上有个三长两短，您几位回到上面也不好交……”

“归不归你说什么呢！再说一遍？等着！老子现在就掐死你，然后自杀……”听到归不归的话之后，百无求顿时大怒，当下就要冲过去和自己的“亲生父亲”同归于尽。这个时候他才发现，刚才老家伙推了自己那一下竟然是带着术法的，现在百无求就好像长在地面一样，拼尽了全力都不能移动分毫。

“怎么回事……老家伙你阴老子！”百无求见自己动弹不得，当下只能不停地咒骂归不归。

伊秧皱了皱眉头，对面前的归不归说道：“你真的准备好了？”

没等归不归说话，冬凤突然说道：“他现在还不能死，保不齐他们还藏了什么关于你我的信笺、书简之类的东西，一旦被上面知道……”

“到了现在，你还相信会有那种东西吗？”伊秧有些无奈地看了冬凤一眼，说道，“我之前已经和你们说得很明白了，这都是归不归的诱饵，就等着你们送上门的。从来就没有什么王贵仁的箱子，一切都是他做出来的戏。归不归，我说得对吗？”

“是，大……伊秧仙人说得对，从来就没有什么箱子，就是我和泗水号的人做的，为了把您几位引出来。”这个时候的归不归好像一个逆来顺受的小媳妇一样，低头站在伊秧面前，顿了一下之后继续说道，“一开始我老人家还以为凭着阵法的巧妙，还有那一点小心机，或许能有转机。现在才知道错了，人对上神没有一点胜算。”

赤胆皱了皱眉头之后，抢在伊秧之前对归不归说道：“那么平妖的事情你怎么说？他不是死在你们凡人的手上吗？”

“那个您就误会了，平妖仙君是亡于我们家傻小子体内另外一位仙人的手上。这个和我们凡人是没有关系的。”归不归一副老实巴交的样子，看了一眼百无求之后，扭扭捏捏地压低了声音说道，“这孩子是老人家我和一个女妖当年的荒唐物，从小是养在妖山的。不知道怎么得到了妖王疆卞的喜爱，还给了他一个义子殿下的身份。”

“想必几位神明也都知道妖王家里的那点破事，老疆卞也是被不孝子伤透了心，最后竟然把妖山王储之位给了我的傻小子。当时老人家我还纳闷是怎么回事，现在才想明白，原来老妖王早就看出来是怎么回事了。”

“你说这个妖物是妖山王储？”赤胆和冬凤都被归不归的话吓了一跳。妖王虎生犬子的事情，他们还没有成仙的时候便已经知道了。如果说妖王得知百无求的身体里面还藏着一位真神，也是有可能尽力巴结认作义子的，不过直接将王位送给这个二愣子，这个就未免有些说不过去了。

看到他们不相信自己的话，归不归苦笑了一声之后，回头对百无求说道：“傻小子，你和几位仙人说，你在妖山是什么身份？”

百无求并没有听到归不归说了什么，这个时候他已经快气疯了，当下没好气地冲自己的“亲生父亲”吼道：“什么身份？老子是妖王拜把子，那个老头子管老子叫大哥！满意了吗？老家伙你快点过来，咱们爷俩手拉手一起投胎去。别废话！赶紧的……”

“你不说实话的话，爸爸我就要先走一步了。”归不归神色凄然地冲自己的便宜儿子笑了一下之后，继续说道，“你说句实话，几位老仙人或许看你爸爸我可怜，还能放了老人家我一条生路，你要是再胡说八道的话，咱们马上就阴阳两隔了。”

“呸呸呸！要死也是咱们爷俩一起手拉手，凭什么就阴阳两隔了？”百无求大吼了一句之后，缓了口气。随后，他对三位神明说道：“你们都给老子听好了，老子现在是妖山王储，老妖王疆卞的干儿子。识相的把老子和老子的亲戚都给放了，不识相的话，老子也不管你们是不是神仙，回到妖山拉下来百万妖兵妖将……”

百无求开始乱嚷嚷的时候，赤胆对伊秧说道：“这个粗货说的话应该没有错，保不齐妖王是看上了他体内的神。不过用外族来做王储，这个有些冒险了吧？”

“这个应该去问平妖，他活着的话还能去妖山打听清楚。”伊秧回答了一句之后，对归不归说道：“不用耽误时间了，令郎身体里面不管是什么，都和我们无关，而且这么久了也不见那位神祇出现，想必也是不想和我们面对面。既然这样，那就遂了那位神祇的心意。冬凤，我与归不归还有几分香火情。你来替我送他上路吧，可惜了他这长生不老的皮囊……”

冬凤不敢得罪伊秧，于是对归不归说道：“你把头低下，要怪就怪你自己，没事设局把你自己陷进来……”

冬凤说话的时候，没有注意到不远处百无求的脸上已经出现了一丝古怪的表情。随后另外一个一模一样的“百无求”便要从二愣子的身上分离出来。就在他分离出来一半之时，从县衙大门外传来了一个熟悉的声音：“我的儿，就在这里吧。你爸爸我已经感觉到他们都在里面了，还有两三个的气息有点古怪。我的儿，你是不是得罪了什么羽化成仙的神明了……

“有也不用怕，从来都是方士爷爷我欺负别的神仙，什么时候听说过神仙敢欺负到方士爷爷的头上？三天不打上房揭瓦，让方士爷爷看看，是哪个不长眼睛的瞎子、不长脑子的傻子敢吓唬我们家人参……”

听到了那位传说中的大术士席应真的话，已经钻出来一半的“百无求”突然打了个哆嗦，立马又缩回到了百无求的身体里，这妖物又变成他之前懵懵懂懂的样子……